# 唐多令·晏山海

程浠 ◎ 著

上册

辽宁人民出版社

© 程浠 2025

**图书在版编目（CIP）数据**

唐多令·晏山海 / 程浠著. -- 沈阳：辽宁人民出版社，2025．6． -- ISBN 978-7-205-11512-8

Ⅰ．I247.5

中国国家版本馆 CIP 数据核字第 2025GA0455 号

出版发行：辽宁人民出版社
　　　　　地址：沈阳市和平区十一纬路 25 号　邮编：110003
　　　　　电话：024-23284191（发行部）　024-23284304（办公室）
　　　　　http：//www.lnpph.com.cn
印　　刷：嘉业印刷（天津）有限公司
幅面尺寸：145mm×210mm
印　　张：18.25
字　　数：356 千字
出版时间：2025 年 6 月第 1 版
印刷时间：2025 年 6 月第 1 次印刷
责任编辑：刘芮先
封面设计：琥珀视觉
版式设计：一诺设计
责任校对：吴艳杰
书　　号：ISBN 978-7-205-11512-8
定　　价：98.00 元（上、下册）

# 目　录

**楔子** ｜ 我有迷魂招不得 / 001

**卷一** ｜ 春草暮兮秋风凉，秋风罢兮春草生 / 005
  第一章　玄都观之谜 / 006
  第二章　棺中姝色 / 024
  第三章　画师之谶 / 030
  第四章　公子妖孽 / 045
  第五章　不期之境 / 057

卷二 | 风雨替花愁。风雨罢，花也应休 / 083

　　第六章　破晓 / 084

　　第七章　公子狡黠 / 100

　　第八章　执棋者何人 / 123

　　第九章　拨云 / 146

　　第十章　真假公主 / 160

卷三 | 同心一人去，坐觉长安空 / 181

　　第十一章　双姝 / 182

　　第十二章　见日 / 215

　　第十三章　一片伤心画不成 / 231

　　第十四章　重逢 / 263

卷四 | 休言万事转头空，未转头时皆是梦 / 275

　　第十五章　太子之殇 / 276

　　第十六章　曲江池浮尸 / 321

　　第十七章　兄弟牵绊 / 362

　　第十八章　惹尘埃 / 401

# 目 录

**卷五 | 枯桑知天风，海水知天寒** / 419

　　第十九章　公主之身 / 420

　　第二十章　风云再起 / 446

　　第二十一章　腔内血尚温否 / 470

　　第二十二章　稚子锋芒 / 511

**卷六 | 言念君子，温其如玉，在其板屋，乱我心曲** / 523

　　第二十三章　相望不相亲 / 524

　　第二十四章　长相思 / 546

**终卷 | 愿天无霜雪，梧子解千年** / 555

　　第二十五章　式微 / 556

　　第二十六章　长歌怀采薇 / 569

# 楔子
## 我有迷魂招不得

贞观十七年，仲春雨夜。

还未到宵禁的时辰，大雨已经袭遍整个长安。天际，本不该出现在雨夜的圆月透着苍凉的诡异。喧嚣的西市此刻却静悄悄的，临街的店家早早关了铺门。排排风灯也在雨水的拍打下偃旗息鼓，成为一只只暗淡的纸皮笼子，颓然地挂在木架下，躺在雨水里。

叶湾湾没有撑伞，月色下走得有些狼狈。她见四下无人，便快步跑到一家店铺外，站在屋檐下躲雨。也不知是何缘故，她的衣衫竟然没被雨水打湿。叶湾湾低着头，好奇地打量自己的衣襟，目光一撇，正巧瞧见立在墙角的一把油纸伞。

叶湾湾心下一动，小碎步挪到伞边，可还不等她伸手拿起油纸伞，身旁不知何时多出一个男人。叶湾湾顾不上细想，迅速将伞柄握在手中。

"如此明目张胆地偷，小娘子还真是无所顾忌。"男人幽幽地开了口。

屋檐遮住了大半的月光，叶湾湾根本看不清对方的模样："风急雨骤，我一个弱女子举步维艰，小郎君不如只当今夜不曾见过我，行个方便？"

"你想让本官纵容你在天子脚下行窃？"

"原来是个当官的，难怪如此刻薄尖酸，不近人情。"叶湾湾轻轻"啧"了一声，从腰间的布包里翻出一个铜板放在窗棂上，只当是自己买下了油纸伞。

叶湾湾不再理会男人，撑起了伞。临走时，她无意间瞥了男人一眼。借着天边淡薄的月色，叶湾湾依稀看见男人略略蹙眉，望着不远处被雨滴激起圈圈涟漪的漕河。

叶湾湾心里忽然涌出一丝好奇。正是这一丝不合时宜的好奇，让她看到原本缓缓流动的漕河之水忽然起了波澜。

澄澈的水面被大雨拍打，荡起点点波纹，蓦地，水波向两侧分开，一口雕花木棺浮上水面……

# 卷一
春草暮兮秋风凉，秋风罢兮春草生

# 第一章　玄都观之谜

三月的长安城已是千寻红粉、万叠绿嶂。崇业坊内的玄都观更是簇流夹溪,无限风光。可黄昏时分偏偏起了风,原本舒朗的天空忽然阴沉下来。天边浓厚的黑云像被人碾碎了似的,变成繁密的雨,眨眼间倾盆而下。

刚入申时的光景,玄都观后山的八角亭内就已经掌了灯。一抹伶仃的烛火七扭八歪地躲着四面而来的风,倔强地在灯盏上跳动。

原本是游春赏玩的大好时节,如今竟然变得白昼如夜,让人在抱怨天不作美的同时,也不禁生出一丝不祥的预感。

不多日前,突厥的和亲使团行至长安。即将嫁给太子为妃的虞山公主是东突厥前任可汗的掌上明珠,养得金尊玉贵,比大唐的公主还要娇嫩几分。公主生在草原,见惯了绿茵长空,一心向往中原的鸟语花香。于是，圣人下旨让使团在玄都观落脚，又让禁军严守四周，将观内的桃红柳绿圈禁起来，供虞山公主赏看。

不过，这旨意明面上是满足虞山公主赏花的心愿，实际却是想让公主在嫁入东宫前先去去突厥人身上的血腥气，以免冲撞太子。

太子李承乾原本贤达无二，朝野上下交口称赞。可这几年不知是着了什么道，忽然变得骄纵跋扈、不思进取也就罢了，甚至还养起了男宠。圣人一怒之下斩杀了那个魅惑储君的太常乐人，没想到却刺激得太子更加言行无状。

有人说太子这是中了邪，得驱。向来不信鬼神之说的李世民也不敢拿江山社稷开玩笑，便借着和亲的名义让太子和虞山公主入玄都观朝礼驱邪。谁承想，一场突如其来的大雨逼停了朝礼，把文武百官都困在了观中。

站在八角亭飞檐下的苏遇看着亭外瓢泼的雨幕，不知怎的，心里生出一丝预感——暗夜阴霾处，劫财夺命时。只是，如今这玄都观中住着的可都是非富即贵的主儿，死了谁都是消磨他大理寺的造化……

"苏少卿？"晦暗中，忽然有人在身后叫了一声。

苏遇回过头，看见豫章公主李芷惜迈进了八角亭。

与寻常公主不同，李芷惜不爱歌舞诗画，却钟情查案追凶，平日里最喜欢研究大理寺和刑部的陈年卷宗，常常将凶案当成话本子讲给圣人听，古灵精怪的性情让圣人对她十分偏爱。

这一次，听说朝中三品以下、五品以上的官员都要入玄都观随太子一起朝礼，李芷惜立刻央求圣人让她同往。目的很明确，就是想和苏遇探讨一桩近日发生的凶案。

"我可找到你了。"见八角亭内果然是苏遇，李芷惜那双圆滚滚的小鹿眼立刻弯出一个好看的弧度。

"豫章公主。"苏遇向李芷惜一礼。

李芷惜随手掸去裙摆上的雨水，在苏遇面前坐下："苏少卿，坐。"

苏遇谢过。

李芷惜将石桌上的灯盏拢到自己面前，把眉眼照得红亮亮的。随后，她稍稍俯下身，目光越过抖动的烛光看向苏遇，压低着声音开了口："前几日，一个市井恶徒死在了平康坊的思美人，雍州府确认是他杀。苏少卿可听说过这个案子？"

李芷惜话音刚落，灯盏内突然"噼啪"地爆起一个灯花，把正要给她添茶的侍女绛珠吓了一跳，几滴茶便溅了出来，烫到了李芷惜的手。

绛珠哆哆嗦嗦却又行云流水地双膝跪地："奴，奴婢该死。"

"你怎么吓成这样了？"李芷惜侧头看向绛珠，"要不，你先把耳朵捂起来？我要开始讲案子了。"

绛珠闻言，立刻放下茶壶，退到八角亭的朱漆柱子旁，靠在柱子上捂着耳朵，紧紧闭上眼睛。

李芷惜摇了摇头，对苏遇解释："这丫头，跟了我几年了，每次我要和别人聊案子,她就开始害怕。你看,我还什么都没说呢,她就开始想象那些血腥画面了。"

苏遇笑了笑。

苏遇的脸上有三分雅致,七分英气,却不露锋芒。他笑时,眉眼间就像是平添了一抹三月春色,让人在想要亲近的同时又不免感到一种"只可远观而不可亵玩"的疏远感。他进士及第后在边关做过几年参军,有一副好身手,不像其他读书人那样文弱。

不过,宫中传言,他虽然机敏聪慧,断案无数,审讯的手腕却血腥见不得光。

如今这太平盛世,有这样的名声自然不是什么好事。朝中不少官员都对他敬而远之。可李芷惜偏不信传言,觉得苏遇生得好,断不会是他人口中阎罗王一样的人。

见李芷惜怔愣着不再出声,苏遇提醒道:"公主继续说案子吧。"

"哦,对,思美人的案子。"李芷惜下意识地正襟危坐。

"思美人"是平康坊内数一数二的烟柳之地。楼中假母是教坊出身,舞姿冠绝京师。她亲手调教出的舞女名叫叶祝祝,一舞《六幺》名满长安。

前几日夜里酉时左右,一个横行东市的无赖闯进了思美人,点名要见叶祝祝。假母几番解释,告诉他叶祝祝不在楼中,那人就是不信,非要在叶祝祝房中等她。

假母拗不过,只得送人上楼,又怕他等得不耐烦闹事,先是给那人送了酒，随后又让人去送茶点。可小厮推门进去的时候却发现那人竟被一根簪子刺穿喉咙死在了房中。偌大的思美人，几十名恩客，竟无一人看见凶手。

"仵作推测，那人进入思美人后不久就死了。可当时房中并无他人，叶祝祝本人正在东市的胭脂铺选胭脂，那儿的老板可以作证。"李芷惜眨了眨眼，"你说，连个人都没有，难不成是恶鬼索命？"

"雍州府查到了什么？"苏遇问。

"没查到什么。"李芷惜摇头，"假母和小厮给那人送酒时，房间门是敞开的，众目睽睽之下根本不可能作案。可除了他们，再没人进出过那间屋子。而且，也没有听见打斗声。"

李芷惜顿了顿，目光变得神秘起来："苏少卿有没有听说过，长安城里有位可以用画像杀人的画师，据说那画师曾给死者画过像，不会是……"

并不信这番无稽之谈的苏遇打断李芷惜："思美人的假母出身教坊，虽然流落烟花柳巷，却是个目无下尘的女子。思美人也是个名副其实的销金窟，楼里养的打手不比歌姬舞娘少，寻常市井恶霸恐怕连思美人的大门都碰不到，死者是如何说服假母让他到叶祝祝房中等人的？"

"说起来……"李芷惜的神情有些尴尬，"苏少卿知道前阵子被圣上斩杀的那个，叫称心的太常乐人吧？就是太子殿下的男……嗯，宠。"

苏遇面不改色："知道。"

李芷惜低声解释："这个无赖就是称心的亲舅舅。称心死后，太子对这个舅舅可是庇护有加。思美人的假母怕也是不敢得罪他吧。"

苏遇了然："原来是太子殿下的案子。"

"是啊，雍州府的刘长史日日去东宫报道，可案子就是毫无进展。这不，惹恼了太子，今日的朝礼都没让刘长史来。太子殿下说了，思美人要是再交不出凶手，他就一把火烧了那里。"李芷惜叹气，"苏少卿可有头绪？"

苏遇心中已然有了定论："死者在进入思美人后不久便遇害，且不曾和任何人发生冲突，说明凶犯不是激情杀人，而是有预谋的作案。"苏遇略一停顿，"能在平康坊立足谋生，还把思美人经营得名满长安，那位假母绝不是吃素的人。想在她的地盘上有预谋地杀人，杀的还是太子的人，怎么可能不经过她的默许。"

李芷惜似懂非懂："苏少卿的意思是？"

苏遇看向李芷惜："敢问公主，平日里都是在什么时辰挑选胭脂？"

"自然是在白天，天色暗了就看不出本来的颜色了。啊……"李芷惜突然顿住，随即恍然大悟般张大了眼睛，"你的意思是，叶祝祝在晚上挑胭脂这件事很可疑？"

苏遇点头："更何况，每日酉时之后是思美人生意最好的时候，假母怎会在这个时候放楼里最有名气的舞姬出去。"

李芷惜蹙眉:"假母是在说谎?"

苏遇笃定:"假母、叶祝祝、胭脂铺老板,他们都在说谎。"

苏遇语气平和。李芷惜却目瞪口呆。

平康坊,思美人。

二楼尽头处的雅间里,叶祝祝正斜倚在榻上,懒洋洋地摆弄着自己的手指,听着窗外的雨声。她五官清秀,体态丰盈又不失纤巧,虽算不上是国色天香,却是一身的风流妩媚。

她的对面,画师叶湾湾正一笔一画地勾勒着她的眉眼,一边画,一边说:"你知道京师里关于我的传言吧?"

"知道。"叶祝祝抬起头,觑了叶湾湾一眼,有些心不在焉,"画师给人画像,若是行云流水一气呵成,此人此后必定是好运不断。但若是画师运笔时出了差错,多画或是错画一笔,此人便会死于非命。"

叶湾湾手中的毛笔此刻正点在画中人的颈间。她将笔尖微微提起,端起身侧的烛台照亮,仔仔细细看了看自己的画:"祝祝你想要什么死法?"

"死吗?按唐律,该是斩刑吧。"一直靠在榻上的叶祝祝终于有了几分精神,稍稍挺直了腰背,像是疲惫得抬不起头似的,只是轻挑着眼帘看向叶湾湾,"可那恶霸强抢民女,逼人致死又该是什么死法……"

她摊开掌心,盯着掌纹处一段极细小的划痕。当时,她就藏在房中，等那个无赖喝下混有蒙汗药的酒倒下后，她才从帷幔后绕出来，用一根金簪杀了他。而后，等众人察觉凶案发生，涌进雅间时，她再伺机从门后出来，混进人群。整个过程她都小心翼翼地没有留下任何痕迹。只是，她的手太娇嫩了，即便她刻意用绢布把金簪的花钿处缠了起来，手心还是被硌出了几道血痕。

窗外夜风骤起，将大颗大颗的雨滴吹入屋内，落到画纸上，在画中人的发间晕开一簇墨迹。叶湾湾目不斜视地画好最后一笔，搁下毛笔，走到窗边掩上窗子。

窗扇合起之前，她稍稍偏过头，看向思美人门外那株被大雨打得七零八落的海棠："楼下的海棠还没开就败了，可惜了。"

"那些本就是随风逐流水的东西，有什么可惜的。"叶祝祝从榻上下来，走到画架边，拿起叶湾湾刚刚画好的画像，仔细看了看。随后，她又将画稿放回到画架上，"以后都见不到了，这画，就留给你当个念想吧。"

叶湾湾回头，看见叶祝祝蹭着小猫步，又懒洋洋地躺回到榻上。

还未合起的木窗"咿呀"着晃了晃。和着风雨的细响，蜡芯"噼啪"地浅吟低唱。夜色像红泥火炉中的茶，煮得久了，透出几分昏黄的色彩。

雨势更大了，玄都观内除了雨声，一片死寂。

苏遇轻轻叩着石桌桌面，有些漫不经心地朝太子所在的正房方向瞥了一眼。随后，他开口对李芷惜说道："案子既然有了头绪，公主可要告知太子？"

"直接告诉太子吗？还是先见见刘长史……"李芷惜有些犹豫。她不喜欢称心，更看不上他那个恶霸舅舅，她倒是希望雍州府永远不要找到真凶。

"公主，"一直缩在一旁的绛珠凑了过来，"这几日，太子殿下一直在为这个案子忧心，公主不妨把苏少卿的推测告诉太子，以解他心头烦闷，不然，太子怕是连明日的朝礼都无心参加了。"

李芷惜当然知道，绛珠并非真的关心太子是否能抓到真凶，她只是想回前院。毕竟八角亭四面透风，后山又因为大雨笼罩着一股阴森之气。绛珠这丫头胆子比针眼还小，让她在这儿待久了，还真怕她会受惊背过气去。

"好吧。"李芷惜起身，"苏少卿跟我去见见皇兄吧。"

苏遇起身，端起石桌上的灯盏出了八角亭。绛珠连忙拾起灯笼，重新点了火，紧挨着李芷惜，亦步亦趋地跟在苏遇身后。

后山与太子所在的正房只隔了一条东西向的长廊，虽不算远，但由于正房并无后门，苏遇等人需要从西侧的游廊绕过去。

凝重的暮色里，长廊似乎在无限延伸，走不到尽头似的。从正房窗内散发出的光亮渐渐模糊，在黑暗中缓慢地一摇一摆，仿佛随时都会停下、熄灭，让人隐隐地生出几分不安。

片刻后，苏遇感到紧跟在自己身后的脚步声停了，不由得回头看去。只见李芷惜和绛珠二人目瞪口呆地站在原地，绛珠的神色渐渐变得惊恐,手中的灯笼僵硬地举在半空中,随着夜风,游魂似的晃动着。

苏遇不解,顺着李芷惜二人的目光看去,隔着一方宽敞的庭院,透过几株郁郁葱葱的碧桃,隐约可以看见东侧的游廊上有一点光悬浮在半空中,正缓慢地冲开四周密实的黑暗,向前游弋。

苏遇也微微一怔。虽说此刻阴云密布,大雨滂沱,但游廊毕竟可以遮住大部分风雨,廊下有火光也不足为奇。可那点光源过于惨淡了些,而且,与其他灯火明显不同,那是一簇青绿色的光。

"公,公主,不会是鬼,鬼吧……"绛珠哆哆嗦嗦的嗓音在身后响起。

鬼?苏遇内心轻轻一笑。他向来不信鬼神,否则,以他的所作所为早就遭了天谴,挨了千刀万剐了。他举起手中的灯盏,迎着那道青绿色的光快步走了过去。

然而,就在他经过正房,即将踏上东侧游廊时,那抹光竟然凭空消失了。苏遇不信邪,疾步踏上东侧游廊,蹲下身就着灯盏的光仔细检查。

灰泥铺就的地面上,除了被风吹进来的、浅浅的雨痕,一个脚印也没有。

"啊——"身后的绛珠一声惨叫。苏遇被这一嗓子惊到,不由得脊背一阵发凉。

叫声很快引来了附近守卫的禁军。而后,正在观内休息的文武百官、突厥使臣也纷纷涌了过来。

"豫章公主,发生了什么事?"负责守卫的中郎将李修询问。

"好像……有鬼?"李芷惜似乎还没有回神,直白地把自己的所见所想说了出来。

有鬼?这可是建在都城长安的玄都观,怎么可能有鬼?人群里爆发出一阵骚动。

"速去查看殿下和虞山公主是否安好。"李修立刻下令。

不多时,一名守卫从正房赶了回来,报告说太子并无大碍,只是因为大雨导致足疾发作,行动不便,正在由太医诊治。

太子李承乾尚武,常常在东宫和护卫们演习左右攻防之术,有一次意外伤了脚踝,之后就再没痊愈,每逢阴天下雨就会疼痛难忍,眼下这光景,怕是不能出来主持大局了。

李修点了点头,又转头看向东厢的方向。只见守卫扶着一个颤颤巍巍的老妇人,一路小跑了过来。

老妇人是虞山公主的奶娘,名为阿阙,因李世民曾有封乳娘为郡夫人之举,大家便也出于尊敬,称呼阿阙一声"老夫人"。

此刻,阙老夫人眼神慌张,布满皱纹的脸颊不住地抖着:"虞山,虞山不见了!"

"什么?"众人皆是一惊。

公主失踪,非同小可。李修立刻派出全部兵力对玄都观展开搜寻。可惜,折腾了近一个时辰,得到的结论却是:所有随行的百官、守卫、使团成员都在,唯独虞山公主一人不见了。

难道，刚刚消失的那簇青绿色的光就是虞山公主？

苏遇快步走到公主消失之处查看。玄都观建在地势较高的坡地上，东侧游廊正好连着后山一处土坡，游廊尽头是一纵逐渐向上铺排的木板，用来防止石块滑落。除此之外，再无其他，根本没有可以出逃的小门。

"苏少卿，"李修挤过人群，走到苏遇身侧，"公主失踪之事，您怎么看？"

前任大理寺卿年迈辞官后，大理寺一应事务就都落在了苏遇肩上。眼下这案子事关重大，办得好，升至大理寺卿一职便如探囊取物，办不好，他脖子上这颗脑袋可能就要搬家了。苏遇不想妄下决断，只敷衍道："公主就算离开玄都观也必然不会走远，派人四处去找找。"

李修认同地点了点头，立刻就去点兵了。

此刻的玄都观中虽汇集百官，可因雨势瓢泼，众人都待在房中，根本没有人注意外面的动静，更别说是知道公主的行踪。

最后见到虞山公主的阙老夫人回忆，公主在东厢内待得好好的，因为长途跋涉很是疲累，就打算早些休息。她上床前习惯性地去后山茅房解手，结果就再没有回来。

苏遇听之默然。

玄都观四周围有高墙，墙内外都是重兵把守。行事缜密的圣人为了不落人话柄，特意采用了"一个唐人配一个突厥人"的配置，确保任何一方都不可能动手脚。是以，"看见公主离开却又

## 唐多令·晏山海

知情不报"的情况断无可能出现，在没有其他人相助的情况下，虞山公主断不可能离开玄都观。

那么，如果她有帮手呢？

这次和亲意义重大。大唐开国不到三十年，虽然正值贞观盛世，但边界各国依旧虎视眈眈。对于虞山公主入唐一事，北边的高句丽一直颇有不满，如果高句丽趁机搅乱这次联姻，或许真能破坏大唐与突厥间得来不易的和睦……

忽而，苏遇感到一簇目光紧盯着自己，他下意识侧目，却只看见游廊之下群龙无首的文武百官。苏遇吸了口气，揉了揉发紧的眉心。

一夜的凄风苦雨过后，并没有迎来一个爽朗的清晨。雨还是淅沥沥地下着，天边黑色的浓云四周镶着一圈脆弱的金边，象征性地昭示着日光的存在，却也窒息地压在朝堂上噤若寒蝉的百官肩头。

早朝，圣人听闻虞山公主失踪后大发雷霆。在左右百官的建议下，李世民责令禁军和大理寺全力找寻公主，限期五日，违者重处。就在众人以为此事已经板上钉钉，未被波及的人刚要松口气之时，太子一瘸一拐地出列了。

"陛下。"李承乾平静地奏道，"虞山公主失踪一事不可不重视，但太过重视恐怕突厥会借题发挥。"

"哦？"李世民微微眯起双眼，"太子以为如何？"

"虞山公主毕竟是在玄都观内失踪，突厥使团已然对臣有颇多不满。"太子言辞沉痛，眼中带着一丝悲伤之色，"臣担心自己再出面会激起两方矛盾，不如让魏王代臣出面安抚使团，以示我大唐对突厥的重视，臣也定当全力支持四弟。"

"陛下……"魏王李泰倏地出列想要拒绝，却被李世民一个眼神制止。

太子继续道："公主毕竟尚未入朝，非我皇室中人，且生死不明，若此时便让大理寺介入，未免尚早。此案发生在长安城内，属雍州府管辖，更何况，雍州府长史刘行敏断案无数，才思经验无人能及，正是接管此案的最佳人选。"

太子所言有理有据，无可辩驳，圣人当下应允，魏王也无话可说。随着一声"退朝"，朝中大臣作鸟兽散。

苏遇内心清明：公主失踪一案干系重大，太子借题发挥，让魏王安抚突厥，又命魏王下属的雍州府查办此案，无非是希望魏王办事不力，在圣人那里失了恩宠。

两位殿下的储位之争由来已久，如今，李承乾将这颗烫手的山芋从大理寺的手上接过，扔给了魏王，想必，除了挟制魏王，也是想卖他苏少卿一个人情。

果然，苏遇刚刚跨出太极殿，就有宫人向他传话，说是太子从豫章公主处得知思美人一案有了头绪，望大理寺可以尽快破获此案，所以特意将公主失踪一事交由旁人处理，免得苏少卿案牍辛苦。

天边，乌云之后渐渐透出一抹天光。

少了个棘手的案子，苏遇自然乐得清闲，连脚步都放慢了许多。

不远处，一个瘦削的身影缓慢地在青石铺就的地面上走动。时不时地，那人就会像想起了什么令人懊悔的往事一般，狠狠地拍打自己的大腿。

苏遇快步追了上去，言语间毫无顾忌："刘长史如此烦闷，不如同我到思美人坐坐？"

"你……"刘行敏吓了一跳。

刘行敏是个极正派的人，别说现在公主失踪案让他压力山大，就算是盛世太平，鸡鸣狗盗都绝迹，他也不会到那种烟柳之地去消遣。

"刘长史误会了。"苏遇慢条斯理地解释，"听闻刘长史手上有一桩思美人的案子，我只是想为长史分忧。"

刘行敏立刻警惕起来："不劳苏少卿费心。"

"太子殿下已经将此案交给大理寺了。"苏遇略略一顿，"如果刘长史实在公务压身，无法与苏某交接案情，苏某就只有将叶祝祝请来大理寺了。"

"苏少卿！"同朝为官，刘行敏对这位大理寺少卿的血腥手段早有耳闻。叶祝祝一介弱质女流，怕是进了大理寺就再没命出来。苏遇和颜悦色却字字威胁，刘行敏只得应承。

思美人之内,丝竹盈耳,馨香缭绕。

二楼西侧有一排观水阁,漕河之水向东流入大明宫前,刚好在平康坊西北角、思美人的庭院内留下一汪清泓。苏遇和刘行敏此时正坐在二楼窗前。

苏遇身为大理寺少卿,不过是从四品上,而刘行敏却是正四品上,官职比苏遇高了一头。不过,也许是第一次来这种地方,刘行敏拘谨得很,手脚都不知要如何摆放,小心翼翼的样子反倒让他在苏遇面前矮了一截。

像是想帮刘行敏放松一下似的,苏遇将摆在桌角的小碟子递了过去。不过,刘行敏只是紧紧盯着苏遇,一动不动。苏遇只好收回手,自己捏起小碟子里的鱼食,撒向楼下的水渠。水中的锦鲤立刻聚了过来,将河水撞出层层水花。

"刘长史就没有怀疑过假母和叶祝祝?"苏遇道。

刘行敏梗着脖子回答:"死者是第一次到思美人,与这里的人都不相识,她们没有作案动机和时间。"

"也许,她们是为了别人。刘长史可有查过与叶祝祝有过交往的人?"苏遇提醒道,"比如,东市胭脂铺的老板。"

刘行敏回道:"自然查过。"

刘行敏的眼中虽有无奈,但并无因失职而产生的恐慌,苏遇断定,刘行敏早已查明真相,只是不想公开而已。

苏遇话锋一转:"刘长史为何不尽快了结此案,给太子殿下一个交代,也好全力搜寻虞山公主。"

刘行敏反问："苏少卿如此急于破案，究竟是为民请命，还是要逢迎太子……"

刘行敏话未说完，忽然看见苏遇望向楼下水渠的目光变得诡异起来。刘行敏好奇，不由得也靠近窗子，向楼下看去。

只见清静的水面上接连浮起一朵朵桃花。

漕河水道两岸皆是楼宇，并无一棵桃树，而且，此时无风，也不可能将其他街坊的落花吹来此处。更何况，那些桃花分明是从水底浮出来的。

不多时，一朵朵粉白的花片便像沸腾的水泡一般，接二连三地涌出水面。

水中浮花这一场景很快就引起了大家的注意，一众恩客还以为这是思美人招揽客人的新手段，纷纷叫好，可假母却一头雾水，坚称不是自己所为。

浮花渐渐停止，花瓣也随着水流缓缓漂去，众人这才安静下来，纷纷猜测这景象是如何产生的。在众人的议论声中，假母让几名小厮下水检查。约莫半炷香之后，小厮们浮出水面，脸上各个都带着肃穆的神情。

靠在二楼窗前的苏遇不禁觑起了双眼，紧紧盯着那个被小厮们抬着，渐渐露出水面的东西——竟然是一口木棺。

众人哗然。

苏遇和刘行敏迅速对视一眼，起身下楼。

二人迅速亮出身份，遣散围观的恩客，只留下假母和几个小厮。随后，二人小心翼翼地检查木棺——

制作木棺的木材实属上品，应是价格不菲，木棺外还雕刻着细致的花纹，可见准备棺材的人是何等用心。只是，棺盖封得并不严实，似乎只在盖棺后匆匆锤了几下，也不管木钉楔入的是否牢靠，就将棺材沉了水。

苏遇和刘行敏朝彼此点了点头，而后一起用力，掀开了棺盖。

二楼，探头探脑的恩客之间忽地爆发出一阵惊呼。水渠边，假母和几个小厮也惊得纷纷后退。

棺材里，赫然是一具无头女尸！

## 第二章　棺中姝色

女尸衣着华丽，且入水时间显然不长，尚未形成浮肿，还能看出她的皮肤细腻，身段窈窕，哪怕此刻正毫无生气地躺在木棺里，也依然可以看出，此人生前必是一个美人。

棺内四壁上，沾着大量打湿了的桃花瓣。想来，花瓣定是随女尸一同被封入棺中，河水入棺后，这些桃花便随着流水从棺盖与棺壁之间的缝隙涌出，浮上水面。

葬人的同时还葬花？苏遇内心一哂，将粘在指尖的花瓣弹落。

"死者的头颅应该是被斧子一类的利器砍去的。不过，凶手的手法很是生疏。"刘行敏指着尸体脖颈上的断口道，"几次才将死者的脖颈砍断。"

苏遇补充道："脖颈切口处没有血液渗出，棺木四周、死者身上也没有留下任何血迹。河水进入棺木的时间不长,不可能将血迹冲刷得如此干净,由此可见,死者是在断气之后才被斩首的。"

尸身被如此精心打扮,放在昂贵的棺木里,还陪葬了这么多桃花。如此看来,凶手对死者应该充满了爱慕,不舍得尸身有半点损坏。那么,砍头或许是为了隐藏死者的身份。

隐藏死者身份……

想到此处,苏遇的双眼猛地睁大,连忙俯身再次看向女尸。女子双手皮肤细腻,没有任何茧子,四肢纤细,体态柔美,一看就是养尊处优之人。难道是……

"呦,这不是祝祝嘛。"正当一个可怕的念头闪过时,人群中忽然传出一声哂笑。

苏遇全身一凛,目光锐利地看向身后。

假母连忙上前将出声的女子拉了出来:"棋萱,这话可要想好了再说。"

"这身衣服料子一看便知是产自西域,整个思美人就只有叶祝祝有胡人恩客。不是她,难道会是我?"棋萱边说边撞了撞苏遇的肩,摇着团扇指了指自己的鼻尖,桃花流水般的眼波瞬间将苏遇打量了个遍。

苏遇微微侧头,斜睨向棋萱:"楼中姐妹死了,你倒是幸灾乐祸。"

棋萱冷笑:"那怨得了谁?她自己贪心不足,偏要找什么画师画像，想要飞黄腾达，真是造化。那个叶湾湾也果然是名不虚传，还真把人给杀了。"

"叶湾湾？"苏遇和刘行敏异口同声，"叶湾湾是谁？"

"是一个画师。"假母担心棋萱再这般口无遮拦下去会惹出什么乱子，连忙替她答道，"这个叶湾湾在坊间非常有名，听说，被她画过画像的人，都会死于非命。"

刘行敏恍然大悟地"哦"了一声："前阵子长安城里的确有这么个传言，本官也派人调查过，那个画师并无异常。"

"所以，大家才说那个叶湾湾会巫术。"假母一本正经地说道。

苏遇对这个传闻不屑一顾，轻轻"呵"了一声："既然这么邪，为什么还要找她画像？"

假母答："苏少卿有所不知，叶湾湾给人画像，大部分时候都是一气呵成。只要她的笔触不断，被画像之人就能行大运，可一旦她画错一笔，被画的人就会丧命。不过，叶湾湾很少画错，所以，还是有很多心存幻想的人对她趋之若鹜。"

苏遇不置可否地点了点头，转向棋萱，目光锐利："什么时辰画的？"

"昨日未时到酉时之间。"棋萱颇为怨怒地扫了一眼棺中女尸，"自己画像，却打发我去应付那几个穷鬼。姑奶奶我足足被缠了三个时辰！"

刘行敏问道："那幅画像可还在？"

棋萱看了看这个拘谨的小老头，故意捏着团扇在他脸侧擦过，咯咯笑道："我怎么知道，人都死了，留着画像睹物思人吗？"

苏遇看着刘行敏手足无措的模样，竟有些同情，于是稍稍跨了一步，挡在二人中间。

天边的夕阳又西落了几分，血色般的日光斜斜地打在思美人二楼的屋檐上，在水渠边留下一排抖动的光影。

苏遇瞥见脚边晃动的日影，下意识地抬头向二楼看去。只见排排雅间都半掩朱窗，唯有一间，窗子敞开着，垂在两侧的纱幔被春风拂起，高高地扬出窗外。

苏遇眉心一动："那是叶祝祝的房间？"

棋萱懒洋洋地"嗯"了一声。

看来是刚刚起身，还未整理房间便已遇害。苏遇思量着，立刻转身上楼。

叶祝祝的房间还保持着女子晨妆时的模样，尚未归置的被褥此刻映着透窗而入的日光，隐隐散发着一丝慵懒妩媚的气息。

常替叶祝祝整理房间的女婢迅速将屋内的用品检查了一番，并未发现有任何遗失。

苏遇点了点头，漫不经心地从飘荡的纱幔间穿过，踱步到叶祝祝的梳妆台前。

他的目光被梳妆台上一只金银平脱的漆木首饰盒吸引。盒上的纹饰图样与那口棺椁上的雕刻有几分相似，只是制作工艺略有不同。苏遇打开木盒，取出里面的胭脂。

苏遇皱了皱鼻子："这胭脂的香气似乎不常闻到。"

"她喜欢竹叶香，只用这种气味的胭脂。但这胭脂非常少见，只有西市的胡商那里才买得到。"棋萱摆弄着垂在脸侧的发丝，"不过，叶祝祝可是思美人的头牌，只要一开口，大把的男人抢着给她送来。"

苏遇放下胭脂，在房中翻找一番，并未看到那幅神秘的画像。

棋萱一直跟在苏遇身侧，两只含情的凤眼简直生出了钩子，铆足了劲往苏遇身上招呼。奈何苏少卿目中无人，只有尸体。

苏遇询问："昨日画像之后，叶祝祝可曾离开思美人？"

"少卿，"棋萱捏起一副百灵鸟似的好嗓子，弱柳扶风般款步到苏遇面前，伸手替他理了理衣襟，"她人都死了，还有什么好问的，不如……"

苏遇冷着脸，强行按捺着自己的脾气，向后退了半步。

谁知，棋萱竟分不清形势，再次贴了上来："该说的我都说了，这人又不是我杀的。小郎君这么好的相貌，做什么总盯着死人看，平白辜负了这大好……"

棋萱话未说完，只觉喉咙一紧，便再也说不出话来。她有些惊恐地看向苏遇，只见他神色自若，不露半点喜怒。

苏遇的一只手掐在棋萱颈间，细长的手指仿佛是腐骨蚀肉的刑具，几乎嵌入她的皮肉里。继而，他手腕轻轻一转，径直将棋萱甩了出去。

"本官耐心有限。"

棋萱踉跄着撞在一旁的茶案上,发丝散开,满头花钿落了一地。她脸色惨白,下意识地往窗边缩过去:"奴,奴家不曾见过叶祝祝离开。"她喉咙处痛得发紧,声音也粗糙了许多,"昨夜替她送走了两位客人后,我去找她要酬钱,她见我突然进门,还有些紧张,塞给我了好多金银……"

苏遇听着棋萱的供述,漫不经心地扯过窗边的帷幔,将残留在指尖的脂粉擦了下去。

忽然,窗外又传来一阵喧嚣,苏遇下意识地探头看去,只见几名衙役正推搡着一个女子往思美人走来。

"她就是叶湾湾。"身后的棋萱艰难地吐出几个音。

## 第三章　画师之谶

叶湾湾有个习惯，画过一次的风景不会再看，画过一次的人也不会再见。没想到，隔了不过一日，她竟然再次踏足思美人。

怎么说呢，自己果然和"美人"二字有缘。叶湾湾边想边看向流经脚下的漕河之水。

临近黄昏，下了一日的雨已经停了。橘红色的光洒在漕河波动的水面上，荡漾起一圈圈光斑。光斑四周时不时冒出一串串气泡，片刻后，那气泡越来越多，"噼噼啪啪"地在水面上爆裂开来。

押送叶湾湾的衙役们这会儿就站在水渠边，举目四望，似乎在寻找刘行敏，闲来无事的叶湾湾便弯下腰，好奇地盯着水面。片刻后，她抬起被麻绳捆住的双手，伸出手指勾了勾衙役的袖口，等对方看向自己时，她才慢慢露出一个天真无邪的微笑，缓缓道:"你们的刘长史……好像要淹死了。"

为首的衙役叫铁头。起初,他以为叶湾湾是在诅咒刘行敏,便将自己那颗又圆又硬的脑袋一转,怒目瞪了过去,却正好瞧见一坨黑乎乎的东西在水面下浮浮沉沉。铁头片刻间有些怔愣,像是并未看清那东西究竟是何物,随后又猛然回神,丢开佩刀跳进水渠:"长史!"

"长史?"其余的衙役听到铁头的叫声也接连跳入水中,一时间水花四溅。

叶湾湾轻轻擦掉溅在额际的水珠,歪着头,看着众衙役七手八脚地将浑身湿透、头上还挂着水草的刘行敏捞了上来。

刘行敏用力"呸"出嘴里的泥,拧着浸水的衣摆,顺便抬头瞄了一眼叶湾湾。

"刘长史,案子再难办也不能轻生啊。"二楼,一直不动声色观察一切的苏遇扬声打趣。

听见苏遇的声音,叶湾湾从刘行敏身上收回视线,慢悠悠地仰起头。迎着浓烈的夕阳,她依稀看见窗边那个模糊的身影此刻正蹙着眉,望着静静流淌的河水。

这个模糊的身影,让叶湾湾忽地想起了梦境中那个诡异的雨夜。

片刻的失神过后,叶湾湾缓缓勾起嘴角,语气依旧不紧不慢:"是这位使君要见我?"

苏遇快速瞥了一眼叶湾湾,却没有理会她。继而,他的身影从窗边消失，似乎不过几个呼吸间，他就已然站到了叶湾湾面前："思美人的叶祝祝死了，你知道吗？"

"死了？"听了苏遇的话，叶湾湾似乎有些惊讶，两只大眼睛直率地眨个不停。

"听说你昨晚给她画过画像。"苏遇的眼中带着审视玩味的神色，"画得顺不顺利，她会不会死，你会不知道？"

叶湾湾没有争辩，目光在苏遇和刘行敏间转了转："我能看看祝祝吗？"

"尸体就停在地窖冰库，仵作正在验尸，劳烦苏少卿带她去吧。"刘行敏闻言，抖了抖自己湿漉漉的衣袖，"本官这一身的水就不去冰库了，免得冻在地上抠不下来。"

苏遇略一颔首，牵起捆住叶湾湾双手的麻绳一端，把人拉走了。

叶湾湾跟得很近，她微微侧着身，将苏遇从头到脚打量了一番，目光最后落在他的眉眼间，极为欣赏似的抬起双手，虚空地勾勒了一下苏遇侧颜的轮廓："这位苏少卿，需要画像吗？"

苏遇冷笑："画师能否给我画出个平步青云的好前程？"

叶湾湾也跟着笑："想必，苏少卿并不相信画像能让人死于非命。既然如此，我帮苏少卿画错几笔，等凶手找上门，您自然就能抓到他了。"

苏遇皱眉，忍不住回头看了叶湾湾一眼。只见叶湾湾满眼的真诚，没有半分戏谑。可苏遇却觉得，这画师怕不是脑子不好。

苏遇的声音有些冷硬："你既然知道自己的画像能害人性命，为何还要去画？"

"我要赚钱养活自己，如果对方真的不顾死活，我又何必跟银钱过不去。"叶湾湾颇觉理所当然。

这话倒是不假。谁也不能小瞧世人追名逐利的心，为了私欲，铤而走险的比比皆是，何况只是一张画像而已。

"苏少卿。"不远处，忽然有人声响起。

苏遇循声望去，正看见仵作迎面而来。

据仵作所言，死者的死亡时间应是在今日卯时到辰时之间。致命伤很可能在丢失的头颅上。此外，尸体筋骨柔软，但骨关节处多有磨损，似乎是长期练舞所致。

听罢，苏遇看向叶湾湾，只见她听得认真却面无表情，只等仵作收了声，她便主动向地窖走去。

思美人的地窖有一半在土基之下，房间里只有一扇窄小的窗，夕阳的光根本透不进来。房门开启时，冷热空气瞬间交替，那一块块的冰便开始散发出缕缕白雾，将整个冰窖渲染得又冷又阴森。

叶湾湾的胆子很大，苏遇刚松开手，她就自己走了进去，仿佛丝毫感受不到恐惧，自己动手推开了精雕细刻的棺盖。

盖子被推开的瞬间，叶湾湾依旧毫无反应，可片刻后，她像被针刺了一样缩回手，短促地"啊——"了一声。声音虽然不大，但显然是被吓到了。

这个看起来没心没肺、奇奇怪怪的画师到底还是有些寻常人的反应。不知为何，苏遇竟有些得意。他目不转睛地盯着叶湾湾脸上的神情："想到了什么？"

叶湾湾的眼中有明显的慌乱，眼角瞬间蒙上了一层水汽。她颤抖着自言自语："怎么会这样……不可能的……她怎么会死？"

"今日卯时到辰时这段时间，你在哪里？"苏遇根本不给叶湾湾悲伤的时间，盯着她立刻逼问。

"我在附近作画……平康坊的海棠很美。"叶湾湾像梦呓似的回答。

苏遇问道："何人能为你作证？"

"没有。"叶湾湾轻轻摇头，似乎在慢慢回神，片刻之后又否定了自己的话，"朱雀大街外有一家茶肆，我就在那里，还和店家要过一碗茶，店家一定记得。"

看着叶湾湾渐渐恢复神智的模样，苏遇不觉皱了眉。眼前这个姑娘眉目清朗，一看就是机敏之人。她眼中的确有悲痛，有震惊，虽然很克制，但面对突如其来的死亡，生理上的本能反应她还是掩盖不住的。如果她是真凶，那这出"乍见亡者"的戏码，她做得可谓炉火纯青。

现下，叶湾湾已经完全冷静下来，再次开口："我没有杀人。"

苏遇又道："你和死者是什么关系？"

叶湾湾摇了摇头："我只是帮她画了幅画。"

"既然你有以画预言的能力……"苏遇向她近了一步，微微俯身盯着她的双眼,"叶祝祝为何找你画像?她是想活得更好,还是死得更快?"

"这我哪里会知道。"叶湾湾对苏遇回以惨淡一笑,"就算她告诉我,我也不会故意将画像画好或是画坏。况且,她究竟有何目的与我画像毫无关系,我自然也不会问。"

苏遇问道:"今日卯时到辰时之间,你可曾见到叶祝祝?"

叶湾湾真诚地摇头:"不曾。"

"画呢?"苏遇目光不动,重新站直腰身。

"在这。"叶湾湾轻轻抖了抖挂在自己腰间的小布包。

布包的带子是绕过手臂挎在身前的,要想取下就得先解开叶湾湾被麻绳捆住的双手。叶湾湾顺势将手举到苏遇面前,可苏遇却不为所动。他将叶湾湾上下打量了一番,随后扯起布包,搭在叶湾湾端在半空中的双手上,迅速从里面翻出了几张海棠的未完稿。

"几个时辰就画了这些?"苏遇将画纸在叶湾湾面前抖开。

叶湾湾笑道:"精益求精,是需要些工夫的。"

苏遇继续翻找画纸:"叶祝祝的画像呢?"

叶湾湾似乎有些疑惑:"当然是在叶祝祝那里。"

苏遇目光一紧:"我搜了整个房间,并未发现那幅画像。"

"我真的不知道。"叶湾湾摇头。

言语间,叶湾湾的双手像是忽然耗光了力气似的,猛地往下一坠,未及触地,包带倏地卡在了叶湾湾的手腕处,布包下落的趋势戛然而止，在叶湾湾身前打着圈地摆动。

然而，苏遇和叶湾湾像是没有注意到这一变化似的，二人的目光始终都没有离开过彼此。

苏遇有些看不透叶湾湾。她就站在自己面前，规规矩矩，眼神没有一丝躲闪，神色没有一点狡黠。可不知为何，苏遇有一种强烈的预感，这个叶湾湾并不像她表面看起来那么纯粹直率。

水渠旁的石子路上，刘行敏正被一众衙役七手八脚地清理着发间的水草。

"您说您好端端地跑到水里去做什么。"铁头大为困惑。

"找到些线索。"刘行敏的目光再次瞥向水面，仓促应答，转而又道，"我让你办的事，办妥了吗？"

铁头回道："来之前，弟兄们沿着河道一路打探过来，没有人看见河面上有浮棺。"

刘行敏点头，又转向思美人的小厮："你们今日可有人看见死者离开思美人？"

小厮们集体毕恭毕敬地摇头。

刘行敏见此处已然问不出任何线索，便将铁头等人留下整理现场，自己去了二楼叶祝祝的房间。

推开门，刘行敏就后悔了。

假母正等在房中，见刘行敏进来，她立刻殷勤地上前，扯着他老人家的胳膊，一路连捏肩带捶背地把人带到桌前坐下，利落地倒了盅茶，双手捧着，举到刘行敏嘴边："刘长史，您喝茶。"

"哎哟，劳驾劳驾。"刘行敏几乎从凳子上蹦起来，不过，他刚有一个向上的趋势，就被假母眼疾手快地按了回去。

"刘长史是我们长安城的父母官，案牍辛苦，我给您松松肩。"假母说罢，就捏出两手兰花指，一路从刘行敏的肩膀头往胯骨轴溜去。

"使不得使不得。"刘行敏立刻浑身颤抖，费了九牛二虎之力才从假母手下脱身，一跃躲到窗边，见缝插针地问了句，"敢问夫人……那个画师叶湾湾是否常来思美人？"

假母扭着腰身追了过去："刘长史别光顾着查案，我人就在这儿，又跑不了，待会儿有的是时间让您审问，我先给刘长史……"

"夫夫夫人好意，我我，本官心领。"刘行敏不得已开始满屋子躲闪，"毕竟刚刚发生了一起人命案子，夫人还是要节哀啊。"

假母边笑边答："刘长史有心了。"

"应该的，应该的，那这案子……"

正当刘行敏心力交瘁之际，雅间的门终于被再次推开，苏遇带着叶湾湾和棋萱走了进来。

假母见状，停了手上的动作，捏起桌边的团扇轻轻摇着退回到门边。刘行敏长长松了口气，抓着窗棂的手总算松了松。

苏遇的目光在二人之间扫过，随即，若无其事地勾起唇角："刘长史可问出些什么了？"

刘行敏坐回到梨花木的茶桌前,喝了口茶,终于找回了一些雍州府长史的气势:"本官是这么想的,杀人害命无外乎几种原因,为钱,为仇,为情。"

苏遇点头,等着刘行敏继续。

"存放尸体的棺木所用的都是上等木材,价值不菲,能买得起此等棺木的凶手必然是富贵之人,所以,不太可能是第一种。"刘行敏喘了口气,"为仇……"

"为仇……"苏遇适时又从容地开口,打断了刘行敏,"我记得,叶祝祝还与另一桩人命案有关。"

"哎呀。"假母摇着团扇的动作加快了些,"那个案子刘长史已经问过了,当时我们所有人都不在场,我也不知道那个人他怎么就死了呀。"

苏遇质问道:"叶祝祝是思美人的头牌,每日酉时是思美人最热闹的时候,夫人怎舍得放自己的摇钱树在这个时候出去。"

"思美人虽然只是供人找乐子的地方,不比你们衙门,但我们也是讲人情的。"假母不慌不忙地解释,"祝祝虽然是我的摇钱树,但她有要求,想要出去,只要她纳了银钱,足够抵扣她不在时给思美人带来的损失,我也没道理不放人出去不是。"

苏遇显然早已对他人的巧言令色习以为常,面对假母的辩驳,仍旧不为所动地继续逼问:"上缴银钱却只为出去买几盒胭脂,思美人这位头牌的行事还真是有趣。难道这里的人都习惯夜里摸黑去挑选胭脂?"

"苏少卿,这您就不懂了。"假母越说越有精神,"祝祝向来都是在晚上登台的,自然要挑选适合在暮色下使用的胭脂,当然要晚上去挑才好。"

假母三言两语就将苏遇那几个咄咄逼人的问题通通挡了回去。

刘行敏一脸一言难尽地看着苏遇,但又觉得让这位自负冷漠的后生体验一下江湖险恶也不是什么坏事。

一直靠在窗边,被捆着双手还坚持在手帕上练笔描画图样的叶湾湾抬起头,看戏似的看着苏遇的脸。不过,她并没有在苏遇的脸上看到预想中的那种变化莫测的神情。

苏遇将梳妆台上的胭脂一一摆开:"听说,叶祝祝惯用的胭脂只有西市胡商那里买得到。且不说那晚叶祝祝为何急于要自己去选胭脂,只要查查东市的胭脂铺里是否也有这种竹叶气味的,就知道她是不是在说谎。"

假母噎了半晌,随即没好气地反驳苏遇:"我们祝祝是喜欢竹叶香,但苏少卿用此事作证据难免草率了些。难道祝祝就不能一时兴起,尝试下别的香气的胭脂?"

"哦?"苏遇指了指满桌的胭脂盒,"本官怎么没发现这里还有其他香气的胭脂?"

假母又想反驳,可张了张嘴,却发现自己不知道要说什么。

雅间内陷入一片沉寂。就当苏遇要下论断之时,叶湾湾缓缓开了口:"这位苏少卿好像认定叶祝祝的死与太子有关?"

"什么?"苏遇被这突如其来的挑衅问得怔了片刻。

"那个无赖在长安无亲无故,背后只有太子撑腰,这事我们大家都知道。你断定叶祝祝是因为杀了那个无赖才惹来杀身之祸,那能对她下手的,除了太子还有谁?"叶湾湾微微眯着眼睛,看热闹不嫌事大地又追加了一句,"太子身份尊贵,一定买得起那样一口上好的棺木。"

苏遇指尖一抖,觉得刚捧到嘴边的茶忽然就不香了。

"王子犯法,与庶民同罪。"叶湾湾还在继续,"既然叶祝祝的死与太子有关,还请苏少卿把太子殿下一同押来对峙。"

雅间内荡起一股诡异的气氛,隐隐让人嗅到一丝不怀好意的味道。

刘行敏下意识地瞥了一眼苏遇,正见他擎着茶盅的手忽然用了力,骨节处透出了森森的白,显然是被激起了内心的狠绝。刘行敏生怕叶湾湾会因此被带入大理寺,连忙打圆场:"苏少卿只是在分析死者被害的原因,并非是要下什么论断。"

苏遇闻言放下茶盅,动了动僵硬的五指,目光透过指间的缝隙瞥向刘行敏:"刘长史不必担心,本官也不是对什么人都用刑。"

"咳。"刘行敏重重清了清嗓子,"还,还有一种可能,就是情杀。"

叶湾湾歪着头想了想:"给叶祝祝画像时倒是听她提起过,说是有个身份尊贵的王孙公子看上了她,要为她赎身。好像是……姓冯?"

对于叶湾湾的说辞，苏遇天然地有一种不信任感。他平复好方才尴尬的情绪，面无表情地看向棋萱："她说的可是事实？"

棋萱下意识地晃动起腰身，又露出了那副媚态。只是，喉咙处传来的锐痛让她不由自主地绷紧了身体，又生生将那股子风尘气压了下去。她压低了嗓音："姓冯？那就是冯家郎君咯。"

刘行敏问道："哪个冯家？"

棋萱翻了个白眼："还能有谁，礼部侍郎那个冯家。"

"礼部侍郎？"苏遇和刘行敏同时露出怀疑自己听错了的表情。

听见苏遇的声音，棋萱浑身一震，下意识摸了摸自己的脖子："是……冯侍郎家的，郎君。"

"不可能。"苏遇断然否决。

"为什么不可能？"叶湾湾语气淡淡的，看戏似的看着苏遇脸上尚未完全敛去的、错愕的表情。

刘行敏耐心解释："冯家郎君三日前刚刚过世了。"

"在死之前，完全可以和叶祝祝有往来。"叶湾湾自言自语似的念叨，神色也了然起来，"看来，祝祝是想殉情。"

苏遇很想呵斥一句"胡说八道"，可又不想在刘行敏面前失了风度，于是便扯出一丝阴冷的笑来："他是病死的。"

"生病就不能来思美人？"叶湾湾疑惑不解，"难不成，冯家郎君得的是不举之症，上不得青楼？"

这一次，连老成持重的刘行敏都没能忍住，把一口明前茶全喷了出来。

苏遇的目光更加阴沉了。他看得出，这个叶湾湾就是在装疯卖傻，继续追问只会让她装得更卖力。他决意暂且将叶湾湾晾在一边，看向刘行敏："刘长史刚刚下水可是有什么发现？"

"嗯，对。"刘行敏重新整理思绪，"我计算过，木棺在不灌水的情况下完全可以顺水漂流。从它内部的浸泡程度来看，应是在进入平康坊后沉的。从死者死亡到我们发现棺木大概过了四个时辰，根据水流流速，大致可以推测木棺是在光德坊一带入水的。"

苏遇顺着刘行敏的思路继续："光德坊临近西市，又是雍州府衙署所在，想做到神不知鬼不觉地将一口棺材沉水，还要一路漂过来不引起注意，不容易。"

刘行敏皱眉："铁头他们来之前沿着河道探查过，至少在漕河水路两岸，没有人看见浮棺。"

"不妨先看看光德坊附近是否有与死者有牵连的人。"苏遇看向棋萱和假母，"叶祝祝可曾与人结怨？"

假母面露难色，似乎全无头绪。

"叶祝祝心高气傲，被她拒绝过的人对她大抵都有些怨怒。"棋萱的神色冷了冷，"这样看来，怨恨她的人可真是数不清……"

棋萱边说边努力回想，长长的尾音渐渐失声。空旷静谧的房间里忽然荡起一阵"哒哒"的细响，清脆却不突兀，就像入夜后的梆子声。

苏遇目光一转,看见叶湾湾正靠在梳妆台上,捆在一起的双手此刻就搭在桌边,百无聊赖地敲着木质的台面。

高低错落的轻响里,棋萱忽然抬起头。

"我想起来了,前几日有个木材商……"棋萱边说边看向假母,"我记得,他被拒绝后在思美人大闹过一场,还是妈妈出面摆平的。"

假母忙不迭地点头。

棋萱又不自觉地扭出一身媚态:"他在西市可是有头有脸的人物,出手甚是阔绰。"

"西市?"刘行敏沉吟,"距离光德坊不远,且有能力制作那口上等棺木。"

苏遇闻言道:"长安城内水路还算便利,木材商用船只运送些棺材木器倒也不会引起怀疑。"

刘行敏轻轻点头。

"苏少卿,刘长史。"房间内忽然响起叶湾湾的声音。

苏遇抬头看去,只见叶湾湾一步步向他蹭了过来,将那双捆着麻绳的双手稳稳地举到了他的面前。

叶湾湾理直气壮道:"既然找到了嫌犯,就给我解开吧。"

苏遇看着叶湾湾,没动。

一旁的刘行敏见状,连忙往前迈了一步,作势要为叶湾湾解开绳子。

叶湾湾被刘行敏拉着,不自觉地往他的方向跟了几步,可还是侧着头,视线向后看着苏遇:"敢问苏少卿名讳?"

"姓苏名遇,字景逢。"

"记住了。"叶湾湾夸张地点了点头,见苏遇带着审视的目光看向自己,她立刻露出一个干干净净的笑来。

苏遇不信巫术,但也绝不认为叶湾湾只是举止诡异这么简单。原本,他只是要替太子捉拿叶祝祝,如今叶祝祝已死,他已然可以交差。可此刻,他却生出了要继续追查下去的心思。

## 第四章　公子妖孽

天光散尽之前,苏遇带着叶湾湾离开了思美人。

路过朱雀大街旁的茶肆时,苏遇不忘找店家确认了一下叶湾湾关于不在场的供词。一个整日在门外招揽生意的伙计言之凿凿地表示,在衙役带走叶湾湾之前,她一直都在茶肆门外作画。

已过戌时的光景,暮色四垂,道路两侧纸扎的风灯也已亮了起来,泛着雾蒙蒙的黄光,在夜风里轻盈地左摇右摆。

叶湾湾不声不响地等在苏遇身后,歪着头看着街角盛开的海棠花。

苏遇循着她的目光看去:"你喜欢海棠?"

叶湾湾点头:"早上来作画时,它们还没开。"

四周昏黄的光照在海棠粉紫色的花片上,像是给它镶了圈金贵的边儿。叶湾湾垂在身侧的手不觉轻轻抬起,悬在胸口的位置,伸出食指虚虚地描了一朵海棠的样式。

苏遇盯着叶湾湾的动作,蓦然想到了什么:"你都给谁画过像?"

叶湾湾停下手中的动作,低头回想:"最近,好像只有叶祝祝,不对……"她嘟囔了一阵子,好像在数日子,"大概十天前,在城外也画过一次。当时我在画山水,有一行人路过,其中一位小娘子见我画得好,就让我给她画像。"

"知道对方的身份吗?"苏遇生出几分好奇。

"当时有很多人,一大队,有马有车,那些人对那位娘子都毕恭毕敬的,好像,她的身份挺尊贵的。"叶湾湾努力回忆,"应该……是个什么山头的公主。"

"什么山头的公主?"一个名字在苏遇心中呼之欲出。

叶湾湾点头:"对,我听他们都叫她什么山的公主。"

苏遇一惊:"虞山公主?"

"好像是这个名字。"叶湾湾略微回想了一下,随后,又摆出一脸人畜无害的表情,眨了眨眼,"怎么,她也死了吗?"

"她在玄都观内失踪了。"

苏遇只是闲来无事,想推翻有关叶湾湾画像的传说,不想竟发现虞山公主也是被画之人。他并不相信叶湾湾会所谓的巫术,但当他听到叶湾湾曾为虞山公主作画时,"虞山公主已死"这个可怕的念头猛地闪进脑海,挥之不去。

叶湾湾探究地看着苏遇的表情。她的眼睛很大,眼尾有些上扬,眯起来的时候会带上些许邪气。她见苏遇一直不说话,便自己开了口:"公主失踪,可是大事。"

苏遇回神,警惕地看着叶湾湾。

叶湾湾好像没注意到苏遇的神情,自顾自说着:"我也给公主画过像这件事,要不要告诉刘长史?"

苏遇终于想通叶湾湾的行为举止究竟怪异在何处,她总是摆着一副懵懂无知的模样,却能轻而易举地摸清他们的所思所想,然后再适时地抛出诱饵,引他们上钩。只是,他还不知道,叶湾湾如此行径究竟有何目的。

说来也巧,刘行敏和一行衙役正抬着叶祝祝的棺材从思美人走出来,苏遇便将叶湾湾留在原地,自己迎上刘行敏,告知他叶湾湾曾给公主画像一事。

叶湾湾趁着苏遇和刘行敏交谈的时候,避开二人的视线,绕到海棠树下,从腰间摸出两文钱,拦下一个当街乱跑的小乞丐,把描了图样的手帕塞进他手里,又弯腰嘱咐了几句。小乞丐"呀呼"一声撒开两条腿,绝尘而去。

从始至终,叶湾湾的视线都没有离开不远处的苏遇。她知道苏遇迟早会看穿她的目的,不过在那之前,她只能跟着他,摸清他的每一步棋。他发现真相的时间越晚,她就越安全。

像是忽然感受到了叶湾湾的目光,苏遇也侧头向她看去,随即拜别了刘行敏,踱步回到她身边。

"马上就要宵禁了,苏少卿还想去哪里?"叶湾湾低声问道。

"西市。"

叶湾湾被苏遇拉扯着,往前跟跄了几步:"我家在昭行坊,此时去西市,宵禁前怕是赶不回家了。"

苏遇抬头看了看天,像是没过脑思考似的回道:"本官的住处倒是不远,真要是因为这案子耽搁了,府上有东西两侧厢房可以给画师留宿。"

叶湾湾仿佛被苏遇的话给噎住了,好半天没吭声。

苏遇以为自己终于制服了这个伶牙俐齿的人,忍不住好奇她此刻的窘态,不禁回头瞄了叶湾湾一眼。谁知,刚迎上她的目光,叶湾湾便扯出一个意味深长的笑。

"苏少卿与我今日初见,您这就……"叶湾湾似乎很认真地掂量了一下用词,"要我登堂入室了吗?"

浸润官场已久的苏遇早已如鹅卵石一般圆滑,对于何时应该乘胜追击,何时应该偃旗息鼓,他格外有分寸。在他看来,语言攻击是最没有用的武器。可今日,大概是因为叶湾湾曾将过自己一军,此刻,对于她这种挑衅性质的"礼尚往来",苏遇没办法坐视不理。

两侧风灯枯黄的光汇合着浓艳的海棠春色一并映在他的脸上,轻巧地勾勒出一抹隐而未发的妖冶之气。苏遇居高临下地觑着叶湾湾,唇角扬起:"画师任情莫测,想来必不畏俗礼。不敢登堂入室难道是怕我窥探到画师的什么隐秘之事?"

"隐秘"二字的确是戳破了叶湾湾的心思。她看着苏遇的眼睛，似乎在分辨他此番言语是真的已经发现了她的端倪，还是只是在试探。

不多时，她忽然露出一抹包藏祸心的笑，绕开话题："看苏少卿的样貌应该早就过了适婚的年纪，可以如此毫无顾忌地带我回家，想来，必是妻室悬空。难不成，您还不如冯侍郎家的病秧子？"

明知道叶湾湾是在回避他的试探，可这话抛出来他又不能不反击。苏遇面色不动地静默须臾，随后，他在夜色里稍稍弯下腰，平视叶湾湾。说的话是警告的，可语气中似乎又有几分引诱："小心引火烧身。"

"苏少卿长得好，我不吃亏。"叶湾湾笑弯了双眼，一副心满意足的样子。

苏遇又想起白日里，叶湾湾脸不红心不跳地猜测冯家郎君有不举之症的一幕，自然明白叶湾湾说话百无禁忌。不过，叶湾湾看起来似乎刚过及笄，最多不过十七八。看她孑然一身地来往于长安城内外画画，也不像有父母高堂的样子。说她无师自通地懂得这些周公之礼，苏遇打死也不信。他忽然觉得，叶湾湾一定经常出入思美人，和叶祝祝绝不是"画师"与"被画者"那么简单的关系。

他嘴角露出一抹高深莫测的笑，自言自语似的念叨了一句："言多必失。"

苏遇的声音很小，但叶湾湾还是听见了，心里没来由地"咯噔"了一下。像是想知道自己到底"失"在何处似的,她下意识问了一句:"什么?"

"没什么。"苏遇一得胜便鸣金收兵,毫不恋战。

二人赶到西市时,木材铺子里只有一个伙计在忙进忙出。

苏遇此人虽生得一副儒雅的面相,却不似有和善的心肠。他那身朝服早在去思美人之前就换下了,此刻,只着了一身月白长衫。可即便如此平民的打扮,伙计还是被他周身那二丈八的气场给震慑住了,还不等苏遇开口,伙计就毕恭毕敬地迎了上来:"见过使君。"

许是没想到伙计识人的本领会高得如此出人意料,苏遇微微皱了眉。他并未多言,径直走到柜台前,信手翻了翻摆在柜台上的账册:"你们掌柜呢?"

"掌柜出城了,去看一批新来的木材。"伙计答道。

苏遇心不在焉地点头:"这账是你记的?条理倒是清晰。"

"都是我们掌柜记的。我只是一个打下手的,哪里懂得记账这些东西。"伙计一脸窘迫地挠了挠头,"平日里这些货是从哪里购入,又是卖给什么人,都是掌柜的亲自经手,我们一概不知。"

苏遇闻言,便知道从这个伙计口中是问不出什么所以然了。他倒也不介意,在房间内晃了一圈,将上下左右打量个遍,又从侧门入后院,颇有些兴致地对着墙根下的一排刀斧钉锤研究了一番。随后,他又兴致缺缺地起身,回到铺子里,打发时间似的拿起摆在柜台上的墨块，在砚台上研起了墨。

伙计有些不知所措地看向叶湾湾，想从她的脸上琢磨出二人的目的。

苏遇忽地又开了口："有纸吗？"

"有。"伙计瞬间来了精神，屁颠屁颠地绕到柜台后面，从一侧的小柜子里捧出一叠廉价宣纸，递给苏遇。

苏遇并没有伸手去接，只是示意伙计将宣纸拿给叶湾湾，自己则捏起砚台上的毛笔，抽掉两根多余的毫毛后一并塞进了叶湾湾手中。

叶湾湾一手笔，一手纸，皱着眉揣测苏遇的用意。

"告诉她，你家掌柜长什么样。"苏遇看着伙计，手指了指叶湾湾，"让她画出来。"

"这……"不明深意的伙计有些左右为难。

"你们掌柜回不来了，本官去帮你找找。"苏遇的目光落在记到一半的账目上，出账那一栏"一百七十八文"的"文"字，只写了一点一横。

跑得这么匆忙，消息可真够灵通的。

叶湾湾不动声色地在原地站了片刻，随后走到苏遇旁边，在柜台上铺开了画纸，对伙计说道："你说吧。"

伙计似乎有所顾忌，对自家掌柜的描述常常前后矛盾。叶湾湾画费了好几张宣纸，才勉强得到伙计一句"像，像我们掌柜"的评价。

苏遇看着满柜台的废稿，一脸玩味地看着叶湾湾："画师画废这么多画稿，不知道那可怜的掌柜要死上多少次。"

"谁知道凶手对着这张画像能不能找到掌柜本人。"叶湾湾轻轻耸了耸肩。

叶湾湾一脸的波澜不惊，心里却暗流湍急。她种种举动的确是在想方设法地留在苏遇身边打探虚实，但不是当下。有些事，她必须尽快去问个清楚。可看着铺子外越发深沉的暮色，叶湾湾知道，苏遇今天不可能放她走。

到底是哪里露了破绽……

百思不得其解的叶湾湾不经意地晃了晃头，正看见苏遇好整以暇地盯着自己。她立刻扬起一个少女独有的可爱微笑："我饿了。"

虽然叶湾湾在昭行坊的家是个名副其实的乞丐窝，但这并不影响她用"寒酸"来评价苏遇的府邸。二进二出的院子，垂花门内一棵老槐。所谓可以随时留宿的东西厢房，西边的被用作厨房，东边的则堪比柴房。

家里两个下人，一个是打苏遇进京时就跟着他的老仆，一个是苏遇入大理寺后聘请的厨娘，两个人都节俭到了抠门的程度。偌大一个苏宅，只有门口那棵老槐还保持着几分慷慨，纷纷扬扬地撒下一簇簇槐花。

叶湾湾刚在东厢安顿好，厨娘就捧了吃食过来，颇有自知之明地朝她笑了笑："粗茶淡饭，小娘子别见笑。"

一大碗馎饦，两张胡饼，好歹在分量上给到了对她应有的重视。谁知，还不等她端起碗，东厢的门就被再次推开。苏遇一手拿了一只粗瓷碗，走了进来，在桌前坐下，毫不客气地从大碗里给自己舀出一小碗馎饦。

叶湾湾感觉自己胃部有些胀气："苏少卿这是要和我一起用饭？"

苏遇："怎么看这都不是一个人的分量。"

叶湾湾担心继续追问下去连半碗馎饦都分不到，于是乖巧地不再言语，伸手要给自己也盛一碗。不想，她的手刚碰到瓷碗的边沿，就被苏遇给按住了。

叶湾湾抿着嘴看了苏遇须臾："在思美人，刘长史可是亲手帮我解绑的，苏少卿难道还当我是嫌犯，要审问我？"

苏遇不以为然："你以为刘长史默许我带着你查案，是因为相信你是无辜的？"

"当然。"叶湾湾边说，边轻轻抬了抬被苏遇按在手心里的手指，指甲盖有意无意地磕着苏遇的掌心。她微微抬起头，用一种暧昧不明的目光看着苏遇，"我没罪。"

叶湾湾没有作案动机还有不在场证明，何况，那口装着叶祝祝尸身的棺材也不是她能负担得起的。但苏遇在意的，根本不是叶祝祝的案子。

苏遇微微弓起手背，躲开叶湾湾的触碰："你知道我指的是什么。"

## 唐多令·晏山海

叶湾湾留意着苏遇手上的动作，忽然，她手腕一翻，干脆把自己的掌心紧紧贴在苏遇的手心里，装傻充愣道："苏少卿觉得，我这双手，像是能砍掉叶祝祝脑袋的手吗？"

叶湾湾的手很软，大概因为常年给人画像的缘故，只有中指指腹处有一层薄薄的茧。如果她刚刚用斧子砍下了某人的头颅，掌心不可能不留下痕迹。

"我说的不是叶祝祝的案子。"对于叶湾湾挑逗似的举动，苏遇视而不见，继续道，"而是被你画过画像的那些人。"

"那些人大部分是慕名而来，与我并不相识。"叶湾湾耸了耸肩，"他们的死与我何干？"

苏遇问："那些画像呢？"

"苏少卿是想在画上找破绽？"叶湾湾反问，"刘长史当初调查此案时也试图找过那些画像，也曾到我在昭行坊的住所搜过，可是，连一幅也没有找到。"

苏遇冷笑："画像消失对你倒是有利。"

"传言是'被我画过的人，或飞黄腾达，或死于非命'，我只是一个画师，就算我可以杀人，又如何保证其他人可以飞黄腾达。"叶湾湾道，"对了，如今的工部侍郎就是被我画过之后才升迁的，不如，苏少卿去问问他？"

苏遇平生最讨厌两种人：无法给他带来利益回报的和让他捉摸不透的，叶湾湾两种都占了。一个在长安城内无依无靠的画师，却能用画笔勾勒他人的前程生死，此刻更是同时卷进两件大案之中。苏遇猜不透,眼前这个人的出现究竟是偶然,还是什么人的刻意为之。

正当苏遇沉思时,他忽然感觉到叶湾湾在自己的掌心抓了一把。他反射性抬起头,正对上叶湾湾志得意满的神情。

苏遇瞥了一眼两只交叠在一起的手,露出一个心胸宽广的微笑。他漫不经心地舀了一勺馄饨,吃了一口,随后又微微动了动手腕,将被叶湾湾抓住的手向后移开,五指指尖看似不经意地从叶湾湾指尖划过,每划过一寸,他眼中就会平添一分讥诮,一分了然:"有匪君子,终不可谖兮。"

叶湾湾似乎被自己的呼吸呛了一下,有什么话要说却没能出口。

像是怕叶湾湾无法理解一般,苏遇又儒雅地开口,好心地替她解释了一下:"本官清风雅致,你有所觊觎也合情合理。"说完,他还用眼神示意了一下叶湾湾依旧搭在碗边的手。

叶湾湾努力呼出一口沉重的浊气:"想不到苏少卿人前人后竟有两副面孔。"

苏遇自夸得特别心安理得:"膏以朗煎,兰由芳涸。本官如今已凭才学入世,若再让世人看见我倜傥疏狂的一面,还不得如那卫玠一般被人看杀。"

叶湾湾虽不知卫玠是何许人也,但也听出了他话中无与伦比的自恋,心中不免多了一条对苏遇的评价:此人装得雅正,实则妖孽。

见叶湾湾一副要偃旗息鼓的模样,苏遇轻轻挑了下眉,将放在桌子中央的瓷碗推到叶湾湾面前,收敛了几分气势:"我这宅子距离西市不远,宵禁期间会被重点巡视,你要是不小心被逮住,本官可没工夫去捞你。"

说完,苏遇径直出了东厢。

叶湾湾有些失神地嚼着手中的胡饼。她当然明白,苏遇已经猜到她会在夜里有所动作,并且,正期待着她的行动。今夜,无论如何都只能按兵不动。

只是,叶湾湾有个毛病,遇事便会失眠。为了不让自己因过度疲累导致思绪混乱,再做出什么无法挽回的事,叶湾湾把给苏遇准备的蒙汗药倒进了自己的碗里,就着汤汤水水一并喝了下去。

## 第五章　不期之境

　　启明星起，弦月未落，延康坊的魏王府内已是烛火通明，魏王李泰愁容满面地坐在堂上。他已经在此处坐了一日一夜，淡青色的眼圈渐渐染上了一层黑。

　　自从圣人下旨命他接手虞山公主失踪一事，府上幕僚已经为他出了成百上千个主意。可公主失踪之时，李泰毕竟不在玄都观，根本无法知晓事情的来龙去脉，纵然有大臣们绘声绘色地演绎，也难以再现当时的情景。

　　更何况，李泰心知肚明，此事的重点并不在找出公主，而是这背后牵扯的储位之争。

　　满朝文武皆知，明面上他与太子兄友弟恭，暗地里却斗得如火如荼。这几年，太子的行径实在荒唐，规劝或是弹劾他的奏折每日雪花似的堆上李世民的案头，可太子却丝毫不懂得收敛，还偏激地认为这都是李泰从中作梗。

太子也因此没少打压李泰，甚至还搞过一次不太成功的行刺。李泰被逼急了，便默许手下的眼线将太子与太常乐人厮混的事捅到了圣上面前。

这一事可是引起了不小的骚动，不少人私下里都认为李承乾的太子之位怕是保不住了。谁承想，再大的过错也没能敌过"立嫡立长"的宗法观念。圣人处死那个男宠后，竟将此事偃旗息鼓，还为他谋划了一门好亲事。若他能成功与突厥公主成婚，那便是将整个草原的兵力都握在了手中。

如此强大的外戚支持，纵使李泰有圣人的万千宠爱，也不得不怕。以李承乾尚武好斗的性子，他日一旦山陵崩，必将李泰杀之而后快。是以，当李泰得知虞山公主失踪时，心里甚至有些庆幸。可不承想，太子竟用此事又将了他一军。

李泰顶着雍州牧的头衔，虽然圣人并不需要他去田间地头体察民情，也不需要他深入龙潭虎穴断案缉凶，可该担的责任他还是要担。雍州府隶属雍州牧，让雍州府长史负责寻找公主，就是想让他这个雍州牧承担找不到的后果。

如此也就罢了，太子竟然还得寸进尺，让他去安抚突厥，说得好听些是代天子行事，可谁不知道这就是让他去火中取栗。

这么大个烫手山芋，看似分派给了朝廷的各个部门，但实际上，不管哪一环节出了差错，追本溯源都是他李泰的失责。太子这一招真是狠毒至极。

而一向爱重他的父亲这一次竟然默许了太子的行径，想来必是因为他曝光了太子养男宠一事，丢了皇家颜面，遭到了李世民的敲打。

案头的蜡烛烧得只剩短短寸许，进而忽悠一下便熄了，室内瞬间陷入无尽的昏暗。被迫熬了通宵的婢女从失魂状态猛然惊醒，一边念叨着"奴婢该死"，一边手脚麻利地换好了蜡烛。

"几更天了？"已然坐得全身麻木的李泰开了口，试探性地伸了伸僵硬的四肢。

侍女剪掉了一段烛芯："五更了。"

抖动的烛光将婢女的身影映在墙上，盈盈地晃动着。李泰努力睁了睁惺忪的眼，虚张着五指，朝墙上那道身影抓了抓："替我更衣吧。"

"殿下，圣人昨日已经免了您今天的早朝。"婢女提醒，"殿下还是歇息歇息吧。"

歇？再歇下去他就真的不用起来了。

李泰内心苦笑，双臂撑在交椅两侧的扶手上，吃力地将自己灌了铅一样的、沉重的身躯从椅子里拔了出来。

婢女见状，连忙上前搀扶："殿下这是要去哪里？"

"去大理寺。"想了想，又摇了摇头，"去崇化坊。"

急促的车轮碾开了一片天光。李泰赶到位于崇化坊的苏宅时，正遇上苏遇带着叶湾湾准备出门。

"苏少卿。"李泰急忙掀开马车的帷幔，叫住了苏遇。

苏遇从容一礼，应了一声"魏王殿下"。

魏王会来找他，他一点也不意外。他是唯一一个目睹公主失踪，又有断案能力的人。魏王此刻就像是热锅上的蚂蚁，就算是烧坏了脑子都会本能地想到他。

李泰从马车上下来："苏少卿这是要去哪里？"

苏遇答："思美人的舞姬叶祝祝昨日遭人杀害，臣正要去见一个嫌犯。"

"苏少卿已经确认嫌犯的身份了？"李泰就算再怎么急切地想拉苏遇入伙，也不能当头就把这烫手山芋扔给他，只能强耐着性子寒暄。

"是西市的一个木材商。"苏遇说着，将怀中的画像取了出来，递给李泰。

"这是这位画师画的？"李泰接过画，下意识地看向站在苏遇身后的叶湾湾，"刘行敏昨日派人给本王送了信，说这位画师有断人生死的能力。好像，画师也曾给虞山公主画过画像？"

叶湾湾点头："是。"

李泰转手将画像交给了身后的随从："去府衙调人，在京畿地区搜捕此人。"

李泰此话一出，苏遇便知道，虞山公主这块烫手的山芋如今又回到了自己手上。

果然，随从们刚走，魏王就诚恳地看向了苏遇："请苏少卿随本王去一趟玄都观吧。"

虽然太子已然将他隔绝在此案之外，但苏遇也有自己的筹谋。是以，面对魏王的请求，苏遇并未太过犹豫便点了头。

魏王的身份尊贵，就连所用的车马也规格极高，宽敞的车厢甚至容得下一张桌案。李泰独自坐在车尾，苏遇和叶湾湾则一左一右分坐两侧。

李泰对叶湾湾显然存着几分好奇："画师可愿意给本王画上一幅，看看虞山公主一案于本王究竟是福是祸。"

"魏王殿下就不要拿我打趣了。"叶湾湾知晓自己面对的是身份尊贵之人，自然将身上那股子邪气收敛了几分。

李泰一副礼贤下士的姿态："本王愿付千金。"

"那我也得有命花啊。"叶湾湾几乎是脱口而出。

对侧，始终一脸清风明月的苏遇忽然在喉咙里哼笑了一声。叶湾湾抬头，迅速瞪了他一眼。两个人，一个眼底写着"不是说画活画死与你无关吗"，一个嘴角挂着"要你管"，就这样眉来眼去地一路"吵"到了玄都观。

自文武百官撤出玄都观后，东突厥使团便住进了正房。此刻，除了心力交瘁的刘行敏外，正房前的院落里，还站着两个人。听见脚步声，二人同时回头，一个略带稚气地叫了声"四哥"，一个兴高采烈地喊了声"苏少卿"。

如此大案，怎么少得了豫章公主李芷惜的身影。

自从虞山公主失踪后，李芷惜已经在寝殿内伏案推演了一天一夜。她本想向李世民自荐参与此案，可毕竟兹事体大，她不敢贸然行动，于是便偷偷拉着年仅十四岁的晋王李治一同前来。

身为长孙皇后的幼子，晋王殿下九岁丧母。身为一国之君的李世民没办法既当爹又当妈，大概是出于愧疚，对这位小皇子就格外放纵，但凡他开口，李世民无有不应。久而久之，宫中几位成年皇子都发现了这位晋王殿下的功用，但凡有些不务正业的营生便都拉着晋王做挡箭牌。只要晋王牵涉其中，李世民必定是睁一只眼闭一只眼地默许。

这让李治小小年纪就已经对自己"幌子"的身份有了深刻的认识，是以，皇姐李芷惜一开口，他想也没想就答应了。

苏遇迅速向二位殿下一礼，随后不着痕迹地躲开向自己扑面而来的豫章公主，站到了一边。

李芷惜不以为意，原地一个转身，看向一旁的叶湾湾："你是谁？"

"她就是那位名满长安，可以一画断生死的画师。"李泰立刻为李芷惜做了介绍。

"叶湾湾？"李芷惜一双小鹿眼立刻瞪得溜圆。

想不到自己竟是这般名气斐然。叶湾湾努力矜持地淡然一笑。

不远处，刘行敏完全没有注意到身后几位殿下的动静，一门心思地向阙老夫人问案："虞山公主失踪前，可曾见过什么人？"

"除了我们，还能见过谁？"距离公主失踪已经过去了一天两夜，唐廷内外却对此毫无头绪。公主的奶娘似乎对唐朝百官的办事能力产生了深切的怀疑，面对刘行敏的问东问西，显然有些烦躁。

刘行敏硬着头皮视而不见："可曾让一位画师画过像？"

阙老夫人想了许久，才心不在焉地回答："的确遇到过一个画师，不过，那就是路边偶然遇到的，虞山好奇，便让那人随便画了一画。"说着，阙老夫人仿佛意识到了什么，情绪忽然激动起来，"刘长史为什么这么问，难不成是想把虞山的失踪推给一个画师？"

"本官当然不是这个意思……"刘行敏连忙解释。

"老夫人。"身后，叶湾湾走了上来，"此事是我没有如实相告。"

阙老夫人转过头，似乎有些茫然地看着叶湾湾。

"京城里的传言说，我的画不是一般的画。画好了，能让人前程似锦、心想事成，画不好，可能会遭逢大劫。"叶湾湾面色如常，好像"遭逢大劫"这事在她看来十分稀松平常。

叶湾湾的话音落了许久，阙老夫人的神色才渐渐有了变化，像是猛然明白了叶湾湾话中之意似的，原本雾蒙蒙茫然的眼睛里顷刻间闪出两抹恶狠狠的光。年迈如她，竟也能如脱兔般一跃而起，枯槁的双手瞬间掐住了叶湾湾的脖子："都是你！"

叶湾湾被这突如其来的攻击逼得倒退数步，双手下意识地去扒掐住自己脖子的十根手指头："手，松……松开你的手……"

"阙老夫人莫要激动！"刘行敏吓了一跳。

苏遇见状，一步上前。他到底是在军营中历练过的人，伸手便掐住阙老夫人的脉门,略一用力就把她的双手从叶湾湾的脖子上扯了下来。

牵着自己的力道突然消失,叶湾湾脚下一个踉跄向后退了几步,正好撞在随后赶来的李泰身上。叶湾湾几乎是反射性地转过头,对着满眼关切的李泰露出一个略显疲惫的笑。

阙老夫人在苏遇和刘行敏的牵制下,终于冷静了下来。她背对着众人,双肩不自觉地抖动着,似乎在抹眼泪。

面对这样的场面,心软的刘行敏有些进退两难。倒是苏遇,依旧面不改色地追问:"还请老夫人将那幅画像拿出来。"

阙老夫人始终背对着众人,许久,才慢吞吞地点了点头:"你们随我来吧。"

众人跟着阙老夫人一起进了正房。正房一角堆放着几个木箱,箱中尽是虞山公主的个人物品。阙老夫人轻车熟路地打开一个箱子,开始翻找。苏遇不言不语地站在她身侧,目光扫过箱中的每一件物品。

翻了几下后,阙老夫人原本平淡的神色忽然紧绷起来,进而,手上翻找的动作加快了。

苏遇眉头一蹙:"怎么了?"

"画像,画像不见了。"阙老夫人又急切地打开另一个箱子,可依旧不见画像的踪影,"不可能,虞山很喜欢那幅画,特意命我保存着,我就把它放在这个匣子里。"她从木箱中取出木匣,举到苏遇面前,"从未动过。"

"不见了……"这样的结果似乎早已在苏遇的意料之中。

说到底,苏遇并不相信叶湾湾如传说中那样可以"以画定生死"。如今,那些害人性命的画像却是一幅也找不到,苏遇更加怀疑,叶湾湾所谓的神奇能力不过是用来包装连环杀人案的神秘预言而已。而那些画像之所以消失,是因为上面藏有事情的真相。

那么,也许虞山公主的失踪和叶祝祝之死也有关联,而这个关联点,就是跟在自己身边寸步不离的叶湾湾。

"臣需要单独审问叶湾湾。"苏遇突然向李泰道。

李泰原本对叶湾湾也充满了好奇,可他此行的任务毕竟是安抚突厥使团,是以,他只好强忍住心中的好奇,留在原地,羡慕地看着李芷惜和李治毫无顾忌地跟去了后山。

入了后山,李芷惜和李治端坐亭内,苏遇则站在亭外,看着跪在面前的叶湾湾:"给虞山公主画像时可有任何差错?"

这会儿,日头正从东侧渐渐向中天攀升,刺眼的光刚好落在叶湾湾眉间。她低着头,神色有些发蔫,慢吞吞地摇了摇头:"没有差错,只是那幅画,没有画完。"

"没有画完?"李芷惜发出一小声惊呼,忍不住跑到亭外,"如果没有画完,虞山公主为什么还要那么小心地让她的奶娘保存好。"

叶湾湾如实回答:"只是少画了一件无伤大雅的配饰。公主一行人急着赶路,我便没有坚持画完。"

"难道这样也会给人带来厄运?"李芷惜一脸诧异地喃喃,

"画师这么神的吗？"

苏遇陷入了沉思。思美人的棋萱可以证明，前日未时到酉时，叶湾湾都在思美人替叶祝祝画像，自然与虞山公主失踪一事无关。那么，她在这两桩案件里，到底扮演了怎样的角色……

苏遇收回思绪，再次开口："从什么时候开始的？"

叶湾湾不解："开始什么？"

"开始有那些传言。"苏遇解释，"以画断生死。"

叶湾湾微微偏过头，悠悠道："一年多以前。我刚到长安，刚开始也没有人找我画像，我就画些街边的乞丐、赌鬼、酒鬼。没想到，被我画过的一个赌鬼突然死了，另一个我画过的乞丐又正巧捡了他的银钱。听说，那乞丐用赌鬼的钱开了间粥铺，后来竟然发达了。大概就是从那个时候起的。"

苏遇问："那你又是从什么时候开始声名鹊起，让大家慕名而来的？"

"应该是给两位朝廷命官画像之后。他们一个平步青云，一个死于非命。"叶湾湾轻轻蹙着眉，似乎在努力回想，"也不知怎的，那位高升了的工部侍郎只是随口说了一句我的画像很神，这事就传开了。"

苏遇目光一凛："那个死于非命的朝廷命官，是谁？"

"前任的吏部侍郎，好像是姓丁。"叶湾湾道，"就是那次，雍州府刘长史还找到了我。"

"丁兆和，丁侍郎？"李治闻言，起身走到亭外，"本王倒是听宫人提起过，说丁侍郎是在城外钓鱼时失足落水而死。那段时间刚好连日大雨，把龙首渠一侧的堤坝内部冲坏了，可表面上却没有任何开裂迹象，丁侍郎也是一时不察，才发生了惨剧。这事，分明是个意外。"

这事苏遇也知道。当时，圣人闻得此事很是愤怒，还就此罢免了万年县县令，后又命工部连夜整修堤坝。

工部……

苏遇略一蹙眉："那个高升的工部侍郎是在何时找你画像的。"

叶湾湾如实回答："丁侍郎遇难之前不久。"

苏遇记得，工部侍郎许世卿是在丁兆和出事后才晋升的。朝廷官员的任免升降都要通过吏部的考核，责任重大的吏部侍郎丁兆和遇难后不久，名不见经传的许世卿立刻就被提升为工部侍郎，且这二人都曾在叶湾湾这里画像，这难道只是巧合？

李治似乎看出了苏遇的疑惑："苏少卿不妨问问那个工部侍郎是如何得到提拔的。"

苏遇坦言道："工部许侍郎居正四品上，官阶高于臣，臣暂时无法越级提审此人。"

"这好办。"李芷惜拍了拍小李治的肩，"工部李尚书是晋王的老师，这个许世卿，我们去帮你问。"

苏遇一礼："那就有劳二位殿下了。"

"苏少卿客气。"终于参与其中的李芷惜甚是兴奋。

李芷惜二人离开后，叶湾湾抬起头，正瞧见苏遇虚张着双眼望向远处。她心中忽然生出一丝隐隐的直觉：虽然，眼下几桩案子如乱麻般堵在苏遇心头，但他似乎已经窥见了其中的端倪，就要拨开云雾。

果然，苏遇短暂地呼出一口浊气后，大步离开了玄都观。

他去了思美人。

奇怪的是，这一次登门他什么也没做。

假母一头雾水却也不敢多问，备好了茶点后便退出了雅间。

房间内只剩下苏遇和叶湾湾二人，苏遇自始至终一言不发，只悠闲地品着茶。似乎，他此次前来的目的只是借公务之便，放松身心。

叶湾湾百无聊赖，先是在窗边描画了几株楼下海棠的图样，随后又叫来了小厮，让他到思美人外折了两株新鲜开放的海棠花，自己玩起了插花。

她兴致勃勃地摆弄着，忽然，听见身后的苏遇起了身。像是预感到了什么似的，叶湾湾摆弄海棠的手也停了下来。她强迫自己站在窗边没有动，只是竖着耳朵，听着身后的苏遇快速且轻声地离开了房间。

叶湾湾立马放下手中的剪刀，疾步迈到房门边，沿着门板折起的缝隙向外看去，正瞧见苏遇把一个路过的小厮拦在了楼梯口。

叶湾湾隐约听见苏遇问了一句"叶祝祝是否喜欢桃花"。

那小厮是个实诚人，对于苏遇的问题答得格外详尽："叶娘子不喜欢那些飘零之物，若是有不知她喜好的恩客留下些花木，她都会让我们尽快清理干净。"

叶湾湾又听见了苏遇的脚步声,这一次,他的脚步缓慢且笃定。不一会儿,苏遇进了门,开始在房间里翻箱倒柜。

小厮也跟了进来:"苏少卿这是在找什么?"

"鞋子。"衣物箱被通通翻开,叶祝祝平日里穿的襦裙、广袖一件不少,唯独不见了鞋子。苏遇的目光立即扫向身后的小厮,"有人来过这间屋子?"

小厮有些慌张:"因为出了人命官司,这间屋子早就封了,绝不会有人来。"

"知道了。"苏遇的声音平静得令人发慌,"你先出去。"

小厮应声离开。

叶湾湾故作镇定地摆弄着瓷瓶里的海棠花,不过,房间里安静了太久,她到底还是有些不习惯。叶湾湾转过身,看向正盯着自己的苏遇,疑惑地眨了眨眼。

苏遇似乎笑了笑:"这么喜欢海棠,不如一起去看看吧。"

"好。"叶湾湾若无其事地点了点头,跟着苏遇离开了思美人。

叶湾湾跟在苏遇身后,走到对面的街铺外,看见他掏了几文钱给那儿的伙计,又和他嘱咐了几句。而后,那伙计飞也似的冲出了店铺,就跟那晚替她送信的小乞丐一样。

随后,叶湾湾又跟着苏遇慢悠悠地绕到了街角。那里原本是乞丐的聚集地,不过,今天不知道是什么原因,街角空空荡荡的,连只要饭的碗都没摆。

苏遇忽地驻足，审视叶湾湾："叶祝祝的鞋子是你拿走的。"

"我拿她的鞋子做什么，又不合我的脚。"叶湾湾微微觑起双眼，看向站在阳光下的苏遇。她眼角带着些许笑意，像是把苏遇的质问当成了笑话。

"因为你知道，那些鞋同样也不适合那具女尸。"苏遇蹲下身，捡起落在地上的馒头屑，轻轻捻了捻，"上面的口水还没干，想必这些乞丐刚离开不久，快跑几步的话，也许还能找到叶祝祝的鞋。"

"嗯？"叶湾湾似乎没明白苏遇这话的意思。

苏遇站起身，掏出手帕擦了擦指尖。目光自眼角流出，漫不经心地飘向叶湾湾："叶祝祝不喜欢桃花。她的房间不仅没有任何花器，就连衣裳首饰上也没有花的图样。"

叶湾湾静静地听着。

"你趁棋萱被问得六神无主之际给她暗示，让她想到木材商，进而引导我们猜测是他杀死了叶祝祝。"苏遇边说边敲了敲身侧的海棠树，就像昨日审问棋萱时，叶湾湾敲响梳妆台一样，"可你忽略了一点，那个木材商知道叶祝祝并不喜欢那些飘零之物，他送给叶祝祝的东西上，连一点带花的图样都没有。如果真的是他杀死了叶祝祝，又怎么会在棺木里放桃花。"

叶湾湾缓缓开了口，似乎还带着思考："这只能说明，人也许不是他杀的。"

"的确，不过还有一种可能，就是死者不是叶祝祝。"苏遇道,"你与叶祝祝相熟,自然能接触到那些恩客送予她的礼物,凭借物品与棺木上相近的图样,很容易就能猜到棺木出自西市的木材铺子。所以,你一边误导我们去追查木材商,一边又送信让他逃走。"

叶湾湾古井无波的脸上漾起一丝涟漪:"我送信让木材商逃走?"

"没有你的传信,那个木材商怎么会记账记到一半就匆忙离开。"苏遇一瞬不瞬地看着叶湾湾,锐利且自信的目光像是要撕裂她的伪装,"店里的伙计又怎么会在我自陈身份之前就开口叫我'使君'?"

叶湾湾似乎有些无奈:"就算这一切都是我做的,可是,我既然引导你去查木材商,又为何通风报信让他逃走?"

"因为你要坐实他畏罪潜逃的假象,好让我们把精力都放在他的身上,从而给叶祝祝争取逃走的时间。"苏遇接着说,"不管此案是否真的与那个木材商有关,毕竟是他家的东西出现在命案现场,他出城躲个几日也合情合理。"

叶湾湾饶有兴趣地看着苏遇:"这番说辞都是建立在死者不是叶祝祝这个推测之上的,那如果死者的确是叶祝祝呢?"

闻言,苏遇的眼中闪出一抹隐隐的妖冶之色,嘴角顷刻间扬起:"如果真的是她,你又何必将她房中的鞋尽数丢出窗外,还让乞丐拿着它们离开?"

叶湾湾没有回答,脸上的表情让人有些捉摸不透。

"你与叶祝祝相熟,只要让你以为我掌握了破案的关键,你就会因为救人心切露出破绽。"苏遇说着,抬头看向天际,"这个时辰,想必刘长史已经到冯府了。"

"冯府?"叶湾湾眨了眨眼,漫不经心的目光依旧没有起伏。

"你故意提及冯侍郎已经过世的公子,为的是让我们觉得这条线索简直儿戏,就算日后发现叶祝祝没死,也不会想到她会藏在与她不可能有任何交集的冯府。"苏遇继续道,"你突然到思美人为叶祝祝画像,就是要带她离开。如果我没有猜错,你是想在冯公子出殡时,偷偷将叶祝祝一并送出城。"

叶湾湾提起唇角:"苏少卿有没有想过,如果那具尸体不是祝祝,那会是谁呢?"

是啊,会是谁的呢?这几日来,长安城有两件要案:虞山公主失踪和舞姬叶祝祝被断头。如今,失踪的人依旧下落不明,而所谓的死者却死而复生。那真正的死者,还能是谁呢。

这难道就是这两件案子的关联之处?苏遇不寒而栗。

冯府外,刘行敏正站在毒辣的日头下发愁。

不久前,他接到苏遇一句没头没脑的传信,声称叶祝祝可能藏在冯府,让他立刻带人捉拿。他明明不喜苏遇的为人,可不知怎的,竟对他有种莫名的信任,当下便带着人来了。

待他到了冯府,才发现不妥。

且不说叶祝祝是否真的在冯侍郎府上。他和礼部侍郎冯远同是正四品上的官阶，平级官员的府邸，哪能说搜就搜。更何况，冯家公子头七还没过，他带着这么一群横眉冷目的衙役突然出现，若说是去祭拜，怕是连这街上饿昏了头的乞丐都不信。

刘行敏迈着小方步，从东走到西，又从西回到东，把冯府大门的长宽是几尺几寸都量得一清二楚了。

正在刘行敏为如何巧妙地进到冯府里打探虚实而愁眉不展时，街角处突然传来了车马声。刘行敏立刻认定是冯远回府，反射性地躲到了门口的石狮子后面，却又忍不住探头往外瞅了瞅。

车马从他面前驶过，清风吹动车帘，让刘行敏看清了车内坐着的人。

"魏王殿下！"刘行敏一激动，险些对着马屁股跪下去。

车马停了下来，李泰掀开车帘："刘长史？"

"请殿下移步。"刘行敏恭恭敬敬地做了个"请"的姿势。

李泰奉命去安抚突厥使团，可那位阙老夫人委实过于情绪化，哭得眼泪好似黄河决了堤。李泰堂堂一个皇子，平日里只有别人安抚他的份儿，他何时低眉顺眼地安慰过别人。刘行敏离开后，他和阙老夫人大眼瞪小眼地僵持了不到一炷香的时间就败下阵来，随便找了个借口便溜之大吉了。

这会儿，他内心的抑郁之情正无处安放，听闻刘行敏要去冯府吊唁，虽然知道吊唁还要找个伴儿这事定有猫腻，但还是毫不犹豫地答应了。毕竟，灵堂上气氛使然，没准儿还能让他逮个机会号上几嗓子，这几日他过得实在是苦不堪言。

见魏王点头,刘行敏喜不自胜,嘱咐铁头等人守住冯府四周不让任何人出入之后,便跟着李泰进了冯府。

眼下并非是吊唁的日子,冯府上下格外安静。刘行敏心怀鬼胎地跟在李泰身后,低着头,一双小眼睛做贼似的四处扫视。

冯家郎君的棺木倒是足能容下两个人,不过,刘行敏绝不相信叶祝祝会躲在棺材里。毕竟是个大活人,还得吃喝拉撒,这灵堂上日日有人守夜,委实不方便随时诈尸。

刘行敏给死者上了香,转身就半搀扶半拉扯地示意李泰往外走,边走边低声问了一句:"殿下口渴吗?"

"本王口……"李泰的所有情绪都堵在嗓子眼儿里,还没酝酿出个所以然就被带离了灵堂,这会儿正有些发蒙。

"殿下必然是口渴了。"说完,刘行敏像模像样地握住自己的衣袖,踮着脚擦了擦李泰额头上那些肉眼根本看不见的汗,无奈地念叨,"这日头,可真毒。"

刘行敏虽然曾是魏王府属僚,但二人行走坐卧一直都保持着该有的距离。今日,刘行敏突然来了这么一出僭越又亲密的举动,让李泰更加茫然了。

中年丧子,冯远固然悲痛,但眼前这位可是堂堂魏王殿下,他也不敢怠慢,连忙吩咐下人备茶,并把李泰和刘行敏引去了偏厅休息。

"哎呀,冯侍郎家这花园可真是雅致。"刘行敏刚一落座便啧啧称赞。

李泰向窗外望去，偏厅外是一处铺着石砖的院子，只有一棵乘凉用的老槐树，树下有一方石头桌和几个石头凳。李泰实在不解，刘行敏该是何等老眼昏花才能将如此简陋的景致看成花园。李泰甚至怀疑是自己昨夜一夜未眠，今日被日头一晒产生了幻觉。可他卖力地瞅了又瞅，依旧没能从眼前这贫瘠的景致中看出什么花来。

这位老成持重的雍州府长史忽然有了这般诡异的举止，魏王不免担心他是过度操劳引发了癔症。毕竟，刘行敏也算是自己和太子相斗的牺牲品，自己不闻不问多少有些冷血："刘长史……"

"嗯？殿下可是也想到园中看看？"刘行敏已经抱了不死不休的决心，"臣陪殿下去。"

"本王……"李泰还未及将"不想"二字说出口，就被刘行敏从交椅上请了起来。

刘行敏把李泰往门口一送，转身满脸歉意地对着冯远道："冯远兄逢此大丧，我等还多番叨扰，实在是过意不去。"

冯远此刻也搞不清刘行敏此番前来到底是何目的，但毕竟魏王在场，谅他刘行敏再怎么造次也不敢带着魏王一起在自己府上胡闹。冯远也没多想，虚虚地朝魏王和刘行敏一礼："殿下，刘长史，请自便。"

冯远如此坦荡，属实不像是在府上藏了凶犯的模样。可是，来都来了，不查个清楚又不甘心。刘行敏迈着赴死般沉痛的步伐，引领着李泰迈上了后花园的小桥。

石桥尽头处依水建了一座假山,山洞间引出一道游廊,游廊止于一座石瓦飞檐的凉亭,亭中的栏杆边倚着一名粗布麻衣的女子,正在百无聊赖地看着水中的金鱼。

见有人闯进后院,那女子当下起身,大喝了一声"谁",眨眼间就冲到了刘行敏面前:"你们是什么人?"

刘行敏心下慨叹,自己今日不止"挟持"了魏王,还惊扰了官员府中的女眷,等他审完这个案子,大概就该以死谢罪了。

"在下雍州府长史刘行敏。"刘行敏一边想,一边恭敬地介绍,"这位是魏王殿下。"

女子朝着李泰拜了拜,仍旧是一脸狐疑:"你们来我冯府后院做什么?"

"想必,您便是冯侍郎之女。"刘行敏顾左右而言他。

"冯雅青。"女子扬了扬下巴。

冯远虽是礼部侍郎,可他的这个女儿却和知书达理四个字毫不沾边。听闻来者是魏王殿下,她的态度虽然缓和了一些,但眼神依旧凌厉。

李泰一副此事与本王无关的模样,从善如流地退后一步,好整以暇地等着刘行敏与冯家的这只母老虎交锋。

阳光格外汹涌,刘行敏身上却涔涔然冷汗直流。

平康坊外,苏遇带着叶湾湾向雍州府府衙走去。

"祝祝的生父是前朝的宫廷画师,因为画错了一笔,犯了帝王家的忌讳，被流放庭州。"叶湾湾悠悠地说着，"我在庭州和他学了几年的画，他待我如亲生，把我养大。后来，他过世了，临死前让我拿着信物来长安找祝祝。"

苏遇问："这桩命案，你参与了多少？"

"我没有参与。"叶湾湾的语气依旧波澜不惊，只是眼中似乎带了些许遗憾，"我若是参与了，你们就只会发现，一个喝多了的醉汉深夜淹死在茅房里。"

以叶湾湾这冷静又诡诈的性子，确实会让人死得神不知鬼不觉。

"你既然知道叶祝祝没死，为何当日看到尸体时会有那种震惊悲伤的反应？"苏遇问，"还是从一开始你就知道棺内的是什么人？"

叶湾湾神色真诚："我那时当真以为是祝祝，因为太像了。后来当我发现不是时又觉得，如果你们认为祝祝已死，就不会再追究她杀人之事，这未尝不是一件好事，所以我便将计就计。"

苏遇接着试探："你故意跟在我身边，就是为了保护叶祝祝，并随时给她通风报信。想必，思美人的假母也是你们的同谋。"

叶湾湾微微扬起下巴，朝着苏遇眨了眨眼，露出一个"你猜"的微笑。随后，她又不无遗憾地摇了摇头："只要冯家郎君的头七一过，祝祝出了城，一切就都可以了结了，可惜……"

苏遇补充道："可惜，事情这么快就败露了。"

"苏少卿当真觉得祝祝该死吗？"叶湾湾沉默良久才又扬起

头。

苏遇脱口而出:"本官不过是要还亡者一个公道。"

"那个无赖强占了胭脂铺张伯的女儿,逼死其母。张伯求告无门差点轻生。敢问苏少卿,该如何还他们一个公道?"叶湾湾反问。

"他要如何治罪,自有官府处理。"苏遇的声音淡淡的,"如果人人都像你这般无令擅为、亏法利私,这天下哪还有法度可言。"

"苏少卿所谓的'法'未必就是'善'。你们手握生杀大权,说是惩恶扬善,实则比刽子手更可怕。"叶湾湾对苏遇的说辞不屑一顾,"你们不过是在以'法'为名,动用私刑,只是想拿祝祝的命到太子那讨封赏。"

"食君之禄,忠君之事。"苏遇依旧没有看叶湾湾,只是虚眙着眼,看向朱雀大街两侧的无尽春色。

叶湾湾像是好奇苏遇此刻的神情似的,快步踱到苏遇身边,微扬着下巴盯着他:"哪怕你的主君要残害的是一个无辜之人?"

"如今这世道可有无辜之人?难道你就没有害过人命?那些因你的画像而丧命的人难道就真的该死?"即便是质问的话,苏遇却依旧用着波澜不惊的语气,"至少我可以保证,我断下的案子,我刀下的亡魂,没有一个是蒙冤之人。"

"苏少卿的官,也不好当吧。太子无状,圣人几番规劝,他依旧我行我素。而魏王素来有贤德之名,如今又深受圣人喜爱,若他能漂亮地解决虞山公主一案,易储未必不可能。您这么早就给自己贴上太子一党的标签,就不怕事后有变吗?"

苏遇笑了笑:"叶祝祝和虞山公主这两个案子,一条,能打通通往东宫的路,一条,则铺进魏王府。我只不过是先将这两条路铺好,至于要走哪条,还不需要我现在就做出选择。"

"苏少……"

忽地,一串急切的脚步声打断了叶湾湾的话。

二人抬头,正看见一名衙役急切地冲出雍州府府衙,那衙役见了苏遇,脚下一滑,一个原地转身从台阶上蹿了下来,直奔苏遇:"苏少卿,找到那个木材商的踪迹了。"

苏遇心里清楚,如果那具无头女尸就是失踪了的虞山公主,买下那口棺木的人便与此案脱不了干系。也许,木材商连夜出逃躲避的并不是官府审讯的麻烦,而是真凶的杀人灭口。那么,只要知道是何人买了那口棺材,他就能按图索骥。

苏遇当下便问道:"人在哪?"

"木材铺的伙计刚刚出了西市,往安化门去了,想必是要出城去见他家掌柜,有两个弟兄跟着他呢,我先行回来告知刘长史。"衙役答,"可是,长史不在。"

刘长史此刻正站在冯府的后花园,慷慨陈词。

对于叶祝祝藏身冯府一事,刘行敏起初并无把握,直到他发现水池中的锦鲤在游到假山与游廊相衔的地方时,会不约而同地纷纷绕开。由于游廊是自假山山洞中蜿蜒而出,最初的一段被假山遮住，若是那里站了人，站在刘行敏的角度自然是见不到的，可这水池中的锦鲤却可以。

一滴汗流过刘行敏的眼角，他满不在乎地用手抹去，继续扬声说道："本官知道，那无赖多行不义，东市百姓早已对他恨之入骨，叶娘子此举是侠之大义。只是，若是没有了公允，没有了法度，人人都以私心行事，自诩侠义，以武犯禁，那请问又该如何评判善与恶，这天下岂不是乱了！"

刘行敏咽了口唾沫，再接再厉："更何况，叶娘子打算这般东躲西藏一辈子吗？本官知道叶娘子素来并无恶行，此举也实属无奈，本官定会查明前因后果，量刑裁夺。可若是叶娘子一意孤行，畏罪而逃，那就是罪加一等。到时候，本官就是有心相助也无力袒护了！"

"你住口！"冯雅青碍于魏王的面子，由着刘行敏多说了几句，没想到他竟越说越放肆，"什么叶娘子？你要找的人不在我府上！"

李泰微微眯起双眼，已然明白了事情的来龙去脉。

眼下的情形已十分清楚。叶祝祝与冯家郎君的凄美爱情根本就是子虚乌有，反倒是与这位冯侍郎的千金交好。而她如今藏于冯府的事，恐怕这位礼部侍郎更是毫不知情。

刘行敏对着冯雅青，哑着嗓子苦口婆心："我与令尊同朝为官，一直视令尊为周礼之大家，儒学之楷模。如今令兄新丧，令尊还在悲痛之中，你难道要在此时陷他于不义吗？"

冯雅青哑然："我……"

刘行敏又转向虚空："叶娘子，往者不可谏，来者犹可追啊！"

冯雅青攥紧拳头："你！"

"雅青。"一个温婉的女声忽然自假山后传出，一道盈盈的身影从游廊上绕了出来，对着站在桥上的刘行敏拜了拜，"刘长史。"

刘行敏终于松了口气："叶娘子。"

冯雅青大惊："祝祝，你怎么出来了？"

"刘长史说得对，我不能东躲西藏一辈子，更不能害了你们。"叶祝祝走上小桥，说，"我跟你回去，但请刘长史不要追究雅青一家。"

"这是自然。今日，就当刘某不曾来过冯府。"刘行敏信誓旦旦地保证。

站在池边的李泰轻轻咳了一声，似乎在谴责刘行敏对他的无视。

刘行敏从激昂的情绪中猛然回神，小碎步颠回到魏王身边："殿下，臣该死，臣不只哄骗殿下，还利用了殿下。只是，臣，臣……"

魏王挑眉："你怎样？"

"臣这也是在为殿下考虑！"刘行敏一瞬间浑身是胆，口无遮拦，"此女子手上握有太子殿下的罪证，若是突厥一事无法善终，殿下至少要有与太子殿下抗衡的筹码。"

刘行敏一口气说完，不由得擦了擦额角的汗。想他入仕二十载，自认一向公证清廉，不想今日竟也做了乱法之事。

李泰毫不在意地笑了笑，大步迈上小桥："本王可以为刘长史今日的话作保。"

刘行敏连连点头，迎上叶祝祝。

可冯雅青却又一步拦在了叶祝祝面前："刘长史要带祝祝去哪里？"

"自然是雍州府大牢。"刘行敏脱口而出。

"你让祝祝去坐牢？"冯雅青脸上交替闪现着担忧、怀疑和愤慨。

刘行敏赶紧找补："本官给她开个单间。"

冯雅青还在迟疑，叶祝祝却主动走到刘行敏身边："我跟刘长史回去。"

刘行敏看着众人，不知不觉间竟有了一种功德圆满，可以随时圆寂了的错觉。

出了冯府的大门，刘行敏战战兢兢地拜别魏王，带着叶祝祝和几个晒蔫了的衙役，一路颤颤巍巍地回到了雍州府。他当然也会想到，叶祝祝还活着，那具女尸便是另有其人。

今夜，又会是一个不眠夜。

# 卷二

风雨替花愁。风雨罢,花也应休

# 第六章　破晓

雍州府府衙外。

叶湾湾看着苏遇等人策马而去的背影，轻轻叹了口气。她没有回昭行坊的住处，而是向西出了金光门，离开了长安城。

暮色渐深。按说仲春之后天气已然转暖，只是这清明时节雨水不断，再和煦的日头也架不住大雨连日的拍打，半空中隐隐飘着一股潮湿的泥土之气。最后一丝天光隐去之后，四周变得冷飕飕的。

叶湾湾沿着官道一路向西，过了漕河，在一处庄子门前停下。

时辰还不算太晚，但天边已然没有了光。两扇朱漆木门半掩着，庄子内黑漆漆的，看不见一截老少人影，听不见一丝鸡犬之声，只有院墙边几棵细竹随风沙沙地抖着。

叶湾湾叩在门板上的手有些迟疑，但终究还是推开了门，跨进门槛。她带了火折，却没有点，只是努力适应着黑暗，往院落深处走去。

也许是夜风渐起，叶湾湾能听见身后的门板被风撩拨得发出"咿咿呀呀"的响声。忽地，一道凄厉的闪电自云层中劈下，晃得叶湾湾几乎睁不开眼。

下雨了……叶湾湾感到有雨滴砸上肩头，可耳边却并没有出现期待中的雨声，反而变得更静了。叶湾湾的双脚像是陷在了污泥里，动弹不得。她稍稍转了转僵直的脖颈，朝被砸了"雨滴"的肩头看去，目之所及，竟是一点暗红。

空气中隐隐荡漾着一股蠢蠢欲动的血腥之气。

叶湾湾原地愣了须臾，随即，伴随着一声闷雷在耳边响起，她转身向院外冲去。

雷电过后，大雨倾盆而下。

叶湾湾能听到自己比雷声更甚的心跳声。她看到那扇七扭八歪的木门在风暴中"嘭"的一声合起，继而一道寒光从树梢直刺而下。她甚至顾不上喊一声"救命"，便下意识地向后一仰躲过眼前的刀锋，然后又转身朝后院奔命。

冲到正房门外时，她听见了一声清晰却在中途戛然而止的"救命"。紧接着，正房的门被人撞开，衣着华贵的木材商此刻竟如猪狗般爬了出来，在泥泞的土地上连滚带爬。他身后，黑衣人举刀追出，毫不留情地朝他背后补了一刀。

叶湾湾犹豫了须臾，进而大步冲了上去，以惯性撞倒因举刀而并未站稳的黑衣人。趁黑衣人还未回神，她伺机跨到了黑衣人身上，抓起身侧的石块朝那人面门上狠狠一砸。随后，她又急迫地从黑衣人身上翻下来，爬到木材商身边。

"那口棺材是谁买的？"叶湾湾抓着木材商的肩，想晃却又不敢用力，"是谁杀了虞山公主？"

"啊……"木材商张了张嘴，却只能发出嘶哑的几个音节。他的脖子被人切开了半截，汩汩而出的血被瓢泼的大雨冲刷得南流北淌。

见他已经说不出话，叶湾湾又抓起木材商的手，举到自己的手心里："写出来，把名字写出来！"

木材商刚刚颤抖着指尖在叶湾湾的手心里画出一个短促的波浪，一把短刀便破空而来，直接砍在木材商的手腕上。那只被叶湾湾抓住的手臂顷刻间断成了两截。

"啊——"叶湾湾吓得险些瘫坐在地上。

她虽然不甘心，但再纠缠下去，不仅问不出想要的答案，还会丢了性命。好在，今夜来灭口的只有两个人，还不至于封死她所有的路。

眼见守在门边的黑衣人已经提刀而来，叶湾湾迅速抓起地上的短刀，踢开被自己砸得昏死过去的黑衣人，登上院中的石桌，飞身跃起，抱住院墙边一根较粗的竹子，又借助竹竿柔韧的弹力跳上了墙头，摔出墙外。

好在这十几年的安逸还不至于让她荒废了小时候上房揭瓦的功力。

可惜,她刚往前跑了几步,黑衣人就如影而至。

叶湾湾努力地大口呼吸,好让自己不至于慌不择路。她脑子里飞速思索着对策。木材商的这处庄子距离长安城并不算近,往来于两处必会骑马。叶湾湾一边绕着庄子跑圈,一边将食指放在唇边,吹了一个嘹亮的口哨,果然,不远处传来了马蹄踏地的声响。

倒霉的是,那马蹄声只是来取她性命的催命符。

叶湾湾没有想到,除去庄子里的两个杀手外,院外竟然还等了这么多后备军。很快,她就被四五个骑在马上的黑衣人围在了中间。

荒郊野外,敌众我寡。大雨兜头而下,浇得叶湾湾遍体生凉。

呆立许久,叶湾湾抹了抹眼角的雨水,笑了笑:"少侠,麻烦让个路。"

"此路不通。"那人冷冰冰地开口。

"哦,那我换一条走。"叶湾湾从善如流地转了个身,朝另一个方向挪了挪,而后仰头看向骑在马上的人,"少侠,这边也不通吗?"

眼前的人非但不退,反而驭马又往前踏了几步。

叶湾湾慢悠悠地垂下头,似乎有些无奈。忽然,夜幕下的她微微挑起眼帘，嘴角向上勾起，漾出一抹诡异的笑。还不等眼前之人明白她那抹笑的来意，他的马便已经被叶湾湾手中的短刀戳伤了腹部。

马匹吃痛猛地扬起前蹄，马背上的人始料未及，直接被扬了下去。而叶湾湾却早有准备，在骏马扬蹄的瞬间就已经侧身抓住了马缰，随着黑衣人的坠落，她迅速踩着马镫上了马背。

受伤的骏马疯了一样甩开身后的人，在夜幕里奔驰。前方似乎闪出一个人影，可不论叶湾湾如何拼命地拉扯缰绳，那马都无动于衷，依旧玩了命似的往前冲。

余光中，叶湾湾又看见有黑衣人已经驾马冲到身侧，随即，那人松了手中马缰，狠狠一点马镫，朝她跃身而来。叶湾湾下意识地一矮，趴在马背上。黑衣人便从她的头顶掠过，落在了那个不明身份的人影前。

眼见马蹄就要将二人踏成肉饼，那人影手起刀落，将黑衣人斩于马下。温热的血顺着刀锋四处飞溅，同时糊住了叶湾湾和疯马的眼。

马匹受惊，再次将前蹄高高扬起，直接将叶湾湾甩了出去。

叶湾湾背部着地，摔得七荤八素，却又感觉不到疼。她慢吞吞地睁开眼，一歪头就看见黑衣人那张死不瞑目的脸。

在她身侧，苏遇一手勒住缰绳，手腕微一用力就将扬蹄直奔他面门而来的疯马制服。骏马喉咙里发出"呜呜"的叫声，像是认错似的曲起四条腿，乖巧地跪伏在苏遇身侧。

一切都发生得太快,叶湾湾全身僵硬地蜷缩在黑衣人的尸体旁,半天没有回过神。

"你再不起来,他们就追上来了。"苏遇冷静地开口。

"苏少卿?"听见苏遇的声音,叶湾湾忽然感到一阵莫名的心安,一骨碌就从地上跳了起来,"你怎么来了?"

"叶祝祝说木材商在这有一处宅子。"苏遇的语速突然变快,边说边猛地拉过叶湾湾的手,将马缰递给她,"上马!"

身后那些人已经追了过来。

苏遇也快速跨上黑衣人留下的另一匹马,二人一起冲进了夜色。

可他们冲向的不是官道,而是一片草木丛生的山坡。

这片山坡东面直通长安,西北两侧是地势平缓的山谷,南面则是极为陡峭的山坡。坡上茂密的苍松翠柏绵延至山坡最陡处后戛然而止,谷中漕河之水潺潺而过,从岸边看去恬静怡然,可水中却是怪石嶙峋。

叶湾湾的马腹部有伤,虽然不深,但行动毕竟受限,在林间左突右进地狂奔了几许后终于耗尽了体力,在陡峭的山坡边上尥了蹶子,直接将叶湾湾摔进了山谷。

坠身而落的一刻叶湾湾只觉头脑一片空白,完全忘记了挣扎,只感觉自己像一块沉入大海的巨石般不停地往下落,越落越快。峭壁上的枯枝被她接二连三地撞断,她可以感受到被划破的皮肤火灼般疼痛。

随着"嘶啦"一声细响,枯枝尖锐的断口划开了她半截衣衫,她下意识地伸手去捞,还真被她抓住了什么,身体瞬间停止了下落。只是强大的惯性让她在石壁前剧烈晃荡,无法避免地撞上那节断枝,继而"扑哧"一声闷响,树枝径直没入皮肉,穿透了肩胛。

叶湾湾疼得一声惨叫,整个人无意识地一缩。

"叶湾湾!"苏遇眼睁睁地看着断枝穿透叶湾湾单薄的身体,将她整个人悬挂在峭壁之上。他感觉到那只抓着自己的手瞬间没有了力气。他只能把她的手握得更紧,不敢再有其他动作。

这个山坡虽然并不高,但却极其陡峭,下落时找不到任何着力点作为缓冲。苏遇不敢贸然松手,却也不能让叶湾湾一直这样挂在树枝上。他似乎下了很久的决心,牢牢扣住岩石的手猛地松开,在身体急速下坠的同时一脚踹断了横出峭壁的树枝。

他尽力将叶湾湾护在身前,在接近地面的瞬间脚腕一转,勾住一棵枯树,勉强缓和了下落的速度,以最小的力道摔进了山谷。

背部的轻微震荡让叶湾湾恢复了些许意识。她看见苏遇就蹲在她身侧,将她揽入怀中,眼中似有担忧之色。她脑中空荡荡的,几乎是下意识地从苏遇怀里爬出来,凭借本能往溪流的方向去。

她疼得脸色惨白,额间已经渗出了细汗,只有唇角带着血色,是刚刚忍痛时咬破的。她趴在水边,把脸浸到溪水里。突如其来的凉意让她浑身一震,整个人清醒了许多。

随后,她又摸索着在地上捡起一截树枝,用手哆哆嗦嗦地送到嘴里,死死咬住。而后,未受伤的右手慢慢抬起,握上身前露在皮肉之外的枯枝。

苏遇只是一瞥,就明白了叶湾湾的用意。他刚要开口,不想叶湾湾竟没有半点犹豫,只见她虎口一缩,瞬间就将那根穿透皮肉的枯枝抽了出来。苏遇亲眼看着带着新鲜血迹的树枝被她甩到几丈之外,继而,她面上刚毅的神色渐渐散去,身子一软,柔弱无骨地瘫在了溪边。

苏遇微微皱了皱眉,快步走到溪边,想也不想地撕下自己衣摆的一角,在溪水里浸湿。

"娘老子的!"

正当苏遇犹豫着要不要帮叶湾湾清理伤口时,身旁忽然传来一声咒骂,其粗鄙程度让他不禁为之一振。

苏遇下意识地转头看了看像摊烂泥一样倒在溪边的叶湾湾。

叶湾湾刚好在此时微微抬起头,撞上苏遇的目光,不觉哼了哼:"看我干什么,骂人能缓解疼痛,骂得越狠效果越好,你不知道?"她气喘吁吁地说了好大一段话,"在外面装得娴静风雅,反正现在也没人,不用端着了。"

"我不是人?"苏遇哭笑不得,回到她身边,抬手掀开她肩上的衣料,把浸了水的布料按在伤口上,还用力压了压。

"大不了逃出去以后杀人灭口。"叶湾湾大口喘气,歇了好一会儿才哆嗦着青紫的嘴唇继续道,"太他娘的疼了,等我回去的,抓到那些追杀我的人,挨个阉了,一点麻沸散也不给他们用。"

苏遇嘴角抽动:"叶祝祝到底教了你什么乌七八糟的?"

叶湾湾疼得浑身哆嗦,但嘴上依旧不依不饶:"生存之道!"

苏遇闻言,不自觉地回忆了一下叶祝祝的模样。

他将木材铺的伙计带回雍州府时,正好撞见刘行敏押着叶祝祝回来。

叶祝祝的身上有一股媚态,那是常年浸润在风尘之地里养出来的,媚虽媚,但并非天生。可叶湾湾却不同。苏遇看了看叶湾湾,她的脸此刻惨白得像死人一样,可眼角的那抹邪气却丝毫不减,浑然天成。

"不会只有你一个人来了吧?"一片沉寂之中,叶湾湾再次开了口,伴随着嘶嘶的抽气声。

"我沿途留了记号,刘长史他们应该可以找到这里。"苏遇把那块沾满血的衣料在水中洗了洗,发现根本无法洗净后便打算直接扔了。

叶湾湾疲惫地瞥了他一眼,像自言自语似的:"希望刘长史能在我的血流干之前赶到。"

苏遇闻言,准备扔衣料的手在半空中顿了顿,进而有些无奈。

他会救坠崖的叶湾湾不过是出于保护人证的本能,毕竟,此人身份成谜,是案中不可缺少的一环。可眼下,叶湾湾瘫在那里，又容不得他置之不理。想来，以叶湾湾的伶牙俐齿，若他真的不管不顾，怕是会被念叨得整夜都不得安生。

苏遇认命似的又在溪水里用力搓了搓衣料，然后拧干，压在叶湾湾的伤口上："你去找木材商做什么？"

叶湾湾仰面看着天空，神色恹恹的："想去问问，是谁买了那口棺材。"

"你上心的事还真不少。"

"当然，和亲公主被杀，这可是关系到两国关系的大事。若是你们抓不到真凶，难保不会找人顶罪。"叶湾湾试图变换一下躺姿，发现根本动不了后也不为难自己，继续保持原姿势，四仰八叉地躺着，"突厥人笃信巫蛊之术，我'以画定生死'的能力又早就名声在外，偏不巧我还给虞山公主画过画像，是你们唐廷最好的替罪羊。"

"可问出什么了？"苏遇趁叶湾湾说话说得专注时，压着她伤口的手猛地用力，勉强止住了出血。

叶湾湾反射性地抖了抖肩，随即忍痛的表情从眼底褪去，化成一抹遗憾："去晚了一步。"

"你可以试试给自己画一个'逢凶化吉'的好前程。"苏遇颇为正经地建议道。

叶湾湾只觉得自己喉咙发甜，很想起来给苏遇一拳："苏少卿难道觉得，我想自证清白是在白日做梦？"

苏遇没有回答，只是转身到河边将衣料重新洗干净。

叶湾湾自嘲似的哼笑一声："真是不幸，我还真的梦见过苏少卿。"

"想不到你会这么记挂我。"苏遇再次用衣料压住叶湾湾的伤口。

叶湾湾冷哼："就连在梦里，都让人讨厌得很。"

苏遇看着叶湾湾气恼得甚至有些倔强的表情，忽然不自觉地笑了，手上的动作也轻了几分："骂我骂得这么起劲，看来伤口是不疼了。"

叶湾湾愣了愣，似乎明白了苏遇刚刚那番恼人的言论只是在分散她的注意力，减少她的疼痛。她想说些什么，可心口却忽然发堵，嗓子也随之一哑，发不出声了。

她静静地躺了半晌，又忍不住动了动肩，可背上渐渐干涸的血就像米糊似的，把她死死地粘在了地上。叶湾湾不禁叹了口气。

"你想干什么？"苏遇迟疑了片刻，觉得两个人距离如此之近，他实在不太好视而不见。

"想喝水。"叶湾湾又动了动没受伤的右胳膊，发现和溪水还是有一定的距离。她颇有些哀怨地看了一眼苏遇，"你帮我喝。"

"我帮你喝？"苏遇一挑眉，"难不成我喝完你就不渴了？"

"扶我起来。"叶湾湾有气无力地瞪了苏遇一眼。

苏遇将躺在自己面前的、仿佛是开了膛的死鱼一样的人从头到脚打量了一番，然后又看了看自己还算洁净的衣衫，皱了皱眉,勉强朝叶湾湾伸出右手。

"呵……"叶湾湾叹了口气,简直是用尽了浑身的力气才够到苏遇的手。

苏遇大概是有些心急,还不等叶湾湾平衡好身体就用了力想把人拉起来。结果叶湾湾一个趔趄,整个人向下一坠,刚刚勉强止住血的伤口再次被扯开。她的左臂就像瞬间脱臼了似的发出轻微的"嘎巴"声。叶湾湾一句"娘"还没有骂出来,人就翻了白眼,一整个砸进了苏遇怀里。

一股浓重的血腥气涌进鼻腔,呛得苏遇差点跟着叶湾湾一起歇菜。

刘行敏带人找到苏遇和叶湾湾时已过了四更天。叶湾湾伤到了肩胛,又是贯穿伤,稍有不慎就会流血不止,背举扛抱都会牵扯伤口。几个衙役试了各种姿势,最终都没能找到一个运送叶湾湾的好办法。

苏遇被迫在山谷里喝了一夜的西北风,心情本就不太美妙,这会儿,难免耐心有限,又见众人都对叶湾湾无计可施,便直接一捧沁凉的溪水,把人给浇醒了。

一个激灵醒来的叶湾湾不以为然,竟还打了个哈欠。显然,她是借着昏倒睡了个好觉。可怜苏遇一夜没敢合眼,生怕一个不留神这人就一命呜呼了。

"苏少卿这么不懂得怜香惜玉,小心孤独终老啊……"叶湾湾扶着苏遇起身时,用只有他们二人才能听见的音量在他耳边嘀咕了一句。

"原来你这几日跟在我身边,打的是这个主意。"苏遇侧头俯视靠在自己身侧的人,露出一个温柔又阴恻恻的笑来。

叶湾湾的眼皮抽了抽,她怀疑自己不是伤了肩胛而是坏了脑子,怎么就忘了这人是何等自恋。她嘴角一动,给了苏遇一个"就你有嘴"的眼神,然后逃也似的捞起赶来扶她的衙役的手臂,笑眯眯地跟人家走了:"多谢大哥,像你这般心地善良,来日必将洪福齐天。"

衙役被夸得莫名其妙,但在护送叶湾湾这件事上却不自觉地更加卖力了。

天际仍透着一片雾蒙蒙的阴森。

可惜,昨夜那场大雨下得不够久,没能压住庄子里的火。刘行敏和苏遇赶到时,院子已是一片废墟,处处焦黑。原本奢华的翠槛红楼、雕栏飞檐,此刻已经败落成尘。

与灰烬一同掩埋在泥土里的,还有九具身形各异的焦尸。最小的一具看上去不过四五岁。尸体没有因火烧而挣扎的痕迹,显然是先被灭口,再被大火付之一炬。尸体上的皮肉已经烧得焦烂近乎脱骨,很难看出凶手杀人的手法。只是,暴露出的骸骨上依稀可以看见刀痕,可见凶手手法残忍,当是老练的刺客所为。

"刘长史,什么也没有搜到。"铁头带着几个衙役在院子里前前后后转了几圈,一无所获,"那帮刺客竟然一点痕迹也没留下。"

"唉。"刘行敏叹了口气,"命如草芥……"

"刘长史。"苏遇踱步到刘行敏身边,"你觉得什么人会如此胆大妄为?"

刘行敏默而不答,他当然明白苏遇话中的暗示:谋杀虞山公主,一夜之间九条人命,如果不是不知王法为何物的山匪响马,便定是位高权重的皇亲重臣。不过,堂堂京师,天子脚下,又何来山贼。

"虞山公主刚失踪的时候,我曾想过是高句丽所为。"苏遇摇了摇头,"看来是我想得简单了。案发当夜,玄都观由北衙禁军和突厥人共同守卫,高句丽人要同时买通这两股势力,还要做得神不知鬼不觉,谈何容易。"

"从案发到现在已经过了三日,不见任何势力借此事发难。"刘行敏沉吟,"突厥使团一路而来都平安无事,偏偏就在长安城内、天子脚下出了事……"

"叶湾湾说过,她曾一前一后给现任工部侍郎和前任吏部侍郎做过画。之后不久,吏部丁侍郎溺水而亡,而名不见经传的许世卿却青云直上。"苏遇放缓了语速,提示刘行敏道,"工部……"

"如果不是有人从外部进入玄都观劫走公主,那便是观内设有机关暗道。"刘行敏立刻明白了苏遇的暗示,"工部负责玄都观的修缮,如果观内有机关,他们也许会知晓。"

"不过，区区工部侍郎是如何跟虞山公主扯上关系的？"苏遇若有所思，"公主若死，和亲不成，对何人有利……"

刘行敏吓了一跳，急忙打断苏遇："苏少卿慎言！"

见刘行敏一脸肃穆，苏遇忽然笑了笑："刘长史慌什么，毕竟虞山公主这个案子要是解决不好，吃不了兜着走的可是魏王，他怎么可能搬起这么大一块石头往自己脚上砸。"

"苏少卿所言甚是。"刘行敏稍稍松了口气。

"不过……"苏遇突然话锋一转，"疑似公主的尸身就停放在府衙，刘长史是否准备好让突厥人认尸了？"

刘行敏刚刚呼出的一口气又转为一声叹息："一旦突厥方面确认尸身就是虞山公主，我们却又交不出真凶，很难说事态会如何发展。"

"既然如此，那就不认吧。"苏遇很是心宽，"如今，木材商已死，那口棺材便是重要线索。木材铺子的伙计还有叶祝祝就交给刘长史，也许还能问出些什么，哪怕都是些细枝末节，相信刘长史也能按图索骥。"

刘行敏从苏遇的话中琢磨出了一丝撂挑子的味道，连忙将人拉住："苏少卿准备如何？"

苏遇略微整理了一下被叶湾湾抹了好几条血道子的长衫，摆出一副人美心善的神情："我去会会那位工部侍郎许世卿。"

"他的官阶可在正四品上，恐怕你无权审问。"刘行敏提醒。

"刘长史多虑了，我只是去向许侍郎恭贺一下右迁之喜。"这话说得好像连苏遇自己都不信,说完,他还皱了皱眉,"迟是迟了些,但他总不能因为这个就把我拒之门外。"

像是已经预见到了苏遇吃闭门羹的遭遇,刘行敏扯出一张一言难尽的笑脸,点了点头。

## 第七章　公子狡黠

进了长安城，苏遇径直回了崇化坊的宅子，准备先梳洗一番再去见许世卿。

老槐树下，叶湾湾正斜靠在一张竹榻上。厨娘已经帮她清理了伤口，又把自己的粗布衣服借了一套给她。叶湾湾穿在身上有些肥大，胸口处的带子前前后后缠了好几圈才勉强把布料挂住。

她的脸色依旧苍白，因为肩胛受伤，左侧的身子不甚灵活，人总会不自觉地往右偏，看起来有点半身不遂。听见脚步声，她的头先于身体向门边转去，而后，在脖子的带动下，身体才缓慢地偏过一个角度："你回来了？"

"你怎么在这？"苏遇颇感意外。

且不说木材商之死是否与她有关，单凭她那以画断生死的案子至今还未找到一个合理的解释，苏遇便以为衙差会直接把她带回雍州府衙，不想，差役竟然拐了个弯儿，把人扔在了自家门口。

"庄子上可找到什么线索了？"叶湾湾绕开苏遇的问话，直奔主题。

苏遇："没有。"

"什么线索都没找到？那我岂不是真的要为凶手去顶罪了……"叶湾湾立刻忧愁起来。

苏遇没理会叶湾湾的伤感，径直回了正房，梳洗后又换了一套新的常服。

更衣时，家中老仆告知说，豫章公主派人传过话，说是已经调查过工部侍郎的升迁经过，但没查出什么破绽。吏部早就对许世卿做了考核，只是还没来得及公布就出了丁兆和失足落水一事，是以，对许世卿的提拔就晚了几天。

也就是说，丁兆和的存在并不会阻碍许世卿升迁，他的死或许与许世卿并无关联。

如此结果，苏遇并不感到意外。如果此事背后真的有人操纵，自然要做得天衣无缝，要是真的被李芷惜查出什么眉目，反倒让此事看起来不过是卖官鬻爵之举。

苏遇点了点头，离开了正房。

院子里，叶湾湾仍旧坐在竹榻上发呆。

苏遇本想打发她去雍州府，可刚要开口却又想到了什么，话锋一转："还能走路吗？"

"当然。"叶湾湾晃了晃两条垂在竹榻边的腿。

"起来跟我走。"苏遇说着,人已经走到垂花门边,甚至忘了去拉叶湾湾一把。

"去哪?"叶湾湾身残志坚地站了起来,晃到苏遇身后。

"工部侍郎许世卿府上。"苏遇头也不回地回答。

叶湾湾疑惑道:"我去做什么?"

苏遇的脸上一派理所当然:"当贺礼。"

闻言,叶湾湾不觉低头打量了一下自己。粗布的襦裙、带泥的布鞋,头发松松垮垮地堆在脑顶,露在外面的皮肤一丝血色都没有。怎么看,这份贺礼都显得过于廉价且不吉利。叶湾湾又下意识地摸了摸自己的肚子,更觉得自己这份贺礼的分量委实轻巧了些。

"苏少卿真乃神人。"叶湾湾忽然慨叹了一句。

苏遇脚下一顿:"什么?"

"一日一夜不吃东西还能生龙活虎。"叶湾湾对着苏遇的后脑勺比了比大拇指。

闻言,苏遇转过头将叶湾湾上下打量了一番。她就站在那棵老槐树下,微微眯着双眼,瘦小的身子裹在肥大的粗布衣裙下,显得更加弱不禁风。也许是担心她那副小身板还没走到许府就得散架子,苏遇闭了闭眼,妥协了,微微朝厨房的方向迈了一步,抬头要喊厨娘。

"我不想吃馎饦了。"还不等苏遇开口,叶湾湾先一步提出了要求。

苏遇深吸了口气:"你以画害命的事还没有洗脱嫌疑,没送你去雍州府吃牢饭已经是本官日行一善。"

"你要是这么说,我可就要给你画像了。"叶湾湾明晃晃地威胁。

苏遇根本不吃这套:"好啊,本官正好去会会那个凶手。"

"也对,苏少卿抓到了凶手,也就不用去给许侍郎送贺礼了。"叶湾湾边说边往回走。

苏遇嘴角一抽,看着叶湾湾越走越远的背影,迅速思索了一下究竟是面子重要还是案子重要。最终,他认为,身为大理寺少卿,缉凶断案责无旁贷,两害相权,必须取能令其升官发财者。

他见叶湾湾已然走到了正房门外,便清了清嗓子,略微抬高了声音:"右侧书柜上有只桃木匣子,取二百钱出来。"

"好的!"叶湾湾的半身不遂像被瞬间治愈了似的,迈着轻快的步伐进了正房。

长安西市,客商走马坊门外,胡姬当垆笑春风。

比起东市的显贵,长安西市明显亲民了许多。叶湾湾跟着苏遇进了一间开在西市牌坊外的小饭馆。苏遇似乎很喜欢水,选中的饭馆也是临水而建。一楼西侧窗外便是清洌的漕河,肥美的鲫鱼招摇过市,显然不认识店家招牌上的"鱼庐"二字。

二人准备进店时,迎出门外的店小二稍微愣了片刻。他看着

## 唐多令·晏山海

叶湾湾一身破衣烂衫，除了脸长得干净些、漂亮些外，与街边乞丐并无半点差别。可她身旁的苏遇却是一副风流雅致的金贵模样。

店小二迅速在心里琢磨了一番：如今这长安城内，达官贵人各有各的嗜好，捡个漂亮乞丐似乎也并不稀奇。是以，店小二立刻露出一副热情似火的微笑，将二人请了进去。

店家虽是商贾，却十分懂得孔夫子"食不厌精，脍不厌细"的道理，鱼馁而肉败、色恶、臭恶、失饪、不时，皆不售。是以，因为叶湾湾和苏遇进店的时间比正午用饭的时间早了些许，后厨未及做好准备，店小二愣是不肯给二人上菜。

叶湾湾眼巴巴地等着饭点，指甲盖都快抠进桌板里了。反观苏遇，仍是一脸云淡风轻。

苏遇极有耐心，硬是花了一炷香的时间听店小二介绍店家的拿手好菜，直等到对方口干舌燥，他才缓缓开口："可以上菜了吗？"

"客官稍等。"店小二终于背完自家店铺的宣传广告，屁颠屁颠地上菜去了。

叶湾湾早已饿得眼冒金星，见菜上桌，她几乎整个人扑到桌前，可筷子还没碰到碟中白嫩嫩的鱼肉，就被苏遇挡开了。

"你身上有伤，不能吃发物。"苏遇慢条斯理地叮嘱，拨开叶湾湾的筷子，将盛着鱼肉的碟子往自己面前挪了挪。

叶湾湾眼睁睁地看着到了嘴边的鲫鱼，游走了……

随后，店小二又奉上了几道菜，只是，江皋绿菸之笋、洞庭紫鳞之鱼、莼羹鲈脍，一碟一碟都被苏遇扒拉到自己面前。

叶湾湾将筷子拍在桌面上："那我吃什么？"

"这个是你的。"苏遇将一盘花生米摆在了叶湾湾面前。

叶湾湾伸手，愤愤然地扯过小碟，结果因为用力过猛牵动了伤口，不觉倒抽了一口气。

苏遇闻声抬起头，正看见叶湾湾瞪着眼前的花生米，一副恼得怒目圆睁又痛得龇牙咧嘴的表情。不知何故，苏遇竟然轻快地笑了一声。

"苏少卿真是蝇营狗苟，小肚鸡肠。"叶湾湾算是看明白了，就算自己在口舌上占了一时上风，这位大理寺少卿也必然会找机会报复回来。她心里积蓄起的那些对苏遇的好感顿时风雨飘摇起来。

"过奖。"对于叶湾湾的控诉，苏遇虚心接受。

叶湾湾一边在心里问候苏遇的十八辈祖宗，一边将花生米一粒粒扔进嘴里。她不想去看苏遇那张中看不中用的脸，便将头转向窗外，百无聊赖地扫视楼外来来往往的行人。忽然，她看见街对面一个神色飒爽的女子，正当街大口吃着一块樱桃毕罗，不禁露出歆羡的神色。

"口水都流出来了。"苏遇忽然开口。

"我看的是那位小娘子。"叶湾湾倒也没说谎，如果不是被苏遇打断，她几乎要开口叫人了，"她就是冯雅青。"

听见那人姓冯，苏遇迅速向窗外瞥了一眼："就是她把叶祝祝藏在了冯府？"

"雅青可是女中豪杰。"叶湾湾一边夸赞冯雅青，一边嫌弃地打量苏遇，"她知道祝祝身陷风尘却心志高洁，对祝祝很是赞赏，所以常常女扮男装去思美人看她。"

"还不惜赌上她阿耶冯侍郎的前程帮着叶祝祝潜逃？"苏遇似乎对这种不顾后果的侠义行为很是不理解。

叶湾湾轻轻"嗤"了一声："这天下的男子若是都如你一般，那可真是呜呼哀哉。"

听了叶湾湾的评价，苏遇也不生气，依旧优哉游哉地品尝着美食："你以为叶祝祝逃出长安就安全了？"

"胥靡有免，死罪时活。"叶湾湾言之凿凿，"只要大唐少几个像你这样的官，多几个刘长史那样的人，叶祝祝就是安全的。"

"你们这种行为，非但帮不了她，还会害了她。"苏遇依旧是那副漫不经心的神情，可语气却严肃了几分，"叶祝祝身在风尘，属于贱籍，依我朝律法，同等罪行，贱籍凶犯比庶人罪加一等。平民百姓杀了一个无恶不作的无赖，还可以酌情将死刑改为徒刑。可贱户必会被处以极刑，你们可倒好，又在她的罪行上加了一条畏罪潜逃，到时候，太子给雍州府施压，就算当场判她个斩立决也不为过。"

叶湾湾愣住。

苏遇难得地多说了几句："此事，坏就坏在她杀的是太子的人,可也正因如此,她或许还真可以绝处逢生。"

叶湾湾急切道:"可是有什么办法能救她?"

苏遇本不想多言,可看着叶湾湾认真的神情,他还是下意识地教了她一招:"《唐律》有言,奴婢贱人,律比畜产,相杀虽合偿死,主求免者,听减。"

闻言,叶湾湾喃喃道:"祝祝的主,应该就是思美人的假母了。可是……假母也属贱籍,如何替祝祝求情减刑?"

苏遇道:"虞山公主一案如今落在魏王头上,叶祝祝又与此案的重要人证木材商有关,如果她能提供有用线索协助雍州府破案,魏王自然可以为她求一个将功赎罪的机会。"

"堂堂魏王为何会愿意帮一个风尘女子?"

"魏王帮的不是叶祝祝,而是杀了太子宠臣舅舅的人。"苏遇解释,"虞山公主一案,太子可是让魏王吃尽了苦头,就算是为了恶心太子,魏王都不会拒绝送这个顺水人情。"

"可太子风头正盛,魏王真的会公然与太子作对吗?"叶湾湾依旧有些担心。

苏遇闲适地吃下了最后一口菜:"那就要看你能不能说服魏王了。"

叶湾湾试探:"你会把祝祝没死的事告诉太子吗?"

"当然。所以,留给你说服魏王的时间不多了。"苏遇扫了一眼叶湾湾面前的花生米,"把你的花生米吃完,我去结账。"

叶湾湾一直低头思索着如何恳求魏王救叶祝祝,并没有注意苏遇的举动。她似乎等了很久，苏遇才结完了账。她慢吞吞地起身，刚要走，手里就被苏遇塞了一个油纸包。叶湾湾愣了愣，下意识把纸包拆开了，里面竟然是一块樱桃毕罗。

"这是……"

"明明就是看到吃食流口水，还拿冯雅青做借口。"苏遇向叶湾湾翻了一个白眼，"真是没出息。"

叶湾湾咧嘴一笑，赶紧把刚刚被自己问候过的、苏遇的十八辈祖宗通通安抚了一遍。

可苏遇接下来的话，差点没让她被嘴里的毕罗噎死："四文钱，记得还我。"

叶湾湾和苏遇酒足饭饱，雍州府内的刘行敏却只喝了口凉水就叫人将叶祝祝和木材铺伙计带上了堂。距离圣人给出的五天期限还有两天时间，时不我待的紧迫感让一日一夜没合眼的刘行敏依旧精神抖擞。

雍州府大堂上，木材铺伙计神色不安地跪在那里，惊恐得不停地哆嗦，他旁边的叶祝祝倒是一脸的波澜不惊。

片刻后，两个衙役将那口精雕细刻的木棺抬上了堂。原本躺在棺内的无头女尸已然被安置在了别处。

刘行敏在堂上坐定，看向木材铺伙计："这口木棺可是出自你家铺子？"

伙计手脚并用爬到木棺前，仔仔细细看了半天，又用手指抠了抠几块木板的接缝处，摸了摸凸起的雕花。而后，他瑟缩着回话："回长史，这木棺上花纹的雕刻技巧像是出自我家木匠之手，木材用的是上好的金丝楠木，很是贵重，长安城内有此木材的铺子不多，但也并非我家独有。而且……"伙计咽了咽口水，摇了摇头，"小民从来没见过这口棺材。"

刘行敏略一点头，又看向叶祝祝："叶祝祝，你的这位恩客可曾跟你提过有什么人订过这样一口昂贵的棺椁？"

叶祝祝轻轻拧着眉，大概是因为蹲了牢房的缘故，她的脸上写满了倦色，可抬头的瞬间，眉梢眼角又不自觉地带出一股媚态："我记得，有一日他喝酒喝多了，确实抱怨过接了一单不太好做的生意。"

刘行敏问："你可记得是什么时候？"

叶祝祝回忆："约莫是一两个月前。"

"一两个月前……"刘行敏细细想来，着实不记得那个时段有何大事发生。

他又将目光转向店铺伙计："你可记得那段时间有什么人到过木材铺子？"

伙计斩钉截铁地摇头："确实会有一些权贵主顾找我们掌柜订购上好的棺材，但那些人从不直接到铺子里来，要么是下人代为传话，要么就是和我们掌柜直接到城外的庄子里去谈。"

"昨日你连夜出城，偏巧你家掌柜又在昨夜遭人杀害……"刘行敏很清楚伙计昨夜是在城南被抓，和木材商遇害的地点南辕北辙，可这个伙计一问三不知，不诈一诈他，怕是问不出什么有用的线索。

"小民冤枉啊！"刘行敏还未说完，伙计就"嘭"的一声以头抢地，"小民昨日正欲出城，就被这几位……"伙计迅速瞥了一眼堂上八面威风的衙役，"几位大哥抓住了，说是小民与一桩人命案有关。可是小民实在不曾害人性命啊！"

"你出城所为何事？"刘行敏趁势追问。

"几日前，掌柜有急事出城，临走前嘱咐小民这两日去乱葬岗给一处新坟翻翻土，小民也只是按照吩咐办事。"

"给坟翻土？"刘行敏似乎不信。

伙计连忙举起三根手指发誓："小民句句属实。"

"这几日既不是初一、十五，也非清明、寒食，为何要去坟头翻土。"刘行敏发现他话中蹊跷，不禁往前探了探身子，"你可知那坟中是何人？"

伙计摇头："小民不知。掌柜只说那坟是他替一位有钱的贵主儿办的，让我翻仔细些。"

刘行敏追问："你家掌柜经常让你去乱葬岗翻土？"

"没有。"伙计继续摇头，自己也是一脸的困惑，"小民也觉得奇怪，但是掌柜的吩咐，小民只能照做。小民真的没有杀人。"

刘行敏蹙眉。木材商与叶祝祝一案并无关联，那么，他连夜逃跑多半与那个买棺材的人有关。加之，他曾向叶祝祝抱怨"接了一单不好做的生意"，这让刘行敏怀疑，木材商逃走是预知了自己命不久矣。

将死之人,死前为何会心心念念记挂着一座替旁人置办的新坟……

午后,阳光大好,天色喜人。苏遇领着小乞丐似的叶湾湾,叩响了工部侍郎许世卿家的大门。

很快,一位年逾半百的老仆前来应门,可还不等苏遇自报家门,老仆便一脸歉疚地开了口:"许郎君今日不见客。"

苏遇扯出一脸春光明媚的微笑:"本官大理寺少卿苏遇,特来恭贺许侍郎右迁之喜,还请通传一声。"

"许郎君病了。"那老仆两只脚站在门内,身子倚在门板上,只将头探了出来,"苏少卿的心意老奴会代为转达,您还是先请回吧。"

苏遇眉梢一挑,没想到,这个许世卿还真给他吃了个闭门羹。他下意识地瞥了一眼候在一旁的叶湾湾,只见她双眼似眯非眯,嘴角半笑不笑,表情甚是有辱斯文。

苏遇收回视线,重新看向老仆:"许侍郎卧病在床,必是心神虚弱,正需要人从旁宽慰。本官既然来了,岂有过门不入的道理。"

"不劳烦苏少卿。"老仆依旧扒着大门负隅顽抗。

"我与许侍郎同朝为官,今日特意赶来探望,却被拒之门外,连口茶水都不给喝。"苏遇抬头看了看天,做出一副酷热难耐、即将中暑的神情,"这要是传出去,朝野上下怕是要嘲笑许侍郎不懂为官之道。"

"这……"

苏遇又信誓旦旦道:"老人家放心,我只在前院讨口茶喝,没有允许,绝不叨扰许侍郎。"

"那……苏少卿请进吧。"老仆到底不敢让自家老爷背上骂名,无可奈何地退了一步。

叶湾湾瞅着苏遇昂首挺胸跨进大门的模样,心里不禁嘀咕:敢情这家伙不只有两副面孔,还有两层脸皮。

不过,叶湾湾这个评价到底还是低估了苏遇。

苏遇与叶湾湾进了正厅,不多时,便有婢女上前给二人奉了茶。

婢女自称芳玉,看起来年纪不大,应该刚过及笄,穿了一身淡绿色的齐胸襦裙,右侧脸颊上长了一颗小巧的黑痣,看起来娇滴滴的,确如美玉般剔透。

叶湾湾端着茶盅喝茶时,就看见苏遇的目光一直在芳玉身侧徘徊,似乎已然忘了此行的目的。叶湾湾忍不住轻轻"嗤"了一声,在心里将苏遇这一登徒子行径狠狠腹诽了一番。

忽然,苏遇用一腔极其儒雅的声音开了口:"这里可有笔墨?"

芳玉羞赧地垂着眼帘,声音细细娇娇地应了一声:"有,苏少卿稍等,奴婢去给您拿。"

叶湾湾放下茶盏，不言不语地看着苏遇。苏遇像是被她的目光刺到了似的，也侧头看了她一眼。叶湾湾轻轻一哂："苏少卿的小心思，真多。"

对于叶湾湾的评价，苏遇不以为忤，端起茶盏喝了一口。

片刻后，芳玉捧着笔墨纸砚回来了。

苏遇起身，从芳玉手中接过文房四宝，转手放在了叶湾湾面前，又将一脸迷茫的芳玉请到了上位。

芳玉在被苏遇按进椅子里的瞬间便惊慌起来，下意识地挺直了背，一手扶着椅子的扶手，一手揽住身前的衣裙，急忙想要起身："苏少卿？"

苏遇的眼中似乎含笑："眉如远山，口若含丹，这般容貌不付诸纸笔，实在可惜。可巧，本官今日带了一位画师前来，可为你画像。"苏遇边说边将毛笔塞到了叶湾湾的手里。

叶湾湾故意捏细了嗓音："苏少卿，我昨日受了伤。"

"左侧肩胛负伤，不影响右手运笔。"苏遇潦草地安抚了一句。

叶湾湾无奈，蘸了墨开始作画，可她到底是被苏遇算计了，不反击总觉得咽不下这口气："苏少卿这份贺礼真是贵重，可是，我若是不小心……"叶湾湾说着，手腕故意一抖，笔尖差点点错位置，"可怎么办呢？"

苏遇轻飘飘地扔出一句："无妨。"

叶湾湾不觉侧了头，正迎上苏遇堪堪转为冷淡的目光。一瞬间,叶湾湾好像明白了苏遇的用意,可她却不敢相信,堂堂大理寺少卿真的会做出如此无赖之事。

叶湾湾很快完成了画像。芳玉看到画中的自己,简直喜形于色:"奴婢还是第一次被人画,竟然这么好看。"

见芳玉如此激动,叶湾湾没来由地起了恶作剧的心:"我在长安城内也算小有名气,你家郎君正是因为我的画才一路高升至工部侍郎之位。我给你画的这幅,运笔轻巧、行云流水,你日后必能得偿所愿。"

芳玉一惊,立刻红了脸。她双手交叠在腹部,低头看着自己的衣裙,不说话了。

苏遇又望向堂外,院子清幽且空旷,只有一个正在洒扫的老仆和一个正在摆弄花草的婢女。苏遇起身走到叶湾湾身旁,随手翻了翻桌上还未用过的画纸:"不如,你给他们也画几张?"

"就画刚刚那位老伯吧,他看起来胆子比较小,一定肯听你的话。"叶湾湾说着,对苏遇露出一个十分乖巧的微笑。

苏遇不禁赞许地点了点头。

叶湾湾又将画具搬进了院子,坐在石桌上就画了起来,边画边低声向苏遇道:"苏少卿刚刚那般盯着许侍郎的妾室,怕是不妥吧。"

"还以为你纯粹当我是孟浪之人。"

"一开始还真是。"叶湾湾一笔勾出老仆的轮廓,"不过,画像的时候发现,她那身衣服料子可是比思美人的姑娘穿得还好。

而且,她还带了镯子,我都没有镯子呢。"叶湾湾说着,特意停下画笔,朝苏遇晃了晃手腕。

苏遇点头:"嗯,本官也没有。"

叶湾湾翻了个白眼:"所以我想,她绝不是普通婢女。"

"我们在这里的一举一动,许世卿都会通过她的眼睛看到。"苏遇说着,忽然趁叶湾湾不备在她左肩上捏了一把。

"啊——"叶湾湾立刻疼得一缩,笔尖在画纸上画出一道长长的墨线。

"这下糟了。"苏遇摆出一副悲天悯人的神情看向老仆。

那老仆不知发生了何事,好奇地跑了过来:"苏少卿,有何事?"

苏遇沉痛地摇了摇头:"你怕是有所不知,这个叶湾湾是长安城内有名画师,可以'以画断人生死',许侍郎便是因为她的画得以平步青云。如今,你的这幅被她画坏了,这是不祥之兆,你怕是要……"

"怕是要什么?"老仆像是预感到了什么,声音有些哆嗦。

"死于非命。"叶湾湾特别认真地说道。

"这,这怎么可能?"叶湾湾的名声老仆也有所耳闻,只是这倒霉事突然砸在自己头上,老仆多少还是抱了些侥幸心理,认为这事纯粹扯淡。

叶湾湾满是歉意地开口:"你可以去问问你家许侍郎。"

老仆扔下手中的扫帚就要走,几步之后又像是突然意识到了自己的身份，转过身来："二位……"

"我们就在这院子里，画画人，画画景。"苏遇摆出一副老实人的模样，说完，又招呼起不远处的婢女，"你来，也画一张。"

那婢女连忙后退。

"画得好了，说不定你也能飞上枝头变凤凰呢。"叶湾湾在一旁怂恿。

那婢女还是不肯。

叶湾湾叹了口气，看向苏遇："要不，我就画画这院子里的花花草草吧。"

"如果画错，可会给这院子里的人带来什么灾祸？"苏遇关切地问道。

叶湾湾歪着头想了想："不好说。"

"苏少卿——"东侧的游廊上，忽然传来了许世卿低沉的声音。

苏遇循声看去，正见许世卿在老仆的搀扶下，蹒跚地走了过来。瞧着他那苍白如灰墙般的面色，苏遇微微一愣。他原本以为许世卿是用装病来回避他的试探，不想竟是真的病了。

许世卿晃悠到石桌边坐下，右手哆嗦着扶住石桌边缘："苏少卿，你好歹是朝廷命官，在我府上这般胡闹，就不怕跌了身份？"

苏遇没有言语，目光一动，瞥见身侧的叶湾湾迎上了许世卿："许久不见，许侍郎何以病重至此？"

不知是否是感恩叶湾湾让他有了今日的地位，许世卿竟向叶湾湾回了一礼："有劳叶娘子挂心，只是偶感风寒，不打紧。"

苏遇对如此虚弱的许世卿并无太多同情，径直打断了二人的寒暄："想必许侍郎知道我今日来的目的。"

许世卿喘了口气："想必是为了虞山公主之事。"

苏遇正色道："你既已知晓我此番前来的目的，就应该知道，得不到我想要的东西，我是不会收手的。"

"你就不怕本官到圣人面前参你一本？"许世卿尽全力地大声回击。

"许侍郎请便。只是……"苏遇张开五指，又缓缓捏起，继而目光下沉斜睨向许世卿，"苏某实在不明白，许侍郎究竟为何如此敌视我大理寺，难道真的要苏某向圣上请旨，鸣锣开道请许侍郎到大理寺问话？"

苏遇这招明晃晃的威胁似乎将许世卿体内的风邪之气瞬间逼出体外，他原本眯起的小眼睛努力地瞪了瞪，凌厉的神色只维持了一瞬就忽然颓败下来。许世卿缓缓挺直了背脊："关于本官如何升至此位，晋王和豫章公主已经问过，苏少卿还有什么要问的？"

苏遇开门见山："三日前，太子与虞山公主朝礼当日，不知许侍郎是抱病在家还是在玄都观中？"

许世卿冷笑："自然是在玄都观中。"

苏遇又道："自虞山公主失踪，到翌日百官入宫早朝这段时间，许侍郎身在何处？"

"朝礼当晚，我与众人都歇息在西侧厢房之内，其间曾与几位同僚外出观雨，兴许就是在那时受了风寒。"许世卿说着，又咳了几声，"本官在玄都观时从未有过单独行动，至于第二日，圣人延后了早朝的时辰，我便先行回府用了些早膳。"

苏遇："也就是说，从玄都观到许府这途中，许侍郎都是独自一人？"

许世卿一哂："离开玄都观后，同僚们都是各回各的住处，本官若是知道会因此被苏少卿怀疑，定然找个人证陪在身边。"说完，他半仰起头看向苏遇，眼中带上了嘲讽之色，"本官忽然想起，朝礼当晚，苏少卿好像并未与我们歇在一处。"

"那晚我与豫章公主同在后山，自是无缘见到许侍郎。"面对许世卿不怀好意的反问，苏遇毫不见怪，还殷勤地接过芳玉奉上的茶壶，亲自给许世卿倒了一杯。

对于苏遇的示好，许世卿视而不见，还有些气恼地瞪了芳玉一眼。而后，见苏遇捧起茶杯递过来，他更是将原本搭在桌边的右手收了回去，强硬地拒绝了苏遇的好意。

苏遇瞥了一眼许世卿垂在身侧的手臂，不以为意地笑了笑，自己喝下了那杯茶。

许世卿的耐心似乎已经用尽，有些没好气地催促："苏少卿还有什么要问？"

叶湾湾以为，苏遇好不容易逼出了许世卿，一定会极尽言语攻势对其进行逼供，不想，一番例行公事的询问后，苏遇的态度竟缓和下来，扔出了一个不痛不痒的问题："不知许侍郎对虞山公主一案有何看法？"

许世卿似乎也有些意外，随即眼中流露出几分痛心之色："对于虞山公主之死，本官沉痛万分，还望苏少卿早日破获此案，以免我大唐与突厥再生龃龉。"

"本官自当竭尽所能。"苏遇敷衍地应承了一句，进而话中突然露出锋芒，"敢问许侍郎，玄都观内可有与外界连通的机关暗道？"

"苏少卿这话是什么意思？"许世卿闻言，虚弱的身体瞬间强健起来，猛地从鼓凳上站了起来。

苏遇继续逼问："虞山公主凭空失踪，许侍郎应该知道我是什么意思。"

许世卿半晌不语，目不转睛地瞪着苏遇，像是要用自己灼热的目光在苏遇的脸上烧出个窟窿似的。可苏遇却对他的恼怒视而不见，反倒用一抹可掬的微笑回敬他的怨怒。

良久，许世卿红着眼眶败下阵来，泄气地向陪在身边的老仆摆了摆手。老仆会意，蹒跚着跑去了后院。片刻后，老仆抱回一只木匣，递给了苏遇。

许世卿看着苏遇打开了木匣，才开口道："这是前隋宇文恺和高颎修建玄都观时绘制的图纸，是否有暗道，苏少卿一看便知。"

苏遇从木匣中取出图纸，随意扫看着，而后漫不经心地开口："既是暗道，又怎么会标记在图纸上。"

"苏少卿。"许世卿似乎叹了口气，"工部若在长安城内大兴土木，百姓不会不知。我们究竟能否避开众人耳目新修一条暗道，苏少卿心知肚明。倘若这暗道并非我朝所建，前隋的秘密，本官又如何得知。"

苏遇轻轻笑了笑，拿起木匣收好："叨扰许侍郎了。"

"本官还要用药休养，就不留苏少卿了。"还不等苏遇明确表达离开之意，许世卿已经毫不留情地下了逐客令，"送客。"

像是看了一出难得的好戏，叶湾湾看向苏遇的目光中带上了一点玩味，刚一踏出许府的大门，她就用赞许的语气开了口："这个许世卿真是只老狐狸，连你都差点被他说得下不来台。"

苏遇的目光轻飘飘地看向叶湾湾："可惜，他的狐狸尾巴已经露出来了，要扫你的兴了。"

"哦？"

"除了你、我和刘长史，没有人知道那具尸身同虞山公主的关系。"苏遇迈下台阶，向西而去，"为何我在问他如何看待虞山公主一案时，许世卿会斩钉截铁地说出'虞山公主之死'这种话。"

意识到苏遇的随口一问原来是一个陷阱，叶湾湾的脸上有了片刻的怔愣。很快，她便又恢复一贯的神色："会不会是刘长史将此事说了出去？"

"一旦太子知道叶祝祝还活着，必然会让雍州府立刻行刑。刘长史还要就木材商的事提审叶祝祝，断不会将此事宣扬出去。"苏遇否决了叶湾湾的猜想，"更何况，此事关乎我大唐与突厥的边境安危，没有圣人的准许，谁也不敢在这件事情上嚼舌根。"

叶湾湾又问："或许，是那位许侍郎信口胡说？"

"在突厥公主的生死之事上信口雌黄，这么没脑子的事……"苏遇忽然止住话锋，嘴角勾起一个嘲弄的笑，"许世卿要是真能做出这样的事，倒也可以解释为何他入朝为官三十载却一直默默无闻。"

叶湾湾的神色渐渐变得狡黠起来："苏少卿这架势，是要把许世卿的祖宗十八代都翻出来查个明白咯？"

苏遇眉眼微扬："你虽然不懂法，但脑子还算灵光。"

"我对祝祝是关心则乱。"叶湾湾脸色一垮，岔开话题，"你接下来打算怎么做？"

苏遇道："去户部，查查这位许侍郎的户籍。"

叶湾湾点了点头，随即向苏遇伸出手："我可以去玄都观，看看到底有没有暗道。"

叶湾湾是画师，也许真的可以根据图纸和实际建筑框架间的细微差异辨别出是否藏有暗门机关的可能。只是，苏遇还是没办法全然相信她。

"那张图纸你不是看过了吗，还怕我在上面做手脚？"叶湾湾似乎看出了苏遇的顾虑，"虞山公主失踪那晚我在思美人给叶祝祝画像，根本不可能到玄都观去把人偷出来。我去玄都观，只是想证明虞山公主不是被我画死的。"

苏遇沉默须臾，将装有图纸的木匣和象征官员身份的鱼袋一并递给叶湾湾："切莫和突厥使团起冲突。"

"你放心。"

看着叶湾湾离开，苏遇也转身朝宫城走去，只是几步之后，又慢慢停了下来。他忽然想起许世卿以用药为借口赶他出门的话，不觉心念一动，又绕回到许府的后门，躲进巷尾拐角处被树荫遮蔽的角落里。

约莫过了一盏茶的工夫，后门被人轻轻推开，芳玉端着一只煎药用的陶罐走了出来，小心翼翼地抬起脚避开裙摆，迈过门槛，将陶罐里的药渣倒进门旁盛放泔水的木桶里，然后一手将陶罐抱在怀里，贴着墙壁缩回进后院，又回头警惕地望了望，确认四周无人后，转身带了门。

苏遇又在树荫下静静等了片刻，确定不会有人突然出现后才走出拐角。他随手捡了一截枯枝，扒了扒泔水桶里的药渣。

他虽然不是医者，但经年的断案经验让他对一些常见的草药还是有所了解。苏遇用枯枝挑出些许药渣放在手帕上，忍着泔水又馊又臭的气息研究了一番，很快就辨认出这并非治疗风寒的草药，而是用来安神的。

他略一抬头，看向紧闭的院门，眼中划过一丝了然。随后，他收好包着药渣的手帕，快步走出巷口。

## 第八章　执棋者何人

　　叶湾湾赶到玄都观时已近黄昏。白日里强烈的阳光在这当口忽然矜持起来，日头悄咪咪地藏在几簇阴云之后，极不情愿似的给红尘留下惊鸿一瞥。

　　玄都观大殿前人来人往。不过几日的光景，桃花便已经败了，粉白的花片零落满地，远远望去像一汪清新的海，近看却是惨不忍睹的腐朽。叶湾湾踏在铺满花瓣的青石砖上犹豫了片刻，转身退出了玄都观。

　　她在崇业坊与朱雀大街相邻的街口处折了两枝开得正艳的海棠。

　　玄都观的大殿西侧，通往正房的门关得严严实实，门边还守了两个道士。叶湾湾将苏遇的鱼袋递了上去，二人看了，立刻给她放了行。

## 唐多令·晏山海

叶湾湾刚踏上游廊就听见阵阵不太和谐的声音,她稍稍歪了头,从廊柱和碧桃之间的缝隙看去,正瞧见阙老夫人和魏王李泰相对而立。

"大唐什么时候才能给我们一个交代?"阙老夫人声音颤颤巍巍的,却又不失草原人的气势,"这么多日了,死的活的愣是一个都没找到,这人还真能凭空消失了不成?"

李泰一脸的焦灼。一面是咄咄逼人的突厥,一面是并不占理的家国,他是强硬也不行,屈服也不对。他府上那些文人属僚,除了劝他"言寡尤,行寡悔"之外,也无甚新鲜说法。关键时刻,他还是得自力更生。

李泰不自觉地清了清嗓子,似乎是这一举动让他长了几分气势,开口时,他的声音明显清亮了许多:"本王自然也希望尽快找到公主,所以,还得烦请阙老夫人仔细想一想,虞山公主入京以来可有什么异常?"

李泰到底是圣人眼中最为聪慧的皇子,只焦灼了片刻就想到了应对之策。眼下,他巧妙地避开了阙老夫人的锋芒,将问题丢回到对方的身上。

"虞山自从知道要嫁给大唐的太子,便恪守你们唐人的礼节,一路上别说是不相识的陌生人,就是与我突厥的勇士们,她都谨慎地保持距离,断无一点异常。"

叶湾湾靠在廊柱上,细细琢磨着阙老夫人的话。如果老夫人所说确是事实,虞山公主这一路上都不曾与任何人有过逾越礼法的交流，那她的死也许真的与个人恩怨无关。

显然，李泰也意识到了这个问题："虞山公主与太子殿下的联姻关系着我大唐与突厥的和睦，虞山公主在长安城内无故失踪，难保不是有人在挑拨我们两国的关系，还请老夫人莫要辜负公主入唐的初衷。"

谁知这个阙老夫人也不是吃素的主儿，听了李泰的话，她竟轻轻冷哼一声："若事情果真是如此，怎么不见有人来挑拨？"

李泰也不正面对峙，立刻退一步海阔天空，儒雅又不失风趣地说道："你看，老夫人这不是已经恨上本王了，哪还用得着谁跳出来当面煽风点火。"

阙老夫人闻言一噎。

虽然魏王为了维护大唐的颜面不能做出任何让步，但想到虞山公主的惨死，叶湾湾还是不由得同情起这位年过半百的妇人。这会儿，见阙老夫人眼圈发红，她连忙从游廊上走了下去，将怀里的两枝海棠塞进她的手里。

"听说虞山公主喜欢花木，这海棠花草原没有，我看它开得艳烈，很像草原人火热倔强的性子，也许公主会喜欢。"叶湾湾难得地收起了眼里的邪气，露出一本正经的神情，"老夫人不妨把这花插起来，哪日公主回来了，或许还能看到。"

刚刚还火气十足的阙老夫人立刻柔软下来，眼角又湿润了些。她接过叶湾湾手里的花，转身进了正房。

叶湾湾看阙老夫人进门才转过身，对着魏王拜了拜："魏王殿下。"

魏王李泰眼中闪过一抹感激之色，虽然转瞬即逝，但叶湾湾却看到了。她想着苏遇让她求魏王护佑叶祝祝的话，不禁觉得眼下就是劝说魏王的好时机，当下便拐弯抹角地开了口："听说刘长史已经将此案的人证带回雍州府，相信很快就能查出眉目，殿下不必太过忧心。"

"画师这句安慰……"李泰咂了一下嘴，蹙眉叹气道，"不走心啊。"

叶湾湾一愣，她难得端出一个这么正经八百的态度，居然说她不走心？可眼前之人毕竟身份尊贵，她也不能像对待苏遇那样对待他。

叶湾湾稍稍正了正身子，直面魏王，露出一个十分走心的微笑。这一笑，眼角就不免弯出一个上扬的弧度，那抹被她藏起来的邪气就又不自觉地流露出来。

"我知道殿下此刻处境艰难，但关于公主失踪案的线索已经渐渐清晰，几个关键证人也都被刘长史带进了雍州府衙……"

"被刘行敏带进雍州府衙的只有木材铺的伙计和思美人的叶祝祝。"叶湾湾还没说完，李泰就打断了她，"画师两句都不离这两个人，既然这么心急，不妨有话直说。"不等叶湾湾开口，李泰又补充了一句，"我猜，是那个杀了称心舅舅的叶祝祝，你想为她求情？"

见自己的目的已经被李泰戳穿，叶湾湾也不再遮掩："是。"

李泰皱了皱眉,一副颇有些为难的样子。他在廊下来回踱了几步,然后在叶湾湾面前站定:"所以,画师给她的画像,究竟画错了没有?"

"啊?"叶湾湾没想到李泰考虑了半天就是想问这个问题,不由得下意识回了句,"没有。"

李泰笑了笑:"既然如此,画师何必担心,叶祝祝一定吉人天相。"

以刚刚魏王和阙老夫人的交锋来看,他完全不像是能说出这种无稽之谈的人。叶湾湾不禁怀疑李泰是在故意岔开话题,好让自己无法再开口相求。可还没等她想出应对的办法,李泰又继续道:"等刘行敏那边审完,本王自会想办法将人接到府中,画师可以放心。"

叶湾湾眼色一亮,几乎是脱口而出:"殿下果然是性情中人!"

李泰看着叶湾湾,露出一个意味深长的笑来。叶湾湾总觉得那笑容里包含了一些她明白却又不想明白的意味。


苏遇赶到宫城外时,天光已经不剩几分。

当年,宇文恺奉命修建长安城,特意将官署衙门建在太极宫南面、长安的"九三"之位上,取的就是"君子终日乾乾,夕惕若厉"之意。果然,已经过了酉时的光景,承天门外尚书省内仍是人头攒动,烛火通明。再看看西边的大理寺,大门紧闭,死气

唐多令·晏山海

沉沉……

苏遇不自觉地掸了掸衣袖上的轻灰,给自己找了个由头:毕竟,他们的业务大都发生在宫墙之外。

苏遇与主管户籍的户部员外郎是同乡,进入档案库倒是没遇什么阻碍。只是,前隋灭亡之际,官员渎职致使户籍散乱,许世卿如今五十有余,生逢动乱,除了他那位不知是生是死的老母亲外,户籍册上竟是一点族人信息都查不到。

苏遇有些不甘心:"其他地方可还能查到些什么?"

"地方州府交上来的档案全部都归置在这里了,若是此处没有,别处怕是也查不到什么。"户部员外郎实话实说。

许世卿在武德年间通过明经科进入仕途,其后几次进士科不第。虽然朝廷开设明经、进士两条入仕之路,但其难易程度却是云泥之别。是以,明经出身的人时常被人瞧不起,也难怪许世卿在官场熬了二十余载都没能崭露头角。

可就是这样一个人,却在并无惊天壮举的情况下忽然青云直上。苏遇再次看了看许世卿的户籍——越是干干净净,就越让他觉得是欲盖弥彰。

不过,眼下户部已找不出更多可用信息,苏遇只得再从他处下手。

出了尚书台,苏遇向西南往朱雀门去,打算到玄都观与叶湾湾会合,不想刚过御史台,就听见有人在身后叫住自己。那声音很是耳熟,苏遇甚至连眼皮都没抬一下,直接转身一礼:"豫章公主。"

李芷惜蹦跶着来到苏遇面前,身后还跟着晋王殿下这个小"幌子"。

"苏少卿可是查出什么了?"李芷惜开口就想和苏遇探讨案情,"那个许世卿当真有问题?"

苏遇当然知道,在李芷惜和李治面前议论朝廷命官是否有罪并非明智之举,是以,他想也没想地否认:"没有。"

像是附和苏遇的话似的,李芷惜也喃喃了一句:"那日我和雉奴去看了吏部对于许世卿的考评,也觉得此人并无特别之处。"

"雉奴"是晋王李治的乳名,平日里也只有李世民和几位兄长会如此叫他。李芷惜忽然当着一个外朝官员的面将这个称呼脱口而出,不禁让李治觉得有些窘迫。

李治小脸绯红地看了苏遇一眼,像是觉得只要不让李芷惜的话头落地,苏遇就不会注意"雉奴"二字似的,李治急切地开口道:"许侍郎从高祖年间就一直是翰林待诏,听说是因为将秦汉以来的营造之法修订成书,被工部李尚书看到了,才调职工部的。"

这个信息苏遇倒是第一次听说,下意识确认了一下:"敢问殿下,此消息是否可靠?"

"当然。"李芷惜变戏法似的从身后变出一本书,"我们正要把书送去大理寺,可巧就遇上苏少卿了。"

苏遇接过书,习惯性地迅速翻动书页,在看到某处内容后又

"啪"地将书合起。

片刻后，苏遇若无其事地把书收好，侧头看了眼天边渐渐垂下的暮色："臣还要去玄都观，先……"

"阿耶限期五日查明虞山公主失踪之事，如今只剩下两日不到，想必苏少卿非夙兴夜寐不可。"李芷惜说着，将一只锦袋塞进苏遇手里，"这是宵禁后出行的文牒，苏少卿应该用得上。"

"多谢豫章公主。"苏遇郑重一礼。

"苏少卿查明真相后，可别忘了告诉我。"李芷惜边说边回忆起虞山公主失踪时的诡异场面，不觉抖了抖肩，"如此离奇的消失方式，我还是第一次见呢。"

苏遇抱拳道："自然。"

苏遇出皇城时，天色已经彻底暗了下去。朱雀大街两侧架满了纸扎的风灯。暗红、昏黄的灯光在夜风里，伴随着提示宵禁的鼓声，忽明忽暗。

苏遇对虞山公主在自己眼前消失一事耿耿于怀，总觉得那日他若是多加警觉，也许就能保护好虞山公主，也就不会有眼下这么多乌七八糟的事。

他边走边盘算着时辰：许世卿的宅子到皇城与到玄都观的距离相仿，按照玄都观的占地面积和叶湾湾大致的勘查速度，这会儿应该最多检查到正房附近。刚好，等他到了可以一起探探东侧游廊的虚实。

只是，苏遇万万没有想到，从他们离开许府到现在将近两个时辰的光景里，叶湾湾连那个装着图纸的木匣子都没打开过。

苏遇走下游廊时，正瞧见叶湾湾和李泰并肩坐在廊下，言笑晏晏地聊着刘行敏半夜带人去挖坟的事。

约莫半个时辰之前，刘行敏派人来给魏王传话，说是发现了新线索，要到城南的乱葬岗去挖坟，希望魏王能向金吾卫讨个通行文牒，好让他在加完班后可以回城，不至于在乱葬岗枕着枯骨、裹着黄土过夜。

叶湾湾对这些"子不语"的事向来感兴趣的很，可偏偏她要在这等苏遇走不开，不禁颇为遗憾地感叹："如果不是要等苏少卿过来，我倒是很想一起去挖坟。"

叶湾湾说完这话一抬头，正看见苏遇面无表情的脸。不知怎的，周遭的气氛瞬间让她有一种正置身乱葬岗的错觉。

李泰似乎对此刻僵冷而尴尬的气氛全无感知，起身向苏遇走了两步："苏少卿来得正好，听闻刘长史发现了新证据，此刻正在城南，本王和叶娘子正想一同去看看。"

苏遇略一侧身，给李泰让出条路，随后，嘴角略扬，笑出了春风万里的气势："殿下请。"

李泰满意地点了点头，侧身看向叶湾湾："走吧。"

叶湾湾慢吞吞地伸手摸向摆在廊下的木匣，掌心压着盒盖，一点点把匣子蹭到身旁，拿起抱在怀里。她自告奋勇从苏遇那揽来的活儿，结果被她忘得一干二净，此刻猛然想起，心里多少有些发虚："我还有些事没做……"

李泰闻言，不自觉地挑了挑眉。

"无妨。"苏遇大方地原谅了叶湾湾的失职，走到廊下，从她手中拿过木匣，"这本来也不是你的职责，本官自己查。"

苏遇此人一向睚眦必报，此刻忽然体贴起来，反倒让叶湾湾心生忐忑。她纠结了片刻，起身磨蹭到魏王身侧："殿下，此刻也快宵禁了，还是不要出城了。"

"本王有文牒。"李泰一副志在必得的神情。

"这样啊……"

叶湾湾眉眼一垂，求助似的看向苏遇。怎料，苏遇正对着图纸，心无旁骛地研究着东侧游廊尽头处的几块木板，根本没有在意她的言行。

叶湾湾嘴角抽了抽，只得重新看向李泰，硬着头皮扯出一个笑来："殿下的好意我心领了，要不，今日还是算了。"随后，又像是不想彻底拂了对方的好意似的，她又急急追加了一句，"殿下肯出手帮祝祝，改日我一定登门拜谢。"

大概是受惯了众人的俯首和顺从，叶湾湾这种打一巴掌给个甜枣般的应对方式倒是让李泰很是受用。他颇为气度雍容地整理了一下衣衫，对着叶湾湾道："好。"

苏遇非常适时地转过身，恭敬地送走了魏王李泰。

周遭的气氛终于平和了几分。

苏遇又开始认真地研究游廊的构造。

叶湾湾似乎看出了苏遇的别扭，心里不免有些小窃喜，小碎步凑了过去："魏王答应我帮祝祝脱险，我总不能有求于人的时候笑脸相迎，又一转头就把人扔在那不理不睬。而且，我只是随口一说，怎么能想到魏王堂堂一个皇子会愿意去乱葬岗那种地方。"

苏遇轻轻敲了敲游廊尽头的木板，发现每一块背后都是实心的，不禁皱了眉："既然闲着无事，你怎么没和魏王一起研究研究这个玄都观。"

叶湾湾见苏遇一直背对着自己，心里的某些小把戏就更是跃跃欲试。她趁苏遇转身走到墙角的机会，忽然蹿了过去，抬手撑在廊柱上，直接将苏遇堵在了角落里。

随后，她佯做不经意地抬起头，近在咫尺地盯着苏遇的双眼，摆出一副震惊的神情："你交给我的事，我怎么能随便透露给别人，万一泄露了秘密，耽误你办案怎么办？"

谁知，苏遇竟然不为所动，只是垂眸瞥了她一眼，握着她的手腕将人推开，轻巧地避开了她的锋芒。

苏遇语气平淡："你倒是替本官想得周全。"

叶湾湾有些丧气："你知道就好。"

苏遇对叶湾湾的心思似乎全无感知，只专心寻找玄都观里可能隐藏的机关。不过，图纸上的建筑规模和样式严丝合缝地对应着玄都观内的每一寸土地，丝毫找不出多余的空间去建造密室。

"白日里……"叶湾湾见苏遇一脸严肃，只得端正自己的态度，"听那位阙老夫人说，虞山公主一直恪守大唐的习俗，在入京前后都不曾与任何人有过越轨之举。"

苏遇侧过头,看了看叶湾湾,等着她把话说下去。

"如果说,在棺木里放桃花是出于爱慕之心。那么,虞山公主一路上并未与男子有过接触,这个爱慕她的人究竟是从何时开始对她倾心的呢?"叶湾湾边说边思考,眉心蹙得紧紧的,"如果二人早在草原就相识了,那人觉得遭到了虞山的背叛,又何至于千里迢迢追来长安下手。可如果是相识于长安,虞山入京不过一二日,怎么就会爱得如此深刻,以至于要杀了她呢?"

"那口棺木虽然贵重,但封棺却极其草率,如果真的出于爱慕,不会在封棺这最重要的一步上草草了事。"苏遇慢慢点头,回忆着那口棺材刚刚浮出水面的样子,"所以,放桃花也许不是出于爱慕,而是……愧疚?"

"你对着这条游廊研究了这么久,想必也没有找到什么破绽吧。"叶湾湾神色认真,不像是在调侃苏遇,苏遇也就没有反驳,等着她继续,"所以,如果这里真的有什么机关暗道,一定非常隐秘。也许虞山是不小心撞破了什么,才被杀人灭口?比如……密道开启的一幕。"

虽然这只是一个毫无根据的猜测,但却让苏遇心里许多想不通的疑团瞬间清晰起来。

如果阙老夫人有关虞山入京前后未与任何可疑之人有过接触的供词属实,那么,虞山公主是被有预谋地杀害的可能性便微乎其微。

可是，还有两处没有得到解释——那口棺材以及为何要在朝礼当晚开启密道。

从所用的木材到雕花所需的技巧来看，那都是一口需要提前定制的上好木棺，如果虞山是撞破秘密被人临时起意杀害，凶犯又是如何在这么短的时间内弄到这样一口木棺的？

很明显，凶犯早就备好了这副棺椁等着人躺进去。而开启的密道便是此人死亡的入口。

如果不是虞山公主撞破了秘密，那个应死之人又是谁？要何等尊贵之人，才需要这样一副贵重的木棺？

那晚，在玄都观中，符合如此身份的，恐怕只有一人……

苏遇忽然打了个寒战，他急忙收好图纸，转身离开玄都观。

叶湾湾一路小跑着跟上苏遇，却发现他没有向西往崇化坊的苏宅去，而是向东上了朱雀大街，一路直奔城南。

叶湾湾不解："这是要去哪儿？"

苏遇目不斜视："你不是要去挖坟吗？"

叶湾湾见苏遇的神色有些不对，连忙提醒："可是马上就要宵禁了。"

苏遇略一挑眉："你以为只有魏王能拿到通行文牒？"

叶湾湾眼睛一眨："难道你……"

叶湾湾话音未落，身后忽然有人举弓放了一支空箭。

"城内宵禁，关坊门，前面的人，速速离去！"那声音似乎还在身后很远的地方飘荡着，声音的主人已经打马行至二人身侧。他一路大声警示,却在看见苏遇后,声音忽然打了个结,"不得……苏少卿?"

"中郎将?"借着朱雀大街两侧风灯的光,苏遇看清此人正是那日在玄都观当值的禁军中郎将李修,不觉有些诧异,"可是发生了什么事,要中郎将亲自巡夜?"

李修下马,有些窘迫地敲了敲自己的头盔:"圣人让我多走动走动,顺便找找虞山公主。"

看来,李修是因为保护公主不力而被降职了。

苏遇没有再继续这个尴尬的话题,转而将文牒递了过去:"虞山公主一案,我刚刚查到一些眉目,要连夜出城。"

李修接过文牒翻了翻,又还给苏遇:"苏少卿出城要去何处?"

"城南乱葬岗。"苏遇答。

"乱葬岗?"李修看了看苏遇,像是不相信苏遇一介文官会有那么好的体力似的,惊讶地脱口而出,"走着去?"

一句话把苏遇问尴尬了。显然,苏少卿忙于办案,疏忽了脚力问题。

李修一见,立刻慷慨豪迈地牵过自己的马,将马缰往苏遇手里一送:"苏少卿早日破案也可替李修解围,不妨就骑我的马吧。"

苏遇没有立刻接过马缰,而是略一侧头,看了看站在旁边一声不响的叶湾湾。

李修这才想起苏遇旁边还有位小娘子,握着马缰的手不觉有些迟疑。他虽是个武人,但却爱好八卦,宫城内外,文武百官的家长里短他多少都有耳闻。这位苏少卿年近而立,却尚未娶妻,眼前这位小娘子也不知与他是何种关系,贸然让二人共乘一骑似乎有些唐突。

李修支吾了一下,不觉将叶湾湾从头到脚打量了一番。随后心念一转,觉得叶湾湾容貌极好,苏遇不吃亏。再看看苏遇,也是芝兰玉树,风流可人,叶湾湾也绝无不满意的道理。李修当下觉得,此情此景简直就是苍天在让他积德行善,于是意志坚定地将马缰又塞回到苏遇手中:"俩人也能骑,我这马,结实着呢。"

闻言,叶湾湾又露出了她那似笑非笑、有辱斯文的表情。

苏遇骨子里也绝非什么正人君子,人家盛情相助,他却之不恭,于是朝着李修略一抱拳,牵过马缰。待李修走远后,他慢慢收回视线,拍了拍马背,准备上马。

叶湾湾见状,脚尖一点,倏地闪到苏遇面前,顺势抢过他手中的马缰:"还是我先上吧,文牒在你手里,万一你上去一个人跑了,我怎么办。"

叶湾湾甚至没给苏遇留下反应的时间,一边说着,人就已经利落地翻身上马,末了,还弯腰替马理了理马鬃,一副同它特别亲近的模样。

苏遇站在原地,微微眯着眼,看着叶湾湾的一举一动。

过了许久,叶湾湾也没听见苏遇的动静,不禁转过头:"怎么还不上来?"她拧着眉,略略一番思考后便松开了马缰,朝苏

唐多令·晏山海

遇伸出手去，"要我拉你上来吗？"

自来熟者，古今有之，但如此不见外之人，还是空前绝后。苏遇心里腹诽了一句，避开叶湾湾的手，直接抓住垂在马颈间的马缰，略一屈膝跃上马背，坐在了叶湾湾身后，顺势一抖马缰。骏马接到指令，立刻绝尘而去。

我大唐民风，就是这般奔放风流——

乱葬岗上，在几个衙役看见苏遇和叶湾湾共乘一骑的画面时，不约而同地这么想。

面对这样的目光，苏遇和叶湾湾倒是没有一丝的不自在。叶湾湾对这世间的一切似乎都抱着无所谓的态度，旁人的目光、评价，从来入不了她的眼、她的耳、她的心，她做事全凭自己好恶。

她轻快地翻身下马，在众人移动的目光中紧跟在苏遇身后，小碎步颠进了乱葬岗。

她身前，苏遇踩着凹凸不平的地面，走到刘行敏身边："找到什么了？"

刘行敏摇了摇头，看着天。

这光景，天空黑得像一片化不开的墨，几颗惨淡的星子在云层里时隐时现，细长的弦月胆怯地缩在天边，不甚明亮。除了清晰的尸臭味，一切都是模糊的。

刘行敏叹了口气，朝不远处的木材铺伙计扬了扬下巴："他就记得几句不清不楚的描述，这又这么暗，怕是要费些工夫才能找到了。"

"刘长史，那个伙计是怎么描述的？"叶湾湾扶着苏遇的手臂，从他身后探出头。

不知道是不是气氛使然，苏遇只觉叶湾湾出现在他身后的瞬间，他的背脊间蹿过一股阴森森的小凉风，鸡皮疙瘩立时起了一层。

"说是新土里混了黄沙，坟头上还种了两株天名精。"刘行敏用脚尖踢了踢地上的泥土，"新坟的土本就不牢固，还混了黄沙，这几日风吹雨淋的，黄沙怕是早就顺着雨水流进沟渠了。还有那两株天名精，说不定也早就被风连根拔起了。"

"天名精？"叶湾湾疑惑地重复，显然不知那是何物。

"一种草药。"刘行敏解释道，"一般用来解毒，破瘀，止血。"

"为什么要在坟头种草药？"叶湾湾不解地自言自语，"难道还想把这人救活？"

"天名精又名鹿活草。"苏遇像是被叶湾湾的话点醒了一样，微微侧着头，看向侧后方的叶湾湾，"相传在南朝刘宋年间，一青州人射鹿后剖出其五脏，又用天名精塞入鹿的腹中，那鹿得了天名精充其腹，居然死而复生。虽然这只是个传说，但置坟之人未必没有这个心思。"

"木材商临死之前叫伙计来这里翻土，难道是指望坟头里的人能复活起来救他？"叶湾湾踩了踩脚下的坟头，"这也太荒唐了。"

苏遇思索道:"是否荒唐就要看这坟里埋的到底是谁了。"

叶湾湾撇了撇嘴,小声嘟囔了一句:"都被抛尸乱葬岗了,还能有什么能耐去救人。"

刘行敏沉吟道:"如果对死者还抱有复生的期望,那坟里也许还会陪葬一些复生后需要的日常用品……"

乱葬岗葬的大都是没有人认领的孤魂野鬼,为死者置坟的并不多,而坟里还有陪葬品的就更是凤毛麟角。有了这个特点,倒是好找了许多。

大概是出于好奇,叶湾湾当下捞起地上的锄头,也干劲十足地挖起坟来。

苏遇远远地看着叶湾湾,总觉得自从出了城,她忽然就变得乖巧了。不过,他还没来得及细想,就被衙役的一声大喊打断了思绪。

"找到了!"那人兴奋地举着锄头上蹿下跳,好像他此番不是来挖坟,而是来盗墓,并且已经发现了一处绝世宝藏。

众人闻声迅速向那名衙役聚拢。只见被挖开的墓穴里放着一只精致的木盒,上面的雕花与盛放虞山公主尸身的棺木如出一辙。木盒四周的泥土里,还裹着被踩烂了的、天名精的草叶和一套已被刨碎了的、成色上好的酒具。

苏遇捡起几块酒具的碎片,递给刘行敏:"是出自越窑的青瓷,质地上乘,但并非进贡皇室之物,在各级官员的府中倒是常见。由此推测，墓主很可能是不得善终的朝中之人。"

刘行敏用指腹仔细摸索青瓷光滑的光面，忽然想起店铺伙计交代的，这坟是替一位有钱的贵主儿办的。他神色一凛，抬手招呼几个站在身后的衙役："再挖！"

众人连忙各自挥舞起锄头，七手八脚地将那墓穴挖开了更大的一片。可是，除了那只木盒外，一无所获。

"把灯笼拿近些。"刘行敏小心翼翼地将木盒从墓穴里端出来，放在较为平坦的地面上，轻轻拂了拂上面的泥土，打开盒盖。

"嘎哒"一声细响，把所有人的心都揪了起来。

纸皮灯笼飘忽不定的光里，刘行敏缓慢地拿出盒子里的东西。随着那物件渐渐被提到半空，众人就着忽闪的光亮勉强看出了那东西的轮廓——竟然是一件男人的长衫。

也许旁人看不出这衣服有什么古怪，但苏遇和刘行敏同为五品以上的官员，曾多次出入圣人摆设的宴席，自然认得这长衫是太常乐人御前献艺时所穿的戏服。

苏遇和刘行敏不约而同地看向对方，一个名字同时浮现在两个人的脑海里——太子李承乾的男宠、被圣人斩首的太常乐人，称心。

天边在不知不觉间漫过一丝银白，通宵达旦地挖坟后，面对这件不知就里的长衫，所有人的脸上都现出了迷茫，渐渐地，那迷茫又被疲惫取代。

苏遇悄悄对刘行敏使了个眼色,将人叫到远离众人的地方,压低嗓音问道:"刘长史认为木材商死前留下的这个线索是何意?"

称心之物自然与太子有关,然而,太子与虞山公主和亲百利而无一害,他断无理由杀害公主。

思及此处,刘行敏摇了摇头:"我暂时没有定论。"

"我在许府倒是还有些发现,给刘长史做个参考。"苏遇道,"许侍郎说自己在玄都观内受了风寒,但我检查过他的药渣,那些草药并无散寒祛风的功效,而是用来镇静安神的。"

刘行敏思索道:"你的意思是,许侍郎在玄都观中曾受过惊吓,还因此生了病?"

"我还发现,许侍郎的右手会不自觉地发抖。我曾给许侍郎倒过一杯茶,他却宁可与我交恶也不接。"苍白的天光下,苏遇的目光更显清冷,"你曾说过,砍掉死者头颅的人应该是个生手。如果是这样,那么真凶的手上必然会留下痕迹。"

刘行敏分析道:"这样说来,许侍郎之所以回避与你接触,很可能是担心被你发现他手上有伤。"

"不错。"苏遇道,"我之前说过,玄都观内很可能存在密道,且许侍郎就是知晓密道所在的人。"

刘行敏若有所思:"开启密道这样的事极其隐秘,不管背后的主事之人究竟是谁,能为他办此事的人,必然是极受其信任、绝对服从命令的属下或奴仆。虞山公主从失踪到死亡之间相隔几个时辰，也可以证明这一点——当时在密道中的人并没有马上杀人灭口，而是在等待指示。"

苏遇补充道："许侍郎此前一直默默无闻，应该也没见过什么事关生死的大场面，如今亲手杀了人，会惊厥至此也不足为奇。"

刘行敏蹙眉思索："说得通。"

苏遇又道："自公主失踪后，玄都观内戒严，许侍郎应该是从设在玄都观外的出口进入密道。刘长史不妨命人带着画像在玄都观附近问一问，看看那日卯时到辰时之间，可有人见过许世卿。"

刘行敏点头应承，随即长长叹了口气，满面担忧之色："如果真凶真的是朝堂中人，该让我大唐如何向突厥交代。"

"也许不止于此。"苏遇冷笑一声，"许世卿区区一个工部侍郎，为什么要在朝礼那日开启玄都观密道，还不惜杀害突厥公主来掩盖秘密？如果虞山公主没有死于非命，盛放她尸身的那口金贵无比的棺材又是为谁准备的？"

刘行敏当然明白苏遇话中的意思。当日玄都观内，身份配得上如此棺木的怕是只有太子一人。太子若死，受益的自然是魏王。新坟中有关称心的线索虽然直指太子，但此人与太子之间的苟且之事却是被魏王的眼线翻出来，捅到圣人跟前的。

可刘行敏还是无法相信，儒雅方正、文采斐然的魏王李泰会做出如此大逆不道之事。

## 唐多令·晏山海

刘行敏思索片刻，又喃喃开口："听苏少卿的描述，那位许侍郎官场沉浮二十余年却无甚作为，可见并非治世能臣，以魏王的心性，是否真的会在自己并不在场的情况下，将如此凶险重大的任务交给许侍郎，还需仔细考量。"

苏遇认同："这是自然，就算真相当真如此，也不能让突厥人看见我朝内斗。更何况，兄弟阋墙，这等家务事圣人自己都没有决断，你我又何必去蹚这浑水？"苏遇刻意加重了"你我"二字，又朝着刘行敏露出一个意味深长的笑，"你说是不是，刘长史？"

刘行敏根本无心分析苏遇对自己的暗示，只是下意识地点了点头。

苏遇斜斜勾起嘴角，看似气定神闲，可脸上的笑意却渐渐高深莫测起来："刘长史，你我皆是棋子，又何必在乎自己是黑是白，只要最终能留在棋盘上，到底是谁赢，也不必太在意。"

说完，苏遇转身离开。他不自觉地深吸了口气，那些漂浮在乱葬岗上空的死亡气息瞬间填满他的胸腔，用腐骨蚀心的方式提醒着他：这案子已经被钉在了争储的荣辱柱上，就算不是魏王，真凶的身份也同样会令人惊心。不论是何种结果，揭开真相的同时也会触及圣人的逆鳞。

苏遇停下脚步，带着少有的同情与惋惜看向身后仍在苦思冥想的刘行敏。这个人，勤政爱民，刚正忠心，视正义为天道，怜悯之心比海还深，不知道一日之后，太极殿中，他会向圣人给出怎样的答案。

苏遇忽然有些心浮气躁，他看了看天际渐渐透出的朝阳之光，独自朝李修借给他的马匹走去。

"等一下。"苏遇刚要上马，叶湾湾的声音忽然从身后传来，"我们要回去了吗？"

闻声，苏遇轻轻挑起眼帘，落在马镫上的视线渐渐上移，目光也随之变得阴狠起来。只是，当叶湾湾真切地站到他面前时，他的目光又暗淡下去。

苏遇瞥了叶湾湾一眼，漠然道："过了安化门就是昭行坊。既然这里离你的住处不远，本官就不送你了。"说完，不顾叶湾湾错愕的眼神，径直打马回城。

## 第九章　拨云

启明星暗，明德门启，长安城也在渐渐苏醒。

苏遇在城门处再次见到了李修。

对方顶着一张充满期待的面容，笑出一对憨厚的酒窝："苏少卿可查到真凶了？"

"中郎将无需心急，五日期限一到，朝中自然会有答案。"苏遇边答边替李修拴好马匹，岂料，一转身险些撞上扛着门栏的守卫。

那守卫为了躲避苏遇，手一滑，竟让门栏脱手。

眼见门栏砸下，苏遇下意识地伸手一推，结果手指堪堪别在两根木梁之间。随着门栏的下落，从指尖到小臂处的几段骨节接连被掰出"嘎嘣"几声细响。

"乖乖！"李修眼见着苏遇的胳膊几乎被门栏掰折，慌乱间朝那守卫的小腿踹了一脚,"你他娘的干什么吃的!"

那守卫也吓了一跳,接连致歉。

"无妨。"苏遇轻轻蹙着眉,下意识地活动着手指。

李修憨憨傻傻地赔笑:"也多亏苏少卿这般文人出身,细皮嫩肉的,骨头也软乎,这要是我们这些糙兵蛋子,撅这么一下子,这手都得废咯。"

苏遇本没有在意李修的话,可听到最后,猛然有一念头在他脑海中一闪而过,让他一时间僵在了原地。

"苏少卿?"李修以为苏遇被方才的状况吓住了,关切地张开五指在他眼前晃了晃。

苏遇回神,毫无预兆地开口:"我记得,中郎将曾随军出征过东突厥阿史那部落。"

提到此事,李修的眼中立刻浮现出对往昔峥嵘岁月的自豪:"不瞒苏少卿,我二十八岁跟随李卫公出兵塞北,精骑三千夜袭定襄,大破阿史那氏,一举歼灭东突厥。我朝疆域自此横跨阴山,直逼大漠……"

"中郎将可曾见过阿史那虞山?"苏遇适时地打断了他的滔滔不绝。

"虞山公主?"李修哈哈笑了两声,"公主那时候还是个娃娃嘞,我大唐将士攻城略地,却绝不会对老弱妇孺下手,不然,她也活不到现在来我大唐和亲。"

"那可曾听草原人谈及过她?"

## 唐多令·晏山海

李修虽不知道苏遇此问的缘由，但总觉得大理寺办案自有他的道理，于是低头好一阵沉思："只听闻虞山公主自小就被颉利可汗视为掌上明珠。突厥兵败后，颉利可汗一家被押送京师，可汗担心公主年纪尚小受不住舟车之苦，又怕她离开大漠水土不服，就将她留在了大漠，由其族兄抚养。"

苏遇慢悠悠地点了点头："颉利可汗的这位族兄，中郎将可了解？"

"战场上见过一次，是条勇猛无双的汉子，可惜没什么计谋，不然，也不会屈从于颉利可汗之下。"李修照实评价，"不过，他这位族兄虽极擅骑马射猎，却是个安分守己的性子，倒是能让草原太平几年。都是经历过动乱的人，谁会放着舒坦日子不要，带着族人去刀头舔血呢。你说是不是，苏少卿。"

苏遇赞许："中郎将不愧是随卫国公征战沙场的人，难得有这样的见识。"

李修被夸得有些羞涩，像是礼尚往来似的，连忙问及苏遇的过去："我听说苏少卿也曾在军中供职？"

苏遇敷衍地笑了笑："在凉州做过几年参军，不比中郎将上阵杀敌，也始终无机缘一睹卫国公风采。"

李修叹气："可惜李卫公如今阖门自守，再也见不到了……"

"我还有事，先告辞了。"苏遇显然是怕李修谈及李靖就会没完没了，趁着李修在回忆里无法自拔的当口儿，赶紧找了个借口溜之大吉。

回到崇化坊的宅子时，天色已经大亮，厨娘正准备出门置办日常用品，老仆正扫着满院的落花。

又是一夜没合眼的苏遇草草洗漱了一番，打算在院中的竹榻上将就着小憩片刻。不过，他这觉睡得可不安生，一闭眼，这几日发生的事就像走马灯似的从眼前晃过。他梦见虞山公主丢失的头颅忽然出现，就悬空在自己面前，苍白的脸上忽然露出一抹阴森的笑。那笑里，有一丝叶湾湾式的邪气。进而，那头颅紧闭的双唇忽然翕动起来，叫了一声"苏少卿"。

苏遇猛地惊醒了，他微微弓着背坐在竹榻上，轻轻喘息了片刻，抬起头，却看见叶湾湾就站在庭院里，挎着她那个装满画具的小布包，正歪着头露着疑惑的神情，看着自己。

苏遇像轰赶蚊虫似的抬手在眼前挥了挥，企图挥走叶湾湾的幻影。

可那幻影非但没有消失，还往前走了几步："做噩梦了？"

苏遇凝眸，重新审视了一下眼前的"幻影"："不是让你回家去吗？"

叶湾湾撇着嘴，微微侧身朝苏遇拍了拍自己的小布包："我的全部家当可都在你这。"

苏遇点头，像是在说"拿了东西就走吧"似的又挥了挥手，然后一仰头，重新躺回到榻上。

"你心情不好？"叶湾湾站在原地没动，"因为虞山公主的案子？"

## 唐多令·晏山海

听闻"虞山公主"四个字,苏遇忽然觉得头痛欲裂,也不知是哪里来的火气,只见他霍地又从竹榻上坐了起来,势头之猛,险些让他因头晕而栽到地上去。过了好半晌,苏遇才摆脱因眼花造成的短暂失明,重新看向叶湾湾。

眼前的叶湾湾,穿着肥大的粗布襦裙,挎着鼓鼓囊囊的小布包,两只手都抓在布包的包带上,歪着头,就像初入翰林院的士子,满是拘谨和好奇地站在槐树下,眨着她那双已然褪尽邪气的大眼睛。

那个神秘又狡诈的叶湾湾忽然消失了,苏遇不禁有一瞬的恍惚。只是,不过几个呼吸间,他略带飘忽的目光又重新落定。

"还记得虞山公主的模样吧。"苏遇走到石桌前坐下,招呼叶湾湾过来。

叶湾湾点头:"记得,需要我把她的模样画出来吗?"

"嗯。"苏遇替她将桌上的花瓣拂走,示意她就在此处作画。

叶湾湾画到中途,苏遇起身去了后院,和正在打扫的老仆嘱咐了几句,又转了回来。叶湾湾正画得专心,只匆忙抬头瞥了苏遇一眼,便又低头继续。

苏遇盯着正描绘出道道青丝的笔尖,忽然问了句:"你的伤如何了?"

"还是会疼。"叶湾湾反射性地动了动左肩,"今早回城的时候还被人撞了一下,好像新长出来的皮肉又被扯开了。不过我看过了,只是出了一点血,这会儿已经没事了。"

苏遇点了点头："除了叶祝祝，你在长安城可还有别的亲人？"

叶湾湾手中的笔忽然停下了，她低着头想了片刻，而后扬起头，朝苏遇故作无所谓似的咧嘴一笑："全天下都没有啦。"

苏遇皱起眉，似乎在思考什么，忽地，又听见叶湾湾反问了一句："你呢？"

苏遇有些心不在焉地回了一句："出身蒲州，父母尚在。"

"一个人在长安求生，很难吧。"叶湾湾稍稍停了笔，环顾简陋的庭院，"听说你还从过军，寒门子弟，就算进士科高中也不得不用军功换仕途，官居大理寺少卿，却不得不为了家计住在这样的院子里。苏少卿你汲汲营生这么多年，回过家吗？"

苏遇心头一震。

叶湾湾还在继续："苏少卿有才，天性恃才傲物，却因为出身不得不压抑天性。我应该算是见过你真正的样子吧。"

"你真正的样子又是什么？"苏遇下意识地反问。

"你见过的。"叶湾湾搁了笔，"就是那晚，在山谷里的样子。"

叶湾湾的眼睛睁得大大的，直视苏遇，目光里似乎混杂了许多直白的情绪。

苏遇下意识地移开视线，起身站到距离叶湾湾稍远的地方，微微抖着手接下头顶飘落的一片槐花。

叶湾湾似乎也想跟过去，不过，她刚刚侧过身，便又停住了。她一手扒着石桌的边缘，指甲抠在桌面上，目光追着苏遇的身影："我……"

垂花门外忽然传来一阵杂乱的脚步声，蛮横地打断了叶湾湾的话。叶湾湾一怔，探头向垂花门外看去。

只见苏遇的老仆率先进了门，恭敬地立在门廊里，为首的男子踏进垂花门，进而，几个披甲带胄的人在院子里列了一排。

叶湾湾难以置信看向苏遇："大理寺……"

为首的男子大步上前，对着苏遇一礼，粗糙的嗓音瞬间盖过了叶湾湾的声音："大理寺狱丞胡温，见过苏少卿。"

掌心的槐花终究还是被风吹落在地。

苏遇微微低垂着头，没有看任何人，只是对胡温比了个手势："带走吧。"

"苏少卿？"叶湾湾不甘心地喊了一声。

可是身后的人已然上前，将她的双手扭到了身后，半推半送地将她带出了垂花门。

在乱葬岗时，苏遇就起了用叶湾湾顶罪的心思，可到底没有狠下心。是以，他故意把她一个人丢在那，独自回城。谁承想，叶湾湾竟然再次出现在自己面前。

他不得不再次审视案件中的种种细节，而后发现，送叶湾湾进大理寺确是一条上策……

雪白的槐花在天光里化作斑驳的光影洒向脚下的土地，院子里起了风，将放在石桌上的画纸吹起，轻飘飘地落在青砖铺就的地面上。苏遇弯身捡起画纸,画上的女子眉目清朗。

那日在玄都观,他远远地看过虞山公主一眼。他记得那个婀娜的身形,一举一动都极有活力,大概是从小受到娇惯,声音里带着几分嗲气。可画中这副清淡的皮囊下,分明裹着不一样的灵魂。

老仆送走了大理寺众人,蹒跚着回到苏遇身边,关切地嘱咐了句:"小郎君用些饭吧。"

"不用了,我还要出去一趟。"苏遇收回思绪,将手中的画纸递给老仆,"把这个收好。"

苏遇赶到雍州府府衙时,刘行敏正吃着这几日来的第一口安生饭,虽然,他的内心并不安生。

饭菜是刘夫人亲自做的,算不上丰盛,但却用心。刘夫人知道自家郎君办起案子来常常废寝忘食,她也不想打扰,只是算着日子,估摸着刘行敏再不好好吃上一顿就要因公殉职了,才将饭菜送来府衙。

刘行敏平日里随便惯了,办案时经常与下属们同吃同住,这会儿自然也不例外。此刻,一圈人正坐在地上,围着一张小方桌,苏遇甫一踏进门槛,连个落脚的地方都没有,就只能直溜溜地站着,俯视刘行敏:"刘长史。"

刘行敏从百忙之中抬起头,有些口齿含糊地说道:"你来得正好,我正要派人去给你送信。"他狠狠地把口中饭菜咽了下去,"那日卯时左右,有人在兰陵坊见过许侍郎。"

苏遇略一点头，自顾自地用脚尖将两个紧挨在一起的衙役扒拉开，自己挤进去，盛了小半碗白粥，然后入乡随俗般蹲在地上喝了两口，才开口道："兰陵坊在玄都观东南，与许府和皇城的方向均相反。许侍郎不急着回府准备上朝，却要在时间如此紧迫的情况下跑去兰陵坊，的确可疑。"

"是一家茶肆的小二看见的。"坐在刘行敏身侧的铁头补充道，"说是当时茶肆刚刚开门，许侍郎就进去了。那个小二瞧见许侍郎一副随时要吐的模样，特意好心地给了他一碗加了黄芪的热汤。"

苏遇低头思索片刻，随即目光一闪："刘长史可愿与我一同去见见许侍郎？"

刘行敏点头，一边准备起身，一边快速往嘴里扒拉了几口饭。

苏遇放下粥碗，从容地站了起来，看着弓着腰，扎着马步，努力嚼着饭菜往下咽的刘行敏，又不紧不慢地抛出一句："还有，我觉得可以让突厥人来验尸了。"

刚消停了没有一盏茶工夫的刘行敏一激动，险些将嘴里的白粥全喷出来。

苏遇瞄了刘行敏一眼，又若无其事地转向蹲在脚边的衙役。

感受到来自头顶的、苏遇压迫的目光，衙役非常自觉地放下手中的饭碗："我这就去玄都观带人过来。"

"不急，一个时辰之后再去。"苏遇又夹起一块小菜放进嘴里，微微歪过头朝呆愣在原地的刘行敏示意了一下，转身离开了府衙。

天光已近午时，许府外仍是门可罗雀。

听见叩门声，许家的老仆依旧是靠在门板上，小心翼翼地将大门推开一条缝，伸长脖子探出头来。他的说辞也与之前如出一辙："许侍郎今日不方便见客。"

"许侍郎还病着？"苏遇眉梢轻轻一挑，"看来，那副安神的方子没什么功效，不如，本官请太医过来瞧瞧？"

老仆听了一愣，轻轻晃了晃脑袋，瞪大那双浑浊的老花眼，这才看清眼前的人正是日前就登过门的苏遇："苏少卿？您，您又来了……"

老仆显然记得苏遇那番无赖手法，自知拦不住，只得将门板拉开，把苏遇和刘行敏请了进去，而后，又在苏遇的坚持下，引着二人直接进了后院。

许世卿的病大抵已经好了，但精神状态欠佳，一直背着手在房门外来回踱步，听见苏遇等人的脚步声，立刻像受惊似的抬起头："又是你？"

苏遇和刘行敏朝着许世卿略一颔首。

许世卿皱起了眉，随后又无可奈何地朝老仆摆了摆手，示意他暂且离开。直到院中只剩下他们三人，许世卿才叹气般开口："大理寺、雍州府都到齐了，看来二位今日是要把许某当作犯人来审了。"

"许侍郎紧张什么。"苏遇轻飘飘地挑起眼帘,"'审'这个字有失风雅,怎么能用在许侍郎身上。"他略一偏头看了刘行敏一眼,"我与刘长史不过是想向许侍郎请教几个问题。"

刘行敏配合地点了点头:"朝礼翌日,百官离开玄都观后,许侍郎去了哪里?"

许世卿垂在身侧的双手忽然一紧,下意识地瞥了苏遇一眼。见苏遇气定神闲地微眯着双眼,一副万事已经了然于心的模样,许世卿不自然地清了清嗓子,欲盖弥彰地解释:"自然是回府更衣用饭准备入朝。"

刘行敏问:"既如此,许侍郎到兰陵坊去做什么?"

许世卿的嗓音发紧:"口渴,去喝了杯茶。"

"玄都观后巷就有一家茶肆,许侍郎却要舍近求远,想必是店家煮的茶格外香醇。有机会,本官也要去尝尝。"苏遇漫不经心地念叨了一句。

然而,敏感的许世卿已然听出苏遇话中的暗示,知道他们已经在茶肆中找到了证据,不由得全身一震。

就在许世卿内心七上八下之际,刘行敏再度开口:"本官可否看一眼许侍郎的双手?"

许世卿下意识将双手背到身后:"刘长史这是何意?"

苏遇挠了挠眉梢,神色有些不耐烦。进而,他一步上前,抬起右臂搭在许侍郎肩上,看似亲密地靠在许世卿身旁,眼里却带着阴恻恻的笑:"许侍郎可是想随本官去大理寺的牢狱看看?"

许世卿的音调陡然上扬:"苏少卿这是要对本官用刑?"

"对付许侍郎何须本官出手。"苏遇一脸坦荡,"只要将许侍郎请进大理寺,对外声称你已经扛不住,马上就将说出实情,然后再故意松懈掉大理寺的守卫。相信过不了多久,就会有人潜入大理寺杀许侍郎灭口,至于你的家人……"

苏遇故意顿住话头,微微侧过头,目光紧盯着许侍郎脸上的每一寸表情变化。

二人对面,刘行敏见到如此逼供的方式,不禁再次回想起那些传闻,脸上不觉又露出些"惨不忍睹"的表情。

苏遇对刘行敏的反应视而不见,继续道:"当然,如果许侍郎愿意与本官合作,我自然不会把我们之间的谈话抖搂出去。"

许侍郎慢慢扭动僵硬的脖子,看向苏遇:"我凭什么相信你?"

苏遇似乎觉得许世卿此话甚为可笑,不禁斜勾起嘴角:"我是什么样的人许侍郎难道不清楚?你没有选择。"

许世卿虽然位列朝班不久,但早在翰林院时就听过不少士子编排大理寺审案的手段。他即便不信传言,如今见了苏遇这副架势,也难免胆寒。

眼见许世卿脸色越发苍白,苏遇的眼中不露半点同情,反而越发逼迫道:"可是你杀了虞山公主?"

在举斧砍向公主的那一刻,许世卿就料到会有今日的结果,只是,他从未想过这一天会来得如此快。他自认做得天衣无缝,没有留下任何线索。他实在想不通,当日在玄都观参加朝礼的官员那么多,苏遇为何偏偏盯上了自己。

他半辈子循规蹈矩,如今却因一念之差万劫不复。

许世卿收回视线,不再说话,脑袋却像是点头一般,一点点向下低去。

苏遇逼问:"因为她撞破了密道所在?"

许世卿又低了低头,低到最低处时,他才念叨了一句:"朝礼前后我只做了两件事:开启密道、灭口公主,其他的事我一概不知。"

苏遇满意地放开许世卿:"那就问一个与虞山公主无关的问题,吏部丁兆和的死与你的升迁可有关联?"

许世卿没有想到苏遇会突然扯出一个这么久远的问题,不觉愣住。许久,他才像自言自语般低声道:"他也知道了密道一事。"

苏遇蹙眉:"是谁杀了他?"

许世卿慢吞吞地抬起头,盯着苏遇不说话。

苏遇等了片刻,忽然露出一个和煦的微笑:"有劳许侍郎了。"

虽然许世卿未曾吐露一字,但苏遇已然明白了他沉默的暗示……

出了许府,刘行敏终于松了一口气。

刘行敏问苏遇道:"能做出杀害虞山公主这等事的人,显然是豁出了性命,你怎么知道威胁对他有用?"

苏遇平和地道出:"之前在许府见过许侍郎的一位妾室,她有了身孕。"

画像时，苏遇就注意到，芳玉虽然年纪轻轻，但举止姿态并不轻盈，而且，许世卿服用的安神药中，少了一味最常见的藏红花，想必是怕芳玉误食导致小产，所以特意去掉了。

刘行敏蹙眉，等着苏遇继续。

苏遇补充："我查过许世卿的户籍，他出生在隋末唐初，彼时兵戈四起，户籍散乱，几乎全部信息都遗失了。可高祖年间，百废待兴，朝廷对户籍管理最是严苛，许世卿的户籍上并未出现任何有关子女的记录。所以，我猜想，这位妾室怀的应该是许世卿的第一个孩子。"

刘行敏明白了苏遇的用意："许侍郎定然把这孩子看得比自己的性命重要。我朝没有株连之罪，若杀害虞山公主之事暴露，许侍郎或许可以一力承担。但若是苏少卿你故意宣扬他背叛幕后之人，想必那人会将他全家灭口。故而，他只能接受你的条件。"他顿了顿，"看来，从许侍郎这里，我们是问不出幕后之人的身份了。"

苏遇也陷入沉思，良久，他抬头朝天边瞥去，岔开话题："突厥的人也该到了。"

## 第十章　真假公主

晌午后不久,突厥将军和阙老夫人便一同被请到了雍州府认尸。苏遇和刘行敏回到府衙时,衙役们刚刚将棺木抬上正堂。

大概是怕突厥方面一时冲动会做出什么张牙舞爪的事来,刘行敏先行挡在棺木前,身体力行地引导着二人做了几次深呼吸,确保对方情绪趋于平稳后,才命人将棺材盖打开。

那位将军一直铁青着脸,看上去倒还冷静,可阙老夫人在看见棺盖开启的瞬间,两条腿就抖得像筛糠,等棺材盖完全打开,那股细微的尸臭散发出来,她已经抽泣得浑身无力。

阙老夫人根本无法像刘行敏担心的那样做出什么破马张飞的举动。相反,当刘行敏让她上前验尸时,她的双腿已经软得不听使唤,在将军的搀扶下才勉强晃悠到棺材边。

突厥将军毕竟见惯了杀戮,淡定地看了那女尸一眼,没瞅着脑袋，便不耐烦地说了句："这么多日，连头都没有找到，让我们验什么？"

刘行敏道："二位若是没有异议，本官就命人先将衣衫脱下……"

"不行！"不等刘行敏把话说完，阙老夫人忽然梗着脖子吼了一声。

那将军皱了皱眉，抽回扶着阙老夫人的手，挠了挠眉心："这个样子如何验得？"

"可是，虞山她……"阙老夫人闻言，气焰立时矮了几分，身体也抖得更加厉害。

"老夫人可自行检验。"苏遇看出了她的顾忌，将刘行敏往后拉了两步，"我们不看便是。"

阙老夫人慢慢抬起头，目光犹疑地在一屋子男人的脸上划过，最终还是无可奈何地点了点头。

在女尸的衣衫被褪去后，所有人都退到一旁回避，只留下阙老夫人一人。不一会儿，排山倒海般的哭号声就爆发出来，几乎要把雍州府的房盖顶翻。众人不由得回头看了看，只见阙老夫人扒着棺材板，哭得昏天黑地。

刘行敏几次想开口，但见阙老夫人这上气不接下气的模样，又都把话咽了回去。倒是苏遇，摆着一张波澜不惊的脸，例行公事地问道："老夫人确定这就是虞山公主的尸身？"

阙老夫人一边哭，一边从嗓子里咕哝出几个音节："是，是

161

她，是虞山。"

"不会认错？"出于谨慎，苏遇又问了一遍。

"虞山右手肘下方有一排三颗小痣，错不了。"阙老夫人边说，边捧起女尸的右臂，对着上面的三颗痣又是一阵号哭。

苏遇点了点头，轻轻扯了扯刘行敏的衣袖，示意他跟自己出来。可还不等二人迈开步子，就被突厥将军拦住了："二位这是要去哪？我们的公主死在你们的土地上，二位不打算给我们突厥一个交代？"

苏遇摆出一副温良自持、谦逊有礼的模样："将军莫急，明日朝堂之上，我大唐自然会给突厥一个满意的答复。"

突厥将军像是没听懂苏遇的话，丝毫没有退让之意，仍旧怒目圆睁地站在原地。

苏遇笑了笑："太极宫在此，长安城在此，将军还怕我大唐赖账不成？"

突厥人自然也知道，这个"交代"还得跟大唐的圣人要，和眼前这两个当官的纠缠毫无意义。半晌，他重重咽下一口气，回到阙老夫人身边，伸手搀住她老人家："我们先回去。"

阙老夫人双手死死攥着棺材壁，盯着女尸哭得抬不起头。

突厥将军略一皱眉，朝身后人使了个眼色："先把棺材抬回去。"

闻言，苏遇忽然箭步上前，将正要去抬棺材的两个突厥随从拦了下来："将军，这尸身暂时还不能给你们带回去。"

"你说什么？"突厥人咬牙切齿地挤出几个字。

"这尸身还要呈予圣上，也好让圣人有个裁夺。"苏遇的语气不疾不徐，"若是没了这凭证，怎么证明虞山公主已经遇害？"

阙老夫人颤颤巍巍道："我们都已经确认了，难道还会有错吗？"

"苏某在这先给您赔个不是，但既然已经等了这许多日，又何必急在这一时。"苏遇用着他那和煦的语气恭敬说道，"为了给突厥，给虞山公主一个交代，还望阙老夫人再给苏某一日时间。"

突厥人不知道苏遇葫芦里卖的什么药，可他言辞恳切又不像在胡搅蛮缠，他们自然也没道理强行把尸身带走。阙老夫人强忍悲痛："还望苏少卿不要忘了自己的承诺。"

苏遇允诺："自然。"

阙老夫人点了头，一步三回头地和将军离开了雍州府。

刘行敏一直在一旁看着。方才对待许世卿时，苏遇还是一副声色俱厉的模样，如今又摆出这般春风拂面的架势，刘行敏实在摸不透他的心思。

他走到苏遇身侧："苏少卿到底在打什么主意？"

苏遇一直看着突厥人的身影消失在府衙外，才悠悠转过头，看向刘行敏："忘了告诉刘长史，我已经将画师叶湾湾押入大理寺，明日朝堂之上，刘长史可将虞山公主之死尽数推到她身上。"

"什么？"刘行敏震惊地睁大了双眼，"这就是你要给突厥人的交代？"

苏遇一脸古怪地看着刘行敏："难道刘长史还有其他高见？"

刘行敏知道苏遇此人心狠手辣，但却没想到他会胡闹至此，不禁恼怒："苏少卿，你这是在草菅人命！"

苏遇无所谓地笑了笑："刘长史就这么肯定此事与叶湾湾无关？"

刘行敏反唇相讥："那苏少卿可是有了足够的证据证明是她杀了虞山公主？"

"自然是没有。"苏遇挑眉，一脸理直气壮。

"苏少卿可知，一旦这罪名扣到她的头上，陛下必然用她的性命给突厥做交代。苏少卿既然没有十足的证据证明是她害死了虞山公主，为何要把她置于这种境地！"

"也是。"苏遇点了点头，"刘长史如此坚持，不妨看看这个。"

苏遇边说，边从怀里拿出一本书递给刘行敏。

"这是什么？"刘行敏翻开书页，下意识地问了句。

"豫章公主交给我的，说许世卿就是凭借此书被工部的李尚书看中，从翰林院调去了工部。"苏遇的嗓音平静得像摊死水。

刘行敏迅速将书册翻看一遍，并未瞧出什么端倪，可苏遇那异常平静的声音又让他觉得此书中暗藏了什么天大的秘密，不觉再次翻过。这一翻，他的脸色便暗了下来，托着书脊的手不觉抖了抖。

苏遇见刘行敏不说话，便自己替他说道："贞观十五年，魏王完成编纂《括地志》，其中五卷序略的内容，想必刘长史还记得。"苏遇点了点翻开的书页，低声念道，"'蓬山龙兴兮云气将致'，我原以为是化自王褒的'龙兴而致云气'，没想到竟出自此处，看，还有魏王的批注。"

刘行敏克制着自己的情绪："苏少卿想说什么？"

苏遇神色凝重："许世卿这本书，很可能是经魏王之手，送给工部李尚书的。"

刘行敏急切道："这只能说明魏王于许侍郎有知遇之恩，与虞山公主一案又有何关系？"

"许世卿曾说过，前吏部侍郎丁兆和是因为发现了密道之事才被杀害。同样是知晓密道之事，却是一人高升一人惨死，可见，二人的背后之人并不是一条船上的。想必刘长史也知道，丁兆和曾是太子府属官，是个表里如一的太子党。"苏遇的目光飘向刘行敏，"那么，许世卿呢？"

刘行敏无言以对。

苏遇轻飘飘地给出了结论："虞山公主一案，许世卿背后的主使之人，很可能是魏王。你身为雍州府长史，审讯问案多年，定然能想得通这其中的关联。"

"你！"刘行敏气得噎住，眼睛瞪得圆溜溜的，却是一句反驳的话也说不出来。

苏遇似乎觉得刘行敏气恼的神情很是有趣，又故作吃惊地追问了一句："难不成，刘长史更希望真凶是太子？"

"苏遇！"刘行敏是真的发了怒，不顾礼仪地直呼苏遇大名，"你明知道我说的是叶湾湾！她不该成为权力斗争的牺牲品。"

苏遇却不以为忤，冷静而自谦地回了一句："临大节而不夺，刘长史是君子，我可不是。我要保住自己的官职，又不能将魏王或是太子推出去，自然得找个靠得上边的人顶罪。"

"那可是活生生的人命！"刘行敏声音发抖，"我本以为苏少卿只是行事乖张，但至少还有底线原则，没想到……"

"我只是在做我该做之事。"刘行敏颇有些气急败坏，可苏遇却气定神闲，悠悠地打断了他，"刘长史可知，季孙之忧，不在颛臾，而在萧墙之内。如果刘长史不想祸起萧墙，就请慎重考虑苏某的提议。"

刘行敏登时哑然。

"全凭刘长史定夺。"说完，苏遇转身离开了雍州府。


入夜。

幽暗潮湿的大理寺监牢，透过窄小的天窗，能看见一隅苍穹，一丝月色。

这里在配置和构造上虽然和叶湾湾在昭行坊的家颇为相似，可昭行坊的深夜最多只有几声野猫的惊叫，这里，却有着不绝于耳的呻吟声、咒骂声、控诉声和哭号声。

叶湾湾捂着耳朵，缩在牢房里的石床上。石床冰凉的寒意透过受潮的稻草一点点升腾上来，蛮横地缠着她的四肢。她闭着眼睛，额头抵在抹着灰泥的墙壁上，脑海里不自觉地一遍遍回想苏遇让人带走她的情景。

她以为自己已经很了解苏遇了，知道了他的好是天性使然，他的坏是无可奈何。她想着那晚坠崖的时候，他跟着她一起跳了下来，因为担心她的伤势一夜没有合眼；想着他一边要用叶祝祝到太子那里讨封赏，一边却又教给她救人的办法；他还给她买了毕罗，说着四文钱却一直也没跟她要……

他怎么转眼间就把她关在了这里？

叶湾湾艰难地翻了个身，看着房顶上漆黑的橡木，听着窗外的梆子声，她忽然意识到，明日就是圣人给出的最后期限，他真的要用自己顶罪了。

叶湾湾感到一股透顶的绝望，可转而，她又笑了。舆人成舆，欲人富贵；匠人成棺，欲人夭死。哪有什么本性善恶，无非是受利益驱使罢了。她一个人在这世间游荡了这么多年，竟然会因为苏遇的几句好话就忘了这一点。

最初的时候，苏遇就是那副狠厉无情、利字当头的模样，不过在崖下救了她一命，她竟然就忘了他的本来面目。可现在想来，他那只老狐狸无利不起早的本性从来就没有变过。

因为好奇她以画断生死的能力而容许她靠近，因为要利用她逼出许世卿而满足了她的口腹之欲。这么简单的伎俩她竟然没有看穿，竟还以为是自己激起了他内心残存的、人性本善的一面。简直不自量力。

好在，苏遇手上没有什么能置她于死地的证据，她有此一遭就当是得了一个教训。

忽然想开了的叶湾湾连动作都变得轻盈起来。她重新铺了石床上的稻草，找了一个舒服的姿势躺好，睡觉。

一旦放宽了心，叶湾湾觉得整个世界都平和了，那些嘈杂恼人的声响统统不见了，监牢里安静得可以听见水滴砸在地面上的"啪嗒"声。叶湾湾感到心满意足。

迷迷糊糊的时候，叶湾湾听见牢房外传来一阵脚步声，轻浅且小心翼翼。紧接着，牢房门上的铁链被人打开，发出极其细微的脆响。她有些好奇地想要翻身去看，身体却不听使唤。进而，她感到有人捏住了她的肩，一把将她拖下了石床。

叶湾湾重重摔在地上，身体触地后又引发了向上弹起的趋势。不过，这个趋势被人强行压制住了。那人一脚将她微微翘起的左肩踩回到地面上。

伤上加伤，叶湾湾听见自己皮开肉绽的声音，滚热的血争先恐后地从伤口里流了出来。她甚至没来得及叫出声就疼得晕了过去。

"这只是警告。"彻底失去意识之前，她似乎听见一个低沉尖细的嗓音在头顶上空响起。

早朝，大唐的威仪自太极宫而起，流转万方。

突厥人立于大殿之上，与太子、魏王相对。几人身后，文武百官分列左右。圣人李世民则不失威严地端坐于龙椅之上，平和地俯视众生，只是心里多少有些烦躁。

"虞山公主一案，有何结果？"李世民开了口。

苏遇抬头，看向站在他斜前方的刘行敏。刘行敏此时弓着背脊，脖子微微向前伸着，从背影都能看出他此刻的纠结。

"雍州府长史，刘行敏！"见无人答话，李世民干脆点名。

刘行敏避无可避，只得出列："回陛下，此案……"

昨日，送走苏遇后，刘行敏难得地回了一趟家。夫人裴氏对刘行敏了解颇深，知道圣人限期五日查案，他在最后关头回家必是遇到了难事，是以，不等刘行敏露出那副失魂落魄的模样，裴氏便让他凡事追随本心。一句话点醒了刘行敏。

世间万事本就不是非黑即白，有权衡就必然有得失。他保全不了所有人，但至少要做到无愧于心。

刘行敏不自觉地抬起眼帘，目光在太子与魏王的身后扫过。随后，他豁出去了似的继续道："臣无能，未能查获真凶。"

像是有人按住了流逝的时间，朝堂之上的一切都静止了。

"你这老儿！"半晌，突厥将军突然发难，"不是说今日定会给我们一个交代！"

"整整五日，雍州府一点线索都没查到！"李世民几乎要从龙椅上站起来，却努力克制着声音。

刘行敏低着头，又郑重其事地重复了一遍："臣无能。"

一时间，魏王扶额，太子得意。

苏遇叹了口气。这位百姓爱戴的雍州府长史，还真是个不懂变通、不会自保的人。他若是生在三皇五帝之际，必然是为后世敬仰的真君子，说不定四书五经上都要有他浓墨重彩的一笔，可惜，他生在现在，就要把自己逼死了。

不过，苏遇从一开始就没有指望刘行敏。

"陛下。"苏遇出列，"真凶如今就关押在大理寺。刘长史只是念其身世孤苦，故而不忍道出其姓名。"

李世民似乎松了口气，僵直的背终于靠回到龙椅上："真凶是谁。"

苏遇答道："是长安城一画师，名叫叶湾湾。"

"什么？"还没等文武百官将"叶湾湾"三个字形象化，阙老夫人和魏王李泰突然不约而同地叫了出来。

苏遇面色不动："长安城内一直有关于此人的传言，说她有以画断生死的能力。臣的同僚当中，也有人因她的画或平步青云，或命丧黄泉。"苏遇顿了顿，"臣得知，虞山公主入京前，就曾找叶湾湾画过画像。"

龙椅之上，李世民不动声色地挑了挑眉，似乎在琢磨苏遇将这些无稽之谈搬上朝堂的用意；百官之前，李泰反射性地瞪向苏遇，极力忍耐着想要驳斥他的冲动；李泰身侧，李承乾朝着李泰微微侧了侧头，眼底溢出一抹了然的笑。

殿前，阙老夫人终于忍不住呵斥："苏少卿，你这是要拉一个毫不相干的人敷衍了事吗？"

"哦？"苏遇挑起眼帘，看向阙老夫人，音色轻巧却掷地有声地回道，"那突厥又为何送一个毫不相干的人入我大唐与太子和亲？"

此言一出，一片哗然。

"你说什么！"阙老夫人的脸色立刻变得铁青。

李世民微微向前倾了身子，默不作声地看着苏遇和突厥人对峙。

苏遇从怀中掏出叶湾湾所画的、虞山公主的画像，抖开举到阙老夫人面前："请问阙老夫人，画上之人可是虞山公主？"

阙老夫人不明苏遇的用意，别开视线，没有回答。

"无妨。"苏遇又将画像举到满朝文武面前，"朝礼那日，想必有很多同僚见过虞山公主的姿容，自然可以辨认画像上的人是否是虞山公主。"

有几个官员闻声出列，仔细将画像端详了一番："此人正是虞山公主。"

"好。"苏遇不慌不忙地收回画像，自己拧着眉对着画像好一顿打量，"虞山公主的父亲颉利可汗兵败被押入长安后，被圣人授予右卫大将军之职。虽然大将军已经辞世，但百官中见过他的人不占少数，诸位难道不觉得，这画上之人与阿史那将军毫无父女之相吗？"

朝野上开始议论纷纷，就连太子和魏王都不自觉地转身看向苏遇。

阙老夫人反驳："虞山公主的母亲是汉人，公主有汉人血统，面相自然与可汗不同。"

"原来是这样。"苏遇点了点头，"听闻阿史那将军入唐后，将虞山公主留在了漠北，由其族兄抚养，可有此事？"

阙老夫人迟疑地点了点头："有。"

苏遇继续问："这位族兄勇猛无双，极擅骑马涉猎，不知，他可曾教过虞山公主骑射？"

"我草原儿女，骑马打猎自然不在话下。"突厥将军不屑地哼了哼。

苏遇道："这就奇怪了，虞山公主比我大唐女子还要娇弱，怎么看都不像草原儿女。"

"虞山毕竟是公主。"阙老夫人再度开口，"养得娇贵些也不为过。苏少卿用这些细枝末节指责虞山公主并非可汗之女，难道是交不出凶手，要为唐廷开脱？"

"阙老夫人莫急。"苏遇继续道，"阿史那将军宠爱虞山公主无可厚非，只是，骑马射箭之苦尚且不忍公主承受，又怎会忍心让她去练舞？十几年的苦功，难道只为嫁予太子时可以讨他欢心？那还真是可惜，太子殿下尚武不假，可尚的是武功的武，并非歌舞的舞。"

"胡说！"阙老夫人激动得声音都跑调了。

"老夫人昨日认尸时说过，尸身的右肘下方有一排三颗小痣，正是公主。"苏遇提醒道，"仵作已经验过，女尸肢体柔软，骨关节磨损严重,绝非一朝一夕形成的。如今木棺就停在承天门外,老夫人若是不信,可叫人再验。"

突厥人的语塞让整个朝堂陷入一片死寂。

半晌,李世民清了清嗓子,口气悠闲了许多:"这到底是怎么回事?苏少卿的意思是,虞山公主生前曾是舞姬?"

苏遇回禀:"正是。"

李世民调整坐姿,神色紧绷地看向突厥使团:"对于苏少卿的论断,诸位可有要解释的?"

"陛下。"苏遇再次开口,力图将突厥人逼入无力反驳的绝境,"阿史那将军虽然已经过世,但其突厥部下尚有在京者。臣以为,其中必有见过公主之人,只要让他们画出虞山公主的面貌,再与这画像中的人作对比,便可知道公主真假。"

李世民点了点头:"就这么办吧。"

"回天可汗……"阙老夫人似乎经历了一番天人交战,随后,整个人像被抽了骨头般跪了下去,"自从颉利可汗过世的消息传回草原,虞山就一病不起,没多久就故去了。可那时,她已与太子定下婚约。草原连年征战,又遭逢瘟疫,尸骨如山。北边薛延陀和铁勒诸部又虎视眈眈,为求大唐庇佑,我们不敢取消联姻,只得出此下策。"

"这个假公主又是何人?"李世民问。

"是小女。"阙老夫人闭了闭眼,"小女是牙帐内的舞姬,自幼与虞山交好,身形与虞山相近,对虞山的一切过往、喜好也都了如指掌。我之所以这般步步紧逼,也是想早日为小女讨回公道……"

一直默然无语的刘行敏这才回神:"老夫人节哀。"

李世民微微垂首。他自然知晓,如今的可汗虽然骁勇善战却绝非将才,东突厥政权早已摇摇欲坠,突厥人渴求庇护也在情理之中。更何况,东突厥的存在对大唐来说是一道隔绝其他草原部落的屏障,暂时还不能任它自生自灭。

"阿史那部既然归顺我大唐,自然有我大唐庇护。"李世民开了口,示意阙老夫人平身,"令爱无辜,死在我大唐境内自然要有个说法。"李世民说着,转向苏遇和刘行敏,"你二人尽快寻回丢失的头颅,将她按公主礼制安葬。"

"臣领旨。"苏遇和刘行敏异口同声道。

阙老夫人伏身于殿前:"谢天可汗。"

下朝后,刘行敏一边擦着汗,一边追上苏遇:"原来苏少卿打的是这个主意。昨日苏少卿若是如实相告,刘某自然愿意配合你演这出戏。"

"刘长史若事先知道这是在演戏,准会演砸。"苏遇摇了摇头,"如果阙老夫人没有对我们用叶湾湾顶罪一事提出异议,刘长史搞不好会跳着脚地指责人家不按常理出牌。"

刘行敏一噎,半响才又继续:"如果突厥人真的认可叶湾湾是凶手,苏少卿又当如何?"

"自然是把人交给他们处置,然后皆大欢喜。"苏遇想了想,又追加了一句,"最好再给叶湾湾扣上一顶高句丽人的帽子。"

刘行敏显然不信苏遇的答案。他摇了摇头:"突厥人需要一个真凶,你便把被传有巫术的画师送给他们,这是你代大唐给他们的交代。但同时你也知道,这个突厥公主是假的,只要你抖出这个事实,叶湾湾这个'真凶'他们便不敢要。这样一来,既能保全叶湾湾,又会让突厥人无言以对。苏少卿一箭双雕,有情有义,又何须做出这副无赖模样?"

大概是从未被人如此夸赞过,苏遇竟有些不自在,不觉顾左右而言他:"刘长史刚毅仁直,可以托六尺之孤,寄百里之命,又何必戳穿我这小人的把戏。"

刘行敏只觉得苏遇给他戴的这顶帽子又重又高,压得他抬不起头。许久,他才叹了口气:"景逢,你又何必妄自菲薄。"

苏遇微微扬起下巴,侧身斜睨着刘行敏,岔开话题:"刘长史还是好好想想如何从太子手中救出叶祝祝吧。"

刘行敏一惊:"你告诉太子了?"

苏遇眼中浮现出戏谑的笑意:"刚一下朝,我就赶在殿下回宫前和他知会了一声。"

"哎呀。"刘行敏一跺脚,撩开衣摆大步离去。

看着刘行敏的身影消失在视线之外,苏遇眼中那些原本昭示着七情六欲的神色通通敛去了锋芒。与自己不同,刘行敏是一个坚信人性本善的儒者,习惯为这世间的恶意挖掘出一个"善"的解释。哪怕是恶贯满盈之人,只要心中还有一瞬放下屠刀的念想,他就不会放弃将那人拉回正途。

刘行敏就像一面照妖镜,苏遇能在他澄澈的瞳仁里看到自己的不堪。直到此刻,苏遇才重新回顾自己的计划,意识到其实一切并非万全。可他喜欢与未知对抗,为此,他竟然忘记自己手中的证据也许并不足以证明虞山公主的身份有假;忘记自己是在用叶湾湾的性命做赌注。

他明明可以私下里向圣人呈报,借助更多的力量去探查虞山公主的身份,给大唐斟酌出一个万全之策,可他偏偏孤注一掷,将双方的对峙拖到朝堂之上。他只是在欣赏,欣赏一个看似不可能完成的任务在他的掌控下变得易如反掌;欣赏至高无上的权力赋予他的肯定和赞许。

他不过是一个狂妄自负的赌徒,而刘行敏竟然给他的赌局赋予了善意的诠释。真是可悲,在金钱和权力主宰一切的人世间,竟还有人相信良心。

苏遇稍稍垂下眼帘,迈向大理寺的步子渐渐变得迟疑。

虞山公主一案,叶湾湾显然无罪,可他连句解释都没有就将人押入大理寺,今日,大理寺的牢门一旦打开,那人怕是会马不停蹄地远离自己。

苏遇不自觉地叹了口气。

偌大的皇城渐渐变得空旷,苏遇到底还是出了承天门,过了秘书省。不远处,大理寺飞起的屋檐不急不缓地撞进眼帘。

大理寺之外,胡温正焦急地转着圈。紧绷的神经让他浑身上下每一根汗毛都笔直地站立着,像全方位盯梢的斥候。在苏遇绕过秘书省的瞬间,那几不可闻的脚步声就瞬间进入了胡温的耳廓。

胡温三步并作两步地迎了上去,也顾不得礼节,扯着苏遇的袖子就把人往监牢拉:"苏少卿你可回来了。"

苏遇踉跄着往前跟了两步:"何事如此惊慌?"

"昨天押回来的那个小娘子……"胡温咽了口唾沫,"好像死了。"

"你说什么!"

苏遇刚进大牢就闻到一股浓重的血腥气,等他看见躺在血泊里的叶湾湾时,整个人都僵住了。

胡温哆哆嗦嗦地解释:"属,属下觉得这里是第一案发现场,还,还,还没给苏少卿看过,就没敢让人清扫。"

"确定已经没气了吗?"苏遇像被人钉在了地上,半天没动。

"应,应该是没了。"

"什么叫应该是没了!"苏遇的声音一下子挑了老高,把在场的几个人都吓了一跳。

"属属属下这就去看。"胡温说着,作势就往牢房里钻。

苏遇一把将人挡了回去:"我去。"

苏遇一鼓作气地跨进牢房,蹲下身,利落地伸手探到叶湾湾鼻下,确实没感受到什么鼻息。他做了个深呼吸,沉着气又将食指搭在了叶湾湾颈间,在摸到她皮肤下、血管微弱的震颤后,憋在胸口的那团气才慢慢呼了出来。

应该是失血过多引发了休克,人还活着。苏遇冷静了几分,将腰间的鱼袋取下丢给胡温:"去太医院,叫太医来。"

胡温有些迟疑地指了指牢房:"来……这?"

苏遇稍稍琢磨了一下,伸手将叶湾湾从地上抱了起来:"去偏殿。"

有那么一瞬,苏遇以为叶湾湾是想不开自戕了。不过,在将人放到榻上时,他无意间瞥见了留在叶湾湾后背上的半只鞋印,应是从伤口里流出的血润湿了鞋底,从而将鞋底的纹路印在了皮肤上。只不过,纹路杂乱无章,可见,那人在踩住叶湾湾左肩时,还刻意在伤口处碾动过脚尖。

在叶湾湾自曝曾给虞山公主画过像时,苏遇就意识到,她绝不是偶然卷入虞山公主一案中的。既然此案与储位之争脱不了干系,那叶湾湾怕也是某方势力用来制造舆论的棋子。

虞山一案如要彻查,必定会碰触叶湾湾身后那些盘根错节的势力,到时候,难保对方不会弃车保帅将叶湾湾灭口。苏遇原本以为,这大理寺的牢饭虽然不好吃,但至少是在自己的势力范围内。不承想,连这里也不安全。

他忽然意识到,自己还需要刘行敏的帮助,也不能让太子带走叶祝祝。

苏遇努力维系着他那股气定神闲的劲儿,仿佛这样便能让事态缓和下来似的。但终究,他还是忍不住一点点踱步到窗边,一次次探头看向窗外，努力从那威严肃穆的青石甬道上辨识太医的身影。

终于，他看见胡温弯腰驼背地引着人来了。

苏遇快步走到门边，替太医拿过药箱摆在床头，言简意赅地介绍了一下叶湾湾的伤势，然后嘱咐胡温多加关照后便头也不回地出了偏殿。

多亏了太子出门大摆仪仗耗费了不少时间，苏遇才得以在延喜门外迎上了太子李承乾。

见了苏遇，李承乾心情开阔地开口了："景逢，你来得正好，随本宫一起去雍州府。"

苏遇恭恭敬敬地施了一礼："殿下此刻还不能去拿人。"

李承乾眉毛一立："苏少卿这是何意？"

苏遇使诈道："前些日子，雍州府在城南乱葬岗挖出了一只用料考究、雕工精细的木匣，匣中是一件太常乐人的乐服。"他故意省去了称心的名字，也刻意没有抬头去看太子的表情，"臣听闻，魏王也已经知晓此事。"

"太常……"李承乾闻言，不自觉地沉吟了一声，随后又很克制地止住了话头，进而语气不善起来，"魏王还知道什么？"

"臣不知。"苏遇依旧垂着头，从容地陈述，"臣只是不希望太子殿下在此时将话柄送到魏王手上。"

李承乾当然明白苏遇话中的意思：叶祝祝和太常乐服都与称心有关，且都在魏王下属的雍州府。无论他接触其中哪一个，都可以让魏王将称心一事旧话重提,再次将圣人引得雷霆震怒。毕竟,他故意将虞山公主一案全然推到魏王身上,可是让魏王对他憋了一肚子的火,想必魏王正时刻准备着向他发难呢。

李承乾沉默地盯着苏遇。半晌,他深吸了口气,将视线从苏遇身上收回,握拳砸了砸身下的步辇:"回宫。"

宫人们齐声唱了个"喏",调转步辇向东宫返去。

跟在步辇一侧的、李承乾的心腹太监秦老九见太子脸色阴沉,心里的小九九立刻活泛起来。他边走边回望苏遇,见其身影已经彻底消失在宫门之外,才快步上前凑到李承乾身边:"殿下,奴才有一法子,可解殿下心头烦闷。"

李承乾眉梢不觉一挑,侧头俯视秦老九。

秦老九迅速扯出一个殷勤的笑,眼角的皱纹立刻拢起,一路向太阳穴飞去。

# 卷三
## 同心一人去，坐觉长安空

## 第十一章　双姝

雍州府府衙内，刘行敏严阵以待，恭候着太子登门要人。

约莫刚过未时的光景，堂外终于传来了府衙大门开启的声音。正在踱步思索的刘行敏立刻精神抖擞，三两步跨到桌案后，正襟危坐，等着李承乾的大驾光临。不想衙役们一路小跑，带进来的却是苏遇。

刘行敏愕然："苏少卿？"

为了展现他"泰山崩于前"也能风度翩翩的气质，苏遇极力忍耐着自己的口干舌燥，慢条斯理地喝下一盅茶："刘长史不必如此，太子殿下不会来了。"

刘行敏不解："为何？"

苏遇摇晃着茶盅："殿下已然知晓雍州府挖出了称心的乐服。"

"哦……"刘行敏点了点头，在自己长长的尾音里，琢磨出了太子做出改变的原因,"那苏少卿此番前来所为何事?"

"让刘长史提心吊胆了这么久是我的不对,不如我请刘长史品茶压惊?"说完,苏遇略显嫌弃地瞄了一眼手中的茶杯,低声念叨了一句,"居然是去年的陈茶……"

刘行敏眉头紧拧,实在不明白苏遇此举的目的。不过,几日的相处让他对苏遇也有了些许认知,知道他故弄玄虚的背后一定大有深意。

是以,刘行敏也不推辞:"我知道西市有一家不错的茶肆,你随我来。"

眼下正是西市最热闹的光景,从坊门到街市,玲珑珠翠,醇酒浓茶,一路看尽万国来朝的繁华。

刘行敏带着苏遇在一处临街的茶肆外坐下。

街对面正是江湖艺人们卖艺杂耍的场子,走街串巷的江湖客拉开各自的阵仗,你方唱罢我登场,径直串出一套龙门阵。

只见正对茶肆的场子里忽然火光冲天,立时引来一片呼啸,就连淡定的刘行敏都不免被吸引了目光。

又见一个浑身裹着粗布的大汉举着一只鹦鹉架,身旁的妇人高举手中的火把,正要去烧架上的鹦鹉。围观的百姓阵阵惊呼,想要阻止女人残忍的举动。可大汉却不为所动,声称鹦鹉是扶南的神鸟,可以浴火重生。

随着大汉的一声令下,那妇人果然点燃了鹦鹉。众人眼睁睁地看着无助的鸟儿在火中竭力嘶鸣、上下翻飞,却始终无法挣脱

## 唐多令·晏山海

脚上的绳索。

火光中渐渐有碎屑飘落，可怜的鹦鹉似乎已经化为灰烬。人群中的幼童见状开始号啕大哭，被家人强硬地捂住了眼睛。

刘行敏口中含着茶，竟忘了吞咽。

"那只鹦鹉没有死。"众生哗然中，苏遇忽然开了口。

刘行敏"咕噜"一声咽了口中的茶，几乎把自己呛出眼泪。

"做了这么久的雍州府长史，难道不曾遇上一两具焦尸？"苏遇转过头，目光略过手举鹦鹉架的大汉，落在了那个妇人身上。

刘行敏回神，仔细盯向火光中纷飞的灰烬，这才意识到，不论是人还是牲畜，被烧时会四肢蜷缩，皮肉开裂，断不会在如此之短的时间内就化为灰烬。

"障眼法而已。"苏遇依旧盯着那位妇人。

街道两侧已渐渐传来咒骂声，谴责大汉暴虐无道。谁知，那大汉哈哈一笑，变戏法一般吹灭了木架上燃烧的烈火。

火光散尽的瞬间，一只鹦鹉赫然飞上木架。

苏遇收回目光，给自己舀了一碗茶："所有人都在等着鹦鹉的浴火重生，自然不会有人注意到，在那位妇人点燃木架的瞬间，原本的鹦鹉已经被她藏进怀里，留在木架上的不过是只提线木偶。至于惨叫声，只要妇人对怀中的鹦鹉做些手脚，自然能让它叫上几声。"

刘行敏点了点头："人们只能看到他们想看到的东西。"

闻言，苏遇心头一震，举着茶碗的手忽然顿在半空。他倏然挑起眼帘，目光越过瓷碗的边缘，再次扫向手执火把的妇人。

苏遇低声道："也许，我们都想错了。"

刘行敏疑惑："什么？"

苏遇转头，直视刘行敏的眼睛："许世卿在朝礼当晚开启密道究竟是受谁指使。"

刘行敏神色凝重："除了魏王，你怀疑还有其他人？"

苏遇分析道："就像这个浴火重生的把戏，所有人都以为操纵鹦鹉的是那个江湖客，所以，大家都认为鹦鹉必死无疑，可其实，这个把戏的关键在那个妇人身上。"

刘行敏隔着茶炉中蒸腾而起的袅袅烟气望向苏遇，看见他眼中有光。

"因为所有的形势都对太子不利，甚至让他失去了一段强有力的联姻，所以我们理所当然地以为是魏王的手笔，自然也认为称心的衣冠冢指向的是魏王。"苏遇自嘲似的发出一声短暂的轻笑，"但其实，它也可能是指向太子。只有太子才会为称心置办棺木，也只有太子才会在称心的棺木随公主尸体流出时为了自保而杀人灭口。"

刘行敏追问："吏部丁侍郎的死又如何解释？既然他是坚定的太子党，也知晓密道的秘密，太子为何不用丁侍郎反而去找许世卿？"

"吏部丁侍郎、虞山公主、西市木材商，这其中，凶犯不止一人。"苏遇眉心紧蹙,"有人想让太子不得不用许世卿。"

刘行敏略显震惊:"你认为,这是个局中局?借太子之手,打压太子?"

"许世卿开启密道的真正用意究竟是什么?到底是为了太子,还是以此引虞山公主入彀中,从而打压太子……"苏遇轻轻摇了摇头,"找不到这个答案,我们很难分清究竟是谁利用了谁。"

"看来,解开谜底的关键就在许侍郎身上。"刘行敏渐渐理清了思绪,"我会想办法从魏王处打探他与许侍郎的关系。"

"也好。"苏遇呷了一口已经微凉的茶,"我去见一见工部的李尚书,看看到底是谁把许侍郎的书推荐给了他。"

临近日暮,倦鸟归巢。延康坊内忽然涌入了一队仪仗,浩浩荡荡地停在了魏王府门口。

小太监前去叩门的当口儿,车帘掀起,李承乾从车内走出,踩着杌凳一步步下了马车。他站在府门外,微微侧过头,斜睨着府门匾额上龙飞凤舞的几个大字,随后,懒洋洋地收回视线,进了王府。

王府前院内花木繁盛,李承乾在枝头下停步,故作闲适地欣赏着身侧的花花草草。直到接到通传的李泰从游廊上拐下来,脚步声愈近,他才抬起头,露出一抹笑,往前迈了几步,迎上李泰,亲亲热热地叫了一声:"四弟。"

李泰眼皮一跳,背在身后的右手夸张地张开五指,在虚空里抓了一把，然后握紧成拳："殿下有什么事让宫人跑一趟就是了，怎么还亲自过来。"

"四弟把虞山公主这案子办得这么漂亮，可是帮了本宫一个大忙。本宫当然要亲自来道谢。"李承乾绵里藏针地看向李泰，抬手在他小臂上拍了拍，和他并肩进了前堂。

秦老九躬身捧着一只雕花木匣子，亦步亦趋地跟在二人身后。进了正堂，他便将木匣恭恭敬敬地摆在李泰面前。

李承乾带着笑意扫了一眼木匣，对李泰道："四弟解决了虞山公主一案，当得一份厚赏，不过，想必是这几日父亲太过伤神，一时忘了此事。这不，本宫怕委屈了四弟，特意命人挑了这幅苏州进贡的缂丝画赠与四弟。"

李承乾话音刚落，秦老九立刻将缂丝画从匣中取出，展开在李泰面前。

李承乾继续道："知道四弟你为人雅致，喜好书画，这幅缂丝正是曹植的《洛神赋》。"

李泰勾了勾嘴角："替圣人分忧是臣弟的本分，怎么好当太子如此大礼。"

"诶，话不能这么说。"李承乾道，"四弟不仅是为圣人分忧，也是在为本宫解围。本宫与虞山公主的联姻本就是为了将草原的兵力收入东宫，若不是四弟你，本宫怕是要与突厥人结仇了。"

李泰搭在腿上的左手狠狠掐着膝盖，可脸上依旧不动声色："臣弟却之不恭，在此谢过殿下好意。"

说罢,李泰从秦老九手中接过缂丝画,小心翼翼地卷好,放回到木匣里。

李承乾看着李泰恭敬的模样,甚是满意。他端起下人奉上的茶水抿了一口,又像是嫌弃茶香不够甘醇似的皱了皱眉,放下茶盅:"天色已晚,本宫就不叨扰四弟了。"他扭头看了秦老九一眼,颇有些急切地起身。

李泰自然知道李承乾的心思,也不做挽留,只客客气气地再次谢过太子的赏赐,说了几句表忠心的漂亮话,便目送太子离开了。

随后,他再次打开木匣,有些粗暴地扯出里面的缂丝画。

《洛神赋》本就是曹植求而不得的心绪写照,而他又在与其兄曹丕的储位争夺之中落败。如今,李承乾将此物送给他,就好似曹丕已经娶了甄宓,又将甄宓所用玉枕送给曹植一般,大有同情嘲笑他"痴心妄想,求而不得"之意。

李泰不禁回想,昔日圣人对自己是何其宠爱。当初,他的《括地志》编撰完成,圣人对书册简直爱不释手,对他更是大肆褒奖,更提出让他入住武德殿。

武德殿,那可是李世民还是秦王时所居之所,与东宫不过一墙之隔。可惜,群臣忧心圣人此举会让太子无法自处,因而力谏反对,最终让李世民收回了赏赐。不过,事后父亲为了弥补他,还是免除了延康坊百姓一年的赋税,让他在百姓之间大受拥戴,着实风光了一把。

然而，昔日种种终究已成过往。

他虽然没有亲自调查虞山公主一案，但却是实实在在地安抚着突厥使团。更何况，雍州府是他管辖，苏遇也是由他请来协助办案的。如今，事情完满解决，父亲竟连一个赞赏的眼神都没有给他，还让李承乾逮着了一个好时机，跑到自己面前耀武扬威。这让李泰很难不怀疑，是李承乾在圣人面前嚼了舌根。

李泰若有所思地盯着手中的缂丝画。画上，针脚细密的蝇头小楷在夕阳暗淡的余晖里慢慢变得发花发亮，有些晃眼。

苏遇离开雍州府回到大理寺时早已是暮色四垂。皇城内外一片寂然。

大理寺的偏殿外，胡温小心翼翼地在门边守着，他不敢一直盯着叶湾湾，又害怕自己一眼没照顾到让人丢了，是以，那细长的脖子就像按了鲁班定制的机械转轴一般，定时地转向偏殿内看一眼，再定时地转回来。

苏遇觉得自己这般压榨下属的劳动力委实有些不厚道，便给了胡温些酒钱，还许了他一天的休沐，让他欢天喜地回了家。

偏殿里，叶湾湾神色怏怏地靠在榻上，听见苏遇的声音只是挑起眼皮瞄了他一眼，便将脸转向了窗外。

苏遇本想询问她在牢中究竟遇到了何事，但见她对自己这般爱答不理，便觉得开口也是白费唇舌。正好，他在好一阵东奔西走后也需要休息，便在桌边坐下，慢悠悠地喝茶喝了个饱。

"苏少卿是不是有话要问我？"静谧的偏殿里，到底还是叶湾湾先沉不住气。

苏遇知道，以叶湾湾的性子，如果自己此刻发问，多半只会得到几句嘲弄。他叹了口气："近来几桩案子让我四处树敌，再查下去怕是要将几位皇子都得罪殆尽，我这大理寺少卿的下场想来也不会太好，你若是对我有气，应该很快就能解气了。"

叶湾湾闻言，冷笑了一声："好人不长命，祸害遗千年，像苏少卿这种等级的祸害，一定可以千年万年地活着。"

叶湾湾说的虽然是气话，但到底还是有点希望苏遇长命百岁的意思，苏遇觉得叶湾湾还不至于气到要和自己老死不相往来，便踏踏实实地松了口气："借你吉言。"

叶湾湾一个白眼翻上天。

过了好一会儿，苏遇紧绷的神经终于平复下来，才又开了口："不过五天的时间，你已经伤了两次，虽说两次都没有危及性命，但命硬也不是这么折腾的，如果你有什么话想告诉我，我洗耳恭听。"

叶湾湾的脸色比窗外的月色还要苍白些。她朝着苏遇的侧脸轻飘飘地眨了眨眼："苏少卿应该不相信我说的话吧。"

"不相信你的话和放任你去死是两回事。"

隔着跳动的烛火，叶湾湾看不清苏遇究竟是用着怎样的神情说出这句话。她倒是希望这话是出于对她的担心，可他的所作所为又让她无法相信他会有什么好心。

无非是想从她这里打探消息罢了。叶湾湾慢吞吞地收回视线，侧过头，看着缠着厚厚绷带的左肩："监牢里的床太不舒服，我睡不惯，从上面摔下来，把伤口摔裂了。"

苏遇闻言，不置可否地点了点头，起身从柜子里取了床棉被放在叶湾湾的榻上："这里一应用度都还齐全，今晚你暂且歇在此处，我就在隔壁的卷宗室。"

叶湾湾似乎也没有想要继续和苏遇闲扯的意思，接过铺盖卷，抖开，往身上一蒙，连脑袋都盖住了。

苏遇的眉梢轻微抽动了一下，自觉地去了卷宗室。

他坐在案前，将这几日发生的事做了总结：与突厥之间的危机算是暂时解决了，但案子还远远没有完。历来的储位之争，不到流血漂橹、天下缟素是不会结束的。眼下这形势，他想要明哲保身怕是难了。只是……

苏遇微微侧头，看向已经陷入黑暗的偏殿。

叶湾湾从虞山公主失踪便卷入了这场旋涡，明里暗里地给他抛出过不少线索，可自己从未真的抓着哪条线索顺藤摸瓜摸出什么惊天秘闻。苏遇一时想不明白，叶湾湾到底说了什么、做了什么，会让躲在暗处的那方势力冒险潜入大理寺来给她警告。

然而，毕竟是他用叶湾湾的性命下注在先，如今出了这许多乱子，他心里多少有些愧疚，于情于理，他也不能眼睁睁看着她作死。

苏遇忽然觉得，他应该将叶湾湾送进魏王府，让她与叶祝祝做伴。毕竟，如果幕后之人真的是魏王，叶湾湾在他的眼皮子底下，反而不会引发他的忌惮，自然也不会受到伤害。如果，幕后主使另有他人，那么，在这长安城里，能保住她的，怕是也只有魏王了。

苏遇打定了主意。

翌日，百官在承天门外等候早朝时，苏遇偷偷将自己的打算告知了刘行敏。

刘行敏有些错愕："苏少卿要一口气往魏王府上塞两位……小娘子啊。"

苏遇挠了挠眉梢，做出一副为难的样子："那依刘长史之见，隔一天塞一个会更好？"

刘行敏"哎呀"着拍了拍自己的官服下摆，咕哝半天不知道怎么回答。

恰此时，宫人开启了承天门，二人随着人流向太极殿涌去。临进大殿前，苏遇又凑到刘行敏身旁，飞快地拜托了一句："刚好，刘长史下朝后要去同魏王谈许世卿之事，就一道把这事也说了，眼下叶湾湾就在大理寺，魏王回府时刚好把人顺走。"

"苏少……"还不等刘行敏说话，苏遇迅速抬腿迈过门槛，行云流水地挤过人群，进了大殿。

与突厥公主和亲一事无疾而终，不过，圣人对假公主之死的真相似乎也有自己的考量，虽然大殿之上还是例行公事地嘱咐了雍州府和大理寺要尽心办案，但却并未严格设定破案期限，想来，也是要给自己留出余地，好好想一想储位之事。

苏遇一贯都是那副云淡风轻的样子，退了朝，他颇有些幸灾乐祸地朝刘行敏使了个眼色，转身就追着工部尚书李大亮出了太极殿。

据李尚书回忆，大概是今年年初的时候，有人将那本书送到了工部。可巧，那天他并未当值，自然也不知道是何人送书。事后，他也的确问过当日当值的同僚，可众人都说不曾留意，他也就没有多问。再说，那书上有魏王的批注，书中词句又曾出现在魏王编纂的《括地志》的序略里，他便想当然地以为书是魏王叫人送来的。

李尚书是跟着先帝晋阳起兵的老臣，南征北战战功赫赫。在大唐统一中原后，他一路官至尚书之位，可却从不居功自傲，也不结党营私。为官数十载，在长安不过只有一草庐安身，连当今圣人都觉得他太过清贫，多次劝他置办房产，甚至不惜自掏腰包替他买下奴婢部曲送过去，却都被拒绝了。

这样的人，苏遇相信他的证词中不会有半句虚言。

许世卿的那本《营造之法》上明晃晃地写着魏王的批注，若真是魏王要将他引进工部，自然不需要这般藏头露尾，大大方方地把书交到李尚书手上便是。可偏巧，这送书之人身份成谜，反倒显得欲盖弥彰。

更何况，从《括地志》完本到李尚书拿到《营造之法》，期间相隔久远，如果魏王有心推荐此人，倒也不必等上一两年这么

## 唐多令·晏山海

久。

承天门外,刘行敏小碎步赶上了魏王的马车。

"许侍郎?哪个许侍郎?"听到刘行敏的试探,李泰脸上带着无比真实的困惑,"工部有姓许的?"

"就是那个撰写《营造之法》的许侍郎。"刘行敏提醒,"您还给那本书做过批注。"

"哦,那本书啊。"李泰挑了挑眉,"本王知晓那本书,是在为《括地志》收集材料时看到的。书中有一些内容还不错,本王还以为是哪位古人写的,没想到竟是本朝人所著。"

"正是因为殿下批注过那本书,才让许世卿得到了工部的重视,一跃成为工部侍郎。"刘行敏面露忧心之色,"殿下可曾向工部李尚书推荐过《营造之法》或许世卿此人?"

"不曾。"李泰斩钉截铁,神色特别坦然。

刘行敏下意识地在李泰的眉眼间搜寻伪装的痕迹,以推测他的供词有几分为真。不过,他这些平日里审讯犯人的习惯却引起了李泰的不自在。

李泰皱了皱眉:"怎么,你不信?"

"臣不敢。"刘行敏连忙低下头,下意识地用在苏遇那里耳濡目染学来的一些无赖办法转移魏王的注意力,"臣只是有事相求,但又羞,羞羞于开口。"

"羞羞羞于开口?"果然,这个很不符合刘行敏气质的用词立刻引起了李泰的注意,他饶有兴趣地盯着刘行敏,"什么事让你羞于开口？"

"除了叶祝祝，臣……臣还想让一人入王府。"

"嚯，你还真当王妃是吃素的。"李泰嘴上谴责着刘行敏，可心里却对这人充满了好奇，"说吧，还想将何人塞给本王。"

"画师，叶湾湾。"刘行敏小心翼翼地说道，"人就在大理寺。"

听见"叶湾湾"三个字，李泰无声地挑了挑眉。

大理寺外，叶湾湾坐在偏殿前的石阶上。不远处，苏遇倚着廊柱而立。两个人就像两尊门神，遥遥相望，没有交集。

日上中天，拂面而过的风吹来一阵马蹄声。

马车尚未停稳，李泰便出了车厢，连机凳都不曾用便跳下马车，直奔叶湾湾。

起身离开时，叶湾湾下意识回头看向苏遇，可他却并未言语，只微微点了点头。

叶湾湾似乎叹了口气，一头钻进车辇。

刘行敏看着缓缓驶出视线的车驾，颇有些不解："之前不是觉得这位叶娘子身上藏着秘密，需得时时刻刻盯着，这会儿怎么又把人送走了？"

苏遇本想将有人潜入大理寺监牢一事告知刘行敏，可转念一想，又觉得自己手下的人，还是自己查的好。于是，苏遇轻笑了一声："她十句话里，七句谎话，三句废话，就算现在查，怕是也查不出什么。"

刘行敏点了点头，并未细究他话中隐藏的情绪："魏王那边似乎没有异样，他甚至不曾听过许侍郎的名讳，只是偶然间看到了那本《营造之法》。"

苏遇并不意外："从李尚书的证词来看，那本书的确不像是魏王送去工部的。"

"如果不是魏王，便是太子。"刘行敏有些为难，"太子，总不能去向太子兴师问罪……"

苏遇觑了刘行敏一眼，见他一副苦大仇深的模样，忍不住打断了他的思绪："刘长史，眼下还不是考虑如何审问太子的时候，别忘了，太子殿下可还盼着你给叶祝祝定罪呢。"

刘行敏反射性地"嗯"了一声，随即猛然回神："我来就是要和你说此事，今日午后就要提审叶祝祝，魏王用过午饭后会直接到雍州府。我想，此案审结以后，太子殿下少不得要向你打听，你此刻若无事，不如随我一同回府衙？"

苏遇点头。

雍州府衙署在西市附近的光德坊，与魏王府所在的延康坊相去不远。距离提审叶祝祝约莫还有一个时辰的时间，李泰便先行将叶湾湾带回了王府。

早先，李泰答应接叶祝祝入府的时候就已经让下人打扫过院子，将西侧的一处厢房整理了出来。好在厢房足够宽敞，叶湾湾和叶祝祝两个人住进去也不会觉得拥挤。是以，入了王府，李泰就直接将叶湾湾带去了西厢。

魏王妃温婉大度,对于叶湾湾突然出现在府里并未表现出什么不满,见李泰把人送到了还杵在厢房外的院子里不动,就知道他必是动了什么心思,她随即带着下人去了小厨房,打算将备好的饭菜送来西厢。

"殿下把画死太子未婚妻和杀死称心舅舅的人都揽到了府上,会不会让旁人觉得殿下这是要与太子公然反目?"叶湾湾多少有些过意不去,试图向李泰表达歉意和感激,但用词却再次给李泰添了堵。

李泰眉梢一抖,神色有些古怪地看向叶湾湾:"你说话还是这么不走心啊。"

叶湾湾不自觉地皱了皱眉,没明白李泰的这句抱怨因何而起。

李泰轻轻用手中折扇敲打着掌心:"旁人就算知晓我与太子不和,也不会宣之于口,你把这话不管不顾地说出来,传扬出去,倒真是让我百口莫辩。"

大概也意识到了自己的一言一行给李泰带来了不少的麻烦,叶湾湾低头斟酌了片刻,努力想让自己接下来的说辞能给魏王殿下贡献一些有用信息。

叶湾湾分析道:"虞山公主一案虽然是突厥有错在先,但凶手动手之前,未必知道公主的身份有假。众目睽睽之下杀死虞山公主,此事对太子来说侮辱性极强,苏少卿和刘长史到现在都没有将真凶缉拿归案,殿下不觉得自己的处境不妙吗?"

李泰微微觑起双眼:"你在暗示是本王杀死了虞山公主?"

叶湾湾颇有些胆大包天:"联姻不成对谁人有利,这事大家心知肚明。"

李泰闻言,"唰"的一声展开了手中的折扇,颇有些用力地在身前扇了扇。折扇的扇面正是李承乾送予他的那幅《洛神赋》缂丝画。

恰在此时,魏王妃带着几个下人将午饭送了过来,打断了二人的谈话。

三人落座后,李泰才继续问叶湾湾:"关于虞山公主一案,你都知道些什么?"

"听说,玄都观内很可能修有机关暗道,凶手就是藏身密道之中,将虞山公主秘密掳走杀害。"叶湾湾道,"眼下,刘长史和苏少卿都怀疑工部侍郎许世卿与虞山公主之死有关,却也找不出有力的证据指认许侍郎。"

李泰点了点头:"难怪刘行敏会跑来试探本王与许世卿的关系。"

深居简出的魏王妃并不清楚案件的来龙去脉,只是此刻,她看见李泰和叶湾湾二人皆是沉着脸,不禁有些担心:"刘长史为何要试探殿下?难道他们怀疑是殿下指使了许侍郎?"

李泰沉吟:"我也是刚刚知晓,我此前随手批注过的一本书竟是这个许世卿所著,他也是因为我的批注一跃成为工部侍郎。

如果虞山公主真是他所杀，那我的确脱不了干系。"

魏王妃极力为李泰开脱："殿下根本不认识此人，就算他因为殿下的批注升了官，那也是巧合。"

"巧合？怕是有人刻意为之。"李泰一哂。

可惜，现在说什么都晚了。苏遇和刘行敏能查到许世卿和自己的关系，想必圣人对此也早有耳闻。难怪他解决了虞山公主一事却未得到任何赏赐，怕是太子暗中利用《营造之法》上的批注大做文章，让圣人误以为这一切根本就是他从中作梗。

他在东宫安插了那么多眼线，竟无一人发现太子的谋划提前向他报信，让他吃了这么大一个哑巴亏……

李泰不自觉地捏紧了手中的筷箸，几乎将它掰断。

"殿下……"忽然，有小厮打断了他的思绪，"雍州府的刘长史派人来送信，说就要到提审叶祝祝的时辰了。"小厮低眉顺眼地站在门槛外，语调一马平川地说着，"马车已经备好，殿下可要现在出发？"

李泰朝那小厮点头："本王这就出去。"

"喏。"小厮又点头哈腰地跑了出去。

李泰收回视线，朝魏王妃抛去一个安慰的眼神，起身带着叶湾湾离开。

魏王的车驾刚刚行至雍州府，便有衙差上前替他摆好了机凳。随后，两个衙差一人领着一个，将魏王和叶湾湾分别带去了正堂和后衙。

后衙与正堂之间只隔着一道厚重的门帘,掀起帘布,就能将堂上发生的事情看得一清二楚。叶湾湾走进后衙时,苏遇正坐在通往正堂的门边喝茶。

叶湾湾脚下一顿,在距离苏遇几步之遥的地方停了下来。她看见苏遇的目光越过茶杯口看向自己,但很快,他的视线又移开了,若无其事地落回到茶杯里。

叶湾湾不由得想起今日早些时候,苏遇一进大理寺就对她说,如果她丧命大理寺,他这个少卿难辞其咎,放眼京师,魏王府是最安全的地方,建议她到魏王府暂住。

语气极为例行公事,好像她只是大理寺监牢里的甲乙丙。

叶湾湾当时有些蒙,加上周围还有大理寺的其他官员,她一时无话可说,只有点头应承。这会儿,看见苏遇气定神闲地在那喝茶,对她视而不见,叶湾湾心里忽而觉得有些憋屈。

可她自小就是个不知哀怨为何物的人,心里那股负面情绪不过存在须臾就被与生俱来的好胜心取而代之。她顶着一张比苏遇还六根清净的脸,靠在门边,不咸不淡地哼了声:"苏少卿。"

苏遇不得不放下茶杯,抬头看向叶湾湾,正瞧见她眯着眼睛,下颚微微向后收着,摆出一副居高临下的架势睨着自己。苏遇笑了笑,扯出一副为人师表的虚伪模样:"魏王府可不比我那个破宅子,你以后的言行举止还是要恭敬些。"

"不会连累苏少卿的。"叶湾湾一边说,一边不以为然地眨了眨眼。

"那就好。"苏遇欣慰地点了点头，闲话家常似的继续，"觉得魏王府如何？"

不知为何，叶湾湾自动忽略了那个"府"字，以为苏遇是在问她对魏王有何感想。她略一思考，然后轻快地扬起唇角，无比真诚地夸赞道："自然是泰而不骄，矜而不争，才华卓然，聪敏无双。"

听完叶湾湾对李泰的好一通夸耀，苏遇的脸上非但没有出现任何吃味的表情，反倒勾起了嘴角，露出一抹笑来："你如此倾慕魏王，看来，能住在魏王府对你来说是件好事。"

叶湾湾觉得苏遇话里有话。

苏遇慢条斯理地抿了口陈茶，皱着眉放下茶盅："既然如此，这几日你就安分些。"

苏遇的本意只是想让叶湾湾远离是非，可满心戒备的叶湾湾却没能体会到他的用心。

"安分"这个词用得很是微妙。其实叶湾湾知道苏遇对自己一直有所戒备，只是她不知道这种戒备到达了何种程度。回想自己在魏王府说过的那番话，叶湾湾不禁怀疑送她进魏王府也是苏遇的一步棋，为的就是让她放松警惕，继续她的表演。

叶湾湾的神色不由得沉静了几分。

大概是许久没有等到叶湾湾的回答，苏遇不禁挑起眼帘，再次看向叶湾湾。

叶湾湾在他的目光中看出了几分审视的味道，于是又迅速眯起双眼,挂起了一副天真无邪的微笑:"苏少卿多虑了。"

正堂里忽然传来一阵嘈杂的声响,迅速掩盖了叶湾湾的话音。叶湾湾顺势从与苏遇的对峙中全身而退,掀起门帘,向外张望。

门帘之外,刘行敏已经端坐堂上,魏王李泰就坐在他右侧的绳床上。堂下,叶祝祝、思美人的假母、东市胭脂铺的老板跪了一地,叶祝祝身侧还站着一个面相凶暴、宫人模样的男子。

叶湾湾在目光扫过那人脸庞时,不禁"咦"了一声。

"他是东宫的人。"头顶忽然传来苏遇的声音,及时地解答了叶湾湾心里的疑惑。

叶湾湾知道苏遇此刻就站在自己身后,她靠在门边不动,只是将目光向身后移去,有些担心地嘀咕了一句:"太子派了人来?会不会强压着刘长史处死祝祝?"

"虽说是东宫的人,但到底是个下人。魏王就在堂上,哪里有他开口的份儿。"苏遇不紧不慢地说道。

想来,太子还没有放弃对刘行敏施压,让他重判叶祝祝,只是他大概也没想到魏王会亲自坐镇。眼下,这位宫人正直勾勾地盯着魏王李泰,似乎在窥伺李泰对此案的态度。像他这种背后有太子做仰仗的人向来凶残跋扈,此刻能安安静静地站在那,多少可以证明他对魏王还是心有忌惮。

叶湾湾松了口气,身体不自觉地向一旁一瘫,靠在墙壁上。右肩堪堪压在了苏遇扶着墙壁的手上。叶湾湾也不知道是哪里冒出来的戾气,佯装不知,还故意用肩头狠狠碾了碾苏遇的手背。

苏遇不以为忤,刻意压低着的嗓音再次在叶湾湾的脑瓜顶悠悠传开:"本官的优点你不学,睚眦必报这点你倒是会学以致用。"

叶湾湾咧了咧嘴:"呵……"

不等她一声讪笑落下,忽然有人风风火火地冲进后衙,眨眼的工夫就瞬移至二人身后,又见缝插针般从二人中间掠过,一把托住叶湾湾举着门帘的手:"开始了吗?"

"雅青?"叶湾湾被忽然飘过鼻尖的小凉风吹得愣了愣,好半晌才看清眼前的人。

冯雅青迅速瞄了一眼叶湾湾,略一点头示意后比了个噤声的手势,而后从门帘缝隙里探出头,心无旁骛地盯着堂上的动静。

由于冯雅青的出现,叶湾湾和苏遇的争斗也迅速偃旗息鼓。

刘行敏已经例行公事地询问了堂下所有人的名字、身份,然后在东宫宦官秦老九饱含催促之意的咳嗽声中,刘行敏终于将目光转向了叶祝祝。

刘行敏问道:"叶祝祝,你可知自己所犯乃是谋杀之罪?"

叶祝祝点头:"知道。"

刘行敏强调:"是死罪。"

叶祝祝虽然跪在堂下,可姿态却像是靠在美人榻上一般。只见她微微垂着头,眼帘慢吞吞地向上挑起,露出一双神色怠懒的眼睛,目光在迎上刘行敏的视线时才变得郑重起来:"知道。"

叶祝祝这副看破生死红尘的模样,可急坏了堂下其他人。

跪在叶祝祝身后的假母不停地叹气,对着叶祝祝的后脑勺小声嘟囔:"你这丫头,好歹分辩几句……"

"肃静!"刘行敏对着堂下众人不太严厉地低吼了一声,后又重新转向叶祝祝,"你可有要辩解的?"

叶祝祝言简意赅:"没有。"

这下,一旁的胭脂铺老板终于急了,他也顾不上官府规矩,膝行向前对着刘行敏"嘭"地磕下重重一个头:"冤枉啊,那无赖欺男霸女无恶不作,是老朽无能,不能手刃那恶人替小女报仇,叶娘子不过是替我鸣不平。都是老朽的罪过,有任何刑罚,老朽愿一力承担。"

站在一旁的秦老九闻言忽然冷笑了一声,随即阴阳怪气地开了口:"既已杀了人,还有什么脸在这喊冤?"他甚至懒得去看跪在脚边的蝼蚁们,夸张地昂着头对刘行敏道,"刘长史,人犯既然已经认罪,你判了就是,何必和这些刁民浪费口舌?"

不等刘行敏回答,李泰也冷哼了一声。李泰原本以为这一声已经露出几分怒意的嗓音足以镇住秦老九那个阉人,不想,秦老九竟转过头毫无惧意地看向他。虽说那目光里并没有掺杂任何大不敬的意思,但毕竟等级身份有别,在李泰看来,对方如此无顾忌地和自己对视,多少带着点挑衅的味道。

李泰再次展开手中折扇,闲闲地摇着:"怎么,秦公公这是有话要对本王讲?"

"不敢。奴才是怕刘长史被犯人蒙蔽,给他提个醒。"秦老九的目光在扇面上扫过，随后对着李泰扯出一张恭恭敬敬的笑脸。只是那笑挂在他杀人犯似的凶恶面孔上，轻而易举地就被扭曲成了鄙夷之色。

饶是李泰谦和豁达、圣人胸怀，也不禁被这个死太监笑得火大："秦公公可别忘了自己的身份！"

秦老九仍旧不卑不亢："魏王怕是有所不知，奴才与死者乃是同乡，正是奴才向雍州府告的冤。如今想求刘长史尽快给个说法，也算是人之常情。"

李泰原本想着，若是太子执意干涉叶祝祝一案，他便可以再编排些说辞，把"称心"这碗冷饭再端出来炒一炒。不想，秦老九一句话就把太子从此案里干干净净地摘了出去。

李泰一脸的心浮气躁，秦老九却是气定神闲，还谄媚地对着刘行敏施了一礼："还请刘长史秉公处理。"

"不劳秦公公费心。"刘行敏从善如流地点头回礼，不慌不忙地开始总结陈词，"此案前因后果具已明了，叶祝祝为思美人舞姬，属贱籍，依唐律，当加罪一等。但因死者生前恶行累累，乃'十恶'之人，又有百姓为叶祝祝请命，现免去叶祝祝死罪，改杖刑五十。"

"五十？"假母和胭脂铺老板顿时慌了手脚。

"刘长史。"一片戚戚然中，李泰煞有介事地再次开了腔，继而郑重其事地从袖中拿出一张身契，抖开，向众人晃了晃，"这是思美人叶祝祝的卖身契，如今，本王已经替她赎身，她便是我王府的人。依唐律，本王有权替自家舞姬捐资减刑。"

假母愣了片刻，随即猛然回神，腾地站了起来："对，几日前，魏王的确替祝祝赎了身。"

眼见峰回路转，秦老九再次捏着他那副与面相极不相符的尖细嗓音开了口："魏王殿下这是要强行为犯人开脱了？"

"本王依法行事，何来'强行'之说？"李泰边说边从身后托出一只紫檀木匣，摆到了刘行敏的案头，"这是替我王府下人赎罪的资财，可抵杖刑四十。"

秦老九辩驳道："奴才也算是侍奉过三朝的老人，还从未见过哪位皇子为一贱籍女子求情。此等颠三倒四之举，不知将王妃的颜面置于何地？"

李泰漫不经心地揉了揉自己的耳垂："巧了，王妃出身典雅，崇尚礼乐。叶娘子不仅舞跳得好，还精通诗词歌赋，王妃可是盼着她能早日入王府呢。"

秦老九继续不依不饶："五十改十，未免太过儿戏，传将出去，怕是对魏王声名有损。"

"若不是要给东宫留些颜面，剩下十个板子的钱本王也能一并出了。"李泰摇扇冷笑，"还以为太子殿下会派怎样一个能说会道之人前来，不想，竟是个不懂法的。"

秦老九脸色铁青，指着叶祝祝道："死者命丧此人之手，难道就这样随随便便了结了？"

"你想给那个恶霸讨公道？"李泰挑眉，"他犯的可是十恶之罪，千刀万剐不足为惜。若是还想有什么公道的话……"李泰故作为难地思忖片刻，"那就只能鞭尸了。"

秦老九的脸色全面垮塌，终于无话可说。

后衙，一直观战的冯雅青忍不住拍了个巴掌，惯性地向后仰了仰身子。两侧，正全神贯注听着审案的叶湾湾和苏遇被吓了一跳，为了躲开突然后仰的冯雅青，二人同时向后错了半步，结果，叶湾湾的动作慢了半拍，被苏遇狠狠地踩了一脚。

"我，你！"叶湾湾反射性地跳脚，扬手在苏遇的背上拍了一巴掌。

苏遇一蒙，先是被叶湾湾抬脚的动作掀了一个趔趄，还没站稳，就又被对方猛地拍了一巴掌，险些以头抢地。他不禁想要反击，可还没来得及开口，又被冯雅青抬手在胸口杵了一胳膊肘："嘘，小点声，前面听得见。"

苏遇眼睛瞪得溜圆，一脸窝火的表情。

叶湾湾得意扬扬地忍俊不禁。

冯雅青全然不知自己一个无意间的动作会在二人之间引起如此波澜壮阔的明争暗斗，还在摇头晃脑地顾自慨叹："魏王殿下果然英武。"

听了这句感慨，叶湾湾和苏遇下意识地对视一眼，而后又都一脸古怪地迅速避开对方的目光。

"哦，要打祝祝板子了！"冯雅青又神色紧张地念叨了一声，惹得三个人不约而同地伸长了脖子。

大概衙役们也都怀着怜香惜玉的心,十个板子打下来,叶祝祝伤得并不重,杖刑结束后,还能勉强支撑起半截身子。

门帘后方的冯雅青见状,风一样地刮了出去。

突然下落的门帘好似坠了重物般前后摆动了一阵,苏遇和叶湾湾像是被冯雅青训练出了应激反应一样,见门帘向自己的面门拍来,便纷纷向两侧后退,各自靠在一面墙上。

而后,在这方狭小的空间里,二人面面相觑。

周遭的空气忽然变得暖烘烘的,让人心底无端地生出几分毛躁。

苏遇和叶湾湾都下意识地想要别开视线,可又不约而同地觉得此举反倒显得做贼心虚,于是又都强行将即将转动的脖子稳住,目光只是飘出去了一瞬,而后又迅速盯回到彼此身上。

诡异的气氛里,叶湾湾抢先开了口,笑眯眯地试图用语言攻击逼退苏遇的目光:"方才不小心拍了你一巴掌,苏少卿若是觉得不甘心,不如……"叶湾湾边说边侧过肩,往苏遇面前送了送,"我让你拍回来?"

苏遇轻飘飘地眨了一下眼,没有动。

见苏遇不为所动,叶湾湾重新靠回到墙边,须臾后,又扯出一个讶异的表情:"看来不是因为那一巴掌。那……苏少卿一直用这种眼神盯着我,难不成是对我有什么企图?"

苏遇靠在墙壁上,抱着双臂:"这么紧张,难不成是你心虚?"

叶湾湾眨了眨眼，随即往前迈了一步，几乎贴在苏遇身前，仰着头看他："难道是我犯了什么事，要苏少卿用这种生怕我会凭空消失一样的眼神盯着我？"

明知道自己身处旋涡，竟还这般没心没肺。苏遇没奈何地谴责了一句："你倒是有些自知之明。"

闻言，叶湾湾脚下略一摇摆，故意擦着苏遇的手臂靠在了墙上，扬起的下巴几乎搭上苏遇的肩。

她摆出一副费神思索的模样："就算我犯了事，苏少卿不在大理寺审我，却要跑来这种地方。"叶湾湾故意用了一种暧昧不明的目光环视四周，然后向苏遇凑得更近了，"难道是这种逼仄的地方能激发苏少卿什么特殊的灵感？"

苏遇也随着叶湾湾的目光四周看了看，面不改色道："这地方确实不错，来都来了，不妨说说，你都知道些什么。"

"知道些什么？"叶湾湾一副不明所以的样子，"苏少卿想让我知道些什么？比如，大理寺监牢里的柴草太潮，墙上的砖缝可以藏进两枚铜板……"

苏遇垂着头直视叶湾湾，打断了她的胡搅蛮缠："我能理解你与叶祝祝姐妹情深，想要替她脱罪。但虞山公主呢，你执意卷进这桩案子又是为了什么？是为了你自己，还是你背后的人？"

"你有你的法，我有我的道，你的法给不了我想要的善恶有报，我就会按自己的方法行事，就这么简单。"叶湾湾眼里带着沉着的笑，漫不经心地抬手拍向苏遇的肩。

苏遇眉心一动，忽然握住了叶湾湾的手腕，猛一用力。

叶湾湾只觉眼前一花，整个人被苏遇带着转了一圈，继而背部撞在了苏遇身前。还未等她完全回神，苏遇的手臂已然横在她身前，右手略略掐在她的颈间。

"你究竟做了什么？"苏遇低下头，温热的气息合着低沉的嗓音一起撞进叶湾湾的耳廓。

叶湾湾迅速回神，露出一个暧昧的笑来："你猜。"

"许世卿是你故意抛出来的线索。"苏遇侧目。

叶湾湾蹭着苏遇的脖颈偏过头，眼波在苏遇的眉眼间晃了一个来回："可惜，苏少卿并没有物尽其用。"

闻言，苏遇不觉垂下眼帘，迎上叶湾湾的视线，想要看清她此刻的眼神。

不过，还未等苏遇摸清叶湾湾的语气究竟是挑衅还是怨怼，门帘就再次被人掀起。魏王李泰毫无预兆地撞至二人眼前。

气氛一瞬间变得尴尬起来。

苏遇很快做出反应。他摆着一张心无杂念的脸，松开叶湾湾，恭恭敬敬地后退半步，朝魏王一礼，把李泰还没说出口的怨气全都顶了回去。

李泰深吸了口气，看向叶湾湾："叶祝祝和冯雅青在车上等着，走吧。"

叶湾湾从苏遇身上收回视线，小碎步跟了出去。她看出李泰心情不佳，且这份不佳多半是由刚才那尴尬的一幕而起，可她却假意不解，将祸水东引："东宫的人实在欺人太甚，竟然当众顶撞殿下，简直目无尊卑，难怪殿下如此气恼。"

闻言，李泰的脚步一顿，转过头迅速瞥了叶湾湾一眼，而后又很是无奈地叹了口气，向府衙外走去。

门帘被再次掀起，苏遇从后衙迈进正堂，踱步到正目送诸人离去的刘行敏身侧。

望着府衙外马车上的叶湾湾和叶祝祝二人，刘行敏无端地有些忧心，微微侧过头，对着苏遇道："你当真就这么把叶湾湾送进王府？"

自从确认了许世卿的确是叶湾湾故意放出的诱饵后，苏遇便觉得，放着叶湾湾这么个明摆着的线索不查，却要从魏王、太子这些皇室宗亲身上下手，委实是本末倒置了。可眼下，人已经跟着魏王走了，不管他用什么正当理由去把人追回来，都不免有戏耍皇子的嫌疑。

苏遇只能硬着头皮点头。

刘行敏叹了口气："叶祝祝出身思美人，以舞姬身份住在王府也无可厚非。可叶湾湾是一个平头良民，并非贱籍婢女，无名无分地住在王府，时间久了，就算叶湾湾自己不介意，魏王妃那边怕是也不好交代。"

"确实不能让她整日待在王府。"刘行敏的话瞬间点醒了苏遇，竟让他有些兴奋，他思索了片刻，目光一亮，"刘长史，你我二人忙于寻找真凶，都是分身乏术。找寻虞山公主头颅这样的事,不妨就让叶湾湾去做。"

刘行敏并不知道苏遇的小心思,不禁一脸愕然:"苏少卿的意思是,让一个女孩家去找……死者的脑袋?"

苏遇点头:"刘长史可不要低估了叶湾湾的胆识,当初我带她去看那具无头女尸,她可是面不改色心不跳,自己动手掀开了棺盖。再者说,她前几日不还半夜三更跟着我们去挖坟了。"

"这倒是。"刘行敏认同,"只是,叶娘子她毕竟是局外人……"

"我看未必。"苏遇脱口而出。

刘行敏一愣:"此话何意?"

苏遇思忖片刻,最终还是把事情向刘行敏和盘托出。从叶湾湾故意提及曾为许世卿画像,到暗示虞山可能是撞见了秘密才被灭口,再到叶湾湾险些在大理寺被人灭口,一桩桩,一件件,简直惊掉了刘行敏的下巴。

苏遇倒是波澜不惊:"能精准地抓住许世卿这条线索,就证明她不是一个一无所知的局外人。那晚发生在大理寺的事恰巧证明了她与幕后之人并非一条心。她有自己的打算,而这个打算与我们想要寻找真凶的行动不谋而合。也许,让她切实地参与到案件中来,还能对幕后之人起到敲山震虎甚至引蛇出洞的功效。"

刘行敏依旧没能完全回神:"可是,此举一定会将叶湾湾置于险境。"

苏遇闻言,眼中露出几分无奈:"叶湾湾本就不是一个安分的人，与其放任她自己行动，不如让她帮我们做事，至少，我们还能知道她的行踪。更何况，哪些能动，哪些不能动，她自己应该很清楚。"

叶湾湾此人，看似活得特别无所谓，但真到生死关头却惜命得很。她也许会掺和进一些无伤大雅的小偷小摸，但绝不会去招惹那些会危及自身的官司。这一点，从那日坠崖后，她能毫不犹豫地拔出贯穿肩胛的树枝开始，苏遇就已然看透。

"总要给她派些帮手。"刘行敏低声谋划。

"这种打听消息的事，官府的人出面反而不好办，还是姑娘家更容易让人开口。"苏遇的语速慢悠悠的，可说出话却颇为石破天惊，"不如，让豫章公主一起去。"

"豫章……"刘行敏再次震惊，下意识瞄了一眼四周，压低了声音道，"苏少卿果然浑身是胆，敢想敢说。"

苏遇笑了："咱们这位豫章公主的喜好，刘长史还不了解吗，这种事情怎么能少得了她的身影？只要稍微透露一点消息出去，都不用我们费心去请，她自己就会找上门来。"

闻言，刘行敏突然笑了，只是这笑里饱含着长者对后辈的关爱，让苏遇摸不着头脑。

半晌，刘行敏才再度开口："苏少卿对刘某定是十分信任，不然，你这种长着七巧玲珑心的人，怎么会在我面前说出这般大逆不道的话来。"

苏遇一愣。

刘行敏语重心长道："刘某的确一度认为景逢你是个有才无德之人，不过这几日相处下来，我相信你并非如外表看起来那般荒唐。"

刘行敏的夸赞让苏遇感到一阵窘迫，他赶紧低头，随后又故作茫然地抬头，目光到处乱飘。

片刻后，他收回视线，却发现刘行敏仍在看着自己。苏遇不禁清了清嗓子，一边快速思索岔开话题的方法，一边缓慢地开了口："不过话又说回来，如果许世卿的升迁和魏王并无关系，那便只剩下太子这一条线索了……"

刘行敏果然被苏遇拉回到案子上，也开始沉吟："想要从太子殿下那里探听消息，可就没那么容易了……"

空旷的正堂内忽地陷入死一般的沉寂。洒落在院落里的夕阳在青石砖铺就的路面上来回跳荡，一点点漫进正堂。

时间悄然流逝，苏遇因冥思苦想而僵住的神色忽然裂开一条细小的缝隙，他看向刘行敏的目光也随之染上了几分神秘："那就给他一个不得不开口的理由。"

刘行敏迎上苏遇的视线，进而在他眼神里捕捉到了一丝堂而皇之的狡黠。

## 第十二章　见日

入夜，丽正殿内的游廊上挂起了一排风灯，院内的石灯笼也被尽数点燃。灯火通明的庭院内，只见豫章公主一个人在东侧游廊上来来回回踱着步。

不多时，殿门处传来"咿呀"一声细响，侍女绛珠提着一盏纸灯笼，连跑带颠地冲上游廊，嘴里还不停地念叨着："打听着了，打听着了。"

正迈着小方步的李芷惜突然收回脚，原地一个转身。

绛珠终于冲到了李芷惜面前："公主，奴婢打听着了，听说苏少卿把找虞山公主脑袋的事交给了那个画师。"

"这么大的事情，他真的就交给那个叶湾湾了？"李芷惜有些难以置信。

绛珠咽了口唾沫："说是因为画师给虞山公主画过像，对公主脑袋的筋骨皮肉血脉纹理最是清楚,就算那脑袋被毁了容,只要不是连骨头都敲碎了,画师就能认得出来,所以,交给她比交给那些连公主的面都没见过的衙役们要靠谱些。"

李芷惜闻言,立刻露出了赞许之色:"还是苏少卿想得周到。"

绛珠喘了口气:"奴婢还打听出,那个叶湾湾被魏王接到府上去了。"

"四哥?"李芷惜眨着一双小鹿眼,笑得更开心,"那就更好办了,明日一早,你就随我去四哥府上堵人。"

"可是……"绛珠压低了嗓音,"奴婢听说,那个杀了称心舅舅的叶祝祝也在魏王府上,咱们这么过去,太子殿下会不会怪罪?毕竟,咱们离东宫这么近,一言一行都被人看在眼里。"

"这有什么。"李芷惜觉得无所谓,"太子殿下要是不高兴,自己去四哥府上把人抓回来便是。"

"但是……"绛珠此刻满脑子都是脑袋毁容的恐怖画面,不由得竭力想要劝阻李芷惜,"公主,咱们真的要去找那个脑袋啊……"

"放心吧。"李芷惜拍了拍绛珠的肩,真诚地安慰,"真要是见了那脑袋,你就把眼睛捂起来,看不见就不会有事的。"

"可是……"绛珠瑟缩着肩,跟着李芷惜沿着游廊往寝殿走,"万一不小心看到,来不及捂眼睛……"

"本公主阳气重,会保护你的!"李芷惜一把揽过绛珠,像说悄悄话似的凑在她耳边念叨,"你说,那脑袋能在哪呢?乱葬岗？听说前几日刘行敏带人去乱葬岗挖坟了，也不知道是不是为了这个事……"

"公主，天都黑了，您快别说了……"

夜幕深沉。

延康坊的魏王府内灯影重重。

叶湾湾此刻正伏在床前，小心翼翼地掀起叶祝祝身上带血的衣裙查看伤势。须臾，房门被"咿呀"地推开，一阵夜风鼓入，床头的烛火随之抖动起来。

"魏王殿下派人送了些药来，我又带了两坛酒。"冯雅青左手提药箱，右手拎酒坛，左摇右摆地进了厢房，而后抬腿向后一勾，关门，"这药的止疼效果要是不好，祝祝你就喝两口，这是取丹参和当归冷浸制的药酒，最是化瘀活血。"

冯雅青快步走到床头，用酒坛把摆在桌案上的各色药瓶左右扒拉一番，挪出一块巴掌大小的空地，"当当"两声摆上了酒坛，"啪"地拔开了盖子，浓郁的酒香立刻充盈整个空间。

叶祝祝循着酒香侧过头。她到底是练过舞的，筋骨柔软得不可思议，双腿还平直地瘫在床上，腰身却扭过一个夸张的角度，脖颈向后微微一转，明明正背对着冯雅青的叶祝祝此刻竟然可以直面她。

叶祝祝轻轻竖起左臂，用肘撑住身体，慢悠悠地眨出一个笑眼："就要宵禁了，雅青你先回去吧。"

正在涂药的叶湾湾也从百忙之中抬起头："这里有我就行。"

冯雅青略一挑眉，大大咧咧地在桌案边的胡床上坐下："我回去就很难再出来了，我看你们这间屋子挺大的，不如让我借住一下。"

叶湾湾眨了眨眼："你这是，被禁足了？"

冯雅青给自己倒了碗酒，尝了一口，然后意犹未尽地咂了两下嘴："本来没什么事，谁知道我阿兄出殡那天，阿耶忽然发现了我偷藏祝祝的事。他老人家整整罚我抄了二十遍《女则》，抄得我手指头都不分瓣儿了。"冯雅青噘了噘嘴，满眼抑郁地又灌下一大口酒，"我今日可是跟他老人家斗智斗勇了一早上，好不容易才假借吃坏肚子从茅房翻墙跑出来的，可不能再回去。"

叶祝祝过意不去："是我连累你了。"

"说的这叫什么话？"冯雅青忽然低下头，对着叶祝祝露出一个无比得意的笑来，"我把抄的书拿去书局卖了，换的钱正好买了这两坛酒。"

"雅青果非寻常女子。"叶湾湾朝她比了比大拇指。

冯雅青得意地一扬下巴，然后痛快地给叶湾湾和叶祝祝各倒了一碗酒："从今日起，祝祝就不再是戴罪之身，也不再是思美人的舞姬。脱胎换骨，重获新生，需得好好庆祝一下。"

叶湾湾和叶祝祝纷纷赞同地端起酒碗，向冯雅青举过去，十分江湖气地想要碰个碗，然后一饮而尽，谁知，冯雅青全然没有领会二人的精神，竟然直接一翻手腕，将碗里的酒在叶祝祝的床边洒了一圈。

叶湾湾的目光顿时僵在了半空中。

叶祝祝也颇有些震惊："雅青你这……浪费了……"

"不打紧，这么重要的日子，这点酒算得了什么。"冯雅青一摆手，还煞有介事地指挥着叶祝祝二人，"愣着干什么，倒啊，跟过去的祝祝好好告别。"

叶祝祝不想破坏冯雅青的好意，只得硬着头皮将自己碗里的酒也洒在了床头。

叶湾湾为难地咧开嘴角，神色颇有些踟蹰："雅青你不觉得这个动作很像……上坟吗？"

冯雅青闻言愣了愣，随即很快就想到了应对之策，宽心地回答："那你倒得喜庆些。"

说罢，冯雅青伸出两根手指，用力拍了拍叶湾湾的手腕。碗里的酒水受到震动，荡起一朵朵酒花，洒向地面。

叶湾湾努力控制住抽动的嘴角，朝冯雅青扯出了一个古怪的微笑。

冯雅青又端起酒坛，把二人的酒碗添满。三人推杯换盏，直至东方既白。

翌日清晨，当一身荆钗布裙的李芷惜推开西厢的房门时，险些被喷涌而出的酒气吹出一个趔趄。她一双黛眉拧出了十八道弯，全然无法相信几个姑娘能醉出这种"尸横遍野"的姿态——除了叶祝祝还算工整地躺在床上外，另外两个人可谓造型奇特，冯雅青怀里抱着酒坛缩在桌案下，一副做梦都怕有人和她抢酒的模样，而叶湾湾则直接用脸封住了酒坛……

李芷惜嫌弃地捏起鼻子，做了良久的心理建设才踏进房门，小碎步蹭到叶湾湾身旁，绷着脚尖踢了踢她的腰："醒醒。"

叶湾湾咕哝一声，艰难地把脸从坛口拔了出来，茫然地转向李芷惜，在隐隐约约看清眼前之人的脸后，叶湾湾更是茫然地自言自语："豫章公主？找我……画像？"

李芷惜扇了扇萦绕在鼻间的酒气，没好气地睨了叶湾湾一眼，朝站在身后的绛珠招了招手："去给她们醒醒酒。"

在豫章公主的指挥下，叶湾湾三人被绛珠和王府的下人们粗暴地灌了一壶醒酒汤，用冷水洗了脸，推推搡搡地换了衣裳，半个时辰后，终于是褪尽迷惘，清醒做人了。

"既然醒了，那就走吧。"李芷惜率先站了起来。

"走去哪？"叶湾湾三人面面相觑，一头雾水。

"当然是要和你一起去找虞山公主的脑袋。"李芷惜皱起眉头瞪向叶湾湾，"苏少卿不是把这个任务交给你了吗？"

什么时候交给她了？叶湾湾百思不得其解，怀疑李芷惜在诓她。

李芷惜看着叶湾湾那一脸不中用的模样，极为丧气地抱怨了一句："这么复杂的事，苏少卿怎么就交给你了。就算只有你能认出那个脑袋，也得找得到才行吧。"

这句冷嘲热讽忽然就让叶湾湾相信了李芷惜所言非虚。想来应是苏遇有这个打算，还没有来得及让人告知自己，就先被李芷惜截了和。这位公主殿下怕是早就想借虞山公主一案在苏遇面前一显身手，不想，在不解风情的苏少卿的计划里，根本就没有她。

想清楚了事情的来龙去脉，叶湾湾又露出了她那略带邪气的微笑，假意附和李芷惜："公主说得是，这位大理寺少卿做事当真是又荒唐又没脑子。"

李芷惜瞪眼反驳："明明是你能力不济，与苏少卿何干？"

"他用人不察嘛。"叶湾湾说得理所当然。

李芷惜撇嘴："一定是因为你花言巧语骗了他。"

"那些杀人犯比我更会花言巧语，如果他当真这么容易上当，那也确实可以说明他脑子不好。"叶湾湾闲闲地说道，"不过话又说回来，识人这种事，确实容易受主观意识左右。"言外之意显而易见：人家苏少卿就是欣赏我，没办法。

"你……"

被获准靠在床头的叶祝祝见李芷惜似乎动怒了，连忙欠身想要拦住叶湾湾，毕竟对方是货真价实的大唐公主，得罪不起。

冯雅青发现了叶祝祝的意图，先她一步开口了："没关系，让她们吵。芷惜并不看重自己公主的身份，你若把她当成高高在上的人敬着，反而让她不自在；你跟她没大没小，她反倒喜欢跟你亲近。"

李芷惜气馁地抖了抖肩："可是我吵不过她。"

"那就喝茶。"冯雅青端起桌上给自己准备的茶盏，直接送到李芷惜嘴边。

李芷惜委屈地呼出口气,愤愤不平地喝了一口:"那接下来怎么办,我们要去哪里找人头?"

叶湾湾琢磨:"虞山的头,可能还在玄都观中。"

李芷惜无计可施:"北衙禁军把玄都观来来回回翻了不知道多少遍都没有找到虞山公主的脑袋,我们要怎么找?"

叶湾湾给自己添了茶,慢条斯理地喝了。她想起那晚在大理寺,苏遇拐弯抹角地问她是如何在监牢里受伤的,想必从那时起,苏遇就已经认定她背后有一股不同寻常的势力。也许,他让自己来找人头并非是相信她真的能找到,而是想借她的动作打草惊蛇、引蛇出洞。

叶湾湾的眼角忽然荡出一抹玩味的笑:"办法倒是有,就看公主你敢不敢了。"

"什么办法?"在场的几个人闻言,不约而同地竖起耳朵,向叶湾湾靠拢过去。

叶湾湾用她那做了一夜酒蒙子的脑袋想出来的办法简言之就是:炸玄都观。她说得轻而易举,听得人目瞪口呆。

李芷惜微微侧过头,看了绛珠一眼,吩咐道:"再去拿些醒酒汤来。"

叶湾湾抿着嘴翻了个白眼:"只是去炸东侧游廊往正房方向去的那一截。那里应该有一处密道。"

"东侧游廊有密道?"李芷惜突然想到了那晚雨夜枯灯的场

景,大气喘到一半就屏住了,继而慢吞吞地转头看向绛珠,"难道朝礼那晚,我们在院子里看到的鬼影就是……虞山公主?她不是凭空消失,而是掉进了密道?"

叶湾湾并不知道虞山公主是在何处消失的,但她记得,苏遇从许世卿处得了玄都观的构造图后,就一直在东侧游廊的尽头处摸索。眼下,李芷惜一句话补全了她脑海里的空白信息,让她更加笃定了去炸玄都观的计划。

叶湾湾分析道:"如果我们能将密道的入口炸开自然最好,就算炸不开,闹出些动静,传出去,兴许也能打草惊蛇,让真凶自乱阵脚。"

"可是,到哪里去弄火药?"冯雅青开口道。

李芷惜这个生在深宫里、长在皇权下的大唐公主显然还不知道什么叫作人心险恶,轻而易举地就被叶湾湾带跑了偏,竟专心致志地开始为炸玄都观出谋划策:"四哥手上握有军权,又养有府兵,应该可以搞到火药。"

"魏王?"叶湾湾的目光陡然一亮。

只是,火药终归是军事用品,事关重大,就算李泰再怎么宠爱李芷惜这个妹妹,再怎么信任叶湾湾这个外人,也不可能像达官显贵讨好风月佳人那样随随便便就送了。

叶湾湾碎步在房中踱了一圈,最终在叶祝祝的床边站定,捏着下巴盯着叶祝祝看了好一会儿,才开口:"我们应该为祝祝放些爆竹,去去晦气。"

有了这个由头，李芷惜甚至不需要通过李泰，直接从魏王妃那里就把府中所有囤积的烟花爆竹都讨了过来。虽然每只爆竹中包裹的火药极其有限，但架不住王府的爆竹储备极大丰盛，几个人七手八脚地将满地的爆竹拆拆拣拣，还真收获了不少的火药。

接下来就是实践环节。叶祝祝由于受了杖刑，行动不便，不得已留守王府。可她又放心不下叶湾湾，更担心叶湾湾会玩脱牵累豫章公主。为了让叶祝祝安心，冯雅青决定陪着叶湾湾一同涉险。

按理来说，运送这么一大车火药入玄都观难度着实不小，光是掩盖那股浓烈的硝石味就足以让叶湾湾想到头秃。不过，玄都观毕竟是长安城内道家传承的中流砥柱，其香火之旺盛、檀香之馥郁，足以掩盖火药的气息。叶湾湾等人在盛满火药的木箱里铺了一层香烛，顺利地完成了暗度陈仓。

眼下，突厥的军队已经全部撤回了草原，只剩下阙老夫人一人，还在等着女儿的头颅下葬。自从那日朝堂对峙后，她便终日提不起精神，见了叶湾湾等人，也只是略略地颔首致意。待到叶湾湾拜托她，不论听到何种声音都不要出来时，她也全无好奇，点头应承，然后独自回了房间，对几人的行径不再过问。

李芷惜凭着记忆，将叶湾湾带到了虞山公主消失的地方。院子里，当初挡住虞山身影的桃树如今只剩下一树葱郁的叶子，花瓣已然成泥。

叶湾湾在冯雅青的帮助下，将大部分火药都堆在了游廊尽头处向上铺排的木板下方，而后又用所剩无几的火药撒出一条引线。

李芷惜一边给叶湾湾放风，一边回忆着虞山公主消失的场景："如果那个身影不是虞山公主，真的是鬼呢？"

叶湾湾稍稍直起腰，拍了拍手上的火药灰："如果是鬼，在前院就被三清爷爷拍回到地府去了，哪还能溜到这儿被你们看见。"

"可是，当时在游廊上晃荡的火光是绿色的。"绛珠缩着肩补充，"阳间的火怎么会是那种颜色。"

"有时间真该带你们主仆二人去乱葬岗秉烛夜游。"叶湾湾看着没见过世面的皇家二人组，忽然露出一个邪气的微笑，语气也跟着诡异起来，"让你们见识一下满地绿油油的鬼火。"

李芷惜咋舌："鬼火？"

"你别吓她们了。"冯雅青百忙之中替李芷惜求了个情，"我们这位豫章公主说是喜欢神神鬼鬼的东西，但最多也就是叶公好龙的水平。"

叶湾湾了然地一耸肩："尸体腐烂后会产生磷，这种东西受热自燃就会发出青绿色的光。漠北草原资源匮乏，有时会用磷石取亮。你们看见的绿色的光，很可能只是因为虞山用的烛火里混进了磷粉。"

李芷惜恍然大悟地"啊"了一声，下意识地感叹："你怎么知道这么多？"

叶湾湾还真摆出一副认真的模样思考了片刻，而后郑重其事对李芷惜的提问给出了答案："因为我是个人才。"

李芷惜："呵……"

叶湾湾也不由得起了一层薄薄的鸡皮疙瘩，总觉得自己是被某位姓苏名遇的人附体了。

一切准备妥当，叶湾湾从腰间的布袋里摸出了火折子，吹亮之前，她下意识地看了看围在周围的李芷惜等人，每个人的脸上都带着明晃晃的期待和隐隐的恐惧，矛盾的心情将她们的眉眼撕扯得像畏光一样眯起。

"嗤"的一声，火折子顶端飞出的火星轻巧地落在了火药铺排出的引线上，堂而皇之地向游廊尽头奔涌而去。

太子李承乾刚刚绕过玄都观的正殿，迈进后院的门槛，脚尖还没来得及落下，就听见"轰"的一声爆响，那威力虽不至于地动山摇，但也足够惊心动魄。一直活在"总有刁民想害本宫"的妄想里的李承乾反射性地弹身而起，往苏遇和刘行敏身后一撤，怀疑有人在后院里设了埋伏。

跟在太子身后的府兵立刻冲进了后院。李承乾沉寂了须臾，见不再有什么危险，才从苏遇身后绕出来，色厉内荏地吼了一句："这帮突厥人是想给那个假公主报仇吗？"

"殿下少安毋躁。"苏遇小声安抚。

苏遇虽是一脸镇静，可内心也被那突如其来的巨响震得发闷。他下意识瞄了一眼身侧的刘行敏，只见对方也是满眼的困惑和戒备。二人的目光相遇，彼此摇了摇头，传达了各自"不知情"的信息后又心照不宣地收回目光，不言不语又不约而同地看向太子的后脑勺。

苏遇和刘行敏知道，想从太子口中套出他与许世卿的关系难如登天，于是便策划了今日的玄都观之行，试图让太子直面玄都观内的密室所在，并从他的反应中窥伺蛛丝马迹。

为此，刘行敏特意拜托了阙老夫人，让她直接奏请圣人，表明希望可以在回去漠北草原之前向太子致歉并辞行。圣人应允，命太子亲临玄都观。李承乾无奈，只得再次踏足此处，不想，刚一露面就碰上这么一出。

说到底，今日是苏遇和刘行敏将太子诱来玄都观的，若是出了什么差池，就算他二人自请为太子殉葬怕是都留不下全尸。想到此处，苏遇不禁又往前迈了一步，严阵以待地盯着院中的动静。

片刻后，冲出去巡视的府兵回来了，为首的伍长脸上带着古怪的表情，像是撞见了什么难以启齿的事，支吾半天才向太子汇报："是……豫章公主。"

"谁？"李承乾一挑眉。

伍长为难地又重复了一遍："公主在后院……玩炮仗呢。"

"什么？"李承乾显然对眼前这个话都说不利索的伍长缺乏信任，伸手不耐烦地推开面前的府兵，自己进了后院。

游廊尽头处，用来防止后山石块滑落的一排木板已经被火药炸得稀巴烂，惨不忍睹地"横尸"满地。游廊上，李芷惜带着绛珠站在最前方，嘴角挂着尴尬的笑。冯雅青靠墙站在中间，一脸木然。叶湾湾则站在最后，面无表情地望着突然涌进后院的大队人马，一只脚不动声色地将残留在游廊地面上的火药蹭到堆满木板残骸的地面上，和沙土混在了一起。

"皇兄。"李芷惜带着讨好的语气，软糯糯地叫了一声。

李承乾绷着一张要吃人的脸，一步步踏上游廊，伸手将李芷惜和绛珠扒拉到身后："你给我马上回宫去！"

李芷惜被推开时下意识地想把冯雅青和叶湾湾也拉走。可惜，她臂长有限，仓促间只拉过了冯雅青。等她再想反身去扯叶湾湾时，却听见苏遇在她耳边迅速耳语了一句。

李芷惜一愣，收住脚步，不再吭声，而后，她眼睁睁地看着李承乾走到叶湾湾面前站定。

看着李承乾太阳穴处暴起的青筋，李芷惜和冯雅青都紧张地屏住了呼吸，目不转睛地盯着他和叶湾湾。

短暂的平静后，李承乾忽然抽出腰间佩剑，利刃的锋芒直逼叶湾湾脖颈。

苏遇下意识地往前冲了半步，只是，还不等他站稳脚跟，就见叶湾湾不慌不忙地垂首弯腰，朝太子拜了拜，一"垂"一"弯"之间，堪堪避开了剑锋。

李承乾不是傻子，他非常清楚，李芷惜虽然好玩，但没有旁人撺掇，绝对想不出用火药炸玄都观这样的取乐方式。冯雅青虽不守礼法，但也不是什么无法无天之辈。今日之事的始作俑者，只会是这个叶湾湾。

自从发现李泰对叶湾湾存着别样的心思，李承乾便也对此人多了一分关注。他早已通过各处的眼线将叶湾湾的一举一动、一言一行了解得一清二楚。

"苏少卿。"李承乾目光不动地盯着叶湾湾，只是肩头微微向苏遇的方向侧了侧。

"殿下。"苏遇应声上前。

"把此人带回大理寺，给本宫好好地审。"李承乾说着，阴恻恻地一勾嘴角。

李芷惜从太子的语气中听出了一丝血腥味，连忙上前打圆场："皇兄，我们真的只是想……"

"住口。"李承乾慢悠悠地转头看向李芷惜，语气平和但却威慑力十足。

刘行敏适时地挪动脚步，将李芷惜和冯雅青挡在身后，压低了嗓音安慰："苏少卿一定有办法应付。你们留在这反而容易分散他的精力，不如先回去。"

语毕，刘行敏扭头看向跟在身侧的伍长，示意他迅速将二人带离此处。

在李芷惜和冯雅青离开后院的同时，苏遇已经踱步到了太子和叶湾湾中间，他自然不会浪费眼下这天赐的良机，捡起脚边被炸得粉碎的木板当作证物，开审叶湾湾："爆竹可没有这么大的威力。"

叶湾湾的目光在苏遇的眉眼间晃了个来回,似乎在琢磨他此举的用意,随后,她继续秉承着引蛇出洞的目的,笑了笑,直言道:"我的确不是来放爆竹的,我是来炸密道的。"

叶湾湾话音落下的同时,苏遇的目光飞速向眼角流去,仔细地盯着李承乾面部的每一寸表情。另一边,刘行敏也摸清了苏遇的用意,稍稍上前一步,占据了观察李承乾的最佳地点。

在二人的通力协作下,李承乾无处遁形。

叶湾湾还在不紧不慢地添油加醋:"听说虞山公主就是在这里失踪的,一个大活人,突然凭空消失,怎么看都像是突然掉进了密道。"她边说,边抬脚跺了跺脚下的地面。

起初,苏遇怀疑密道的入口就在尽头处那些木板之后。不过,眼下叶湾湾一捧火药将此处炸了个干干净净,若真有密道,也只可能是在地面之下了。

想到此处,苏遇不自觉地蹲下身,想要去检查脚下的石板。

"苏少卿!"李承乾一声呵斥,又惊得苏遇本能地挺直了身板。

"臣在。"苏遇灵活地转身,看向李承乾。

"还啰嗦什么?把她带回大理寺!"李承乾顿了顿,"本宫和你一同审,看看这个妖女到底耍的什么花招!"

## 第十三章　一片伤心画不成

　　大理寺的牢狱里有一处秘密提审犯人的刑房。房内，不同材质、不同大小的刑具挂了满墙。苏遇能将这十八般刑具玩出七十二种花样，并因此威震大理寺，声名远扬。而太子显然是听说过他的那些非人手段，一踏进刑房便端坐在桌案前，一副等着看好戏的模样。

　　狱丞胡温听闻太子驾到，颠颠地从牢狱深处赶了过来，还不等他拜倒在太子脚下，太子率先对着他开了口："就你吧，给本宫挑一件你们这里最称手的。"

　　"是。"胡温应声抬头，一转身，迎面撞见了被府兵结结实实捆在木架上的叶湾湾。

　　胡温脚步一顿，眼前一花。

　　他是记得叶湾湾的。自他当差以来，因为各种原因残在大理寺的犯人多如牛毛，叶湾湾是第一个受到御医诊病这种特殊优待的。身为十几年的老吏，胡温自然明白她在苏遇心中的地位与众不同。他下意识地扭过头，偷偷摸摸地观察苏遇的表情。

可惜，苏遇面无表情。

刑房内一片死寂，只有铜盆里的火苗发出"噼啪"的声响，向木炭发出了歇斯底里的嘶吼。胡温在整面墙的刑具前晃了个来回，始终没敢对哪个器具伸出手。

太子把玩着桌案上的一支毛笔，盯着胡温迟疑的背影，叹气似的摇了摇头："看来他对这里还不熟悉，苏少卿，还是你亲自来吧。"

苏遇无声地点了点头，快步走到胡温身侧，毫不犹豫地从墙上取下一条缀满了细小铁钉的长鞭，而后转身朝叶湾湾走去。

叶湾湾双脚离地，双臂张开，脑袋无力地往下垂着，只向上挑起一双眼帘。她的眼尾本就有些上扬，此刻借着上挑的目光，蓄在眼角的邪气便更盛几分，浓墨重彩地在她的目光中勾勒出一抹冰冷之色，看不出里面究竟包含了怎样的情绪。

事实上，连她自己都摸不清此刻的心情。她一瞬不瞬地看着苏遇向自己靠近，不知道自己是否应该对他怀有期待。她不愿相信苏遇当真会如此冷血，可他明知道她背后有隐藏的势力，却还是把她推了出去……

上一次，她从大理寺死里逃生，也许是因为她对苏遇还有用。可如今，她炸了玄都观，引得太子亲自坐堂审讯，她大概已经完成了苏遇交给她的、打草惊蛇的任务。

物尽其用,她没有什么价值了……

叶湾湾懒洋洋地收回视线,眼不见心为净似的闭上了眼睛,她听见了长鞭上的铁钉撞向地面的声音。

苏遇猛地扬起手腕,迅速转身,手中长鞭像被一股无形的力量牵引,在低空划过一道圆满的弧线后,又规规矩矩地缠回到手柄上方不过寸许的地方。

众人被苏遇这一招晃得眼花缭乱,不想,雷声过后却不见雨点。苏遇依旧站在原地,只是站位从面向叶湾湾变成了看向太子,他握着长鞭的右手在转身过后顺势落在了左手掌心,对着太子一礼:"不知殿下想给叶湾湾定个什么罪名?"

"什么?"太子显然没明白苏遇在上演什么戏码。

苏遇不慌不忙:"此人虽私运火药进玄都观,但总量极少,且并未造成不可估量的损失,无需动用大刑。"

太子下意识想要起身反驳,可屁股刚刚离开身下的绳床,就又顿住了:"她既然知道玄都观内有密道,必然与虞山公主的死脱不了干系,圣人不是让大理寺找到虞山的头颅入葬吗?本宫不信,以苏少卿的手段还撬不开她的嘴!"

叶湾湾一哂:"我要是知道密道所在就不用炸它了,直接启动机关就好。"

太子冷笑:"谁知道你是不是怕事情败露,想要毁掉密道。"

苏遇闻言,不自觉地挑眉看向太子。

在得知许世卿是叶湾湾故意抛出的线索后，苏遇就曾仔细分析过她的行为动机，进而猛然意识到，叶湾湾将自己卷入这桩命案，为的就是亲眼见证许世卿被定罪、被处死。

由此反推，叶湾湾在见到女尸的那一刻就已然知晓那是虞山公主，她的悲伤和震惊也全部因公主而起。而她之所以能仅凭公主在玄都观内失踪这一贫瘠的信息就迅速锁定许世卿，是因为她知道，一个大活人在聚集了文武百官的玄都观内被无声无息地斩首，这件事只可能发生在密道之中，而许世卿是唯一一个知晓密道所在的人。

想来，叶湾湾对虞山定是情谊匪浅，才会如此大费周章地引导众人去查许世卿。然而，即便是如此深厚的情谊，即便自己已经将寻找虞山头颅的事交给了她，叶湾湾依旧只能用炸玄都观这种笨拙粗暴的方式来打草惊蛇，可见，她的确不知晓密道的具体位置。

为了暂时保住许世卿全家不受威胁，他和刘行敏并未将密道一事公之于众。如今，太子仅凭叶湾湾的一面之词就言之凿凿地认定虞山公主之死与密道有关，且头颅也藏在密道之内，未免太过未卜先知。

"殿下。"苏遇朝太子的方向错了几步，俯身在他耳边耳语了一句。

李承乾原本盛气凌人的目光随着苏遇的话一点点沉寂下去。不过，刑房中的众人并没有注意到太子脸上这一戏剧性的变化。

只听,"嘭"的一声怒响传来,刑房的门被人一脚踹开,魏王李泰怒容满面地出现在门外。

最初,李泰从叶祝祝口中得知叶湾湾去了玄都观时,以为她只是去进香还愿,并未深究。可随后,魏王妃偶然提及李芷惜讨走府中所有的爆竹给叶祝祝去晦气一事,忽然就让李泰心里打起了鼓。想着叶祝祝孤身一人躺在西厢,大量爆竹不翼而飞,李泰立刻就意识到了事情的蹊跷,他甚至没有去玄都观,而是直接入宫揪住了李芷惜,立即便知晓了叶湾湾被押进大理寺一事。

李承乾此刻正为是否继续对叶湾湾动刑而进退两难,见了李泰,便立即转移了怒火:"四弟对叶家娘子还真是关怀备至。"

李泰在进门的瞬间就已经将叶湾湾从头到脚打量了一遍,见她毫发无损,也就松了口气,全力应付李承乾。他脸上带着儒雅的笑,对着李承乾恭敬一礼,体贴地说道:"我是担心兄长你。"

"哦?"李承乾将内心的哂笑化作嘲弄地一挑眉。

"兄长并未执掌三法司,为何会出现在大理寺?传出去,怕是会被人议论说兄长你是仗势欺人,胁迫大理寺替你以权谋私。"李泰顿了顿,颇有些苦口婆心的架势,"近来怪事不断,兄长还是不要参与的好,免得再惹父亲和百官猜忌。"

李承乾喉咙一紧。就在方才,苏遇已然耳语过他,不要与许世卿和密道扯上关系,如今,李泰又说出了这番不清不楚的话,李承乾不禁觉得,若自己再纠缠下去,虞山公主之死就会成为继称心之后,他的又一个把柄。

李承乾的面色立刻和善了几分:"虞山公主与本宫毕竟有婚约,本宫关心则乱,还要多谢四弟提醒。"

李泰也彬彬有礼地回应:"兄长何必见外。"

李承乾从稍稍高出地面几许的平台上走下来,迈步到李泰身边,揽向其肩:"下月夏至,本宫打算去曲江池散心,听说四弟有一雕梁画舫,不知可否借本宫一用?"

李泰洒脱应允:"兄长又见外了不是。"

二人似乎早已忘了此时还有旁人在场,就这样勾肩搭背、兄友弟恭地出了刑房。

待太子与魏王的声音彻底消失在刑房之外,房间内的气氛陡然一松。胡温最先回神,利落地给叶湾湾松了绑。

叶湾湾从木架上蹦下来,本能地活动着被捆得生疼的手腕,朝苏遇的背影看了一眼。

苏遇此时正将手中长鞭挂回到墙壁上,对盯在自己背上的目光似乎全无感知。等他转身回眸时,叶湾湾已经不在房中。

胡温小心翼翼地解释了一句:"小娘子出去了,属下觉着,这会儿已然宵禁,小娘子反正也无法出这皇城,苏少卿随时都能把人逮回来,就没拦着。"

苏遇点了点头,瞄了一眼他手中的审讯笔录:"送一份去雍州府。"

寂寞的皇城里,传来一阵阵轻浅的梆子声。

夜凉如水,远处层叠的鎏金屋瓦参差可见。月光泻地,将近在咫尺的青砖丹墀铺上了一层森森的寒气。

叶湾湾没有走远,就站在大理寺东侧的空地上。殿宇一角摆着一只铜制的水缸,早些时候本是用来防止走水的摆设,如今不知被何人填了荷叶,养了睡莲,蓄了一缸的锦鲤。叶湾湾就站在水缸边,伸手戳着冒尖的睡莲。

苏遇站在一侧的台阶上,俯身看着水缸中叶湾湾的倒影,说了一句看似摸不着头脑的话:"节哀。"

叶湾湾抬起头,脸上多少带着些许诧异。

苏遇在台阶上坐下:"我现在还不能处决许侍郎。"他侧头看了叶湾湾一眼,见她还是一脸疑惑的模样,便又多说了几句,"你从一开始就知道那具无头女尸并非叶祝祝,将许侍郎的线索抛出来,应该是想借大理寺和雍州府的手为虞山公主报仇吧。"

叶湾湾垂着眼帘,看着水缸中不知忧愁为何物的锦鲤:"这些鱼终日在这里游来游去,看似无忧无虑,却不知道这鱼缸狭小的缸口就是它们生命的边疆。可是我还是羡慕它们……"她似乎叹了口气,"我们存在的这个天地虽然无穷无尽,可却不知道生命什么时候就会走到尽头。为了未知的灾祸而担惊受怕,还不如这些根本不知生命为何物的鱼。"

苏遇的语气中带着他自己都未发觉的温柔:"原来你也会害怕。"

叶湾湾抬起头,隔着被月光照亮的夜色直视苏遇:"在你拿着鞭子对着我的时候,我害怕过。"

那支长鞭虽然缀满了铁钉,但却只能伤人,不会致命。苏遇当然明白,叶湾湾怕的不是死,而是自己会对她动刑。

叶湾湾见苏遇的目光渐渐飘忽,就知道他在思考自己的话。她稍稍迟疑,最终还是忍不住朝他晃了两步:"其实,我很早就有这种心思了。"她稍稍顿了顿,故作轻松地笑了笑,"你还不知道吧,坠崖的那个晚上,我其实并没有睡。"

苏遇略一皱眉,思绪随着叶湾湾的话跳跃回那个晚上。

"我确实疼晕了,但很快就又清醒了。"叶湾湾继续道,"我知道你一直在我旁边守着,一直不敢闭眼休息。其间,你打过三次瞌睡,但每次惊醒的时候都会第一时间检查我的状况。"

大概是没想到自己的一举一动早就被叶湾湾看在眼里,苏遇不自在地垂下眼帘。

"最后一次,我的伤口大概已经开始愈合了,你掀开衣料时勾到了我的皮肉,我听到你下意识地抽了口气,还自言自语地念叨了声'疼',我当时差点就笑出声了。"叶湾湾又朝苏遇靠了半步,让他不得不直视自己,"我以为你能感觉到,那晚之后,我对你的不同。"

苏遇迫不得已地看着叶湾湾,却是无言以对。

他对叶湾湾的心思并非全无感知,对她明里暗里的示好也绝不是无动于衷。她的坚韧、身上那股与生俱来的邪气和隐而不发的神秘感,他都看在眼中,记在心里,可也正是这份邪气与神秘让他不得不对她敬而远之。

叶湾湾背后有太多的秘密，涉及储位，涉及家国。一旦他承认了对她的感情，松懈掉了内心对她的提防，他就无法做到公正客观地对待由她牵连而出的案情，还可能因此伤害众多无辜的人。他知晓自己并非善类，但"法"之一字却是他必须坚守的底线。

既以"法"立身，自然明白"信人，则制于人"的道理。所以，只要叶湾湾一天不表明自己的真实身份，他就一天不会放任自己的情感。

叶湾湾见苏遇久久盯着自己却是一言不发，便知道他分明清楚自己话中的意思，只是不想回应。她心里一凉，欲盖弥彰地笑了笑："你这么喜欢用这种审犯人的目光盯着别人吗？"

苏遇的心里忽然生出几分期待，竟脱口而出："如果你愿意将全部事情告诉我，你与虞山公主的关系，许侍郎的杀人动机，画像的秘密，背后的势力……"

叶湾湾落在苏遇身上的目光渐渐开始游离，像是透过他看向了遥远的天边，语气也变得飘忽起来："苏少卿是否会为了身家利益，做出违背礼法，甚至违背自己心意的事？"

被蓦然岔开话题的苏遇微微一怔，随即不假思索地点头："会。"

这世间有形形色色的欲望，来此一遭，总逃不过为一二件事挂心。哪怕是修行之人，也有对清心寡欲的渴望，何况是他这种被红尘俗世淹没半截身子的人。

唐多令·晏山海

　　苏遇的坦诚相待让叶湾湾有一瞬的感动。她走到苏遇身边坐下，继而毫无防备地继续道："所以，为了想要得到的东西，我也必须要妥协，去接受一些我无法接受的事吗？"

　　"当然。"像是因为事不关己，所以内心才如此平静一样，苏遇的嗓音无比平和，"'七情六欲'是为了证明我们真切地存在于这个尘世里，没有什么东西注定是属于我们的，用'失去'换'拥有'这才是公平。"

　　"哪怕要用我无法承受失去的东西换？"

　　"怎么会有无法承受失去的东西。"苏遇像是叹了口气，"于我们而言，生命已经是最重要的，可还是会有舍生取义这样的人存在。之所以会有不愿失去的心思，不过是要失去的与能得到的不对等而已。"

　　"好。"叶湾湾忽然释然地笑了笑，随即迅速收敛笑容，"刚刚的问题，虞山的死，许侍郎的动机，画像的秘密……如果我不说，你会把我关进大理寺用刑吗？"

　　"刑罚不是对每个人都有用。"

　　"那就是会。"

　　四周再次陷入沉寂。

　　苏遇闭了闭眼，缓慢地收回视线，掸落衣摆上的尘土，起身。

　　叶湾湾歪过头："我们，这就结束了吗？"

　　"虞山公主并非因你而死，许世卿也不过是你提供的证词，我没有理由抓你进大理寺。"苏遇自知，以他此刻的身份承载不了叶湾湾背后隐藏着的真相。他很快就冷静下来，"偏殿那边还空着，你早点歇息。"

坐在台阶上的叶湾湾没有动，她有些不甘地看着苏遇离去的背影，直到那个身影消失在卷宗室外。

月悄悄躲进了云层背后，苍穹收回了洒在青石砖上的清辉。偌大的皇城一瞬间万籁俱寂，入夜的更鼓都识趣地压低了嗓音。

一颗惊雷无声而至，进而石破天惊。

翌日清晨，还不等文武百官踏进太极殿，工部侍郎许世卿自尽的消息就已经在承天门外传开了，身在大理寺的叶湾湾自然也有所耳闻。

叶湾湾向胡温讨了些笔墨纸砚，给魏王写了一纸书信。而后，她向胡温道了谢，离开了大理寺，将书信交给宫门外候着魏王下朝的车夫后，径直出了皇城。

天光尚未完全破云而出，叶湾湾沿着还算空旷的朱雀大街一路向南，走了许久，才见日光渐渐攀上树梢，透过叶片间斑驳的缝隙向道路尽头蔓延铺开。

叶湾湾在通往魏王府的小道上踟蹰了许久，她知道，叶祝祝这会儿一定已经起身，说不定正在担心她这个彻夜未归的人，可自己却不能去见她。

在听到许世卿死讯的那刻起，叶湾湾就知道自己应该离开长安了。好在，叶祝祝对她所做的事一无所知，眼下又身在魏王府,自是安全无虞。而她也在书信里拜托魏王将自己离开长安的消息转告给叶祝祝,所以,不算是不告而别。

叶湾湾看着被踏在脚下的、明媚的光影自脚尖四散开来,慢悠悠地吸入又呼出一口气,向玄都观赶去。

观内回荡着晨钟悠扬的声响,白日的第一缕香火袅袅直上。叶湾湾绕开院内扫着落叶的道徒,快步迈进了后院的大门,而后在刚刚踏上游廊时,停下了脚步。

叶湾湾看见阙老夫人就站在院子里,将虞山喜爱的服饰通通拿了出来,此刻正一件件地往缠在树间的晾衣绳上搭,想必是想将衣物晒干净,一起陪着虞山的尸身下葬。

她明明站在原地没动,可阙老夫人还是感觉到了她的存在,拍打衣物的手一顿,有些迟钝地转过头,看向游廊。阙老夫人入唐的时间并不久,却好似把一生的悲欢离合都经历了,鬓角处的白发越发醒目,目光却越来越浑浊。

叶湾湾僵硬地站在廊柱边,看着老夫人浑浊的目光里渐渐混入一丝水汽,抓着晾衣绳的手开始发抖,继而越抖越厉害,慢慢地,老夫人的身体开始下沉,晾衣绳已然承受不住她的重量,猝然断裂。突厥和大唐的服饰混杂在一起落了满地。阙老夫人双眼紧紧盯着叶湾湾,"扑通"一声跪在了衣物中间。

叶湾湾很想上前去扶住老人,可双腿却不听使唤,像生根发芽了一般将她定在了游廊的灰泥地上。许久,她才对着阙老夫人做了一个"抱歉"的手势,然后心一狠,收回视线,跑出了玄都观。

当初，如果不是她出主意，让突厥将阙老夫人的女儿假扮成虞山公主送入大唐和亲，也许，今日的一切都不会发生。可如今，她非但没有忏悔自己的罪行，还要继续下去，去害更多的人。

叶湾湾一口气跑出玄都观，冲上朱雀大街。

自北向南的马车在她面前飞驰而过，朝着更南的目的地绝尘而去。马车的轮子几乎是碾着叶湾湾的脚尖驶过，却没有丝毫停车的意思。叶湾湾躲闪时，无意间瞥见被风吹起的帷幔下，露出了李芷惜的脸。

在叶湾湾的意识里，能让这位豫章公主出宫的只有两件事，案子和苏遇。眼下，长安城内最新鲜的案子无外乎许世卿之死，可许世卿的宅子分明不在马车离去的方向，看来，李芷惜是去见苏遇的。

想到苏遇，叶湾湾心下一动，可当她想要看清李芷惜此去的方向时，马车已然消失在人群之后。

两个时辰以前的朝堂之上，许世卿的自白书被呈送到圣人面前。可惜，在没有任何人得以一窥许侍郎临终绝笔的情况下，遗书就被李世民撕得粉碎。

百官明知道圣人是有意掩盖许世卿揭露的真相，却无一人敢站出来问一句因果。直到怒气稍平，李世民才将部分内容公之于众——

虞山公主的头颅就藏在玄都观密道之中，密道位于东侧游廊的石砖之下。开启密道的机关就埋在后山桃林巽位的桃树下，一旦机关开启，铺在游廊上的石板便会上下翻转，露出石板之下的密道，而后再以"内外颠倒"的方式重新合起。这便是那日虞山失踪后，苏遇在游廊上找不到半点脚印的原因。

随后，李世民责令太子李承乾和吴王李恪一同前往玄都观，挖出虞山公主的头颅，并永久封禁密道。至于许世卿，李世民因他杀害公主、祸乱社稷而决不轻饶，即便人已身死，仍要将其斩首示众，锉骨扬灰，责其后人终身不得入仕。

苏遇和刘行敏都知道，让圣人恼怒的绝不是许世卿杀害虞山公主的事实，而是他杀害公主的原因。而圣人这一堂而皇之掩盖真相的行为让二人的心情无比沉郁。是以，散朝后，两个人不约而同地找到了彼此。

自从那晚叶湾湾在大理寺遇袭后，苏遇就对大理寺上下官员留了心眼，只是，这几日事务繁忙，他一直脱不开身揪出身边的内奸，只能暂时放任自流，直接导致他想与刘行敏密谈都找不到合适的地方落脚。最终，二人一同回了刘行敏的宅子。

刘行敏住在距离宫城极远的通善坊，几乎出了长安城。家中除了刘夫人外，只有一个马夫和一个厨娘。刘夫人见二人神色肃穆，就知道是有要事相商，便打发了马夫和厨娘出去置办些酒菜，自己亲自为二人煮茶。

刘夫人出身河东裴氏，小字南子，是名副其实的名门望族之后。早在隋末群雄并起之际，裴南子的母亲与家人失散，不得已在刘行敏家中避难，并生下南子。其后，裴母在动乱中过世，裴南子便被刘家收养，在及笄之后嫁给了刘行敏。

裴南子性子恬静，万事万物似乎都勾不起她什么情绪。她将茶具一一摆上桌案，又在壶中添了热水，一切准备妥当后，才有条不紊地开口："既是要谈正事便开始吧，待到家里人都回来，怕是会不方便。"

官场上的事，刘行敏从不避讳裴南子，在他看来，裴南子的智慧不在他之下，遇事还时常要向她请教，是以，裴南子转身要走时，他下意识地把人拦了下来。

裴南子也不多说什么，顾自在距离苏遇和刘行敏不远处坐下，一边碾着茶饼，一边听二人谈话。

苏遇率先开了口："想必，刘长史对许侍郎信中的内容也能猜到一二。"

"圣人舐犊情深，不想罪及皇子，只是，疾在腠理尚可医，待到深入骨髓，便是无可奈何了。如今是死了一个突厥假公主，他日还不一定会发生什么骇人之事。圣人如此包庇纵容太子，只怕会助长争储之风，后患无穷……"刘行敏满心担忧，声音不觉渐渐低迷。

"公子既众，宗室忧吟。"裴南子忽地徐徐开口，"圣人想必也清楚，是自己对皇子们过分的溺爱才导致今日诸子争储的局面。与其说圣人是在苦心孤诣地保护太子，不如说他是想弥补自己的过失。"

"诸子争储……"苏遇悠悠地重复,继而抓住了脑海中一闪而过的念想,"刘长史可还记得,叶湾湾曾独自一人去找木材商,还险些因此坠崖丧命之事?"

刘行敏答道:"自然。"

苏遇蹙眉分析:"她在见到无头女尸的第一眼便知许世卿就是杀人之人,可见她在这场阴谋里卷入颇深。既如此,她应当知道是何人指使许世卿,何以又要冒着生命危险去找木材商问究竟。刘长史不觉得她这样做是多此一举吗?"

刘行敏略有些惊愕:"你的意思是,许世卿背后不止一股势力?"

"我们原以为许世卿身后不是太子便是魏王,但就像那个鹦鹉浴火重生的把戏一样,操纵鹦鹉的,实则有两个人。"苏遇道,"很有可能,许世卿表面上为一派人做事,但实则却忠于另一股势力。而叶湾湾无法确认玄都观当晚,究竟是哪一方势力在控制许世卿,所以才不得不冒险试探。"

刘行敏眸色一亮:"确有这种可能,我看了太子审讯叶湾湾的笔录,觉得……"

刘行敏话音未落,院外忽然传来一阵急促的敲门声。屋里的三个人皆是一愣,裴南子最先回神,放下手中的茶饼,起身去开门。

片刻之后,苏遇听到了垂花门外传来了李芷惜的声音:"苏少卿，你在吗？"

那日，巧遇李芷惜等人在玄都观炸游廊时，太子的反应就让苏遇起了疑心。苏遇料想，太子若要在玄都观密道内做文章，必然只会选择信得过的宫人。是以，在李芷惜被太子推到他身边时，他便趁机耳语，拜托李芷惜到奚官局查一查，朝礼之后是否有宫人突然消失。

今日一早，李芷惜本来想在太极殿外堵人，不想苏遇跑得太快，她在偏殿等了一个多时辰，出来时却得知苏遇已然离宫。李芷惜派人好一顿打听，这才摸到了刘行敏的住处。

李芷惜喝干了裴南子给她倒的茶，喘了好半天气才道："我在奚官局的档案里查到，朝礼之后，宫中一共死了两个宫人，一个是膳房传膳的，一个是掌管偏殿香烛的，都没有说明死因。"

刘行敏闻言，若有所思地点着头，看向苏遇："太子用人，既要保证可靠，又不能让人查出与自己有直接关联，但这层关系不会太远。也许，这两个消失的宫人与太子身边的人有关。"

苏遇转向李芷惜："关于消失的这两个人，公主可还查到了些什么？"

李芷惜皱着眉，努力回想着在奚官局看到的文字记录，而后一个字一个字地回忆道："他们……好像都是……前隋……"随即，她目光一亮，语气笃定地说道，"对，我想起来了，他们都是前隋掖庭出来的人，后来受了腐刑，就留在了唐廷。"

"前隋的人。"苏遇低头沉思，后又倏然抬头看向刘行敏，

"我记得,那日刘长史提审叶祝祝时,东宫派来的秦老九自称是侍奉过三朝的老人。我朝至今只有当今圣人和高祖,那他说的这第三位,想必就是前隋炀帝或恭帝。"

李芷惜眨巴着她那双小鹿眼:"你们的意思是,密道的事与太子有关?"

"从审讯叶湾湾的笔录来看,太子似乎知晓密道所在,也知道虞山公主的头颅就藏在密道之内。难道……"刘行敏微微蹙了眉,自言自语似的继续,"殿下就是许世卿表面上忠于的人?"

李芷惜不解:"表面?"

刘行敏反射性地看了李芷惜一眼,随即,像是意识到自己说了不该说的话,立刻面露悔意。

苏遇倒是一副镇定的模样,竟还顺着刘行敏的话往下说:"这些证据确实都指向了太子,如果真是这样……"言语至此,苏遇忽然又顿住,神色郑重地看向李芷惜,"臣有一事想要拜托公主。"

李芷惜笑眯眯地看着苏遇:"你说。"

苏遇目光恳切:"许侍郎有一妾室名唤芳玉,此人身怀有孕。臣恐许侍郎招供自尽后,会有人对芳玉不利,还请公主即刻到许府将此人带到安全处。"

"好说。"李芷惜立刻从绳床上蹦了下来,想也不想地就应下了苏遇的请求,"我这就去把人带出来。"

李芷惜走后,房间内的紧张气氛立刻松懈下来。刘行敏不由得抬手抹了一把额头的汗。

苏遇依旧淡定得如清风明月一般，仿佛李芷惜从未来过此处："如果许世卿只是表面上忠于太子，那么，虞山公主之死未必就是太子本意，而公主的尸身会顺着河道流入平康坊，应该就是许世卿有意为之。"

"他是要借太子开启密道的机会，杀死公主，嫁祸太子。"刘行敏恍然，"难道，除了魏王和太子外，还有第三股势力在等着太子和魏王鹬蚌相争，他好渔翁得利？"

"吏部丁侍郎之死。"苏遇提醒道，"许世卿背后既然不是魏王，那么，又是谁杀死了太子的心腹丁侍郎，让太子不得不任用许世卿的。"

刘行敏一脸担忧："不管怎么说，虞山公主的确是许侍郎杀的，密道也是太子命人开启的，可圣人却将这些罪证按下不再追查。幕后主使之人此计未成，怕是不会善罢甘休。"

"郎君所虑在理。圣人有意平息此事，但就怕有人会在此时煽动太子和魏王，让二位殿下揣摩圣意，曲解圣人的本意，从而做出什么无可挽回之事。"裴南子依旧是不急不缓的语气。

苏遇忽然不寒而栗："有人利用许世卿的《营造之法》将魏王卷入案中，又以密道和称心的衣冠冢让太子也脱不了干系。如此大的一盘棋，我们在黑白子之间横跳了这么久，却连执棋者的影子都没有摸到……"

裴南子将少许盐投入茶炉："那位许世卿我也有所耳闻，沉浮半生终于时来运转,正该是憧憬人生之时,可他却在此时突然自戕,未必不是受人逼迫。若真如此,他死前定有诸多不甘,或许,会对他那位妾室倾诉一二。"

苏遇闻言,神色一动,眼中不觉流露出钦佩之色:"多谢夫人提点。"

裴南子轻轻一笑,给苏遇斟了碗茶。

叶湾湾一路向南,在距离长安城南侧的明德门不过两个坊的街道上,再次看到了李芷惜的马车。马车自东侧而出,又沿着朱雀大街一路北上。

叶湾湾鬼使神差地沿着马车驶出的方向朝东而去,果然在距离通善坊坊门不远处的北曲见到苏遇从一座老旧的宅子里出来。看着苏遇的背影,叶湾湾满心踟蹰,最终还是克制着收住了脚步,在苏遇侧身回头之前躲进了巷尾。

昨夜在大理寺,他们已经算是做过正式的告别,再见面反倒显得矫情。叶湾湾露出一个无声的自嘲的笑,转身离开了巷子。

苏遇告别刘行敏和裴南子,正准备上马离开,莫名就觉得有一束灼灼的目光盯在身后。他下意识回头朝巷子里张望,悠长的巷子里却空无一人。苏遇轻轻摇了摇头,打马离去。

他本以为,玄都观的密道一旦被封,线索都将被彻底斩断,可裴南子的话又给他提供了一个新的思路。他决定去见一见芳玉。

不过，许世卿遭此大难，而芳玉年纪尚轻又身怀六甲，定然没有能力应对如此大丧，此时也必然是悲痛不已。以李芷惜的口才，未必能轻易将她劝离许府。是以，苏遇离开通善坊后，直接去了许世卿的旧宅。

李芷惜和芳玉果然还在那里。

此时的芳玉正斜靠在卧房的榻上，她脸色惨白，几缕碎发被细汗打湿贴在额头上，神智也有些恍惚。

李芷惜见苏遇来了，连忙蹑手蹑脚地起身，把苏遇拉到距离芳玉稍远的窗边，说道："听说她昨日受了不小的惊吓，差点连孩子都没了，幸亏家里的老仆及时请了郎中。"

苏遇稍稍侧过头，越过李芷惜的肩头又朝芳玉看了一眼："这会儿能问话吗？"

"她能听懂我说话，但答话有些神神叨叨的。"李芷惜面露难色，斟酌了一下词句又继续道，"她一直说许侍郎是被人下了咒，中邪死的。我本来想仔细问问，可又怕刺激到她。"

看来，许世卿的自杀果然有蹊跷。

苏遇大致弄清了状况，点了点头，朝榻边挪了几步："芳玉？"

听见有人叫自己的名字，芳玉惶惶然抬起头，目光盘旋向上，半晌才落在苏遇身上。她眯了眯眼，似乎花了好大力气才看清苏遇的脸，而后轻轻地念了一句："苏少卿？"

"是我。"苏遇将声音放得很轻，以免再次惊到芳玉。

可芳玉在确认了苏遇的身份后的瞬间神色大变，仿佛是被邪物附体一般，芳玉陡然起了精神，霍地从榻上坐直了身子，向前一扑抓住了苏遇的衣襟："是你，你几次来府上，就是要逼死许郎君！"

喊完，芳玉的双手又猛然脱力，身子重重地向后一仰。苏遇下意识地伸手扶住了她的肩，才让她不至于摔到地上去。

李芷惜被芳玉突如其来的狂躁惊到了，许久才回神。她虽然同情芳玉，却也不满她对苏遇的指责，忍不住替苏遇辩解了几句："许侍郎明明就是自杀，与苏少卿何干？如果不是苏少卿，你这会儿说不定也被人灭口了。"

芳玉侧躺在榻上，一只手无力地垂向地面。听了李芷惜的话，她的目光斜斜地向上飞去，看着苏遇："自从那日，苏少卿带着那个画师来府上，郎君就一直不好，他就是被你们给咒死的！"

芳玉是个奴婢，没读过什么书，也没见过什么世面，遭逢此等大丧会往神神鬼鬼之事上想也在情理之中。可许世卿是自杀，死前还留有绝笔遗书，若非芳玉在他死前听到或是看到过什么，也不至于如此言之凿凿地声称是他苏遇给许世卿下了咒。

苏遇耐着性子说道："我苏遇，不畏天，不惧地，不求神佛，不在乎善恶因果。若我想取许侍郎性命，只会把人带回大理寺严刑拷打直至气绝，断不会借助这种虚无的力量。"苏遇说着，下意识活动了一下手腕，"如果你肯告知本官，究竟是何种原因让你认定是本官诅咒许侍郎,也许,本官可以帮你找出真凶。"

李芷惜站在苏遇身后,看着芳玉犹豫的模样,也不禁帮腔:"苏少卿早就怀疑虞山公主之死与许侍郎有关,若他有任何险恶用心,也不至于让许侍郎一直安安稳稳地待在府中。"

芳玉似乎并不知道自己还能做什么,她哽咽了片刻,进而发泄似的哭喊:"郎君不是自杀的,绝对不是。"随着此话出口,芳玉渐渐张大了眼睛,仿佛再次看到了昨日恐怖的场景,"昨日,郎君一直在书房里,我看天色晚了,便去给他送些夜宵,谁知刚走到廊下,就看见窗纸上的身影……"芳玉歪着身子,张牙舞爪地模仿着许世卿的动作,"就像是有人掐住了他的脖子,他就用自己的双手努力想要把那双手掰开。"

苏遇追问:"当时房中可有其他人?"

芳玉慢吞吞地摇了摇头。也许是刚刚的动作幅度过大,耗费了太多体力,芳玉伏在榻上,喘了好半天的气才又继续:"我当时吓坏了,但还是冲进了书房。郎君当时满眼都是血丝,唇色青紫,举止癫狂,我就那么看着他用自己的手活活把自己掐死了……"

就芳玉的描述来看,许世卿并不像是中邪,倒像是中毒了。苏遇略一皱眉:"许侍郎的尸首在何处?"

芳玉看着苏遇,像是听到了什么笑话,咯咯冷笑了几声:"苏少卿也是朝中之人,会不知道郎君尸身在何处吗?"

苏遇这才想起,许世卿已经被圣人下旨,锉骨扬灰了。

苏遇不甘心线索就此断开:"许侍郎死前可曾与你说过些什么,比如他在为什么人做什么事?"

"郎君从来不和奴婢说朝廷的事,就是说了,奴婢也不懂。"芳玉苦笑,"郎君命苦,此前在朝廷上一直籍籍无名,好不容易升了侍郎,这才几日,就走了。不管是谁给了他这泼天富贵,命都没了,要这些功名利禄还有什么用。"

二十余载碌碌无为,一朝青云直上却是以性命为代价……

芳玉的控诉让苏遇忽然想到,许世卿的一朝得势全因叶湾湾的画像而起,如今,他人死名灭,倒是破了画像的谶言。苏遇的目光扫过房间的每一处角落:"那张让许郎君右迁侍郎的画像可还在?"

芳玉愣了愣,显然没有跟上苏遇的思绪,半晌,她才回神点了点头,指向床铺的方向:"在床头柳木柜上的匣子里。"

芳玉本能地想起身替苏遇取来,可她的双脚还没落地,就被苏遇按住了:"我去拿。"

木匣是用质地坚硬的檀木打造的,还挂了锁,可见匣中之物对主人来说非比寻常。苏遇打开木匣,搁在最上方的是远在家乡的许母给儿子写的问候信,内容无非是祝贺他升了高官,在长安有了自己的宅院,家中即将添丁,等等。

苏遇将几页信纸大致翻看一番,没瞧见什么重要信息,就将书信叠好放入怀中,准备回去再仔细查看。随后,他揭起紧贴在底层木板上的画像。

李芷惜好奇地凑了过来，在看清画上人像的瞬间就低低地"咦"了一声，不自觉地伸手拿过画纸，仔细看了看，又转向芳玉："有人动过这张画像吗？"

芳玉茫然地摇了摇头："钥匙一直是郎君亲自保管，我也是昨日才拿到的，但我不曾打开木匣看过。"

李芷惜皱着眉头，又将画纸举到苏遇面前："叶湾湾不是说，她给许侍郎的画像是一气呵成，毫无冗笔错处？可这画上……"

画中人像的衣领处分明多出一笔，显然是第一次画的衣服规制不对，所以重新勾勒了。

李芷惜的声音渐渐放低："难道是叶湾湾说谎了？"

苏遇微微侧身，将画纸举到阳光明媚处。亮光之下，多出的一笔墨迹明显较为鲜亮。苏遇用指尖轻轻擦过新墨："这一笔是新添上去的。"

逼杀许世卿的同时竟然还不忘圆了叶湾湾的谶言，这真凶该是何等狂妄自信又心思缜密之人。

苏遇慢慢将画像卷起，放回进木匣，须臾，他忽然想到了什么，手上动作不由得一顿。也许，叶湾湾的画像从未出过错，只是在画中人需要被灭口时，才会宣称是画师运错了笔，借用神秘力量转移众人的注意。而那些死者的画像通通不翼而飞，或许就是为了掩盖画像并未出错、死因与画无关的真相。

眼下，也只有叶湾湾一人能帮他证实这一猜想，并揭开幕后之人"用画像杀人"的真正目的了……

唐多令·晏山海

李芷惜似乎也想到了这一点，探头到苏遇面前："要去找叶湾湾吗？"

苏遇略一蹙眉："人应该在魏王府。"

苏遇料到，经过昨夜那一番对话后，叶湾湾一定不会再留在大理寺，可他没有想到，她竟然直接离开了长安城。

苏遇和李芷惜来到魏王府时，李泰正在西厢，满怀希望地等着叶祝祝想出叶湾湾可能去到的地方。

今日早朝后，李泰从马车夫那里拿到了叶湾湾留给他的告别信。信上除了拜托他照顾叶祝祝和希望他不要与太子为难外，就只剩下一句仓促的告别，连离开的原因和要去的地方都没有说。

叶祝祝不想李泰担心，于是绞尽脑汁地思索叶湾湾可能的去向，可思来想去，她才发现，自己根本不了解叶湾湾。她只知道叶湾湾是父亲在庭州收养的孤儿，会画画，至于除了给人画像外，叶湾湾是否还有其他营生，她一概不知。

李泰感到一丝绝望。他反复看着手中的书信，想从字里行间中找到一丝她是被迫离开的痕迹。可信纸上只有寥寥几笔，显然是叶湾湾走得坚决，出于礼节才留下只言片语通知他。

见此情景，苏遇没有再提许世卿的画像一事。一来，魏王此刻根本无心查案。二来，苏遇内心也是五味杂陈——叶湾湾连只言片语都没有留给他。

不过，苏遇还抱有隐隐的希望。他想起叶湾湾费尽心机地将许世卿推到他的面前，就是为了给虞山公主报仇。这样的情谊，应该会令她再度出现，到葬礼上见虞山最后一面。

虞山公主的头颅很快就被太子和吴王挖了出来。订棺木、选坟址等诸多事宜完成后，已经进了五月。

大丧的道场依旧设在玄都观，由吴王李恪主持。

存放尸身的棺木就摆在正殿中央，被一众口中念念有词的道徒围着。阙老夫人跪伏在棺木旁，努力克制着想要号啕大哭的冲动。太子就站在她身后，心不在焉地跟着众人一道默哀。

文武百官由禁军簇拥着，立于正殿之外。苏遇就挤在乌泱泱的人群中间，蹙着眉心看着此刻玄都观四周里三层外三层的守卫。此等严密的防守，比那日虞山公主入住时有过之而无不及，非朝中之人，想要入观为虞山公主送行难于登天。

大概是他偷偷摸摸、左顾右盼的神情引来了巡逻禁军的注意，苏遇忽然感到有人在他肩上轻轻拍了拍，随后又在他耳边低语："苏少卿可是在找什么人？"

苏遇倏然回头，看见李修正顺着他的目光，四处扫视玄都观。苏遇松了口气，微微清了清嗓子，有些欲盖弥彰地解释："虞山公主一案，还有诸多细节没有查明。虽然圣人和突厥方面都已经不再追究，可真相不明，我便如鲠在喉。眼下，有个知晓内情的人也许会来玄都观为虞山公主送行，我需要找到她。"

李修压低声音问道："苏少卿要找的人，是我朝中人，还是突厥人？"

### 唐多令·晏山海

苏遇装作云淡风轻："只是长安城内一百姓。"

李修了然地点了点头："苏少卿请随我来。"

李修将苏遇带出人群，沿着禁军守卫的外围一路往正殿西侧的侧门走去。

虞山公主的假冒身份被揭穿后，李修就被官复原职。如今，他再见苏遇便平添了几分亲切和感恩："多亏苏少卿英明睿智，一眼就看出那是个假公主，才解了大唐这次的危难。突厥使团离开后，圣人就把我们这些当晚当值的人都官复原职了，改日，我得请苏少卿喝顿大酒，好好谢谢苏少卿的大恩大德。"

苏遇面带微笑："职责所在，中郎将不用记在心上。"

"诶，怎么能不记在心上！"李修一瞪眼，亲亲热热且结结实实地在苏遇背上拍了一巴掌，"苏少卿可千万别同我这般客气。"

苏遇一个不留神，被李修拍了一个趔趄。他嘴角抽了抽，有意识地岔开话题："看来，中郎将又被重新调回宫城任职了。"

李修抹了一把下巴，嘿嘿乐了两声："我现在负责东宫守卫，是太子殿下亲自调派的。"

"太子的护卫？"苏遇敏感地捕捉到了李修话中的附带信息，"那日太子与吴王一同封禁玄都观密道，中郎将可在？"

李修坦然答道："自然是在的。"

苏遇眸光一亮："中郎将可曾进入密道？"

李修点着头拍了拍胸口的铠甲："当然，假公主的脑袋还是我亲手拿出来的。"

苏遇故作好奇地追问:"那密道里是什么样子的?有没有机关陷阱?中郎将去取虞山公主头颅时可曾遇到什么危险?除了公主的头,密道里还有没有其他东西?"

李修被问得一愣一愣的,半晌才理清苏遇的问话,边回忆边回答:"密道里除了一颗脑袋之外空无一物,什么机关陷阱的更是没有。"他思考的时候会下意识地去挠后脑勺,结果指尖撞到了头盔,索性屈指在那敲了敲,"说是密道,其实就是长安城的地下水道,只是碰巧在玄都观内有一处秘密入口,被有心之人利用了而已。"

地下水道……这座城池下的水路四通八达,也难怪虞山公主的尸身会从这里无声无息地漂到平康坊。朝礼那日,太子开启密道难道是想借助水路秘密运送什么不能为人知的东西?

苏遇低头沉思,全然没有注意到二人已经行至玄都观侧门。只见苏遇堪堪在侧门的门槛前停下,一只脚要迈不迈地踩在门槛上,一手撑着墙壁苦思冥想。

李修一脸茫然,等了苏遇许久都不见他有什么反应,不免有些好奇地伸手在他面前晃了晃:"苏少卿可是想到了什么?"

"没有。"苏遇回神,下意识环顾四周,又看了看门外街道上拥挤的人群,"这些都是来看虞山公主葬礼的百姓?"

"嗯。"李修朝人群瞥了一眼,"玄都观四周都有禁军守卫,只有这里是圣人特别交代的,留给前来送行、看热闹的百姓专用。苏少卿要找的人,也许就在其中。"

苏遇点了点头,却没有马上将视线投入人群寻人。他迟疑了片刻,收回踩在门槛上的脚,靠在门边,仿佛在搜寻线索一般,将略带审视的目光在侧门的上下左右悠悠地转了几转,视线几次不小心飘到门外又都十分克制且迅速地收了回来。

李修在一旁一瞬不瞬地观察着苏遇,总觉得他这一脸欲盖弥彰的期待与志忑不像是在搜寻案件的相关人证。他又敲了敲头盔,皱着眉思考了须臾,而后恍然大悟地咧嘴一笑,往苏遇耳边凑了凑:"苏少卿要找的这位知情者,是位小娘子吧?"

"什么?"苏遇一愣。

苏遇的表情让李修立刻坚定了内心的猜想:"是那晚和苏少卿一同出城去乱葬岗那位小娘子?"

苏遇有一瞬的惶然。他早已习惯了伪装,就连身边最亲近的人都看不穿他的心思,哪怕是刘行敏,也常常是在事后才能摸清他的布局,可李修竟然在几个眼神间就发现了他的内心所想。

果然是最近对自己太放纵了。

苏遇迅速敛了心神,调整好状态,又露出了那副例行公事般的微笑:"的确是她。此人机敏诡诈,一不留神就会被她发现我们的意图,进而被她蒙蔽,所以,要小心行事。"

李修虽然爱好八卦,但内心却是个憨憨,见苏遇神色正经便不疑有他,当下也跟着后退一步,缩到苏遇身后,神神秘秘地汇报:"可是,半月之前,我亲眼看见她从明德门离开长安了。"

苏遇微微皱眉:"其后有没有回来过?"

李修又挠了挠罩在后脑勺上的头盔:"之后我就被调回宫中,没再看守城门了。"

叶湾湾行事一向随心所欲,心情不好出城散个心,玩个三五天再回来也不是什么怪事。毕竟,她背后还有一个强大且如谜一样的势力,容不得她说走就走。

苏遇像是终于说服了自己一样,看向门外的人群。

长安城内的百姓生活富足,渐渐地,都养成了凑热闹的习性。说到底,虞山公主究竟是何许人与他们并无关联,可见玄都观内摆出这么大排场的葬礼,各家的爷们婆娘都做不到视而不见,以免茶余饭后和邻居们聊起家长里短时跟不上话题。

苏遇有限的目光刚一投入门外的人山人海便瞬间迷失了方向。好在,李修也认得出叶湾湾的脸,还能帮着他一同寻觅,可没一会儿的工夫,已然完成法事流程的太子就命人将李修叫回了正殿。于是,就只剩下苏遇一个人和这满巷子的男女老少"眉来眼去"了。

叶湾湾到底与旁人不同,她那一脸与生俱来的邪气让人过目难忘。只是,苏遇始终不曾在门外的任何人身上感受到那股邪气。

玄都观内的铜钟被敲响,院内"咿咿呀呀"的诵读声也渐渐沉寂。这场盛大的葬礼即将落幕,门外的百姓也渐渐散去。苏遇不动声色地看着一个个离开视线的背影,心也一点点沉了下去。

就在他转身准备离开时,一道熟悉的身影忽然自眼角闪过,苏遇下意识回头,看见那人正朝朱雀大街的方向离开。苏遇急忙迈出门槛,可还不等他前脚落地,就被快步赶来的禁军守卫拉住了。

"马上要到百官拜祭了,中郎将命下官来叫苏少卿回去。"守卫语气匆忙。

苏遇迟疑地朝那人的身影回望须臾,一狠心,退回到玄都观内。不过,他遗憾的心情并没有维持太久,就在他走回正殿这短短的时间内,他忽然想起,刚刚那个离去的背影身上,没有叶湾湾常年挎着的布包。

看来,叶湾湾是真的离开了长安,决然地连虞山的葬礼都没有来。

突厥人没有大唐停棺七日才出殡的习俗,玄都观法事后的第二日,虞山公主的尸身就入了土。其后的一系列流程事宜、许世卿案件的复核处理都由吴王李恪一手包办。等万事处理停当,已经临近夏至。

任谁也没有想到,太子和魏王斗得如火如荼,最终竟是吴王李恪在朝臣面前露了脸。李恪虽然天生勇武,颇受圣人喜爱,但毕竟不是长孙皇后所生,是以,从未有人将他列入储位的后备军。而他的崛起不禁让百官内心恍然——这大唐的天,怕是要变了。

## 第十四章　重逢


入夏前的几日，不安和躁动笼罩着整个长安城，沉寂许久的都城终于又出了一件新鲜事。明德门外的茶水铺子，奉茶的伙计尽职尽责地为每一个即将入城的百姓讲述着这桩大事——乡下妇人状告当今圣上李世民。

茶水铺子一角，一位身着粗布长衫的客官正懒洋洋地靠在竹椅上，两只脚交叉搭在竹竿做成的围栏上，脸上盖着一把破旧的草编蒲扇。听见伙计在不远处滔滔不绝，她轻巧地将抱在身前的手臂抽出来，曲起两根手指在桌面上轻轻敲了敲："再添些茶。"

"来了。"伙计灵活地转身，抄起炉上的茶壶，几步蹿到那位客官面前，往桌面上那只空碗里蓄了茶。

客官只是闻着茶香就叫了声好，随后大方地从怀里摸出几个铜板拍在桌面上："把你刚刚说的那个故事，再讲一遍给我听。"

"得嘞。"伙计利落地收了钱,一把抹掉脸上的汗,开了嗓,"客官可曾听说过,几个月前突厥的公主死在玄都观的事?"

客官依旧躺靠在竹椅上没动,只是盖着蒲扇的头微微点了点。

"听说真凶是一个姓许的朝廷命官,得知事情败露就畏罪自杀了。圣人震怒,将其尸首锉骨扬灰。"伙计用搭在肩头的棉布抹了把脸,继续道,"后来,突厥人也没再追究此事,公主下葬后就通通离开了长安。本来这案子就算结了,可那位许郎君的家人突然闹了起来……"

"就是那位乡下妇人?"客官接话道。

"没错,那老妇人是许郎君的母亲,因为对圣人的判决不满,孤身一人上京告状。"伙计啧啧了两声,"老人家已经七十多岁了,这一趟怕是有来无回。"

竹椅上的客官动了动,抬手把遮在脸上的蒲扇稍稍挪开一些,露出一双晶亮亮的眼睛:"那位老妇人把状子递到了哪个衙门?"

"递到了雍州府,刘长史手上。"伙计答,"明日就要升堂审理了。"

"多谢。"躺在竹椅上的客官仰面对着伙计露出一个微笑,随后坐直身子,喝干了碗里的新茶,起身出了茶水铺子。

伙计愣了愣,总觉得从那双眼睛里透出的笑有股邪劲儿。他捏了捏自己发麻的指尖,慢吞吞地将茶壶放回到茶炉上。

叶湾湾走进明德门时已经是日落时分,街坊市集里到处都在进行着宵禁前最后的狂欢。灌了一肚子茶水的叶湾湾此刻腹中咕噜乱叫,于是,她摇着手中蒲扇,迈着方步,从善如流地挤进了西市一家点心铺子。

片刻后,她捧着一块毕罗走上大街,还没来得及张嘴咬上一口,就有一小乞丐扯住了她的衣襟下摆。

"楼上有人要见你。"小乞丐指了指身后的酒楼,盯着叶湾湾手中的毕罗说道。

叶湾湾抬头,看见酒楼开启的朱窗后依稀坐着一道熟悉的身影。她叹气似的笑了笑,把热乎的毕罗塞给小乞丐,上了酒楼。

叶湾湾刚走到二楼厢房门外,门就被人从里面打开了。她还没来得及看清对面之人的脸,就被一把拉进厢房,按在了窗边的坐榻上。

"有辱斯文,有辱斯文。"叶湾湾故作惊慌地用蒲扇不停地拍胸口。

"这么久你跑去哪儿了?"叶祝祝一把将不停在眼前呼扇的扇子抢了下来。

叶湾湾眉眼上挑,露出一个稍显谄媚的笑来:"南边。"

叶祝祝转身也在榻上坐下:"怎么不直接回王府?你当初留下一句不清不楚的话就走了,魏王很是担心你。"

叶湾湾没有回答,她捡起盘中的糕点塞进嘴里,又喝了茶,心满意足后才往叶祝祝的方向探过头,一手撑在身前的小几上,托着腮,微微眯起双眼,慢悠悠地说道:"我回来的事,你告诉魏王了?"

"你不让说,我就没说。"叶祝祝摇了摇头,担忧地看着叶湾湾的双眼,"你当初为什么突然离开?你走之后,苏少卿和豫章公主也到王府找过你。湾湾,你是不是犯了什么事?"

叶湾湾眨了眨眼,向后缩了缩脖子,原本撑在脸侧的手慢慢落了下来,搭在桌面,指尖有意无意地蹭着小几上光滑的漆面:"他们来找我……有什么事?"

"见你不在,他们就没说。"叶祝祝看着叶湾湾的举止反应,微微蹙着眉,"可那两个人凑在一起出现,是不是与案子有关?"

"也许吧。"叶湾湾耸了耸肩,原本上扬的眼尾向下一压,露出一个倦怠的表情,"我不在的这段时间,城里还有什么新鲜事吗?除了许母状告圣人那事。"

"前几日听魏王妃说,圣人因为苏少卿发现假公主一事有功,要为他赐婚。"叶湾湾和苏遇搅在一起的时候,叶祝祝不是藏在冯府,就是被关在雍州府大牢,对这二人之间的事耳闻不多。所以,当叶湾湾问及长安城内的新鲜事,叶祝祝想也没想便将此事脱口而出。

叶湾湾的眼睛张得大大的,没什么鲜明的表情变化,木然地看着叶祝祝,似乎只是在等她的下文。

叶祝祝继续道:"好像还没定下是和哪家的女儿。"

叶湾湾的眼珠动了动:"圣人就没问问苏少卿的心思?他不

是和豫章公主走得很近？"

"听魏王妃说，公主确实找过魏王，拜托他向圣人进言。不过，刚巧就发生了许母状告圣人的事，赐婚一事就被搁下了。"叶祝祝说着说着，忽然叹了口气，"刘长史是个为民请命的好官，可偏偏许母要告的是圣人，这让刘长史怎么办。"

叶湾湾呷了口茶："明日去看看不就知道了。"

叶祝祝半边身子靠在小几上，指尖在茶杯的边缘划过一圈："古稀之年却遭逢白发人送黑发人，独自一人上京告状，我见不得这种场面，就不去看了。"

叶湾湾默不作声地将盘中的糕点一块接一块地塞进嘴里，连味道都没咂摸一下就直接咽了下去。不过半晌，她就被噎得直伸脖子，好不容易缓过来后才悠悠说了一句："许家还有后人，许母也不算绝望。"

叶湾湾虽然离开了长安许久，却也有着自己的途径打探消息。她知道苏遇拜托豫章公主保护芳玉，留住了许家一点血脉，她也正是利用这个消息，将孤寡得几乎没有了求生欲的许母劝进了长安。毕竟，许世卿是身负罪名而死，若是不让圣人收回成命，许家后人怕是永世不得翻身。哪怕是为了芳玉腹中的婴孩，许母也不得不豁出性命上京和圣人对峙。

这一场官司的噱头足够劲爆，第二日一早，雍州府府衙还没有开门，衙差们还没有上工，府衙外就已经围满了看热闹的百姓。

唐多令·晏山海

有人的地方就有买卖。人群外围,很快就有生意人支起了临时的茶肆和小吃摊。叶湾湾带着帷帽,坐在茶肆一角、距离人群稍远的地方,静静地等着刘行敏升堂。

已时一过,府衙大门被重重推开,乌泱泱的人群像决了堤的山洪瞬间向前涌去,饶是衙役们早有心理准备,也被这壮观的场面惊得呆滞了须臾,冷不防,就被几个好奇心过重的百姓踩着衙门的门槛冲进了大堂。

刘行敏颇为苦恼地揉了揉眉心,一边高声嘱咐着"不要推搡,以免踩踏闹出人命",一边低声吩咐身边的铁头将堂上的百姓驱赶出去。等到完全平息了热情似火的人潮,已经过了巳正。

许母终于上了堂。大概是许世卿自尽后,她终日悲伤,嗓子已经哭哑了,说起话来声音嘶哑低沉,还带着浓重的口音。府衙外的人群不得不屏气凝神才能勉强听清她的陈述。

许母本家姓高,是渤海人士,前朝时祖上获罪,举家被迁至剑南道的泸州。凄风苦雨几十年,好不容易等来了儿子高升,不想还不到一年,就落得此等下场。

自报身份时,许母一直低着头,瘦削佝偻的身体几乎完全贴在地上。从府衙大门外越过层层攒动的人头看过去,只能看见她单薄的背脊,伴随着压抑的哭声上下抽动。

同情弱者是人们的天性,此时,已经没有人在乎许世卿到底犯了什么罪,单是看到这位可怜的老人,人群中就响起一阵阵难过的唏嘘声。

叶湾湾一直一动不动地坐在茶肆里，听着耳边不时传来的议论声。片刻后，那些低沉的唏嘘声忽然变成了爆发式的讶异。从人们的只言片语中，叶湾湾听出许高氏对圣人的控诉应该是到了高潮。

叶湾湾放下茶碗，挤进人群，将帷帽下的白纱稍稍拨开一点缝隙，向堂上看去。

只见许母颤颤巍巍地站了起来，跟跄地往前迈了两步，继而整个人往前一扑，几乎趴在了刘行敏面前的桌案上。

杵在两旁的衙役吓了一跳，下意识地想把妇人拉开，却被刘行敏制止了。

刘行敏放低了声音："你有何冤屈，都可以对本官讲。"

许高氏花白的发髻在刚刚一番折腾下已变得散乱，草草地垂在脸侧，将瘦削的脸衬托得像索命的亡魂。她青紫的双唇哆嗦了许久，才开口："我儿做了近三十载的翰林待招，一直籍籍无名，却一夜之间升任侍郎之职。饶是他学识浅薄，也不会看不穿这富贵名利来得蹊跷。"许高氏边说边从怀里掏出几张泛黄发皱的纸张，"这是这些年变卖的家产凭证，我儿是为了家计才不得已接下的这官位。"

许高氏将手中的一张张凭证小心翼翼地在刘行敏面前铺开："因祖上获罪，家中日子清贫，我儿年过四十都未娶妻。如今，他的妾室身怀六甲，他定是为了这点香火才会误入歧途。他杀害突厥公主，其罪当诛，我无话可说。可他不过是一介小官，能与那公主有什么仇怨，非要杀了她不可？"

刘行敏知道许高氏的弦外之音，搭在案边的双手不自觉地握成了拳。

"我的儿子，他不过是颗棋子罢了。"许高氏终于说出了重点，"那些人让他怎么做，他就只能听从。他只是刽子手手中的刀。如今，虞山公主死了，不惩罚那些刽子手，却单单毁了受制于人的刀斧。"

许高氏死死抓着胸口的衣料，又用力捶了捶："这天下没有不爱孩子的父母，圣人包庇诸皇子，我可以理解。可如今这般局面，难道是我的儿子造成的吗？若非圣人溺爱诸子，太子自危，怎会发生宗室相残的局面，又怎会让我的儿子成为他们争斗之下的一枚死棋！"

许高氏默默啜泣了一会儿，原本苍白的脸已经渐渐涨红，这会儿，连浑浊的双眼也布满了血丝，蒙上了一层戾气："是圣人造成了今日的局面，是他的儿子们践踏人命。可是凭什么，他的儿子依旧高坐庙堂，我的儿子却要被锉骨扬灰！"

许高氏一句话喊完，府衙内外鸦雀无声。进而，门外的人群中爆发出山呼海啸般的议论声。抱着法不责众的心态，众人声声都在替许高氏撑腰，一致声讨着圣人自欺欺人的包庇行为。

叶湾湾看见刘行敏不自觉地向左方侧了一下头，随即又克制地将脖子扭正，叶湾湾的视线也跟着向左侧看去，发现那里有一道细微的光影。她立刻意识到，后衙藏了人，而刘行敏的反应正说明，此人位高权重，也许是圣人，也许是其下某位重臣。可不管是谁，许高氏的这番话和群情激愤的场面一定会传入李世民的双耳。

圣人当年那句"水能载舟，亦能覆舟"犹在耳畔，此情此景下，他怕是再也不能对诸皇子的争储行径视而不见了。

此案毕竟牵扯了至尊之人，刘行敏无法当场审结。他象征性地拍了拍桌案，示意众人安静："今日问案就先到此为止。许高氏，三日之内，本官必会给你个说法。"

叶湾湾看着左侧那道光影忽然隐去，知道是躲在后衙的人放下了垂在那里的门帘。她轻轻勾起嘴角，悄悄退出了人群。

不过一盏茶的时间，叶湾湾就在雍州府的后门见到了被刘行敏亲自送出来的许高氏。叶湾湾戴着帷帽，站在树下，等刘行敏离开后她才走到许高氏面前。

"你来了。"许高氏一眼就认出了她。

"刘长史是好官。"叶湾湾安慰道。

"再好的官也未必斗得过皇权。"许高氏无力地笑了笑。

大概是刚刚在堂上哭号了太久，许高氏这会儿有些脱力。叶湾湾见她走路都有些摇晃，便把人拉到永安渠边的一处木栈道上坐了下来。

她从怀里掏出一块油纸抱着的胡饼递给许高氏："这是刚刚在铺子里买的，您先吃些。"

"吃不下。"许高氏只是摇了摇头，可虚弱的身体却晃得像要散了架似的。

也许是担心许高氏会把自己晃进永安渠,叶湾湾下意识地揽过她的肩,让她靠着自己。冷不防的,她碰到许高氏枯瘦如柴的手臂,那里几乎没有一点皮肉,嶙峋的骨头甚至令人觉得硌手。

叶湾湾的心里一酸。

从泸州到长安这一路上,她一心一意都在想着要把这位老妇人快些送进长安城,完成自己的任务。因为许世卿杀了虞山,她对许高氏甚至还带着恨。一路上,她从未关心过老人家的心情和身体状况,许高氏大概也不想被一个外人看到自己悲伤脆弱的一面,所以也从没在叶湾湾面前表露出什么悲伤的情绪。

可现在,摸着老人这一身扎手的骨头,叶湾湾忽然觉得自己特别不是个东西。她为了自己,害死了老人的儿子,却还要在老人家心口剜刀子。

不知怎的,叶湾湾眼眶一热,靠在了许高氏的肩头。

许高氏感觉到肩头的衣料处传来一股温热的潮湿感,就知道叶湾湾哭了。她抬手拍了拍叶湾湾的手,柔声道:"你陪着我从泸州一路走到长安,我很感激,却无以为报。往后,叶娘子就不要再管我了,免得拖累了你。"

许高氏不知道叶湾湾背后的阴谋,单纯地对她心存感激,不想她跟着自己一起难过。心情平复过后,许高氏执意把叶湾湾推离自己的肩头,摇摇晃晃地起身,又摇摇晃晃地离开了木栈道。

叶湾湾微微侧过头,看着许高氏投在自己身侧的影子一点点缩短，直至消失，她忽然就撑不住了，奔涌而出的眼泪甚至没有留给她抬手捂住双眼的时间，纷纷溢出眼眶。

叶湾湾不敢哭得太大声，就只能拼命咬住嘴唇，很快，嘴里就泛起了血腥味。她不知道该怎么盖住这股罪恶的气息，只能无意识地拿起身前的胡饼，拼命地往嘴里塞，可嘴里的食物噎得越多，她哭得就越凶。

忽然，木栈道上传来细微的"咯吱"声，一道狭长的影子渐渐向她延伸而来，进而挡住了她身侧的光。

叶湾湾下意识地扬起挂满鼻涕眼泪的脸，看见那个人正站在她面前。

他对着她低眉浅笑，像庙中佛陀，一眼普度众生。

唐多令·晏山海

程浠 ◎ 著

下册

辽宁人民出版社

# 卷四
休言万事转头空,未转头时皆是梦

## 第十五章　太子之殇

叶湾湾再次来到了崇化坊的苏宅，又踏进了那间曾被她嫌弃为柴房的东厢。一如最初的模样，桌上依旧摆着一大碗寒酸的馎饦。

与从前不同的是，此刻的叶湾湾没有任何想打趣苏遇的心情，只是拿着汤匙，一口一口舀起汤汤水水往嘴里送，边吃边哭，搞得眼泪鼻涕口水一起往碗里流。

苏遇一脸的嫌弃，可看着叶湾湾那张哭得皱巴巴的脸，他又不好把自己的情绪表露得太过明显。许久，他抓起叶湾湾搭在桌边的左手，用她自己的袖子给她擦了擦脸。

叶湾湾噎了一下，止住了哭。

苏遇稍稍松了口气："许高氏是你带进长安的？"

叶湾湾打着嗝，点了点头。

苏遇还记得裴南子的话：圣人有意放过太子，那个谋划一切的幕后之人必然心有不甘，一定会再次制造太子和魏王之间的争端。不过，裴南子只说中了一半。幕后之人的确没有善罢甘休，可他并没有去挑拨两位皇子之间的矛盾，而是用了更高的招数：直接将矛头指向了圣人的包庇之举，以全长安城的百姓做筹码，逼迫圣人重新处置太子和魏王。

可是事情已然发生，苏遇也做不到力挽狂澜。他轻轻叹了口气："我看过许世卿与家中往来的信件，他虽然会向许高氏报喜，但绝不会透露自己接受官位的原因。想必，这些都是你告诉许高氏的，而她在堂上的那番话，也是你暗示的吧。"

叶湾湾又点了点头。

苏遇明知故问："你该做的都做了，任务完成得这么出色，还哭什么？"

叶湾湾抬起头，虚张着一双眼泪汪汪的眼睛看着苏遇："如果我再问你，会不会为了身家利益，做出违背礼法，甚至违背自己心意的事。你怎么答？"

"我的答案还是肯定的。"苏遇直言。

叶湾湾的眼角有泪滑过："为什么？"

"因为我不愿再回到尘埃里。"苏遇直视叶湾湾的双眼，"但那是我的答案。如果你承受不了内心的罪责，那就不要去做。"

闻言，叶湾湾又低下头，默不作声地看着眼前那一大碗馎饦。

苏遇缓下语气:"已经犯下的错,弥补就是。"

叶湾湾把指甲狠狠掐进肉里,半晌,她垂着的头忽然转向一旁,目光落在了苏遇搭在桌边的手上。

苏遇注意到了叶湾湾的动作,原本摩挲着桌面的指尖痉挛似的一抖。他下意识地想把手收回来,可也不知为什么,五指僵硬地拢在桌面上,到底还是没动。

不出苏遇所料,叶湾湾矜持了一会儿,果然抓起了他的手,扯过他的袖子,在自己泪迹斑斑的脸上大大咧咧地抹了一把。

感受到叶湾湾的眼泪漫过了袖口,正顺着自己的指尖流向掌心,苏遇顷刻间就将眉头拧成了麻绳状,难以控制地哂了一句:"怎么不用你自己的?"

"我的已经湿透了。"叶湾湾理直气壮地一撇嘴,"知道我要干什么你还不躲。"

苏遇盯着袖口晕开一片的水渍,无奈地甩了甩。他虽然一脸的不耐烦,一脸的嫌弃,可心里却清清楚楚地知道,如果刚才自己躲开了,今晚让叶湾湾伤心的,怕就不只是许高氏一人了。

叶湾湾知道苏遇早就看破了自己的用意,但还是由着她去了,只是这一微小的举动,就让她原本死水无波的心里透进了一线天光。自从被他无缘由地关进大理寺,叶湾湾就认定苏遇当真是只看重权势,其他万事都不记于心。可刚刚在木栈道上的一瞥,她又分明看见了他眼中的悲天悯人。

她想知道他到底是怎样的人,他就给了她一次机会。

像是不想自己的心思被看穿似的,苏遇瞥了叶湾湾一眼,有些欲盖弥彰地解释:"看你太伤心,所以满足一下你这不知从何处习得的恶趣味,你也不用太过感激。"

叶湾湾轻轻"哼"了一声。

她再次舀了一勺馎饦,慢吞吞地吃了许久才又抬起头:"关于许高氏,或者其他什么都可以,你有什么要问我的吗?"

"还是不能说出你背后的那个人是谁吗?"苏遇想也不想地开口,只是语气淡淡的,似乎并没有指望能得到叶湾湾的答案。

"不是不能说,是说了也无济于事。"叶湾湾看着苏遇,目光不动,"他们从来就没有真正信任过我,与我有过接触的不过是他们派来的一些无名小卒而已。"

"那便换一个问题。"苏遇再次直白地开口,"许母这步棋你已经走完,接下来,还会发生什么?"

叶湾湾缓缓牵动嘴角,用少有的严肃的目光看着苏遇,一字一顿道:"太子会死。"

太子居于深宫,身边更是有层层护卫,除非兴兵造反,否则,很难将太子置于死地。能将太子生死握于手中的唯有当今圣上,可就算太子有诸般罪状,毕竟关系国本,连废立都不可轻言,何况生死。苏遇无法相信,李世民真的会因为许高氏的一番控诉处死一国储君。

叶湾湾这一消息给得太过惊世骇俗,苏遇一时间不知该作何反应。好半晌,他才再次开口:"因何而死?"

唐多令·晏山海

叶湾湾:"自寻死路。"

光德坊,雍州府后衙。

浓烈的日光穿越门扇,打在刘行敏弓起的背脊上,燃起一片灼烧感。他微微抬起头,看向坐于主位的李世民。

分立在李世民两侧的国舅长孙无忌和黄门侍郎褚遂良瞥见刘行敏小心翼翼的目光,也都不约而同地向后倾了倾身子,对视一眼,而后又同时摇了摇头,不愿做这打破沉默的第一人。

"陛下。"刘行敏无声地叹了口气,"民怨已起,望陛下早做裁断。"

一直闭目不语的李世民倏然抬起拳头,用力捶上膝盖,而后又僵硬地松开,左右分别指了指长孙无忌和褚遂良:"你们有什么想说的?"

褚遂良朝李世民的方向躬身,直言进谏:"臣以为,当对太子和魏王做出处罚。"

长孙无忌见李世民皱了眉,连忙替褚遂良找补:"陛下,此事在京师闹得沸沸扬扬,传入太子和魏王耳中难免会再起猜忌。这几年,太子与魏王私下里争斗不断,陛下若再姑息,臣恐会使两位皇子间的仇怨加深,进而比周朋党,互相打压。臣以为,为防止二位殿下手足相残,不如将他们分开安置。"

李世民揿了揿眉心。虽然他亲手毁去了许世卿的临终绝笔,但朝廷无隐私,遗书中的内容到底还是在朝野内外传开,甚至流遍了长安城的大街小巷。

眼下，就连街边的乞丐都知道：许世卿感念魏王在《括地志》中提及《营造之法》，让他有机会右迁工部侍郎，为报知遇之恩，他以玄都观内的密道做投名状，假意投靠太子，并灭口意外落入密道的虞山公主，又故意让其尸身现世，从而栽赃太子，助力魏王上位。

虽然遗书里字字句句都在帮太子和魏王开脱，俨然一切都是许世卿自作主张，死前忽然良心发现，要将真相大白于天下的架势。可李世民心知肚明，如果不是自己纵容诸皇子至今，他们也不会为了储位之事各自为营，自然也就不会有臣子站队，为了各自效忠的人而不择手段，甚至草菅人命。

"许世卿虽有谋杀公主之罪，但罪不及家人。至于……"李世民沉沉地呼出口气，艰难地继续，"朕决意免去太子监国之职，禁足东宫。魏王降封为顺阳郡王，离京，居于均州。"说完，他绷紧的脸色忽地垮了下来，无力地靠在绳床上。

"明日便是夏至，休朝三日。三日之后再让中书省明发诏书，让太……让他们安安稳稳地过完这个夏至。"过了半晌，李世民再次无力地开口，"还有，替我好好安抚许家人。"

刘行敏三人齐齐躬身："臣领旨。"

早在几个月前，太子李承乾便打算在夏至日到曲江池临水听风，还特意从魏王那里借来了雕梁画舫。

281

## 唐多令·晏山海

皇子们于节庆日出游本是寻常之事,可自从叶湾湾预言太子会死,苏遇就不免有些杯弓蛇影。他不能无凭无据地向圣人进言,也不能用性命之忧这种诅咒阻止太子出行,就只能暗中随行,以求心安。

太子身份尊贵,在他出游曲江池之前,禁军就已暗中拉起了警戒圈。苏遇只能带着叶湾湾登上曲江池附近的酒楼,坐在三楼窗边盯着曲江池上的动静。

叶湾湾一副没心没肺的模样,兀自在桌面上铺开了画纸,研好了墨,提笔准备作画。

苏遇虽然还保持着他那副云淡风轻的模样,可内心早已将引发太子身死的诸般可能都分析了一番,就连叶湾湾会以画断生死这种无稽谶言他都没有放过。见叶湾湾摆好了架势,苏遇不禁微微皱了眉:"你要画太子?"

"就知道你会担心。"叶湾湾朝苏遇眨了一下左眼,"我怎么可能给自己惹这种麻烦。你放心,我今日只画风景,不画人。"

苏遇看着叶湾湾行云流水般的笔触,心中再次涌起诸多疑问:"你的画像,从来没有出过错吧。"

"没有。"叶湾湾望着远处被风吹皱的水面,一气呵成地勾勒出层层荡漾的水波。

苏遇试探道:"幕后之人给了你一个用画预言的噱头,所为何事?"

"官场上,郁郁不得志的人最容易被利用。他们慕名而来,我为他们画像，再收集他们的信息，之后，自然会有人接触他们。能收为己用的就升官发财，不能的……"叶湾湾手中的毛笔忽然顿了顿，嘴角一抿，"就只能算他们倒霉。"

苏遇直视叶湾湾，仿佛想要通过她的回答将她看穿："你们在用画像传递信息。"

叶湾湾坦言道："是。"

苏遇追问："那虞山公主的画像呢？"

叶湾湾云淡风轻："那是我私自画的，与预言无关。你们没有找到，也许真的是丢了吧。"

苏遇蹙眉沉思："许世卿是如何通过你的画升任侍郎的？"

"他的母亲是渤海高氏之后，与高颎同族。"叶湾湾在作画的百忙之中抬头看了苏遇一眼，"整个长安城都是高颎和宇文恺建造的，如果这城里有什么秘密，他们二人的族人想必也会知晓。有人让我去给许侍郎画像，趁机探探他的口风，他果然就说出了玄都观密道一事。所以，就升迁了。"

苏遇的目光移到叶湾湾的画纸上："许世卿的画像原本没有错，可他自尽后，我去看过他的画像，被人添了一笔。那张画像一直被锁在木匣子里，无人能接触到……"

叶湾湾慢悠悠地挑起眼帘，眼中扬起一抹诡异的邪气。她看着苏遇，缓缓勾起嘴角："也许，是他自己添上去的呢。"

叶湾湾话音刚落，曲江池上忽然传来一声撼天动地的轰鸣。在叶湾湾还未收起的笑意里，楼外的水面掀起万丈波澜，刚刚驶离码头的画舫被炸得四分五裂,无数碎片和着奔涌而起的水花扬向天际,继而落回水面,随波逐流。

震惊过后,苏遇下意识瞥向叶湾湾的画。虽然她信誓旦旦地保证"不画人",可画纸上,那艘画舫船舱外的雕栏边,分明倚着一个身着长衫的男人。

"叶湾湾。"苏遇没有想到,她竟然在此时还在利用画像传递信息。

叶湾湾收起了笑:"快去看看太子吧。"

苏遇垂在身侧的双手不自觉地握紧成拳,心中竟不知要拿叶湾湾如何是好。半晌,他闭着眼生生压下心口的浊气,转身冲下酒楼。

叶湾湾看着苏遇愤然离去的背影,有些难过。她慢吞吞地起身,将摆在桌面上的宣纸画具一件件收回到布包里,又将刚刚画好的《太子遇难图》小心翼翼地抹平,用酒具将四角压好,防止被风吹走,而后,离开了酒楼。

此时的曲江池边已经围满了好奇的百姓。叶湾湾看见李修风风火火地将苏遇拉到一边,似乎正在向他转述刚刚发生的一切。叶湾湾从人群中扒拉出一个看热闹的乞丐,给了他几枚铜板,向他指了指苏遇,又嘱咐了几句,随后不慌不忙地退出人群。

曲江池上那一声响天彻地的巨响差不多把周围所有的百姓都引了过去,竟然造就出万人空巷的奇景。叶湾湾走在曲池坊内空旷的大街上,隐约地还能感受到阵阵阴森的寒意。恍惚间,她听见身后有细微的脚步声追踪而来，她下意识地回头去看，却还未及眨眼，就被人兜头蒙住。

紧接着，她的后颈被人狠狠一捶，继而眼前一黑，失去了意识。

曲江池边，刘行敏带着一众衙役匆匆赶来，正看见苏遇蹲在岸边，检查着几乎被炸糊了的太子。刘行敏双腿一软，直接对着太子跪了下去，哆嗦道："何，何人如此大胆？"

"刘长史来了？"苏遇的声音倒还镇定，一边将刘行敏扶了起来，一边命人将气息尚存的太子送去太医院。

刘行敏好半天才回过神来，看向那艘被炸得四分五裂的画舫："有人在画舫上埋了火药？"

苏遇皱着眉："刘长史这么认为？"

刘行敏兀自思索半晌，摇了摇头："不会。太子登船之前，一定有禁军严格搜查过画舫内外，凶手就算可以掩盖火药的行迹，也无法消除它的气味，禁军不会发现不了。"

苏遇点了点头，稍稍侧了侧身看向刘行敏身后的一班衙役："刘长史，你的这些个手下有谁擅水性？"

"你怀疑火药藏在水下？"刘行敏问。

"码头的损坏程度比画舫更甚，如果火药藏在船上，断不会是这个效果。"苏遇将刘行敏拉到岸边，指了指码头上被炸得粉碎的栈道，"今日一早我便在这里，太子出事后没有人靠近过画舫，也没有人下过水。或许，此刻水下还留有线索。"

刘行敏立刻指派衙役下水，又瞅了瞅一脸严肃的苏遇："你是不是认为，此次火药爆炸事件很可能与数月前，太子开启玄都观密道有关？"

"中郎将曾与我说过，所谓密道不过就是长安城的地下水路碰巧在玄都观内有一处秘密入口。"苏遇转身看向刘行敏，"要想神不知鬼不觉地将火药运送到曲江池，四通八达的地下水路可是最好的选择。"

刘行敏思量："朝礼需要大量香火，火药与香烛纸钱的气味相近，太子在朝礼之日运送火药最不易被人察觉。"

"画舫出自魏王府，如今发生这样的事，魏王难辞其咎。太子是想上演一出苦肉计嫁祸魏王，只是……"苏遇轻轻磨了磨牙，目光飘向水面上四处漂浮的画舫碎片，"这出苦肉计是如何让太子自食其果的。"

"许侍郎背后的第三股势力。"刘行敏提醒道，"太子必然是有了万全之策，自信不会危及自身性命，不想，却没能算计过幕后之人。"

苏遇神色凝重："他们果然是想让二位殿下斗得不死不休。"

刘行敏遗憾地叹了口气："可惜，只差三日。"

苏遇不解："三日什么？"

刘行敏感叹道："圣人已然决心撤去太子的监国之职，禁足东宫，同时将魏王降封出京。或许，圣人早一日下旨，就不会有今日这一幕了。"

苏遇目光一凛:"都有何人知晓圣人这道旨意?"

"长孙国舅和褚侍郎。"刘行敏盯着苏遇紧绷的侧脸,"你难道怀疑,有人利用这道旨意挑拨太子和魏王,进而才酿成今日的惨剧?"

苏遇兀自思忖片刻,又微微摇了摇头:"幕后之人手上一定有天大的筹码才足以让太子以身涉嫌。只是,早在两个月之前太子便决议出游,这出苦肉计应与旨意无关……"

"你怀疑,魏王很可能知道了圣人的决定,于是孤注一掷,将计就计,趁乱对太子出手?"刘行敏直接说出了苏遇心中所想。

苏遇轻轻摇头:"还只是猜测,毕竟谋害太子可是大罪。魏王必然知晓,事情一旦败露,他便再无出头之日。"

曲江池的水面上渐渐冒出气泡,两名衙役随后探出头来,其中一人将右臂高高举出水面:"刘长史,苏少卿,在水下发现了这个。"

苏遇接过衙役手中之物:"油纸?"

油纸防水,正是在水道里运送火药的必备之物。

刘行敏连忙对水中的衙役吩咐道:"检查一下此处的地下水路,看看是否通到玄都观。"

两名衙役领了命,重新潜入水中。

"这里该查的都查了,接下来,就等禁军将物证和人证送去大理寺了。"苏遇朝刘行敏做了一个"请"的手势，"就劳烦刘长史与苏某一起，通宵达旦了。"

刘行敏叹气，一脸凄风苦雨地离开了曲江池畔。

二人行至不远，忽有一个乞丐神神秘秘地贴到苏遇身边，一边用细作般的目光在刘行敏等人身上左右乱瞟，一边快速对苏遇耳语："叶娘子让你回酒楼取画。"说完，转身就跑。

苏遇略一蹙眉。他忽然意识到，叶湾湾此次作画是在向他传递信息，可他竟然没能体会到她的用心……

那幅画工工整整地铺在酒桌上，清风将画纸吹得微微鼓起，画中的水波便仿佛有了灵性。苏遇迅速打量画面，忽地视线被一处墨迹吸引。他下意识俯身，指尖划过那道墨痕，而后迅速将画纸团起，转身下楼。

苏遇快步迎上刘行敏："还请刘长史派一人速去大理寺，告知今日当值的寺正立刻去东宫将秦老九带回大理寺收押。"

刘行敏立刻照办："今日之事与这位秦公公有关？"

苏遇将手中团成一团的画纸递给刘行敏："叶湾湾画的。"

刘行敏茫然地展开画纸，看到画舫上的小人时登时就愣住了："叶娘子给太子画像了？"

苏遇仓促地皱了皱眉，伸手在小人四周画了一个圈："刘长史仔细看，这艘画舫上的围栏都只有两根横梁，唯独这里……"苏遇点了点小人倚靠的地方，"有三根。"

"一个人倚在三根横梁上……"刘行敏一边念叨，一边歪过头,在画中人的四周来回审视,很快就发现了问题所在,"这人脚下的影子看上去像是一个'禾'字。"

"没错。"苏遇举起右手,迅速在左手掌心写下"三横""人""禾"三个部分,"这是一个'秦'字。"

刘行敏低头沉思:"当日提审叶祝祝,就是这位秦公公出面与魏王对峙。其后,豫章公主又在奚官局查出,朝礼后消失的两名宫人都与他有关,可见,此人必是太子心腹。"

苏遇:"可今日,如此重要的一出苦肉计他却没有出现,刘长史不觉得可疑吗?"

"看来,他很可能就是太子自食恶果的关键。"

"咚"的一声,叶湾湾被人重重扔在地上。她原本是脚尖先落地,可惜整个人被裹在麻袋里,伸展不开,身子一歪崴了脚,脑袋随之撞上砖石垒起的墙壁。还没等她缓过神来,腹部又结结实实挨了一脚。叶湾湾咬着牙,没吭声。

一个含含糊糊的声音从麻袋外传来:"你应该知道自己会是什么下场。"

叶湾湾冷笑了一声:"公公这般藏头露尾,忒没意思。"

"放你出来又如何?"随着一声阴恻恻的笑声,麻袋口被人解开,秦老九凶残带笑的脸映入叶湾湾的眸中,"你已经看不到今天的日落了。"

秦老九的手下是在坊内大街上抓的人,行事匆忙,没来得及捆住叶湾湾的手脚。像是怕她会逃走似的,刚一见叶湾湾从麻袋里爬出来,秦老九就抽出袖中匕首,利落地在她的小腿上戳了一个血窟窿。

叶湾湾的喉咙里不可抑制地发出一声闷哼,疼得全身痉挛,细汗瞬间就布满了额头。她大口喘了好半天的气,才勉强压住想要嘶吼的欲望,拖着那条还没亮相就残废了的腿,从善如流地靠在了墙角。

她缓慢地转动眼珠环顾四周,觉得这里应该是某处废弃宅院的柴房。距离自己不远的墙边摆着一排生了锈的铁器,都是普通农户人家常备的样式。潮湿的柴草铺得到处都是,四周的土墙散发着经年累积的腐臭气,或许,这里死过人,甚至地下还埋着死人。

秦老九就站在柴房的正中央,他的两名手下尽职尽责地守在门边,拘谨地放风。

确认了自己还在长安城内,叶湾湾缓缓地松了口气,哆嗦着手理了理散乱的发髻,眉眼上挑,对着秦老九露出一个微笑:"没想到,我这三脚猫的功夫还能让公公这么忌惮。"

秦老九用拇指抹掉匕首上的血迹:"见面礼,你好好收着。"

叶湾湾一副受之有愧的模样:"公公难道忘了,这见面礼,上次在大理寺监牢,你就送过了。"

秦老九依旧是一副凶神恶煞的模样,内心却不觉一震——上次在大理寺,叶湾湾分明没有看见他的脸。

叶湾湾像是看懂了他的困惑，抬手提示性地揉了揉自己的耳垂："公公的嗓音气质独特，让人过耳不忘。"

秦老九低头紧紧盯着叶湾湾的脸，一步步向她走近，随后，他颇为闲适地抬起脚，脚尖轻轻点在叶湾湾受伤的小腿上，进而整个脚掌都踩了上去，一点点加大力道，在达到极限后，又狠狠碾了碾脚尖。

鲜血从伤口中汩汩流出，看着叶湾湾苍白扭曲的脸，秦老九心情舒畅地挑起眉梢，闲话家常似的舒了口气："哦，我想起来了。"

叶湾湾只觉得周身的血仿佛已经流干，四肢迅速地冰冷下去，她下意识地想要捂住伤口止血，却发现自己的腿根本无法弯曲，而她的身体也因为长时间处于僵硬状态而动弹不得。

叶湾湾神色遗憾地叹了口气，又仰头靠回到墙壁上："换了旁人像你这样对我，我一定会阉了他。不过你嘛……"叶湾湾撇着嘴啧啧了两声，"还真让我无处下手。"

秦老九人老皮厚，知道叶湾湾只能逞逞嘴上功夫。可他那两名手下显然还是太监圈里的新人，脸皮薄，自尊心强，被叶湾湾一句话戳中了痛脚，立刻暴躁起来，转身一个短距离助跑，扬起一脚就踹在了叶湾湾身上。

叶湾湾本就单薄，突然受了这么一脚，连反抗的余地都没有，登时以头抢地滚出去好远，而后，瘦弱的腰杆忽然卡在某个冰冷的铁器上，身侧被划开长长一道口子。叶湾湾用仅存的力气

唐多令·晏山海

偏过头，看见一把生了锈的镰刀刀头正抵在自己腰间。

她垂下手，想要将镰刀撇开以免再误伤自己。可秦老九的手下根本不给她机会，上前抓住她的脖子，将她的头狠狠向身后的墙壁撞去。

叶湾湾的耳边瞬间响起绵延不绝的嗡鸣，背后，那柄抵在腰间的镰刀深深没入皮肉。

"娘老子的……"几乎要失去意识的叶湾湾到底还是没忍住骂了出来。

自觉被骂的小太监扬手就想扇叶湾湾一巴掌，却被秦老九拦下了。秦老九竟有些恨铁不成钢地瞪了那小太监一眼："不是告诉过你们，年纪轻轻要懂得怜香惜玉。"

叶湾湾没忍住，"扑哧"一声笑出来了。

秦老九回过头，有些怜悯地睨了叶湾湾一眼："时候也不早了，你也上路吧，早点走，也可以少吃点苦头。"

叶湾湾掀起眼帘，微微扬起下巴看向秦老九："公公这么怜香惜玉，不如再满足我一个心愿。"

秦老九摆出一副大慈大悲的模样："你说。"

叶湾湾咬着牙问道："敢问公公杀我，所为何事？"

秦老九一挑眉："自己做过的事，这么快就忘了？"

叶湾湾半身不遂地耸了耸肩："做过的事太多，不知道公公指的是哪一件。"

"许高氏。"秦老九言简意赅地提示。

叶湾湾显然不相信秦老九给出的答案，但还是努力配合着演戏："原来，公公今日是在为太子殿下抱不平。"

秦老九不置可否："现在可以走了？"

叶湾湾疲惫地抿起嘴，流露出一个无比担忧的眼神："太子殿下今日在曲江池遭到行刺，生死未卜，公公不担心？"

"殿下的身体自有太医照料，我只需要完成殿下交给我的任务。"秦老九不动声色地回答。

叶湾湾点头："公公对殿下果然忠心耿耿。"

秦老九知道叶湾湾是在拖延时间，他不再理会叶湾湾对自己的评价，轻轻转动着手腕，将手中匕首举到了叶湾湾胸口的位置，用力刺了下去。

伴随着匕首落地时砸出的"叮当"声，柴房的门终于被人用力踹开。守在门边的两个小太监眼睛都还没来得及眨一下就被门板拍得凌空飞起，撞向身后的墙壁，再打着旋儿地从墙上滚落，落地时又不免啃了一嘴的柴草。

秦老九显然没明白发生了什么，有些不明所以地看着自己空空如也的右手，又瞅了瞅明明应该刺穿叶湾湾的心脏，却不知因何掉在地上的匕首。

叶湾湾吃力地抬起头，对着秦老九露出一个诡异的微笑。

听着身后的惨叫声，秦老九没有犹豫太久，直接上前掐住叶湾湾的脖子，生生让她的笑凝固在了嘴边。不过，还未等他手腕用力，就眼前一花，有人一脚踹进他的膝盖窝，让他直接摔了个狗吃屎。

"叶湾湾！"苏遇努力平复着心绪，让自己的声音听起来不至于太过颠簸。

叶湾湾全身的神经都绷着，生怕一松懈下来自己会昏死过去，从而成为任人宰割的羔羊。哪怕是见了苏遇，她也依旧惯性地保持着面对秦老九时那副倔强的表情。只是，她毕竟一身的伤，脸色苍白如纸，汗水顺着面颊大滴大滴地往下掉。她张了张嘴，却没能出声。

苏遇的脸色平静得可怕，甚至没有多看叶湾湾一眼。如果不是检查叶湾湾伤口的指尖会不自觉地发抖，旁人会当他只是在翻看一具无关紧要的尸体。

周遭的柴草又传来一阵窸窣的声响，叶湾湾虚张的双眼忽然一亮，眼神里立刻聚拢出一抹狠厉。她也不知道哪来的力气，忽然挺直身体，直接拢过苏遇的肩，将他与自己的位置瞬间颠倒。

这一次，她连骂人的力气都没有了，像一块僵硬的石板那般，直接砸在了苏遇身上。

苏遇猛地抬起头，正看见秦老九手中握着镰刀，刀头刺入叶湾湾背上的皮肉。苏遇很清楚，秦老九是想将他和叶湾湾一同灭口，不过叶湾湾反应太快，替他挡了一刀。

苏遇几乎要将一口牙咬碎，可叶湾湾一动不动地压在他身上，让他根本没有空间去对付秦老九，只能眼睁睁地看着对方狞笑着再次举起手中的利刃。

幸而，刘行敏没有让他等着太久，在秦老九举刀的瞬间带着一众衙役冲了进来。

刘行敏很快就收拾了残局，干净利落地捆了秦老九三人，交给手下衙役，让他们将人秘密押去大理寺。

"我还以为你找不到这里。"叶湾湾像条被剔了骨头的鱼，脱力地挂在苏遇身前，只将下巴搭在他肩上，迟缓地侧过头，给了苏遇一个幽怨的眼神。

她记得苏遇离开酒楼时看向她的那个眼神，她根本不知道那个乞丐能否将苏遇请回酒楼。她在等，也在赌，每一个须臾都像一把镰刀，甚至比秦老九的手还狠。

万幸，她赌赢了。

苏遇没有回应叶湾湾的话。他确实差一点就错过了叶湾湾留给他的信息。他以为，她留画只是要告诉他秦老九此人有蹊跷，从未想过那其实是她向他求助的信号。

当时，他已经准备和刘行敏一同回大理寺，还是铁头不小心被绊了一跤，苏遇才发现绊倒他的竟是一只鞋，是叶湾湾被套进麻袋时故意落在街边的鞋。

由于叶湾湾被敲晕，所以在很长一段距离内，苏遇等人都没再发现任何线索。好在雍州府的衙役人多势众，分散寻找，很快就找到了叶湾湾苏醒后故意渗过麻袋滴在街边的墨迹，这才一路摸了过来。

"担心了？"虽然，打从冲进来的那刻起，苏遇就一直板着一张脸,没有任何表情,但叶湾湾还是看出了他的愧疚,于是,她心里那些对苏遇的小埋怨就都统统消失了。

她强忍着疼,对着苏遇露出一个龇牙咧嘴的笑来:"我这几日眼皮一直跳,就觉得有事要发生,所以特意在胸口藏了一个护身符,果然就救了我一命。"

苏遇不知道叶湾湾曾经经历过什么,但发现她对疼痛的忍耐力极强。那日她掉落山谷时,竟然可以毫不犹豫地拔出穿透肩胛的树枝,此刻也一样,人都已经被戳成了血葫芦了,竟还能没心没肺地笑。

苏遇将叶湾湾从身前扶起来,重新让她靠回到墙边,然后鬼使神差地伸出手,将叶湾湾努力向上勾的嘴角压了下来:"疼就别笑了。"

叶湾湾愣愣地眨了眨眼,一直紧绷的面部肌肉终于舒缓下来,有些懒洋洋地往身后的墙壁上一靠,连眼睛都闭上了。

已经清理好现场的刘行敏轻手轻脚地走了过来,低声对苏遇说道:"这里离我家不远,你带着叶娘子先去我那里歇息。眼下这境况,太医院的人怕是都在围着太子转,你应该寻不到什么人给叶娘子看伤。我派人去找了郎中,会直接到我家中,南子也略懂医术,应该帮得上忙。"

苏遇朝刘行敏感激地点了点头。

刘行敏交代完转身欲走:"我先带人回大理寺。"

苏遇抢先一步拦住刘行敏,低声道:"大理寺的官员未必可信,但狱丞胡温没有问题,刘长史有什么需要尽管向他开口。"

刘行敏点头,拍了拍苏遇的肩,带着众人离开。

苏遇转身去叫叶湾湾,却发现她一点反应都没有。苏遇心里不禁"咯噔"一下,慌忙抬手去试了试叶湾湾的鼻息。当真真切切地感受到了叶湾湾鼻间那微弱局促但却带着暖意的气息时,苏遇猛然悬起的心才又重重地落了回去。

显然是刚刚那一番折腾让叶湾湾耗尽了体力,竟然在须臾间陷入了沉睡。苏遇轻轻将挡在叶湾湾眉眼间的发丝拨开,让她的头靠在自己肩上。他稍稍试了几个姿势,小心翼翼地避开叶湾湾身上的伤,将人抱出了柴房。

裴南子事先收到了刘行敏的传话,已经做了周全的准备,可看着苏遇把人抱进院子时,还是吃惊不小,她那常年古井无波的面容上竟难得地碎出一抹惊慌的裂痕。

叶湾湾被苏遇放到床上后就醒了。她稍稍偏过头,看见裴南子和郎中正七手八脚地准备着各种处理伤口的用具,又看见苏遇有些不知所措地立在床边。

她难得见到苏遇这样的表情,不禁伸手想去碰触他皱紧的眉头,却又抬不起胳膊,最终,只能保持着仰头的姿势,敷衍地动了动肩。

苏遇以为叶湾湾再次扯动了伤口,连忙扶着她的手臂,让她借力趴在了床上。

迫不得已把脸埋在被子里的叶湾湾谁也看不见了,不由得哼哼着叹了口气。

苏遇更加自责："我不该带你去曲江池。"

叶湾湾晃了晃脑袋，瓮声瓮气地回答："不论我在哪儿，都是一样的结果。"

苏遇柔声问道："你是怎么发现秦老九有问题的？"

叶湾湾将下巴抵在枕头上，小幅度地晃了晃脑袋，露出两只眼睛看向苏遇："刘长史提审叶祝祝的时候，他与魏王对峙，我听出了他的声音，他就是那晚潜入大理寺伤我的人。"

苏遇的眉心皱得更紧："你早就知道今日会出事，所以才画了这幅画？"

叶湾湾费力地做了一个点头的动作："太子出游这么司空见惯的事，你却严阵以待地出现在曲江池，他们一定会猜，定是我提前泄露了计划。我想，既然秦公公之前已经出面警告过我一次，这一次，一定也会是他。"

看着叶湾湾血肉模糊的后背，苏遇更加后怕，音调也不免抬高了几分："既然知道会出事，为什么不一直跟着我。"

"躲不掉的。不过，我相信，就算秦公公抓走了我，你也一定会找来。到时候，我就借你的手除掉他，这样一来，我就可以高枕无忧了。"叶湾湾说着，忽然朝苏遇俏皮地眨了眨眼，还支起半截身子，试图伸手去扯他的衣摆，结果，牵动了伤口，好不容易摆出来的微笑瞬间扭曲。

裴南子刚好端着热水走了过来，见叶湾湾如此，连忙把人按回到床上，又对苏遇说道："郎中那边已经准备好，要开始处理伤口了。苏少卿不妨先回去，这边有我。"

苏遇的不放心都写在了脸上，不愿离开。

裴南子直接把人拉出了房间，小声劝说："叶娘子背上的皮肉几乎全被镰刀切开了。且那刀头生了锈，很容易引发脓血，必须将周围的皮肤割开才能处理。对于郎中来说，处理伤口不难，但病人会很痛苦。你在这，她还要顾及你的感受，反而不能很好地宣泄休息。"

苏遇想着叶湾湾在自己面前逞强的模样，终于咬牙狠下了心："那我先回大理寺，这里就劳烦刘夫人了。"

裴南子轻轻颔首，目送苏遇离开。

大理寺内已经掌了灯。

秦老九在七八岁时就进了隋朝的皇宫，经历过朝代更替，见识过大风大浪，杀人饮血眼皮都不会眨一下。而刘行敏是个心慈手软，能语言感化就绝不动用刑具的儒者，面对秦老九这样的硬骨头，舌头都甩脱了也没能撬出一句话。

可苏遇却不同。他一阵风似的上了正堂，一把将秦老九从地上拎了起来，扯着他衣后的领子，将人一路拖去了刑房。秦老九的膝盖瞬间就被磨破，在地面上留下两条深深浅浅的血道子。

刘行敏和一众雍州府的衙役被惊得目瞪口呆，只有胡温和当值的寺正沈谅一脸司空见惯的模样，稳稳当当地收起笔墨纸砚，轻车熟路地从正堂拐去了监牢内的秘密刑房。

刘行敏和随行的几个衙役交换了一下眼神，个个都是好奇又恐惧的模样，最终，几个人还是循着满地的血迹摸去了刑房。进门后，几个人又立刻乖巧地贴墙站成了一排，围观胡温将秦老九扒光，然后五花大绑。

"我记得，你手下有两个姓张的狱吏。"苏遇面无表情地看着胡温，开了口。

胡温连忙回答："有，今儿正好当值。"

"把他俩带过来。"苏遇下令。

胡温应道："属下这就去。"

言语间，苏遇已经踱步到满墙的刑具前，像是欣赏绝世艺术品一样一件件地赏玩着，最后，他伸手取下一柄不过寸长的匕首，等胡温将两个张姓狱吏带进刑房，苏遇才缓步走到秦老九面前。

"你都知道些什么？"苏遇一边用指尖试着匕首的刀锋，一边心不在焉地发问。

秦老九常年待在宫中，自然对苏遇的审讯手段有所耳闻，但他毕竟是东宫的人，秦老九自信苏遇不会不给太子面子，也相信自己能全须全尾地进来，就能囫囵个儿地出去。

谁知，他刚刚从鼻孔哼出一团热气，嘴都还没来得及张，苏遇手中的匕首就刺入了他的手臂。

那把匕首的刀身不过寸长，可以完全藏在一个人的皮肉之中。而刀柄又被苏遇握在手里。远远看去，好像只是苏遇握着拳在摩挲秦老九的手臂，可拳头之下，鲜血却早已南流北淌。秦老九的惨叫不绝于耳。

此情此景，惊得刘行敏几乎将眼珠瞪出眼眶，他难以置信地握了握身旁铁头的手腕："苏少卿什么都没问就动刑了？"

铁头缓慢地弯了弯僵硬的脖子："连威胁的过程都没有。流了这么多的血，苏少卿这是要在秦公公的胳膊上雕花吗……"

铁头话未说完，就见苏遇的手腕猛地一扬，匕首便抽离了秦老九的手臂。被划开的皮肉一路垂下，仿佛残破的衣袖，在半空中狰狞地晃荡。

刘行敏和衙役们整齐划一地转身，扶着墙，吐了。

苏遇在百忙之中抽出视线，瞄了刘行敏一眼。胡温立刻颇有眼力见地上前，将一只铜盆递给刘行敏，让他盛装呕吐物，笑容满面地安慰："第一次看是会反胃，看多了就习惯了。"

尽管早就对苏遇的手腕有所耳闻，但百闻不如一见。刘行敏喘着粗气，给了胡温一个"我信你个鬼"的眼神："苏少卿一直是这么审案的？"

胡温当即甩了甩脑袋："那倒没有，此人应该是罪大恶极。"

刘行敏勉强点了点头。

"把他给我弄醒。"苏遇的声音突然在刑房里回荡而起。事实上，那声音很是沉着冷静，可听在刘行敏的耳朵里却像一道惊雷，把他的五脏六腑又炸得颤了颤。

两个张姓的狱吏听到苏遇的命令，立刻端来一盆冷水，对着秦老九的脸泼了过去。见秦老九没醒，又非常有经验地取出一段熏香，放在秦老九鼻孔下点燃。

秦老九悠悠转醒，眼睛还没睁开就迫不及待地喘息道："我招……"

"招什么？"苏遇原地未动，仅是声音一出，就把秦老九吓了一个哆嗦。

秦老九不知道苏遇和叶湾湾的关系，还以为对方如此不留情面地对待自己是抓住了他为太子办事的关键性证据，于是嘴一瓢，什么话都秃噜出来了："我全招，这一切都是太子策划的。他不满魏王受宠，一时冲动派人刺杀结果失败了，虽然没留下什么证据，但再想除掉魏王已然不可能。后来，魏王把他和称心的事捅了出去。太子忍无可忍，便铤而走险想唱一出苦肉计并嫁祸魏王。"

"太子打算利用玄都观密道运送火药。这事本来可以做得神不知鬼不觉。"秦老九道，"谁承想那个倒霉公主竟然掉进了密道，让人给杀了，尸体还流出了玄都观……"

秦老九疼得满头大汗，一边说一边还呼哧呼哧地抽气，说几句就要缓上老半天才能继续："装着虞山公主的那口棺材是太子买给称心的，原本一直停在玄都观。太子早就买通了宫人，等称心死后偷偷将尸体运出来。谁知，圣人竟直接将称心焚尸，那棺材没了用处,就一直留在密道里。没想到,最后让许世卿用在虞山公主身上了。"

秦老九滔滔不绝:"太子担心你们会通过那口棺材找到木材商,进而发现买主就是他,所以将木材商灭了口。闹了这么一大圈,把圣人都惊动了,计划就只能暂停。不过,火药早已经运到了曲江池码头,圣人封不封密道,并不影响太子的计划。"

秦老九勤勤恳恳招认了这么一大出,苏遇却不为所动,只是冷冷地回了一句:"说些我不知道的。"

秦老九言辞急切,大滴大滴的汗水落满前襟:"苏少卿你想知道什么?"

苏遇垂眸摆弄着手中染血的匕首:"比如,这出苦肉计既然是太子策划,就应该准备周全,太子何以会自食其果?"

秦老九又为难又恐惧,声音哆哆嗦嗦的:"这个奴才真的不知。"

苏遇点了点头,似乎相信了秦老九的话。他放下手中的匕首,回头瞅了一眼端坐案头的寺正沈谅:"他说的话,沈寺正都记下来了?"

沈谅恭敬地回答:"都记下了。"

"行,那你先回去。"苏遇又慢悠悠地踱步回墙边,"胡温,让那两个狱吏在门外等我,我还有事要问他们。"

"属下明白。"胡温连忙招呼两个狱吏,跟着沈谅一起离开了刑房。

最后，苏遇才看向刘行敏："刘长史请自便。"

刘行敏有预感，接下来的审讯才是今日的重头戏，可这也证明苏遇会动用更血腥的刑罚。他从来没见过如此场面，此刻胃部依旧在翻江倒海地闹腾，可对真相的追求还是让他强行稳住了心神，倔强地抱起了脚边的小铜盆："刘某留下。"

雍州府的几个衙役早已经被浓重的血腥气熏得头昏脑涨，口歪眼斜。在胡温开启刑房门板的瞬间，终于吸到新鲜空气的他们立刻丧失了斗志，一窝蜂地冲了出去，只给刘行敏留下了一串"长史保重"的眼神。

刑房的门被重新关起，苏遇的手上又多了两件刑具。一件是缀了铁钉的皮鞭，一件是刀身长了几许的匕首。

秦老九惊恐地看着苏遇一步步向自己走来，颤抖的身躯几乎要把固定他的木架晃倒："我已经全招了，苏少卿还想怎么样？"

苏遇没有理会秦老九的控诉，不言不语地走到他的身后，将皮鞭一圈圈缠在秦老九的脖子上。数不清的铁钉随着皮鞭一圈圈收紧刺入他颈间的皮肉。虽然巧妙地避开了动脉，不至于让他因流血过多而死，却让他在每一次呼吸时都能感受到割喉般的痛。

随后，苏遇又站回到秦老九的面前，将匕首抵在秦老九的腹部："太子这么一棵好乘凉的大树，说卖就卖，秦公公的忠心可是让苏某很是意外。"

秦老九恐慌得差点咬了舌头："奴，奴才怕死。"

"太子如今虽然生死未卜，可他毕竟是国之储君，圣人必将倾尽全力医治。你这般急不可耐地背弃旧主，就算能竖着走出大理寺，也未必能活着进东宫。"苏遇轻飘飘地挑了挑眉，阴森的目光仿佛随时可以取人性命，"可你要是在我这抗住了，那就是功臣，有朝一日太子南面而尊，这皇宫大内可就是秦公公的天下，如此荣华富贵，公公就这么轻易舍了？还是说，公公的富贵，本就不在太子手中？"

秦老九欲哭无泪："苏少卿此言差矣。奴才福薄，受不得什么富贵权势，只求苏少卿饶奴才一条贱命，别，别再脏，脏了您的手。"

"好。"苏遇的手腕轻轻向下一压，匕首的锋刃稍稍远离了秦老九的腹部，"秦公公应该记得，数月前曾潜入我大理寺，伤害画师叶湾湾的事，是不是刚刚那两个狱吏放你进来的？"

秦老九的汗"唰"的就下来了，只能点头："是。"

"你两次对叶湾湾动手，是受了谁的指使？"苏遇用冰凉的匕首轻轻拍了拍秦老九的肚子，秦老九立刻又是一个激灵。

秦老九支吾着："太……"

秦老九的"太子"两字还没说出口，匕首的刀尖忽然就刺破了他肚子上的皮肉："想清楚再说。究竟是谁指使你动的手？"

秦老九疼得猛吸了一口气，围在脖子上的铁钉立刻楔入皮肉。他几乎失声，慌乱的脸瞬间憋出一层猪肝色。

苏遇笑了："以太子的心性，要想对付叶湾湾早就动手了，怎么可能在自己即将遇袭之时让你去做一件与他计划无关的事。"

"奴……"秦老九的话还没出口,尾音突然仓促消失,目光渐渐暗淡,脸色慢慢变得铁青,进而脑袋也重重地垂了下去。

苏遇以为他是在恐惧和心虚的加持下再次引发了休克,可伸手一探脉搏却发现,人已经死了。

刑房外,忽然传来了胡温和两个狱吏惊慌的声音:"吴王殿下!"

墙边,抱着铜盆将吐未吐的刘行敏忽然反应过来,一把丢开铜盆,冲过去把缠在秦老九脖子上的皮鞭解了下来:"被吴王发现苏少卿你大刑致死宫人,怕是不好交代了。"

苏遇冷笑:"吴王是来要太子罪证的,至于这罪证是怎么拿到的,他不会在乎。"

说完,他毫无顾忌地走到门边,拉开了刑房的门,用沾满血的双手朝着吴王一礼:"吴王殿下。"

李恪将苏遇上上下下打量一番,抬步进了刑房,径直坐进了桌案后的绳床,十分率性地一甩手:"你们继续。"

对于李恪的存在,苏遇似乎全不在意。他抓起跪在门边的两个张姓狱吏,一手一个拎进了刑房,直接丢在秦老九脚边:"你们自己招,还是让我动手。"

两个人在看见秦老九的瞬间就已经明白了苏遇让他们旁观审讯的目的,方才在门外,他们几次三番地想跑都被胡温拦下了。这会儿,他们自知在劫难逃,便抱着好汉不吃眼前亏的心理坦白从宽:"那晚,是有人提前给我们家里送了一大笔钱,让我们晚上当值时配合秦公公进出,还说日后若是秦公公落在……落在苏少卿您的手上,就让我们伺机将人灭口。"

另一人频频点头,颤颤巍巍地补充:"是属下在刚刚那盆水里下了毒。苏少卿,我们只是拿钱办事,至于这钱是谁给的,我们……我们真的不知道。"

"连今日这一步都算到了。"苏遇冷笑,内心不得不敬佩对方的步步为营。

叶湾湾在大理寺出事之后,苏遇就查了当晚当值的狱吏名单。那日,他分明是临时起意将叶湾湾关进大理寺,对方不可能提前做准备,所以,配合他们行动的,最可能的就是那晚当值的人。今日,他把这两个人拉过来一试,果然就让他们露出了马脚。

苏遇厉色:"大理寺内可有你们的同谋?"

"没,没有。"其中一人连忙竖起三根手指,举过头顶,"我发,发誓。"

苏遇没再说什么,挥手让胡温将两人带走。

身后,一直看戏的李恪忽然拍了拍手:"早就听闻苏少卿的手段,今日一见,叹为观止。"

苏遇朝吴王一礼:"殿下驾临大理寺,想必是为了太子遇袭一事。"

"不错。圣人震怒,让本王全权负责此案。"李恪从怀里掏出从沈谅那拿来的笔录,"这份审讯记录,本王会一字不改地呈交圣上。只不过，看了这份笔录，本王仍有一事不明。太子殿下聪慧睿智，怎会搬起石头砸自己的脚？一定是有人知道了他的计划，在什么地方做了手脚，导致太子险些命丧自己手中。"

苏遇知道，如此大案却只牵出太子一人定然不会让李恪满意。他再次朝吴王一礼："臣一定将此事查个水落石出。"

李恪满意地点了点头，看向刘行敏："刘长史同苏少卿一起吧。"

刘行敏强忍着想吐的欲望，闷声道："臣遵旨。"

刑房内暗无天日，分辨不出时辰。待到刘行敏随着苏遇走出刑房，再次见到天光，才发现竟然已经是翌日巳时。

熬了一夜滴水未进又险些吐得肝肠寸断，此刻的刘行敏头昏眼花，四肢无力。他被苏遇搀扶着迈进卷宗室，晃到竹榻前，身体刚一接触到竹榻的边缘，整个人便像被抽了骨头一样瘫软下去，顺着苏遇的手臂滑倒在榻上。

"许久不曾对人用刑，手法生疏，让刘长史见笑了。"见刘行敏如此，苏遇自嘲似的笑了笑，坐在桌案边，等着心怀慈悲的刘行敏发表对方才那血腥场面的观后感。

刘行敏喘了好了半天，才回应苏遇："听胡温说，你只对罪大恶极之人用刑。"

没想到刘行敏居然为他刑讯逼供秦老九一事找了理由，苏遇内心一动，脸上依旧不动声色："胡温的话，刘长史也信？"

刘行敏的语气里有一股虚弱的坚定感："你相信胡温，我自然也相信他。"

不承想刘行敏为官数载竟还如此天真，苏遇颇为遗憾地叹了口气："刘长史有所不知，我入大理寺后，雇用了一位厨娘。"苏遇说着，摇了摇头，"这位厨娘的手艺委实不怎么样，但却有一个优点，她有一个在大理寺做狱丞的儿子。"苏遇的眉眼间忽然露出笑来，"胡温是个孝子，他的母亲在我手上，因此绝不会背叛我，所以，我相信他。"

"你这总爱装恶人的毛病，究竟什么时候才能改！"刘行敏也不知道是哪来的气性，将手边茶盅里的茶水都泼到了苏遇身上。

苏遇全然没想到刘行敏会来这么一手，未及躲开这番正面攻击，被茶水扬了一脸，当场僵在原地。

"活该！"刘行敏睨了苏遇一眼，"你只对秦公公动刑，却绕过了那两个狱吏。因为你知道，人易受利益驱使，贪财是本性。何况他们身份低微，需要钱财养家糊口，算不得罪大恶极。"刘行敏喘了口气，"不过，以后这刑具，你还是少碰为妙。"

听着刘行敏为自己开脱，苏遇原本有些迷茫。不过，当这最后一句劝说出口，苏遇又恍惚地意识到刚刚那番长篇大论不过是序章。原来，刘行敏竟然学会了先扬后抑的说教方式，苏遇竟然还有些好奇他要如何起承转合地进入正题。

不想，刘行敏话锋一转："你难道就没有想过，吴王可能会将你刑讯逼供一事告知圣人？"

刘行敏的真诚让苏遇有些手足无措，只得坦言："吴王来得突然，我不可能让秦老九的尸体凭空消失。既然被逮个正着，顺其自然便是。更何况，那两个狱吏已然招供，毒是他们下的，我最多只是刑讯逼供。这个秦老九没少替太子作恶，就算是到了圣人那里，也罪该问斩，我算不得是滥用私刑。"

刘行敏面露忧色："可若他日有人以此为把柄陷你于不利，你就算浑身是嘴也说不清。"

闻言，苏遇不禁有些失神。

他出身蒲州，父母都是老实的庄稼人，老实得近乎懦弱。苏母年轻时容貌秀丽，即便嫁给了苏父，也依旧被人觊觎，常被骚扰。苏父不敢得罪邻里，就带着他们母子几次搬家，可他那懦弱的性子走到哪都只有挨欺负的份儿。后来，苏母真的被人强占，苏父终于鼓足勇气，上门讨人，结果被打断了腿。自那以后，他就更是唯唯诺诺。

苏遇从小就知道权力地位的重要，明白人善被人欺的道理。他懂人心，有手腕，无论对手如何奸诈凶残，他都可以遇强则强。可刘行敏这种对他以诚相待的人就像是棉花包，让他无处使力。

就当苏遇不知要如何回应刘行敏时，沈谅进了卷宗室："苏少卿，禁军已经把证物都送来了，就堆在正堂外。"

"知道了。"苏遇目光一亮，看向刘行敏，"刘长史，请？"

明知道苏遇是在回避自己的问题，刘行敏还是只能无奈地跟着他出了卷宗室。

大理寺院内，暗无天日。禁军把水边的栈道、画舫的船体，甚至码头的焦土全都打包运来了大理寺，堆了整整一院子，简直遮天蔽日。当下，大理寺当值的全部人员以及刘行敏带来的雍州府衙役通通加班加点，翻检着物料。

苏遇抱着双臂，看着眼前的壮观景象，微微蹙眉："吴王可真是尽心尽力。"

刘行敏将船体的木材碎片挑拣出来，摆成一排："此案涉及储君，圣人必定重视，吴王再怎么谨慎也不为过。"

苏遇似乎有不同的意见："刘长史就没有想过，吴王很可能是太子与魏王鹬蚌相争背后那个得利的渔翁？"

刘行敏喃喃："以如今的势头看，魏王被贬后，吴王的确可能接任雍州牧。"

苏遇眉头一皱："魏王若是知道自己一个嫡子竟被吴王算计，不知要作何感想。"

"此事未必和魏王有关。"刘行敏将构成船身的木板摆在一处，"这些木材质地上乘，最是坚韧。横梁都是从中间炸断，并无切割痕迹，木料之间的衔接处也很少受损。由此推测，画舫应该并未被人动过手脚，魏王，应该是清白的。"

苏遇对比着船体和木栈道两处的受损程度："船尾受损最为严重，而木栈道的碎裂程度更胜船尾，可见，火药的确是埋在码头。不对……"

## 唐多令·晏山海

刘行敏听见苏遇低声嘟囔了一句，等了半晌却没有下文。他不禁从一堆堆木料间抬起头，扫了苏遇一眼："什么不对？"

苏遇面色凝重，缓缓转头看向刘行敏："叶湾湾的画上，太子分明是站在船尾的。此事既然是太子策划，他不会不知道火药就藏在码头。既然如此，他为何要站在距离码头更近、更加危险的船尾，而不是去船头？"

"也许，是叶娘子画错了？"刘行敏提醒，"我听说，船上有宫人只是受了轻伤，应该可以接受审讯。苏少卿不妨把人叫来问问。"

苏遇叫来沈谅："去把当日在船上的还能喘气的宫人，守在码头附近的禁军都叫来大理寺，再叫人去奚官局查一查当日登船的几个宫人的身份背景。"苏遇猛吸了一口气，"还有，去魏王府，把负责运送画舫的王府下人也带过来。"

沈谅频频点头，嘴里一遍遍念叨着苏遇的指令，一溜小跑出了大理寺。

夏至之后，天光迟迟不肯收敛锋芒。

魏王府的花园里已经起了蝉鸣。若是在往日，倒是能显出王府内的盎然生机，可此时，只会让人觉得聒噪无比。

叶祝祝已经在书房外的长廊上走了几个来回。她住进王府已经三个月有余，魏王从不会把她当贱籍舞姬对待。叶祝祝当然知道，魏王待她如此是受了叶湾湾所托，但心中依旧感激。眼下发生了此等大事，她自然放心不下，却又找不到立场过问，就只能在这里徘徊，以期能从下人们的议论中听到只言片语。

过了申时，有奴仆到书房给魏王送茶点。对方大概是瞧见了她犹犹豫豫的模样，趁着送茶点的工夫对魏王说了些什么。因此，奴仆刚走后不久，叶祝祝就听见李泰隔着朱纱窗喊了一句："进来吧。"

叶祝祝四下看了看，只见偌大的庭院中再无他人，这才确认了李泰的确是在叫她，于是小心翼翼地推开书房的门，走了进去。

李泰问："怎么不进来？"

叶祝祝一鼓作气地开了口："我听说，大理寺叫了不少府里的人去问话。"

李泰抬眸："在外面犹豫那么久，就是想问这个？"

"我知道自己并无立场过问王府的事。"叶祝祝眉眼一垂，低了头。

"有何疑虑只管开口便是，本王又不会吃了你。"李泰放下手里的书，给了叶祝祝一个平易近人的微笑，"太子毕竟是在我的画舫上出了事，大理寺拿人问案都是例行公事，你无需担心。"

"殿下不觉得此事蹊跷吗？"叶祝祝低声道，"从虞山公主被杀、许高氏进京，再到画舫爆炸，桩桩件件都将您牵连进去。我担心，是有人故意要陷您于不义。"

李泰没有料到叶祝祝会说出这样一番话，不觉有些怔然，许

## 唐多令·晏山海

久，他的目光露出欣慰："刘行敏都曾怀疑过本王，祝祝你就从来没有疑心本王也许真的参与其中？"

叶祝祝神色恳切："您不是那样的人。"

"就因为本王帮过你一次？"李泰见叶祝祝不说话，也没有为难她，"既然你这么相信我，就也应该相信，他们不会找到证据。"

"可是，三人成虎，圣人也许会因为太子出事而迁怒于您。毕竟，朝野上下都知道您与太子不……"叶祝祝的话说到一半，突然意识到自己僭越了，连忙将后半句吞了回去。

"都知道我与太子不睦？这就不是你我能左右的了。"李泰很是心宽地安慰了一句，随即转开了话题，"对了，还是没有叶湾湾的消息吗？"

叶祝祝一愣。

自从叶湾湾留信出走后，李泰就一直在打探她的消息。叶祝祝明明知道叶湾湾的所在，却碍于承诺，一直不曾对李泰提起。以前在思美人时，虚情假意的戏码叶祝祝信手拈来，可如今，哪怕只是一句"没有"，她都觉得难以启齿。

叶祝祝猜想，叶湾湾人在长安却没有回王府，多半是在苏遇处，于是暗示魏王："湾湾的消息我会去打听，但眼下画舫爆炸一事才是重中之重，殿下不妨去苏少卿府上看看，也许，还能打听到什么消息。"

可惜，李泰并没有理解她话中的深意："苏遇这几日怕是忙得出不了大理寺，本王还是不要去打搅的好。"

李泰所料不错，已至深夜，大理寺内依旧灯火通明，终于也有了尚书台那般朝乾夕惕的架势。

苏遇和刘行敏分别审讯船上的宫人和岸边的守卫，魏王府的家丁便交由沈寺正负责。

正堂内，苏遇已经喝尽一壶浓茶。

站在他面前的小太监，自报姓名叫张全儿。此刻，他正捧着半条被炸脱臼了的胳膊，明明已经困得上下眼皮打架，却因为害怕而仍旧拘谨地挺直着背，每每不小心走了神，他都会一个激灵立即清醒，瞬间把眼睛瞪得老大。

这次出游，太子非常谨慎。随同他一起登船的一共只有三个宫人，都才刚刚入宫不久，其中两个是岭南道的乡下人，家里遭了灾，是为了活命自愿进宫的，另一个是太子乳娘的侄女，背景都干净得很，奚官局那边一点异常也查不出来。

苏遇再次拿起茶壶，却发现壶已经空了。

夏夜里，到处都散发着潮湿的热气，更让人躁动。苏遇本想再煮一壶茶来醒神，可翻出茶叶的瞬间就失去了耐心。他索性将一整盒茶叶都倒在了桌案上，招呼张全儿坐到自己对面。两人一边干嚼茶叶，一边问案。

这茶是大理寺的特色，茶叶里混合了不少薄荷和菖蒲，嚼起来很是通窍醒脑。张全儿平日里连茶渣都喝不到，如今尝到这般有特色的配方,立刻开了窍,一股清凉之气由丹田而起,直冲天灵盖。

张全儿叽叽地开了腔:"当时船上只有奴才、巧月和薛大娘。巧月是殿下的随身侍女,到哪儿都跟着,薛大娘是负责膳食的,至于奴才,端茶送水、打杂洒扫都是奴才的活儿。"

苏遇问:"当日太子可有什么异常?"

张全儿想了想:"殿下出游,向来都是大摆排场,这次居然轻装简行,登画舫游湖竟然连舞乐都没有。还有,登船前,奴才特意给殿下准备了桂花陈酿,殿下也是一口没喝。"张全儿说着,脸上不自觉地带上了几分赞许的微笑,"自圣人教导后,殿下的确节俭了许多。"

毕竟在生死关头,无心吃喝赏玩才是正常。苏遇自动忽略了张全儿的溢美之词,继续问道:"还有吗?"

"还有……"张全儿努力回忆,"当时殿下喝了小半壶茶,奴才记得很清楚,那茶明明是殿下平日常喝的,可那日却突然嫌弃茶味苦涩。奴才估摸着,应是巧月煮茶的水不对,殿下的茶一向都是用朝露煮的,还要加些细盐才好。不过,巧月新入宫,大概还不了解殿下的喜好。殿下略微嗔了巧月几句,然后便说觉得船舱里憋闷,就出去透气了。"

苏遇追问:"你可看清,太子是去了船头还是船尾?"

张全儿努力回想着:"奴才当时留在舱内收拾茶具,没有跟殿下出去,也不知道殿下去了哪里。"

苏遇又问:"其他人可有注意太子行踪?"

"巧月本想跟上去,但被殿下拦了回来。"张全儿的声音低了几分,"当时殿下的心情似乎不太好。"

苏遇略一挑眉:"不太好?是气恼?暴躁?神志不清?到底是什么样的状态?"

张全儿缩了缩脖子:"奴才不敢妄议殿下……"

苏遇不自觉地将手中的菖蒲叶子捻了个粉碎:"张全儿,事关太子生死,在我这不需要你守什么礼节,看到什么就说什么!"

张全儿低着头,正好看见稀碎的菖蒲沫从苏遇指尖漏下来。他咬着嘴唇,像是下了很大的决心,才一鼓作气似的低声道了出来:"当时殿下心情很差,张牙舞爪的把我们都吓坏了。奴才想着,殿下可能是因许高氏进京告状一事而焦虑烦躁,想要一个人静一静,就没让巧月跟上去。"

苏遇的身体稍稍前倾:"也就是说,爆炸的时候你们都没有和太子在一处?"

张全儿摇头:"没有,奴才三人都在船舱内。爆炸时奴才刚好就站在窗边,直接被炸飞进了水里,所幸奴才会水,所以才捡回一命。只是巧月她们……"张全儿嚼着茶叶的动作慢了下来,咧着嘴瓮声瓮气地念叨,"怕是熬不过来了。"

张全儿看起来年纪不大,还没有被宫中的人情冷暖所侵袭,身上还保有一股子少年气,也难免情绪化,思及同伴遇难,竟然当着苏遇的面就哭了出来。苏遇有些不耐烦，不想花费时间安慰张全儿，反正该问的话业已问过，他便想打发人速速离开，可转念一想，又觉得如果此刻是刘行敏坐在这里，八成又会善心泛滥。

苏遇竟有些于心不忍，可又不懂得如何安慰，索性便将堆在桌上的茶叶拢到一起，通通塞给了张全儿。

张全儿有些受宠若惊："苏少卿？"

苏遇摆手："拿回去喝吧。"

张全儿立刻止了哭，千恩万谢地走了。

虽说以前办案时也经常会遇上夙兴夜寐、通宵达旦的情况，但此案涉及皇族，分量毕竟不同。为了收集证据，苏遇恨不得把口供里的每一个字都拆开八瓣去分析其中的隐藏深意，导致精神损耗过大。这会儿，菖蒲的功效褪去，他立刻就觉得困意上涌。

苏遇走出正堂，靠在殿前的朱漆柱子边，打算呼吸几口还算透亮的空气，稍稍打个盹儿，不想眼皮还没完全撂下，就看见刘行敏和沈谅相继从偏殿里走了出来。

他还没闭上的眼睛立刻又晶亮起来。

沈谅并未从王府下人那边问出什么异常。那艘画舫常年停在曲江池畔，有专人打理。太子早在两个月前就曾向魏王提出借船一事，魏王怕怠慢了太子，特意找人将画舫重新修缮了一番，之后就将画舫直接交给了东宫的人看管，再也没让王府的人上过那艘画舫。

苏遇喃喃:"看来,魏王从一开始就在避嫌。"

苏遇还记得太子向魏王借船时的情景。叶湾湾炸玄都观惹火了太子,太子将人押入大理寺意欲用刑,结果被魏王当场撞破。在如此微妙的情境下提出借船,任谁都会怀疑太子的用意。更何况,在虞山公主一案中,魏王因为一本《营造之法》而被莫名卷入,至今都被圣人怀疑是有意争储,有了这么多的前车之鉴,魏王怎么可能不小心提防。

苏遇又转向刘行敏,"刘长史那边可问出了什么?"

刘行敏提供线索:"爆炸时画舫刚离开码头不远,岸边的禁军看得清楚,说是太子的确出现在船尾。"

苏遇蹙眉思考:"这里的确奇怪。"

"还有更奇怪的。禁军的人说看见太子手舞足蹈,很是愉悦,一看就是酒意正酣。"刘行敏百思不得其解,"策划了这么一出危险的事,太子应该十分小心谨慎才是,何以酒意正酣,手舞足蹈?难不成,是自信这出苦肉计当真会扳倒魏王,所以提前庆祝?"

苏遇神色一紧:"禁军的人说,太子很是愉悦,像是酒意正酣?"

刘行敏笃定道:"没错。"

苏遇以手撑着下巴:"张全儿说,太子当时心情极差,张牙舞爪,他们都不敢靠近。"

沈谅插进话来:"许是禁军离得远,没有看清太子当时的情绪？"

"不对。"苏遇轻轻摇了摇头，抓着疑点继续分析，"张全儿很明确地说过，太子没有喝酒。一个清醒的人，就算肢体动作再怎样夸张也不可能被当成醉汉。更何况，如果太子真的清醒，不管是愉悦还是愤怒，都不该走到距离危险最近的船尾。"

刘行敏震惊："你是怀疑，太子虽然没有喝酒，但却因为某种原因意识不清？"

苏遇点头："我猜，太子的计划应该是在火药爆炸前由船头跳入水中，这样既可以避开爆炸，又能制造被炸入水中的假象。但以太子当时的意识状态，很可能已经分辨不出船头和船尾了。"

刘行敏循着思路分析："禁军非常确定，太子在登船前一切正常。那么，有能力动手脚的就只有船上那几个宫人了。"

"张全儿就是负责给太子端茶送水的，如果要动手脚，他最有可能。"苏遇侧头看向沈谅，"叫人盯着那个张全儿。你再去趟东宫，问问太医，太子可有中毒的迹象。"

"属下明白。"沈谅领命离开。

待众人整理完全部的口供，做好汇总时，已是翌日的黄昏时分。三日的夏至休沐，居然就在加班加点中度过了。

原本承诺给许高氏的答复也因为太子遇袭一事而无限期延后。不过，许高氏一案闹得满城风雨，有无数双眼睛盯着，苏遇也无需担心会有人对她不利，索性让豫章公主把芳玉也送了过去，二人一起住进了许世卿留下的宅子。

## 第十六章　曲江池浮尸

　　叶湾湾在床上躺了三夜两日。镰刀造成的伤口很深，铁锈也都已经浸入皮肉。虽说郎中的医术高超，为她彻底清除了脓血，但毕竟多处刀伤，又是夏日，伤口尚未愈合又引发了风邪，导致叶湾湾没日没夜地发烧，状况时好时坏。

　　苏遇和刘行敏赶回来的时候，叶湾湾还处于意识模糊状态。她似乎是知道苏遇回来了，想要努力醒过来，让他安心，可从大脑到四肢百骸，没有一处听从她的指派，她在无尽的黑暗里挣扎，始终梦魇缠身。

　　苏遇在大理寺时，还能强迫自己将所有的心思都用在查案审讯上，可如今，见了床上这个昏迷不醒、神色痛苦的人，他便无心再顾及其他。

　　裴南子不忍看着两个人都如此煎熬，便以换药为由将苏遇推出了正房。

夜里，不甚圆满的月亮躲进了云层背后，只在院子里投下一抹惨淡的虚影。刘家的宅院里没有豫章公主丽正殿内那般满地的石灯，只在正房廊下挂了两盏风灯，单薄昏暗，风一吹便滴溜溜乱转。

苏遇有些不知所措地在正房外的台阶上坐下。

叶湾湾明明知道将与太子相关的机密透露给他会惹来杀身之祸，却还是说了；明知道他出现在曲江池畔就是在宣告叶湾湾泄密，却也没有阻止他去；甚至在秦老九反击时想也没想地替他挡了一刀。她在用性命换取他的信任，可他却仅仅因为画上出现太子的身影就再一次质疑她……

叶湾湾重回长安对他而言是失而复得，可眼下，他竟不知道自己是否还配有这样的运气。

苏遇感到头痛欲裂，忍不住将双手交握在一起，狠狠抵在眉间。

"我以为你不信这个。"良久，身后突然传来刘行敏的声音。

苏遇侧过头，看见刘行敏坐在自己身边："什么？"

刘行敏学着苏遇刚才的样子，双手合十在眉眼间比了比："求神拜佛。"

苏遇下意识看了看自己还合在一起的双手，这才意识到自己刚刚做了什么。他曾经豪言壮语地说过自己"不畏天，不惧地，不求神佛"，不想，此刻竟也有了这样的举止。他有些无奈地收回手:"大概是不知道还能做些什么吧。"

刘行敏迅速朝房间的方向瞥了一眼:"你连问都不问就对秦公公动刑,恐怕是因为他伤了叶娘子吧。"

苏遇疲惫地垂着眼帘,没有回答。

"你还是要早做决断。如若圣人再提赐婚一事,你要如何回答?"刘行敏道,"我可是听说,豫章公主对你也很是看重。"

苏遇嘴角牵起一抹自嘲的笑:"入仕之初,我就决心一定要出人头地。如果能借上豫章公主这阵东风……"

"好好说话。"不等苏遇说完,刘行敏就一巴掌拍在他背上,"你是个什么样的人我还不清楚,你那些弯弯绕绕的花花肠子早就被我捋明白了,以后少在我这里装腔作势。有这些个工夫,不如好好想想,等叶娘子醒了,你要怎么和她相处。"

苏遇被打得有些蒙,半天不知道要做何反应,直到刘行敏起身离开,他才反射性地把人拉住了,纠结了许久,才支支吾吾地问了一句:"你和嫂夫人是如何相处的?"

刘行敏一愣,竟有些害羞,下意识地跺了跺脚,拨开苏遇的手,"哎呀"了一声:"说你呢,扯我干什么?"

苏遇看出刘行敏的窘迫,胆子不觉变大了许多:"就当……我是在向前辈讨经验。"

"你确定想知道?"刘行敏纠结的心境下,竟还有些跃跃欲试。

苏遇狠狠点头:"嗯。"

刘行敏故意绷起一张不情不愿的脸又坐回到苏遇身边，开始回忆和裴南子的过去。

从小，裴南子就是个安静的性子。但少时的刘行敏却很皮。裴南子在吃饭，刘行敏在皮；裴南子在读书，刘行敏在皮；裴南子在睡觉，刘行敏还在皮。皮到刘家二老都无可奈何，只能到寺庙烧香拜佛，期望借助神秘力量让刘行敏这个泼猴安稳些。可是，就算刘行敏闹成这样，裴南子依旧对他视而不见。

小孩子没有那么多心思，只是想博取周围人的注意，遇到个都不正眼瞧自己一眼的，就更想在人家面前多露露脸。有时候，刘行敏会故意把自己摔伤让裴南子看；有时候，会抢她碗里的饭菜；有时候，会偷偷藏了裴南子的东西。可裴南子总是一副无所谓的样子，伤了就告知刘母给他涂药；饭菜没了就不吃；东西丢了就不用。到最后，刘行敏发现，在裴南子眼中，自己比空气还透明。

少年的好胜之心让他学会了另辟蹊径。他发现裴南子喜欢读书，于是，他也开始读书，并且必须要读得比她还好。而后，又为了让裴南子对自己刮目相看，凑热闹跟着大家一起进京赶考，结果一不小心金榜题名。

当然，赶考之前刘行敏便和裴南子打了赌，只要自己高中，裴南子就得嫁给自己。大概裴南子也没想到刘行敏能撞上如此大运，一不小心就把自己坑了。

听完刘行敏的故事，苏遇目瞪口呆，十分好奇他是如何从一个狗都嫌的泼皮少年,长成今日这个忧国忧民、心怀苍生的活菩萨的。

刘行敏嘿嘿一笑:"夫人调教得好。"

苏遇摸了摸鼻尖,觉得刘行敏是在故意寒碜他已近而立之年还未成婚。

可是,不是每一个人都能以怀恋的心境追忆往昔。年岁将旧时生命里的黑暗打散,穿插进眼前的人生,变成回忆、变成梦魇,将现实与梦境间的分界扭曲,渐渐地,让人分不清眼前的噩梦究竟是对当下的恐惧,还是旧时的重现。

在逐渐消散的黑暗里,叶湾湾隐约听到阵阵窸窸窣窣的声响,像是野兽在草丛中秘密潜行。天生的敏锐让她转过身,盯着身后那片茫茫旷野,然后循着声响朝牧草繁盛处走去。

眼前平静的草面忽然变得波澜起伏,四周明明无风,却有狂躁的气息呼啸而过,紧接着,她听见箭矢破空而出的声音。她拼了命地向前奔跑,试图躲开那疾风骤雨一样的利箭,可那密密麻麻的箭镞就像是长了眼睛、有了意识,跟着她七扭八歪的步伐四处奔袭。

她跑得脱力,五脏六腑都像是被榨干了一般,滚烫的汗珠从发髻间滚落,流进双眼,迷得她看不清眼前的路。身后那些箭矢像是知道她已经无路可逃一样,在她摔倒之前,竟悲天悯人地停了一瞬。

叶湾湾重重摔进草丛里,双手磨破了皮,流了很多的血。可她也顾不得疼,下意识地扭头去看那些对她不依不饶的箭。可看见的,却是一个男人突然扑了上来,挡在她和箭镞中间。她眨了眨眼,看见铁铸的箭镞将他射成了筛子,看着他仰面倒了下来。

原本藏匿在草丛中的野兽一拥而上,变成了可以直立行走的人,七手八脚地将那个满身是箭的人拖出了草原。

她使尽全身的力气扯着嗓子发出无声的叫喊,踩着湿漉漉的草叶追着那道被越拖越远的身影。忽然,眼前的光明渐渐褪去,世界陷入无边黑暗。看不清路的叶湾湾被什么东西绊住,身子向前一扑,撞碎了漆黑的夜色。

烛火明明灭灭的光亮入眼,叶湾湾还有些不适应。她下意识地往被子里躲,却被突然抚上她额头的手拦住了。叶湾湾慢吞吞地将眼皮再次挑开一条缝,让烛光一点点渗入瞳仁,等终于适应了眼前的一切,她猛地睁开双眼,一抹生龙活虎的邪气瞬间流出眼角。

"醒了?"劫后余生之感让苏遇的声音里带上了一丝不易察觉的颤抖。

叶湾湾昏迷的时候,所有人都以为她要重伤不治。可一旦她睁开眼睛,就会立刻聚合出强大的生命力。她几乎不需要恢复的过程,直接从"垂死"睡到了"复生"。

看着苏遇那张失魂落魄的脸,叶湾湾十分心满意足地笑了一声:"吓到你了?"

苏遇迅速调整了一下自己的表情,端正了态度:"你刚刚那

卷四 | 休言万事转头空，未转头时皆是梦

一声吼，吓到我们所有人了。"

叶湾湾这才注意到，刘行敏和裴南子也在房中，正带着困惑和担忧的神情看着自己。但很快，两个人就同时回神，离开了正房，把叶湾湾和苏遇大眼瞪小眼地留在了一处。

半晌，苏遇整理了一下搭在膝盖处的衣襟，垂着眼帘，目光微微上挑，带着一丝欲盖弥彰的心不在焉，问道："你刚刚在喊谁？"

叶湾湾的眼珠动了动，似乎在纠结是否要如实相告。良久，她故作神秘地清了清嗓子："之前你曾问过我，还有没有家人。我撒谎了。"

苏遇坐在木凳上，半低着头，目光却一瞬不瞬地盯着叶湾湾，心里没来由地担心她下一句会说出"家里还有个郎君"。

叶湾湾耸了个不太到位的肩："我还有一个兄长，我不知道他在哪，但知道是在他们手上。"

苏遇下意识地想松口气，但又觉得叶湾湾的话里满是悲伤，不适合做出轻松的表情，于是便僵持着原本的情绪姿态，继续道："所以，你才为他们做事？"

叶湾湾："我们每个人都有各自的任务，互不干涉，互不相识。我只负责给人画画，收集信息，没有经手过什么伤天害理的事，认识许世卿也仅仅是因为给他画过像而已。他的任务完成得很好，可我想为虞山报仇。他们犹豫过，也警告过我，但你们已经查到许世卿了，他们没办法，便只能舍弃许世卿。不过作为交

换,我要帮他们拉魏王下水。"

苏遇喃喃:"所以,魏王是清白的。"

叶湾湾点头:"至少在虞山的案子里,他是。许世卿不是他的人。但他有争储之心不假。所以,那些人才有机会把他卷进去。"

苏遇看着叶湾湾的眼睛:"你是如何把魏王拉下水的?"

叶湾湾向着苏遇的方向歪过头:"这还要多谢苏少卿把我送进魏王府,让我有机会给他吹耳边风,让他相信虞山公主一案是太子和许世卿合谋要诬陷他。"

苏遇眸光一抬:"只有这些?"

叶湾湾坦言:"还有,让人将许世卿遗书的内容故意透露给魏王以及把许高氏带入长安。每一件,都会让他觉得是太子对他步步紧逼。而圣人至今都没有处置太子,就是给魏王最强有力的信号,让他知道,他若再不反击,恐怕就永无翻身的机会了。"

苏遇神色严肃:"连圣人对太子的处置都能被你们左右?"

叶湾湾摇头:"太子毕竟是一国之本,就算他们不参与,那些坚持立嫡立长的老臣也会为太子求情的。"

苏遇垂眸思索:"不过,从虞山公主的案子到现在,魏王似乎什么也没做。"

叶湾湾眯起双眼,神神秘秘地说道:"因为魏王是个聪明人。不过,怀疑的种子是一点点生根发芽的,时时浇灌着,谁也不知道会在什么时候突然就破土而出。"叶湾湾虚弱地张开五指,比了一个"盛开"的动作,"对了,我离开前给魏王留了一封信,劝他不要与太子为敌。我离开后,祝祝也会时常劝他隐忍,不要冒进。这些'好意'可是无时无刻不在提醒他,对付太子,不能以退为进。"

苏遇微微皱眉:"叶祝祝也在帮你?"

叶湾湾稍稍喘了口气,摇了摇头:"祝祝什么都不知道。但是她感激魏王,是真心希望他安好。可是,一旦某个想法在心里根深蒂固,那些与之背道而驰的'好意'只会适得其反。"

苏遇试探道:"所以,此次太子的自食其果,也有魏王的手笔?"

叶湾湾有些无奈地摇了摇头:"他们交给我的任务的确是唆使魏王对太子下手,但魏王究竟会不会中计,要如何行事,我并不知晓。"

在整个布局里,叶湾湾的身份似乎很是单纯,如果不是许世卿错杀虞山公主,她便只是街头巷尾的一个画师。可这样一个随时可以被替代的角色,何以幕后之人要如此大费周章地控制她?甚至在她私自泄露许世卿的秘密后还是给她留了一线生机?到底是什么原因让他们如此纵容一枚随时可能失控的棋子?

苏遇几乎是本能地从叶湾湾的话中推敲出了各种蹊跷之处,可却在看见她毫无血色的脸时,又将所有疑惑都压回了心底,只是不痛不痒地问了一句:"你做这些,只是因为你的兄长在他们手上?"

叶湾湾似乎迟疑了一下，但很快就点了点头："是。"

苏遇叹了口气："你几次三番不听从他们的指令，不担心他们会对你的兄长下手吗？"

叶湾湾冷笑了一声："他们不敢。因为他们知道，对我下手，我依旧会替他们办事，但若对我兄长动手，我一定会跟他们拼个鱼死网破。"

苏遇反问："所以，你把他们的计划告诉我，是要破釜沉舟，不打算再为他们做事了？"

叶湾湾低下头，在自己周身扫视一圈："我这一身的伤，应该也算赎罪了。"

苏遇直视叶湾湾，又问了一遍："为什么突然决定不再为他们做事？"

叶湾湾没有直接回答苏遇的问题，而是稍稍挺直了背，向着他倾了倾身子："你觉得，我是怕死的人吗？"

苏遇毫不客气地点头："虽然你时常逞能，好像天不怕地不怕，但是你怕死。不管身处怎样的境地，选择活着是你的本能，哪怕断尾，你也会求生。"

叶湾湾似乎叹了口气："是啊，我怕死。"她吃力地将胳膊撑在身侧，指尖向前挠了挠，勉强将自己的脸凑到苏遇面前，"可这次，我也算是拼了命了，能不能换你一个答案？"

苏遇的心里忽地"咯噔"一响，眉心不觉一跳："你想问什么？"

叶湾湾眉目清朗,敛去了所有浮华的表情,几乎捧出了她积攒半生从未外露的真诚:"你会为了我,拒绝圣人的赐婚吗?"

她曾几次三番地给苏遇暗示却一直得不到回应,此刻,忽然明目张胆地把话说出来,忐忑之余,更多的是松了口气。一来,圣人赐婚虽然因太子一事被再度耽搁,但毕竟有豫章公主在,随时都可能被旧话重提,她此刻发问,也算是抢了一个天时地利;到了最后,命都豁出去了,如果苏遇还是无动于衷,那她也就该知难而退,免得越陷越深,到时候再想断,就是打断骨头连着筋。

可她终究是怕,怕苏遇一开口,她就再没有转圜的余地;怕等到她伤好,就只能灰溜溜地离开长安。她的双眼像受惊的小鹿般滴溜溜乱转,看到苏遇嘴角微动,她立刻警惕起来,下意识地向后一缩,让自己远离苏遇一点。

叶湾湾语速极快:"毕竟是要违抗皇命的事,我不需要你此刻就回答我。反正还有时间,你想想清楚,免得一时冲动给我一个答案,事后又要反悔。"

叶湾湾摆出一副没事人的模样,指尖上挑掀了掀被子。

她是后背受的伤,所以只能趴着睡。此刻,她尽可能地让自己转身的动作看起来行云流水,便暗自咬牙,铆足了劲儿将脑袋转过一个细微的角度,向枕头贴去。

只是,肩膀还没来得及跟上脑袋的动作就被人按住了。叶湾湾下意识地回了一下头,只看见骨节分明的手迎着她的双眼靠了过来，指尖自脸颊擦过，慢慢伸进她的发间，轻轻托住了她有些晕沉沉的脑袋。

她甚至没有看清那张迅速靠近的脸，只觉得淡黄的烛火下，他的眉眼温柔可亲，唇间的暖意像三月春风，轻拂柳岸。

叶湾湾迷迷糊糊地想着，也许她兵荒马乱的一生至此可以随遇而安了。

再醒来时，窗外已经是一片透亮的天。院中的老树上偶尔响起一两声聒噪的蝉鸣，床边的泥炉上温着煎好的汤药，时不时爆破的水泡声和蒸腾的草药味里氤氲着一片岁月静好。

圣人因为忧心太子身体，停了几日早朝。这会儿，苏遇正和刘行敏在院中聊着案子。

沈谅也过来了，将昨日从太医那处听来的话一一转述："太医说没有发现任何中毒的迹象，不过，不排除可能服用过致幻的草药。但具体是什么，只有看过了药渣才能知道。"

苏遇缓慢地点头，想起了张全儿那句"茶是殿下平日常喝的，可那日却突然嫌弃茶味苦涩"。他轻轻叹了口气，拇指抵在眼眶的位置揉了揉。画舫炸成那个样子，不论是太子用过的茶具，还是当日的食膳这会儿恐怕通通都已经在水下喂了鱼，想再找到什么蛛丝马迹无异于大海捞针。

不过，苏遇还是抱着侥幸心态嘱咐了沈谅一句："你去找禁军中郎将李修，让他派人再去曲江池捞一捞，看看会不会有什么新的物证。"

沈谅点头:"东宫那个小太监,从昨日到现在并没有发现有什么异常。属下派了几拨人轮班跟着,苏少卿放心。"

苏遇赞许地看了沈谅一眼:"沈寺正也累了几日,回去好好歇息。"

沈谅点头应了声"好",起身往外走,几步之后却又停了下来:"苏少卿,刘长史,还有一事。吴王今日一早派人来催结果了,属下可要将现有的发现都告知吴王?"

"吴王竟然如此沉不住气?"苏遇皱着眉与刘行敏迅速对视一眼,又转向沈谅,"你告诉吴王,大理寺和雍州府一定尽快查明真相,有任何发现都会及时派人到府上告知。至于现在,我们掌握的算不得什么证据,就不要让人去叨扰吴王了。"

"属下明白。"

沈谅前脚刚出门,叶湾湾后脚就走了出来。她此刻精神抖擞,但身体大抵还是有些不争气。背上那些历经千辛万苦才重新勾搭在一起的皮肉时不时还会叫嚣着对她的痛觉神经群起而攻之,让她的肢体动作看起来十分不协调。

"你怎么出来了?"听见叶湾湾虚浮的脚步声,苏遇立刻回过头。

"躺得太久了。"久居内室的叶湾湾似乎有些不适应此刻的阳光,夸张地眯着眼睛,而后又吊起胳膊,在半空中画了个圈,以向苏遇证明自己已经恢复到了活蹦乱跳的程度。

苏遇根本不吃她那套,拉起她的手把人往房里送。

叶湾湾一闪身，不太灵巧地躲到了廊柱后，伸手抱住了柱子，探出半张脸，笑眯眯地对着苏遇："最后一服药今早已经吃了，待会儿还要去药铺抓些。刘夫人这几日没日没夜地照顾我，一定很是疲累，好不容易小憩片刻，我不想叫醒她，不如，苏少卿受累陪我出去一趟？"

苏遇面露担忧："你这才养了几日？先回去歇着，药一会儿我去抓……"

刘行敏看出了叶湾湾的意图，想着昨夜两人独处的时候应该是说过什么体己话，于是赶紧推波助澜了一把。他打断苏遇："案子查到现在，怕是一时半会儿也不会再有什么进展，一切还需等太子醒了，讲明当日到底发生了什么才能有论断。你就先陪叶娘子出去吧。"

苏遇听了刘行敏的规劝，不由自主地想起了刘长史那些风骚且峥嵘的过往，鬼迷心窍地觉得此人经验丰富，他的话应该可信，于是便下意识地一点头，应承了。

一炷香之后，重新梳洗了的叶湾湾如愿以偿地跟着苏遇出了门。

这几日，叶湾湾因为养伤被严格限制了饮食，每日只能吃些白粥小菜，是以嘴里特别没滋没味，这会儿终于被放了出来，就觉得满大街的吆喝声都十分馨香美味，但凡是个铺子，她都要伸长脖子看一看。从刘府到药铺不过一个坊的距离，走得可谓是举步维艰。

苏遇看在眼里，没来由地想起几个月前，同样是受了伤的叶湾湾盯着冯雅青手中的毕罗流口水的场景。苏遇本想再去给她买一块，可转念又觉得，如果被叶湾湾发现了自己连这么久远的事情都记得，容易被误解当时的心境，进而又要被她拿来打趣。于是，苏遇将毕罗换成了果干，假装只是随意买了一包，塞给了叶湾湾。

谁知叶湾湾吃了两口，特别没大没小地叫了一声："苏景逢。"

苏遇反射性地回了一句："叶湾湾！"

"你怕不是已经爱慕我许久了吧？"叶湾湾带着一脸有辱斯文的笑，忽然凑近苏遇，言之凿凿地说道，"难道是觉得我太过与众不同，担心自己失控，所以一直不敢承认？"

苏遇万没想到叶湾湾会如此直截了当，只能努力端出一副不为所动的表情，为了显示自己内心的坦荡，还故作轻佻地勾了一下叶湾湾的鼻尖："这位小娘子，断案是要讲究证据的。"

叶湾湾指了指身后的毕罗铺子，又扬起下巴示意了一下铺子旁边的果脯摊："你刚刚明明是要进那家铺子的，可突然又转身去买了果脯。"她嘴里叨着一颗乌梅干，露出一排小牙，有些含混地说道，"是想起了之前给我买毕罗的事吧。"

一定是这几日因为太子的事过度伤神，所以才导致精神不济被叶湾湾钻了空子，苏遇不自觉地揉了揉眉心，一转身，进了街旁的药铺。

叶湾湾暂且放过了苏遇，但等抓好了药，又立刻不依不饶地跟了上去。

"不会是那日在悬崖下……"叶湾湾喜滋滋地逗弄苏遇,冷不防看见他的脸色突然一变。

她只顾盯着苏遇的脸,在不算久远的往事里寻找此人动心的蛛丝马迹,全然没注意街上熙熙攘攘的人群,也忽略了那阵由远及近的、仓促的马蹄声。

苏遇下意识地去拉叶湾湾的手,可刚一用力就想到手臂一动可能会牵动她的伤口,于是又迅速抬手搭上她的肩,直接把人带进了怀里。

叶湾湾脚下一踉跄,一头撞在苏遇胸口上。

身后,马蹄声奔涌而过。

叶湾湾有些惊魂未定地抬起头:"怎么会有这么多车马在这里?"

"是禁军。"苏遇并没有松开抱着叶湾湾的手,只是微微侧头,看向禁军离去的方向。最前方的马匹后拖着一辆木板车。车上盖着一块泛黄的白布,从白布凸起的轮廓看,其下盖着的应该是某人的尸身。

苏遇全然忘了刚刚被叶湾湾调戏的事,松开她的肩,手臂转而向下揽过她的腰:"走。"


近几日的曲江池可谓一波未平,一波又起。画舫爆裂之声还未散尽,池内又打捞起一具尸体。

雍州府府衙内，刘行敏和李修正瞪着四只铜铃大的眼睛等着仵作的验尸结果。刚巧，在苏遇迈进正堂时，仵作收起了工具。

尸体的情况极为特殊，当是死了不少时日，尸身几乎完全腐烂，又因为在曲江池中浸泡过，腐烂的皮肉全部脱骨。禁军将骸骨捞起后，又在其四周发现了脱落的腐肉和内脏，便一起打包送来了雍州府。

由于尸体已经完全看不出容貌，仵作只能从骨骼分辨出是名男子。从皮肉的泡发程度判断，死者是死后很久才被丢入水中，且在水中浸泡的时间不超过一日。此外，死者的关节、指甲缝等细微处都有泥土残留，由此推断，尸体在被抛入曲江池前应该被掩埋过。

仵作边说边将堂上的苍术烧得旺了些，尽量掩盖尸臭气。

"你的意思是，有人特意把尸体从坟里挖出来，再丢进曲江池？"刘行敏愕然地看向仵作。

"对，而且掩埋时应该比较草率。"仵作指了指男尸的鬓角和口鼻处，"这几处明显有被虫鼠啃噬过的痕迹，骨骼上留有齿印，说明尸体并没有被完全埋进土里。"

苏遇用衙役递来的棉布捂住口鼻："死因是什么？"

"尸体没有中毒的迹象，骨骼上也看不出致命伤。但这里，还有这里……"仵作捏着一把小尖刀在尸体的手臂、胸口和肩背处虚虚地点了点，"这几处的皮肉腐坏更为严重，几乎完全脱落，但紧贴骨头处的肌肉却保存完好，且呈青黑色。腐肉脱落后留下

337

的断口卷缩凸出，也许与死者的死因有关。"

言至此处，仵作谨慎地收住话头，目光扫过每一个人后，留下了一个言尽于此的眼神。

苏遇和刘行敏不约而同地看向彼此，内心了然。

皮肉腐坏更为严重，很可能因为死者生前就受过伤且没有及时接受治疗，才导致死后这部分皮肉最先发生腐烂。断口卷缩凸出且并未伤及骨骼，说明伤口很可能是被刀或匕首一类的利器切割造成的。由此推测，死者生前也许被利刃袭击，死于失血过量。

"能推断出确切的死亡时间吗？"苏遇问道。

仵作遗憾地摇了摇头："不能。"

苏遇屈指抵在下巴上思索片刻，又转向李修："尸体是最近才被抛入曲江池的。这几日，曲江池附近可有异常？"

李修有些为难地摇了摇头："曲江池附近虽然留了守卫，但此前一干证物都已经被送去大理寺，也不怕再有什么人来破坏证物或是现场，所以留下的人也就是做做样子。"

苏遇又问："这几日宵禁之后，可有可疑人出现在曲江池畔？"

李修挠了挠头："没听说有什么异常。"

苏遇不甘心似的继续追问："除了大理寺，还有什么人拜托过你们继续搜寻证物？"

李修被棉布遮住的面部肌肉微微抽动了一下："圣人……"

苏遇略一皱眉，已然无话可说。几个人围着尸体蹲了一圈，大眼瞪小眼。

半晌，刘行敏叹了口气："这段日子本官也不曾接到人口失踪的报案，眼下这情形，连尸体的身份都无法确认。"

李修敲了敲蹲得发麻的小腿："你们说，此人会不会就住在曲江池附近？要不，他是怎么被运过去的？地下水路？总不能满长安城都挖了玄都观里那种密道吧？"

苏遇摇了摇头："一具尸体，又腐烂成这样，随便塞进哪个夜香桶，就算运出城都不会引人注意。反正扔进曲江池泡上一夜，什么味道都洗干净了。"

李修从鼻孔里喷出一团热气："真是缺了大德。"

"先吃饭吧。"堂上沉寂了须臾，忽然被一阵女声打破。

李修应声转过头，见是叶湾湾时不由得一愣，而后电光石火之间，他后知后觉地恍然大悟——

那日虞山公主的葬礼上，苏遇趴在门框上巴巴地找人，分明就是心里惦记着人家小娘子，还嘴硬说什么"奸诈不好对付"，真是拿他当榆木疙瘩忽悠。

李修当即扯掉遮住口鼻的棉布，起身向叶湾湾迎上去，八字步迈得虎虎生风："小娘子可回来了，你不知道，那日葬礼上没见着你，苏……"

"中郎将！"苏遇忽然起身，一步跨过男尸，迈出正堂，站到了叶湾湾和李修之间，"若是公务繁忙，苏某就不强留你用饭了。"

"说完我就走。"谁知李修根本没能领悟到苏遇的用意,十分讨嫌地把苏遇极力掩饰的过去都给抖了出来,"虞山公主的葬礼上没见着你,苏少卿失望得跟丢了魂似的。"

"中……"苏遇再想阻止已是为时已晚,只能尴尬地转身,眼不见心不烦。

庭院里的蝉鸣声突然聒噪起来。

片刻后,叶湾湾慢悠悠地抬起头,带着一脸果然被我说中了的得意样儿,笑嘻嘻地看向苏遇。

苏遇没吭声——他堂堂七尺男儿,流血杀头都不怕,会怕这个?哼!

还没搞清楚状况的李修朝着石像般杵在阳光里的苏遇笑了笑:"我先走了。"

苏遇依旧没吭声。

见状,堂上的刘行敏用力抿了抿嘴角,憋住了笑:"话已经说了,中郎将就不用走了。"

被刘行敏一提点,李修似乎明白了苏遇阻挠自己说话的原因,但又不太确定自己的领悟是否正确。他懵懵懂懂地四下看了一圈,没能从苏遇那得到什么确切的答案,倒是发现叶湾湾只提了两只食盒。李修心知,就算食盒里通通塞满大馒头也不够自己手下那群饿鬼造的。于是乎,中郎将很快就将刚才的困惑抛到了九霄云外,非常善解人意地乐了乐,带着院子里的兵溜了。

叶湾湾目送众人离开，一脸惬意地挑起手腕，将食盒举到半空，不怀好意地开了口："苏少卿，用饭吧。"

苏遇强行忘却了自己的羞耻心，岿然不动地瞄了叶湾湾一眼，接过她手中食盒。然后，绷着一张云淡风轻的脸往正堂走去，边走边道："本官找你是事实，但中郎将的描述有失偏颇，我是十分理智地在找。"

叶湾湾略带挑衅："哦，是吗？"

叶湾湾跟在苏遇身后，眼神里那点得意简直要飞出眼角，张牙舞爪地追上苏遇的后脑勺。不过，还不等下一句调侃的话出口，叶湾湾忽然被绊了一脚，一低头，正看见一具男尸平平整整地铺在地上。

"吓我一跳。"叶湾湾拍了拍胸口，俯身看了看尸体五官模糊的脸，"这就是中郎将在曲江池发现的那具尸体？"

刘行敏点了点头，随后又叹气："可惜已经腐烂得辨认不出身份了。"

叶湾湾掏出帕子垫在手里，将挂在尸体颧骨处的皮肉重新摆好。指尖隔着手帕在尸体的眉骨、鼻骨、颧骨处一一抚过："也许，我可以画出他的本来面貌。"

闻言，刘行敏的眼中忽然闪出了光："当真？"

叶湾湾点头："当真。"

片刻后，苏遇等一干人通通退出了正堂，在院子里蹲了一圈，一边吃着午饭，一边等着叶湾湾画像。

叶湾湾就在一众衙役"吧唧吧唧"的咀嚼声中,忍着饭香和尸臭交织在一起的奇妙味道,用画笔,一寸寸地重现着死者生前的模样。

苏遇的目光在堂上晃了一个来回,再次落到刘行敏身前:"刘长史觉得,有人突然将死了许久的尸体挖出,丢入曲江池,是担心埋在原处会被发现,还是怕我们发现不了所以特意送上门?"

"我们想到了一处。刚刚中郎将说过,除了大理寺,圣人也曾命禁军再搜曲江池。这倒像是有人为了让尸体现世故意给圣人吹的耳边风。"刘行敏道,"死者被埋地下那么久都无人替他申冤,此时倒是备受瞩目,很难不让人怀疑,是有人想利用他的死做文章。"

"看来,有人想在这乱局中再加一把火。"苏遇一哂,目光再次飘向地上的男尸,"刘长史觉不觉得,死者的死状像是被人用过刑?"

苏遇此话一出,刘行敏立刻想起秦老九被苏遇用刑后的惨状,胃里不由得一阵翻江倒海,刚刚喝下去的白粥险些被吐出来。

苏遇并没有注意到刘行敏的模样,兀自盯着尸体说道:"死者身上有多处刀伤,却没有一处伤口深可见骨。可见,伤他的人并不想马上要他的命。通常来说,以这种类似凌迟的方式折磨人只有两个目的,一、逼供;二、取乐,鉴于此人之死可能与争储有关,我更倾向于前者。"

刘行敏强忍住呕吐的冲动，垮着一张脸朝苏遇点了点头。

苏遇继续分析："刘长史觉得，死者是因何招致这场杀身之祸的？"

刘行敏轻轻摇了摇头，表示自己不能妄下决断。

"画好了。"在苏遇和刘行敏你来我往的言语中，叶湾湾收起了画笔。

画像很快就在衙役中间传了个遍。这些人每日走街串巷，各种消息收集了一箩筐，却没有人记得这张脸。

铁头迟疑地看了叶湾湾一眼："这张脸弟兄们都毫无印象。叶娘子会不会……"

"不会。"叶湾湾斩钉截铁地摇头，"死者的皮肉虽然腐坏严重，但还能看出大致的形态，加上有骨相做底，不会画错。"

苏遇接过铁头手中的画像，举到自己和刘行敏中间："此人既然与储位之争有牵扯，想来不会是终日走街串巷的平民，没有印象也很正常。"

"此人若真是死于储位之争，怕是就算有人认出他也会碍于皇子们的淫威不敢为我们提供线索。"刘行敏嘱咐铁头道，"私下里寻访，不要声张。"

铁头闻言，面露难色："长史，能不能给一个大致的搜查方向？往常找人，贴一张告示出去，全坊的人都能看到，自然用不着我们兄弟做什么。可要是私下里找，就得挨家挨户去问，长安城这么大，我们一共就这几个人头，怕是要问到明年了。"

## 唐多令·晏山海

苏遇支了一招:"先到魏王府附近打探,避开王府的人,不要穿官服,假装是寻人就好。"

铁头等人离开后,苏遇又在院中转了几转:"虽然仵作无法推断确切的死亡时间,但从尸体的腐坏程度看,少说也有……"

"我知道你在怀疑什么,我会按照死者大致的死亡时间,重新查一下那个时期的卷宗,看看能不能找到些线索。"刘行敏打断了苏遇的话,指了指坐在树下纳凉的叶湾湾,"你先送叶娘子回去。她身上的伤还没有痊愈,今日又折腾这许久,我担心她会吃不消。"

苏遇闻言,不由自主地看向叶湾湾。

叶湾湾此刻正趴在树下的石桌上。刚刚对着枯骨画像耗费了她不少心神,于是,趁着苏遇等人分析案情的当口,她便一个人跑了出来,原本只是想吹吹风,不想竟然睡了过去。

听见苏遇叫她,叶湾湾茫茫然地抬起头,揉了揉眼睛,头脑不甚清楚地问了句:"人找到了?"

苏遇原本冷峻的目光里不自觉地带上了一抹笑意:"会找到的,我先送你回去。"

眼下这光景,街上行人稀疏,马车走得悠然。

刚进崇业坊,玄都观青绿色的琉璃瓦便映入车帘。叶湾湾对着瓦片上泛起的白光发了片刻的呆,忽然回过头看向苏遇,一手指着慢慢从窗外闪过的侧门:"虞山葬礼那日,你就是在那里等我的吧?"

苏遇原以为，叶湾湾是想起了李修的那番话，想要调侃一二。可此刻，叶湾湾却神色平静，丝毫没有打趣的意思。

苏遇琢磨着她这种情绪下暗藏的深意，进而意识到，李修那个嘴上没把门的虽然抖出了他那日的行径，但却并未说出他找人的具体地点。叶湾湾能如此精确地找到这里很是古怪。

苏遇想起那日在门外一闪而过的身影，很想问一句到底是不是叶湾湾。可这一问，就等同于承认了那个倚门而望的人就是自己。

苏遇的目光落在叶湾湾眉间，将心里的疑问换了一种问法："你为了给虞山公主报仇，不惜违背幕后之人的意愿，暴露许世卿。我以为你们情谊深厚，没想到，这见她最后一面的机会，就这么被你放弃了。"

叶湾湾仰起头，靠在马车的窗边："她葬在哪了？"

苏遇回道："献陵西侧一处单独的陵寝。"

叶湾湾喃喃道："我能去看看吗？"

叶湾湾的神色里看不出悲喜。仿佛她提出要去看虞山也只是出于相识一场的礼节。苏遇不知道叶湾湾和虞山公主之间究竟有什么牵绊，但她不说，他便不问。反正她身上的谜团不止这一点，他有耐心等她自己坦白。

苏遇略一点头："等你的伤痊愈，太子一案有了了结，我会带你去。"

叶湾湾慢吞吞地点了点头，朝着苏遇弯起了眉眼。

345

苏遇原本打算等叶湾湾恢复些体力,可以走动了,就把人接回崇化坊的宅子。可眼下旧案还未审结,新案又堆上案头,他确实分身乏术,只得再厚着脸皮拜托裴南子多担待几日。而后,他又带着裴南子给置办的干粮,回了雍州府。

门口的衙役见苏遇来了,立刻欢欢喜喜地迎了上去:"苏少卿,人抓着了,叶娘子还真是厉害,画得简直一模一样。"

"人不是已经死了,你们抓着什么了?"苏遇脱口而出。

那衙役闻言一愣,登时束手束脚地僵在了原地。

不过,衙役所言非虚。苏遇刚踏进正堂,就看见一个与画像长得一般无二的男子站在那里。那苍白的面孔、乌中带青的眼圈,乍一看还真让人有种见了鬼的感觉。

苏遇不禁皱眉,带着些许疑惑的目光看向刘行敏。

刘行敏凑到苏遇耳边,压低了嗓音:"延康坊里有人认出画像上的人是礼部冯侍郎的门生,叫刘矩。"刘行敏微微侧过头,迅速瞥了男子一眼,"这不,铁头直接就把人给带回来了。"

"冯侍郎不是最看不惯行卷、干谒等事,怎么会有门生?"这个看起来毫不起眼的书生竟然能让堂堂礼部侍郎一改往日作风,委实让苏遇好奇。

刘行敏轻轻摇头,表示自己也不知。

苏遇叹了口气,拿起画像走向刘矩。

"认识这个人吗?"苏遇在刘矩身前站定。

刘矩半垂着眼帘,点了点头:"认识,正是在下。"

苏遇没有立刻搭腔，微微侧着头，琢磨了一下刘矩的口音才又继续："你不是长安人。"

刘矩挑起眼皮，迅速且恭敬地看了苏遇一眼，规规矩矩地回答："眉州丹棱人。"

苏遇继续道："你是何时来的长安，又是何时进的冯府。"

刘矩双唇翕动却没有发声，像是在算日子，过了半晌才开口："去岁岁中来的长安，腊月左右有幸到冯府做事。"

苏遇问："家中可有兄弟姐妹？"

刘矩答："有一兄长，叫刘规，早些年就死了。"

苏遇问："早些年？是哪一年。"

刘矩答："在我上京之前两三年。"

苏遇目光一凛："因何而死？"

刘矩慢吞吞地眨了眨眼，语气不带任何波澜地回道："阿兄平日里喜欢斗鸡走狗，手脚又不太干净，惹了不该惹的人，让人打死了。"

听到此处，刘行敏轻轻咳了一声："可报过案？"

刘行敏此刻坐在堂上，距离刘矩有些远。刘矩不得不抬起头看他："阿兄在乡里名声极差，他的死人人叫好，家里人哪有脸面报官。"

苏遇和刘行敏不觉对视一眼，都有些诧异。

苏遇端详着刘矩的表情："说到兄长的死，你好像一点都不悲伤？"

## 唐多令·晏山海

刘矩眨了眨眼,终于有了些常人的反应。他张了张嘴,扯出一个像哭一样的笑:"这么多年了,什么感情都淡了。况且,我与阿兄自小就不亲近。"

苏遇点了点头。刘矩此人,说话轻声细语,举止规规矩矩,一副实打实的老实人模样,进京不久就被最为崇尚儒学的礼部侍郎收入门下,应该是个把"仁义礼智信"刻在骨子里的人,与那样一个兄长不和似乎也在情理之中。

"可惜不能滴血验亲。"送走了刘矩,苏遇感叹了一声。

刘行敏看向苏遇:"你怀疑那具尸体是刘规?"

苏遇不置可否地"唔"了一声。

"看来,你也觉得这个刘矩奇怪。"刘行敏看着苏遇,"通常来说,一个人被突然带进官府,都会下意识地问一句自己所犯何罪,可这个刘矩却十分平静,没有一点诧异或反抗。"

苏遇蹙眉寻思片刻:"一个穷书生,千里迢迢从剑南道的眉州跑来长安,又幸运地入了冯侍郎门下,应当是对仕途有所期望。这样的人,应该很看重自己的名声才是,可面对通缉犯的画像,他竟然可以如此平静地承认自己就是画上之人,实在奇怪。"

刘行敏沿着思路分析:"有两种可能,一、他问心无愧,知道就算承认自己是画像上的人,也不会卷入无妄的官司中;二、他明确知道画像上的人是谁,但是不能说。"

"如果,他知道画像上的人是刘规……"苏遇说着,又摇了摇头,"刘规多年前就死了。但从尸体的腐烂程度来看,死亡时间不会超过半年。两者时间不符。除非……刘矩说谎。"

刘行敏微微摇头："眉州虽然路途遥远，但地方州府每三年进行一次户籍调查，生老病死都会记录在案，统计结果尽数上交户部司，这些都有据可查，刘矩应当不会在此事上撒谎。"

"以防万一，还是让人到户部司查一查为好。"苏遇揉了揉眉心，"我再去看一看尸体。"

尸体已经被送进了停尸房。为了减缓尸体腐坏的速度，停尸房内一般都存有大量冰块。森森的寒气冲淡了尸身腐臭的味道，房顶漆黑发霉的椽木因为受潮而渗出一层细密的水珠，正随着时间一滴滴落在垒起的冰砖上，发出清脆的细响。

苏遇小心翼翼地掀开盖在尸体上的白布，俯身，目光在男尸的身上一寸寸扫过，最后落在头骨处。他微微蹲下身，从侧面平视死者的眉眼骨骼。

"死者的眉骨形态的确与刘矩如出一辙。"苏遇的视线一转，看向尸身的胸骨等处，"但他的骨骼比刘矩要粗壮很多，像是一个靠力气过活的人。"

刘行敏接过话茬儿："长兄为父。如果刘家贫寒，刘规很可能很早就外出打拼供养弟弟读书。"

苏遇站直了身子，神色间带着思索："死者到底是谁，和刘矩兄弟又有什么关系……"

刘行敏道："明日我到冯府一趟，兴许能找到关于这兄弟俩的线索。"

苏遇重新将白布盖回到尸体身上，漫不经心地说道："真正与刘矩有过接触的人未必知道真相，不妨把冯雅青叫来雍州府。"

刘行敏略一思索，点了点头。

二人走出停尸房时早已过了宵禁。府内的衙役们没接到刘行敏要他们留守的指令，这会儿早已各回各家，跑得不知所终。

苏遇忽然想到了什么，歪过头看向刘行敏："府衙里应该有可以过夜的地方吧？"

刘行敏闻言，眼角缓缓带上了一点窘迫的笑意，继而慢慢伸出一根手指："后堂里有一张床，就，一张……"

苏遇张了张嘴，却没有出声。夏夜闷热的小风迎面吹来，背后，停尸房里阴森的潮气还未散去，两种气息交织出一种诡异的气场，让裹在其中的苏遇不自觉地打了个寒战。

大唐两位敬业的好儿郎就这样一人占了一边床榻，眼观鼻，鼻观心地对坐了一宿，第二日又各自顶着一对不亚于刘矩的黑眼圈开始了新的一天。

礼部侍郎冯远的府邸就在延康坊，距离雍州府府衙不远。刘行敏刚出发去冯府不久，冯雅青就进了府衙大门。

"我知道他。他常年待在后院的耳房，我经常能看到他。"苏遇刚提及刘矩的名字，冯雅青就给了肯定的答复，"怎么，他是犯了什么事？"

"他没有犯事，但或许与一桩案子有关。"苏遇直言，"他是如何成为你父亲的门生的？据我所知，冯侍郎主理科考已久，为求公正，从不收门生。"

冯雅青迅速转了转眼珠，回忆着："听说他出身不好，家境贫寒，初到长安那会儿就靠给人代笔书信，写些墓志铭赚钱。但他诗文极好，阿耶看过他的诗，觉得是可造之才，又怜惜他的身世，就让他在府上做些差事，但他做的只是润笔一类的小活计，谈不上是阿耶的门生。"

冯雅青想了想，不等苏遇发问，又继续道："他倒是勤恳，我阿兄在世时每日都会找他读书。除了这些，他还会帮阿耶整理书房，抄经，什么活儿都干。听说他攒了不少积蓄，前阵子还将老家的母亲也接来了长安，在城外买了个小庄子安身。"

苏遇："刘矩是何时将老母接入长安的？"

"该是刚入春那会儿。"冯雅青靠在绳床里，歪着头回忆，"刘矩穷困，起初一直待在府里，很少外出走动。后来有一阵，他总是宵禁前偷偷溜出去，第二日一早回来。这事还是被后院的马车夫发现的，一问才知道，他把老母亲从眉州接过来了。"

苏遇在心里掂量了一下在城外买庄子以及供养高堂的花费，不觉蹙眉："你可知你阿耶每月给刘矩多少工钱？"

冯雅青皱了皱鼻子："这我就不清楚了，总归不过几百钱吧。"

苏遇琢磨须臾："郊外土地肥沃，种些粮食倒是可以自给自足。但每月几百钱的收入未必够他在城外购置庄子。"

冯雅青又补充了一句："几百钱是我的猜测。而且，他写墓志铭也有不少的填补。我之前亲眼看见,有人为了得他一篇墓志,送了几匹上好的丝绸。"

苏遇问:"都是哪些人找刘矩写墓志?"

冯雅青想了想:"左不过是一些文人墨客。"

苏遇抱拳:"若是再有人找刘矩,烦请冯娘子留心一下对方的身份。"

冯雅青晃了晃脑袋:"我只撞见过那么一次,还是在府外。平日里,没什么人来我府上找他。"

闻言,苏遇盯着冯雅青的目光忽然一动。

冯雅青有些不明所以。

苏遇分析道:"题写墓志铭为的就是提高身后的名望,以名垂千古,本是文人学士的风俗,平民百姓、工匠商贾并没有这种需求。而那些达官显贵若是要写墓志,必然会找地位名望相当甚至更高的人。所以,究竟是什么样的人,会找刘矩这样一个名不见经传的人写墓志?"

冯雅青闻言愣了愣,歪着头嘟囔道:"好像是这个道理。他靠写墓志赚润笔费的事还是我听阿耶说的,如今看来,也可能是他自己吹嘘的。"她有些讶异,"我阿耶会不会被他骗了?那我刚才那番话还能当作证词吗?"

冯雅青虽然侠义心肠,敢作敢当,但一番交流下来就暴露了她憨直的本质。苏遇不自觉地摸了摸鼻子,没有吭声。

恰此时,院子里传来衙役们欢天喜地的叫声:"叶娘子是来给我们送吃食的？"

叶湾湾双眼一弯，将手里的食盒交到衙役手上："都是给你们的。"

那衙役打开食盒往里瞄了一眼，又高兴地给叶湾湾指路："苏少卿就在里面。"

叶湾湾朝内院迈了几步，可巧就看见苏遇从正堂里走了出来。叶湾湾挎着她的小布包，颠着步跑到苏遇面前，刚要开口，就感到身前忽然闯入一个人影。

"湾湾？你回来了？"冯雅青错愕地眨了眨眼。

叶湾湾恍然许久才看清那张突然撞到自己面前的脸："雅青，你怎么在这？"

冯雅青侧头瞄了苏遇一眼："我来提供些线索。"

这会儿，苏遇已然无甚可问，便顺势让叶湾湾将人送出了府衙。

他靠在廊柱上，目送叶湾湾二人离去，随后，视线微微转过一个角度，落在正蹲在府衙门内、对着食盒狼吞虎咽的几个衙役身上。苏遇眉头一皱，没来由地觉得胃里空虚得很。

许久，久到中天的日头都偏了西，叶湾湾的身影才不急不缓地返回他的视野。

对方很显然感受到了他的目光，笑眯眯地往他身前凑了凑："怎么了，苏少卿？"

"有什么话要说这么久。"苏遇边说边转身，只留给叶湾湾一个"正直"的背影。

"雅青很担心祝祝，我也很担心。"叶湾湾假装没听出苏遇话中的哀怨，一本正经地回答，"许高氏状告圣人之后，太子和魏王相争的事算是瞒不住了，眼下又出了曲江池爆炸这档子事，魏王已然脱不了干系。虽然，祝祝知道自己与魏王身份有别，从来也没存着什么奢望，但如果魏王真的出事，她一定会很伤心。"

苏遇走进后堂，在绳床上坐下："那你的确应该去关心关心你的好姐妹。"

苏遇的话是出自真心，可表情却不太自然。叶湾湾看在眼里，嘴角已然绷不住笑意。她一个没忍住，伸手捏着苏遇的下巴晃了晃："你是有多饿啊，这种醋你也吃。"

苏遇知道叶湾湾胆大妄为且没什么羞耻心，但他万万没想到，她对自己都敢下手，一时竟有些失神，忘了回击。

叶湾湾色胆包天，只是捏下巴感觉还不够，又顺势抬起指尖在苏遇脸颊上点了点。

苏遇不觉皱了皱眉。

大唐风流无限的好儿郎岂能一次次受制于人。

苏遇瞬间回神，邪魅的目光自眼角流出，落在叶湾湾悬在半空的手臂上，而后，趁她得意之际，迅速扣住她的手腕，一个轻巧的转身，便将正耀武扬威的叶湾湾按在了绳床上。

苏遇俯身，凑近有些迷茫的叶湾湾："本官近日的确俗务缠身，冷落小娘子了。"

对上苏遇略带挑衅的眼神，叶湾湾顷刻间就被勾起了斗志。她眉眼一弯，牵起嘴角："怎么会，我来就是想帮你分忧啊。"她挺直了腰，一手勾上苏遇的肩，露出一份关切的神情，"方才听雅青说，我对着尸体画出来的画像，竟然和一个活人一模一样？"

苏遇扶住叶湾湾的腰身，觑起双眼，目光在她眉骨间游荡："两个人的面部骨骼的确一般无二，你没有画错。"

叶湾湾歪过头，靠在苏遇肩上，挑起眼帘盯着他的鼻梁，指尖慢悠悠地从他的额际一路滑落至鼻尖，而后故作思考般贴近苏遇的脸颊，仿佛在认真观察人类的五官构造："其实，真的可能画错。"

闻言，苏遇目光一动，神色正经了几分。

叶湾湾仍旧靠在苏遇肩上，但言语间却再没了戏谑："通过骨相的确可以描画出一个人的五官。但有些东西，如果少了皮囊，是推测不出来的。比如，人脸上的痣和疤。还有，后天的改变也是无法推测的，比如此人受过劓刑，甚至毁了容貌。"

苏遇眉心一跳，有什么想法在他脑海中一闪而过。

叶湾湾慢吞吞地收回双臂，坐回到绳床上，从布包里掏出一块紫葛包裹的炙羊肉："先吃些东西吧。"

苏遇看了看那包羊肉，却没有接。

叶湾湾立时皱了眉："这可是我亲手烤的。"

眼见叶湾湾一脸气恼，苏遇无声地笑了笑，从善如流地接过炙羊肉。只是，还不等他剥开紫葛叶，刘行敏和铁头便跨进了后堂。

正如冯雅青所说，冯远的确是在偶然间看到刘矩的诗文后才将他带入冯府。至于墓志铭，冯远也曾看到刘矩写过那么一两篇，但是为谁而写，他就不得而知了。

而刘矩虽然入了冯府，但也并未被引为上宾，平日里的衣食住行都是自己打点，下人们不用照顾他，自然都对他没什么了解。

苏遇听了刘行敏的陈述，不觉拧紧了眉头："看来，这一趟并没有问出什么新的线索。"

刘行敏正端着茶盅喝茶，听了苏遇的话，连忙"唔唔"地摇头："冯府的下人们虽然与他交集不多，但有一位马车夫，倒是和他相熟。"

"马车夫？"苏遇记得冯雅青也曾提到过一个马车夫。

"对。"刘行敏放下茶盅，"据他说，刘矩在冯府一直规规矩矩，除非是冯侍郎特意嘱咐他外出办事，否则，从不出府。不过，约莫在年初的时候，刘矩突然出了府，还是赶在宵禁前，偷偷从后门溜出去的。那马车夫就住在后院的马厩旁，刘矩出出进进他看得最清楚。起初，他并未多心，可刘矩好像做贼心虚，第二日回府就请他吃了酒。是以，马车夫对此印象很深。"

苏遇点头："冯雅青也提到过此事，说是那时候他将母亲接来了长安。"

"非也。"刘行敏再次摇头,"刘矩一共请马车夫吃过两次酒,第一次时并没有将出府缘由告知马车夫,第二次才提到是母亲入京。且两次吃酒间隔约莫一月之久。"

"一个月……"苏遇重复道,"那刘矩第一次出府是为了什么?"

刘行敏点头:"这也是我疑惑的地方。究竟什么事要在临近宵禁的时候去办。"

苏遇思量片刻,又道:"派去查看刘矩户籍的人可有什么发现?"

刘行敏正色道:"刘矩的供述句句属实。"

苏遇皱了皱眉,低头不再言语。

刘行敏也陷入了沉默。

安静的后堂里,依稀回荡起阵阵"沙沙"的声响。苏遇好奇地回过头,看见叶湾湾正伏在案上迅速画着什么。

"我在想,如果死者曾被毁容该是什么模样。"感觉到苏遇的目光,叶湾湾抬起头,将手中的画纸拎起来示意苏遇,"那具尸体的面部皮肉所剩无几,我不懂验尸,但假使皮肉完全腐烂的地方是死者生前受伤毁容的地方,那他的画像就应该是这样的。"

苏遇盯着叶湾湾手中的画像看了须臾,神色渐渐紧绷起来。

刘行敏上前询问:"你可是想到了什么?"

"没有,我只是想把手上现有的证据串起来,但发现其中少了关键的一环。"苏遇说着,眼中忽然涌出一抹古怪的笑意,"刘长史可愿助我一臂之力?"

刘行敏心中忽地咯噔一响,他似乎知道苏遇意欲何为了。

见刘行敏沉默不答且面有忧色,苏遇就知道他已经猜到了自己的意图,于是便欣然地当他已经同意:"还要劳烦刘长史派人看好刘矩,明日一早把他带去城外的庄子,有些事,我要当着刘母的面问他。"

说完,苏遇踱步到正堂门口,探头向外看了看湛蓝的天。日色正好,宜搬家。

他回过头扫了叶湾湾一眼。上一次她来府衙送饭时还只是徒手拎了两只食盒,今日却挎了她那只装着全部家当的小布包。苏遇对她的心思也有几分了然,于是状似不经意地问道:"你要继续留在这儿?"

叶湾湾立刻会意,收拾好画具,跟了上去。

苏遇将那张毁了容的画像叠好收进怀里,然后对着刘行敏一揖:"这几日叨扰刘长史和嫂夫人了。"

刘行敏这会儿还在想着明日的事。他知道苏遇是要去诈供的,本不想答应,可想到当初苏遇在太极殿内让突厥人不打自招,承认虞山公主身份有假的那出好戏后,他又有些迟疑。没料到,就因为这短暂的犹豫,被苏遇钻了空子。

刘行敏掀起眼皮瞄了苏遇一眼,有些烦躁地摆了摆手:"趁我还没有反悔,赶紧走!"

苏遇笑了笑,不再滔滔不绝地向刘行敏表达谢意,拉着叶湾湾离开了雍州府。

天边日色尚存，街巷内人迹熙攘。永安渠自南向北而去。一队胡商缓缓穿越人群，消失在西市酒家、茶肆的杏帘之后，唯有驼铃之声依旧。

两个人在人群中穿梭而过，苏遇侧身去找叶湾湾时，正看见她踮着脚躲避迎面而来的马车。挎在身侧的那只鼓鼓囊囊的小布包受力，高高扬起又稳稳落下。

苏遇忽然意识到，自己竟不知不觉地开始揣摩起叶湾湾的心思。他知道那只布包里装着她的全部家当，所以，当她挎着它进府衙时，他就知道她是想回他在崇化坊的宅子了。

人心还真是奇妙。最初，他对她只有防备，可越是防备便越是注意，然后便将她一点点刻进了心里，休戚与共。

"怎么了？"叶湾湾扬起头，堪堪瞧见苏遇站在人群外，一瞬不瞬地望着自己，不觉快走了几步，跟在他身边。

"没什么。"苏遇顺势牵起她的手，走过坊门。

这个光景，老仆和厨娘都在西厢忙着准备晚饭，院子里静悄悄的，只有槐树叶在晚风的吹拂下沙沙作响。

苏遇带着叶湾湾穿庭而过，进了正房。

苏遇的正房兼具多种功用。进门后的中间部分摆放了一张茶案，几张圆凳，偶有客人来访，可以充当前堂。左侧立着一张六叠屏风，屏风后就是苏遇的卧房。右侧则是书房。

他让叶湾湾在中厅里稍坐，自己去了书房，从书柜一角的木匣里取出一只被手帕包裹的物件。

叶湾湾倚着茶案,歪着身子偷窥苏遇在房中的举动,见他盯着手中的物件瞅了许久也不出来,便自作主张地进了书房。

"什么定情信物让苏少卿欣赏这么久,能否给我也瞧瞧?"她突然从他身后探出半个脑袋。

苏遇嘴角微扬,眼中带了点笑。他拇指一捻,手帕的四角便轻轻滑落,露出里面的一只青绿色镯子。

那时叶湾湾刚离开长安,他鬼使神差地买了这只玉镯。

叶湾湾眯了眯眼,小手握拳伸向苏遇的掌心,而后五指一张,就将镯子戴在了手腕上:"是因为那日在许府,我说芳玉有镯子我却没有?"她晃着手腕,反复盯着镯子看,"幸亏我主动坦诚了,不然,这镯子得在你这放到碎。"

叶湾湾背起手,扬着下巴看向苏遇:"是不是呀,苏少卿?"

苏遇的眼中忽然透出几分狡黠,几分了然。他向叶湾湾近了一步,果然就见她下意识地踮了踮脚尖。他眉梢一挑,嘴角的笑不禁更张扬了。

叶湾湾立即明白了苏遇的意图,喉咙里发出一声短促的哼哼,转身就要往房外跑。

苏遇及时出手按住了她的肩。他弯身凑到叶湾湾面前,紧盯着她的眼睛,直把一向不知羞赧为何物的叶湾湾盯得神色慌乱,目光乱颤,他才突然用力将人拉进怀里,吻上她的唇。

叶湾湾不觉向后错了半步,腰身撑在书案上,抬手攀上他的颈间。

廊下传来细碎的脚步声，却没能惊动此刻难舍难分的两个人。

老仆见正房的门扇并未关严，还在微风里轻轻地震颤，于是便想也没想地推开了房门："郎君，晚饭……"

老仆一转头，忽然就被二人交叠的身影惊呆，半晌，才慢腾腾地将脑袋转向另一边，颤颤巍巍地嘟囔："郎，郎君你不在啊。这，这饭还吃吃吃不吃啊……"

## 第十七章　兄弟牵绊

翌日巳初左右，苏遇等人带着刘矩来到了他在城外买的庄子。

庄子虽算不上依山傍水、景色宜人，但背靠山涧，处处小桥流水、鸟语花香，院落四周被疏密有致的篱笆围着。西侧，整整齐齐地种着几垄小麦；东侧，一朵朵夕颜花自篱笆间的缝隙里探出头。

苏遇让刘行敏等人在门外稍候，自己带着画像先行进了院子。

也不知是庄稼人朴实，还是百姓们都相信这万国来朝的大唐始终盛世安康，院子的门四敞大开着，院内黄土堆砌的小屋也没有关门。苏遇清了清嗓子，给屋内的人提了个醒后便长驱直入。

他刚迈过门槛，一个头发花白的老妇人便从里间颤颤巍巍地晃了出来。老人一手扶着墙，目光有些呆滞，看着房门的方向，等到苏遇再次弄出声响，她才一激灵动了动脑袋，将耳朵转向苏遇的方向。

苏遇这才发现，老人的两只眼睛都看不见。他捏着画像的手不由得握紧。

"你是……"老人慢吞吞地开了口。

"在下苏遇，是刘矩的同僚。"苏遇答。

"郎君坐吧。"老人双手离了墙，两只脚平行着向左错了两步，站到桌边，轻车熟路地拿起桌上的茶壶给苏遇倒了碗茶，"二郎他没有回来？"

苏遇将画像放到了一边："我的马快，所以先到了，二郎他应该也快了。"

老人点了点头，脸上不觉露出几分喜色。

苏遇趁着喝茶的工夫，目光在简陋的屋内扫了一个来回。房子分为三间，中间是招待客人的正堂，左边的隔间里堆着三四个箱子，放置着一些做活儿用的物件，显然是老妇人的卧房。右边应该就是留给儿子刘矩的房间，只不过，屋内摆着两张床。

苏遇收回视线，慢悠悠地喝了口茶。

老人并不知晓苏遇的身份，一时间也不知该用怎样的礼节招待，不免有些忐忑。

"老人家坐吧。"苏遇起身，扶着老妇人在桌边坐下。

"有劳。"老人小心翼翼地挪了半步，"二郎他……"

还不等老妇人把话说完，庄子外忽然传来一阵急促的马蹄声。老人家浑浊的双眼忽然瞪大了些，霍地站了起来，朝着房门的方向踉跄了两步："是二郎回来了吗？"

苏遇侧头看向门外，只见刘行敏和刘矩还留在原地，不远处，一个宫人模样的人正快马靠近院门。

苏遇眉心一蹙，走出房门。

那宫人径直打马到苏遇面前，一边下马一边喘着粗气道："苏少卿，太子殿下醒了，召您即刻入宫！"

苏遇下意识回头看向院内，只见老妇人就倚在门边，侧着头，听着院内的动静。

苏遇无奈，只得将诈供之事留给一向君子坦荡荡的刘行敏，自己随着宫人离开。

刘行敏被委以重任，一脑门官司地拉着刘矩向老妇人走去。

此刻院内外四处都是马蹄声，显然扰乱了老妇人的听力，让她一时间无法辨别到底有多少人走到了自己面前。但她清清楚楚地听见了"太子殿下"四个字，知道刚刚那位自称是"刘矩同僚"的人必然身份显赫。

她朝着刘行敏的方向艰难地笑了笑："二郎今日不会回来了吧。"

刘行敏看了刘矩一眼，一狠心，示意跟在身侧的铁头捂住刘矩的嘴，自己回答老妇人："在下雍州府长史刘行敏，方才那位是大理寺少卿苏遇。"

老妇人并不熟悉这两个官职到底意味着什么,但她知道,此刻站在院中的人位高权重,绝不会是自家二郎的好友。

她叹了口气:"二郎他,是做错了什么事吗?"

刘行敏有些为难地支吾:"他没有,只是……"

"是大郎吧。"老妇人似乎听出了刘行敏的为难,替他说出了答案。

老妇人没有返回屋内,而是靠着门框直接在门槛上坐下:"我知道,从二郎把我从眉州接来这里的时候我就知道。"

"您……都知道些什么?"刘行敏蹲下身,平视老妇人,小心翼翼地试探。

老妇人摇了摇头:"我不知道他们在外面做的是什么营生,但是我了解自己的孩子。"她微微叹了口气,"打从我住在这,这两个孩子隔三差五就会回来看我。但是我知道,大郎从来没有回来过,一直都是二郎。"

听到此处,刘行敏无声地吸了口气。

"我知道,大郎一定是出事了。二郎孝顺,怕我难过,所以,时而扮作他阿兄回来见我。"老妇人眨了眨浑浊的双眼,"可是,就算他们兄弟二人的容貌、声音、身量都一模一样,我也知道,他不是大郎。"老人家颤颤巍巍地举起左手,右手食指点了点小拇指的骨节处,"大郎这里被鸡啄伤过,骨头坏了,二郎却没有。"

"还有……"老人轻微地啜泣了一声,"大郎身子骨壮实些,数九寒冬也爱出汗,总是将床铺弄得汗津津的,二郎就不会。即便他睡在大郎的床铺上,我也知道他不是。"

听着老人家细数自家儿郎的点点滴滴,刘行敏不由得鼻尖发酸。他用力抿着双唇,半晌,才又开口:"但是您从来没有戳穿过。"

老妇人眼眶中早已蓄满水光:"二郎不想我难过,我自然也不能让他担心。"

刘行敏无意识地瞥了刘矩一眼。虽然他一直被捂着没有出声,可此时已经是双眼通红,鼻涕眼泪挂了铁头满手。

刘行敏感到有些头晕。他双手撑在膝盖上,缓缓支撑起自己的身体,站了起来,缓了好半晌,他才踱步到刘矩身边,压低了声音问道:"刘规是怎么死的?"

"我不知道。"刘矩摇了摇头,眼泪自眼角甩出,"今年年初,有人约我在夜里出城见面,只为找我写篇墓志铭,还送了我大笔的钱物,我当时就觉得奇怪。后来,我在那笔财物里发现了阿兄的家什,才知道,阿兄死了。"

尽管,刘矩的声音极其微弱,可老妇人还是听出了他的声音,长满白发的脑袋敏感地动了动,低低念了一句:"二郎?"

刘行敏又看了老妇人一眼,朝铁头招了招手,示意他跟自己出去,只将刘矩留在院子里。

山谷中忽然起了风,吹得满园的夕颜花朝着土屋的方向歪过了头,荡出一阵阵若有似无的花香。

耀眼的太阳一点点攀上中天。

苏遇迈进东宫寝殿时,李承乾正歪歪扭扭地靠在床头。他虽然已经完全恢复,但精神还有些不济。只是,一看到苏遇,太子殿下立刻就想到自己窝窝囊囊躺在这里的倒霉日子,整个人都被仇恨点燃了斗志。

李承乾低吼:"给本宫查!不管是谁,揪出来必须斩立决!"

"殿下切莫动气。"苏遇波澜不惊地安抚。

"不动气?"李承乾一脸要吃人的模样,"有人要谋害本宫,本宫恨不能生啖其血肉,如何不动气?"

苏遇趁着李承乾大发雷霆的工夫,迅速将自己从刘矩的案件中抽离,重拾有关曲江池爆炸的全部线索:"殿下可还记得,那日您为什么会跑去船尾?"

李承乾虽然不如李泰聪慧无双,但他的脑袋也绝不是一个简单的摆设。他醒来发现秦老九已然不在东宫时便已经猜到,苏遇一定已将玄都观密道和爆炸一事完整地串联了起来,知道了他做过的全部勾当。

但他并不知道,秦老九为他献上的密道运炸药、曲江池苦肉计这一系列妙计并非是要帮他斗倒魏王,而是为了送他归西。

李承乾稍稍闭了眼,又靠回到床头:"本宫当时中了毒。"

苏遇的语气依旧不急不缓:"臣已经问过太医,殿下当日并未中毒。"

"你怀疑本宫?"李承乾瞬间又坐直了,抬手掐在自己脖子上,"本宫当时分明感受到有一个人死死掐着本宫的脖子,拖着本宫出了船舱!如果不是中毒产生了幻觉,那便是船上真的有刺客!"

掐着脖子……

李承乾张牙舞爪的动作忽然让苏遇想起许世卿自尽时,芳玉言之凿凿地控诉许世卿是中了邪,自己掐死了自己。

见苏遇半晌不语,李承乾有些气恼:"苏少卿难道以为本宫会自戕,然后把这储君之位拱手相让?"他愤怒地一甩手,直接打翻了摆在床头的药碗,"那艘画舫可是李泰的!"

苏遇神色不动:"殿下可还记得当日见过哪些人,吃过哪些食物,可有任何异常?"

李承乾稍稍平复了一下心绪:"本宫记得,那日李泰特意入宫与本宫一同用膳,又送本宫去了码头后才离开。他会这么殷勤,肯定有蹊跷。至于吃食,本宫只在晨起后同李泰一起用过半碗粳米粥,其后便一直没什么胃口。"

"这么说,殿下离开东宫时一切都很正常。"苏遇道,"那么,从离开宫城,到曲江池,再到上画舫之后,这期间可有怪事发生?"

李承乾回忆:"从本宫出了东宫大门,再到曲江池码头,一路上都有禁军护卫,由一个叫巧月的侍女随车侍奉。本宫当时有些疲累,就小憩了片刻。上了画舫喝过一盏茶,其后就中了毒。"

不过，登船时携带的所有吃食都由本宫亲自检查过，绝不会有问题！如果不是画舫被人动了手脚，还能有什么原因！"

李承乾一口气说完，狠狠地大喘了几口气。一名宫人十分有眼力见儿地上前，送上半碗清水给他顺气："殿下，该歇息了。"

李承乾闻言，有气无力地抬起眼皮瞄了苏遇一眼。

苏遇立刻会意，告退。

那宫人斜着眼睛瞄着苏遇的背影，眼见他消失在殿门之外，才凑到李承乾耳边耳语了一句："殿下，秦老九那边已经把所有的事都招了，圣人已经看过口供。"

正在喝水的李承乾登时一呛。

宫人立刻给他拍背顺气，同时继续添油加醋："听前去传唤苏少卿的宫人说，苏少卿当时就在刘矩的庄子上。"

"什么！你的意思是，苏遇已经查到了？"李承乾一脸不可思议地瞪大了双眼，随即伸长了胳膊往床下扑腾，一副要把苏遇抓回来的模样，"那你还等什么？赶紧把他给我叫回来！"

宫人摇了摇头："此刻还不知道苏少卿究竟查到了些什么，殿下您现在叫人过来审问，反而会暴露自己的心虚。"

李承乾面露焦急："那你让本宫怎么办，坐以待毙吗？父皇那么宠爱老四，要是他知道，知道我……定会废了本宫！"

宫人说话的声音更小了："国舅爷的意思是，那事，怕是要提前准备了。"

"那事？"李承乾略一怔忡，随即重重靠回到床头，目光渐

369

渐从惊恐转为茫然,"本宫当真……"

宫人似乎叹了声气,随即稍稍后退半步,垂着脑袋立在床边,不再言语。

阴沉的夜色已经渐渐笼罩天际。

苏遇知道,太子对魏王怨愤颇深。诚然,太子出事,魏王确有可能成为最大的赢家。但在魏王提供的画舫上,大理寺和雍州府都没有发现任何可疑之处。事后,圣人还曾秘密让工部介入,仔细检查过画舫碎木。工部李尚书亲自确认,画舫不曾被人动过手脚。

如果,是画舫上的摆设或饰物散发出的气体使人中毒,当日便不会只有太子一人中招。就目前的证物来看,太子的怀疑实在没有根据。

苏遇本想直接去雍州府将太子的证词告知刘行敏,顺便询问一下诈供刘矩的结果,可出宫城时已经是暮色四合。他和刘行敏探讨案子时常会忘了时辰,搞不好聊到宵禁之后,他就又只能在府衙借宿。想着府衙后堂那张又瘦又短的床,苏遇转身直接回了崇化坊的宅子。

他家这宅子一向简陋,就连院子里唯一的老槐树还是前任主人留下的。可眼下,垂花门外却架起一排风灯,昏黄的光轻轻摇曳,随着夜风一路向内院延伸而去。

院子里还是他离开时的模样,一张空了的竹榻静悄悄地躺在槐树下。西侧的厨房里亮着烛火，薄薄的炊烟从烟囱里慢悠悠地升起，将夜色吹出几分人间烟火。

苏遇从未去过后厨，可今日却忽然对那个透着暖光的小屋子产生了几分好奇。他轻手轻脚地从西厢的屋檐下走过，摸到后厨门外。

后厨里，老仆正挑拣着烂掉的菜叶，厨娘正搅着锅里的汤。叶湾湾不知道从哪里弄来一张宽木板，架在两只箩筐上当凳子，人就坐在上面，晃着两条腿，一副对锅里的食物垂涎欲滴的模样。

没一会儿，苏遇就听见了叶湾湾的哼哼："他再不回来我就把这些饭菜独吞了。"

苏遇下意识地侧头看了看天。西时早就已经过了，居然有人一直在等他吃饭。

像是感觉到了什么似的，一直目不转睛盯着饭菜的叶湾湾忽然歪了歪脑袋，一眼就看见了门外的苏遇。她立刻露出一个开心的笑，霍地从凳子上蹦了下来，一边嚷着"你回来啦"，一边直扑向菜板，抄起两盘肉菜，朝着苏遇跑了过来。

"我要饿死了。"叶湾湾边说，边从苏遇身边钻了过去，直奔东厢。

一阵风自身侧刮过，没有丝毫停留。苏遇看了看自己等在半空中、准备迎接叶湾湾的手，觉得似乎有哪里不对，却又挑不出什么毛病，只能若无其事地抬手摸了摸鼻尖。

老仆也笑眯眯地晃出了后厨，走到苏遇身边念叨了一句："小娘子重伤初愈，王大娘特意给她炖了一锅老鸭汤补补身子。"

苏遇点了点头，没什么异议。

"买鸭子的钱是叶娘子从小郎君你的钱匣子里取的。"说完这话，老仆明明看见苏遇的眉梢不自觉地一跳，却又像没看见似的火上浇油了一把，"叶娘子让我告诉你，匣子已经空了，记得放钱进去。"

闻言，苏遇心里猛地打了一个突，刚刚积攒起来的一点温暖和知足立刻七零八落："她买什么花了那么多钱？"

老仆咧嘴一笑："后院还有只羊，说是等入秋养肥了就能吃了。"

听老仆如此一说，苏遇仿佛听到了从后院传来的咩咩声。他认命似的从怀里掏出钱袋递给老仆，有些无力地朝他摆了摆手，转身出了西厢，一边掐着眉心，一边往东厢晃。

他是万万没想到叶湾湾会如此败家，一日的工夫花光了他几个月的积蓄。再如此下去，他就只能像刘矩那样，去给人家写墓志铭换钱了。

可推开东厢的门，嗅到那股精心烹饪出来的菜香，看着烛光里着急喝汤结果被烫的龇牙咧嘴的人，苏遇又想到了垂花门外的那排风灯，觉得这个原本只是一个躯壳的老宅子里忽然有了一丝"人间"的味道。

他在叶湾湾对面坐下，若无其事地说道："以后不用等我回来用饭。"

叶湾湾对着手里的鸭汤，吹一下，喝一口，再吹一下，再喝一口，好一顿折腾。听到苏遇的话，她百忙之中飞快地抬头瞄了苏遇一眼："你那碗还喝吗？"

苏遇正伸向汤碗的手不自觉地一抖，总觉得叶湾湾好像也没那么好心。他端起碗筷，就着饭菜把已经到了嘴边的感动又一股脑地咽了回去。

跳动的烛光将叶湾湾的眉眼映得亮亮的，在她那张仿佛已经忘记世间一切忧愁，只记得吃的脸上勾勒出一抹岁月静好。

苏遇忽然想到了什么："太子的案子还需要些时日才能解决，去虞山公主陵寝拜祭的事恐怕还要等一等。"

叶湾湾点了点头："还是没找到关键线索吗？"

苏遇挑起眼帘，看向叶湾湾："太子坚持怀疑是魏王动了手脚，但目前的证据都证明魏王是清白的。"

听到"魏王"二字，叶湾湾的眼中浮现出一抹怅然，却很快又消失得无影无踪，仿佛刚刚的神情只是错觉。

叶湾湾梳理着线索："幕后之人既然策划了'太子自戕'这么一个大局，必然要让这场爆炸物尽其用。如果我是他们，我一定会派人将太子的谋划透露给魏王，暗示他这是太子做局要陷他于不义。太子此前多次挑衅魏王，魏王不可能再坐以待毙。既然爆炸一事已成定局，他也许真的会趁此机会下手，造成太子自食恶果的假象。这样，既能除掉太子，又能撇清自己。"

苏遇给出结论:"那艘画舫没有任何问题。"

叶湾湾放下碗筷,拧着眉看向苏遇:"我记得之前沈寺正提到过,太医说太子并没有中毒,但不排除曾服用过致幻的草药。这是怎么回事,你们认为太子中过毒?"

苏遇如实告知:"从禁军和宫人双方的证词对比来看,当时,太子的确处于神志不清的状态。但太子在登船前还一切正常,如果真的是食用了致幻的草药,只可能发生在船上。可太子又坚称,所有带上画舫的食物都由他亲自检查,绝无异常。"

叶湾湾努力回想那日曲江池上的场景:"我记得,当时太子出了船舱,行为举止确实有些夸张,不过隔了太远,我看的也不真切。太子本人是怎么说的?"

苏遇道:"太子说自己感觉像是被一个人掐着脖子拖出了船舱。"

"被一个人掐着脖子拖出船舱?"叶湾湾有些诧异地重复道。

苏遇略一皱眉:"是一个被太子假想出来的人。"

"假想……我听说过一种毒菇名叫毒蝇伞,长在漠北,误食此种蘑菇的人会产生幻觉,眼前的人都会变得畸形且面目可憎。他们会认为自己受到了威胁,进而去攻击幻想出来的敌人。若不及时救治,毒菇内的毒素便会致命。"叶湾湾顿了顿,"听说草原上有些部落时常会用这种毒菇毒害其他部落的战马。"

"毒蝇伞……"苏遇低声念叨了一句,"如果用银针试毒,能否试出食物中是否含有这种蘑菇的毒素?"

"试不出。"叶湾湾摇头,"但食用这种蘑菇后至少要两到三个时辰才会发作,而且少量食用只会让人感到瞌睡,不会疯癫致死。如果太子是在画舫上吃了什么,不会这么快发作。"

"两到三个时辰……"苏遇的胸口忽然一紧。

太子说,他晨起与魏王一同吃过半碗粳米粥。

太子说,他在前往曲江池的路上忽觉疲累,所以小憩了片刻。

如果叶湾湾此话不假,那么太子很可能早在登船之前就已经遭到毒手,而魏王也许真的参与其中。

叶湾湾见苏遇好像入定一般僵在原地,忍不住伸手在他眼前晃了晃:"怎么,你是想到了什么?"

苏遇回神:"你说这种毒菇生长在漠北,那采摘后运送至长安是否会让毒性降低?是否需要在长安本地种植?"

叶湾湾摇头:"晒干后的毒蝇伞毒性反而会增强,使用时只需要用水煮熟,毒素就会全部溶入水中。只要饮用汤水,便会中毒。"

苏遇无意识地点了点头,过了许久,他才突然道:"明日我会晚些回来,你不用等我。"

早朝的气氛一如既往的压抑。眼下,太子虽不能长时间立于朝堂之上,但身体已经恢复。李世民难得地松了口气,可这也意味着对诸子争储的处置也要提上日程。

初入官场那会儿,苏遇也曾为了仕途依附皇权,但依附得久了,反而能看清这些至高无上的权力所有者们也不过是带着一切原罪降生于世的凡人。贪婪和欲望让他们同室操戈,而老父亲却看不清眼前你死我活的形势,还在苦心孤诣地想要保全所有人。

所以,在苏遇提出"有本请奏"时,李世民敏感地意识到他是要请旨调查魏王,连开口的机会都没有给他,直接驳回了他的请求,只让大理寺在真相大白之后将结案陈词上交朝廷。

无非是不忍心撕开平和的伪装,不想面对兄弟阋墙的真相。

可惜,子不知父。在李世民驳回苏遇的请求后,吴王又站了出来:"陛下,此案涉及皇族,苏少卿调查起来怕是有诸多难处,还请陛下听一听苏少卿有何事启奏。"

不等李世民呵斥,长孙无忌先挺身出列:"敢问吴王殿下,您所说的'涉及皇族'是何意?难道,吴王是在暗示我们,太子殿下此次遇难是皇族子弟同室操戈?"

吴王反唇相讥:"长孙国舅何必如此曲解本王的用意。"

长孙无忌冷哼:"我看,是吴王您太过心急了吧?"

吴王厉声呵斥:"长孙无忌!"

"够了!"李世民终于发了火,"都给朕退下!"

长孙无忌是皇后的兄长,自然是嫡系诸皇子的拥护者,会在此时站出来与吴王针锋相对也是情理之中,何况,他有一句说得很对——吴王太过心急。

散朝之后,苏遇没有立刻离开,而是在太极殿外晃了片刻,果然就看见吴王李恪疾步从人群中挤了出来，四下张望，最后看向了自己。

"苏少卿。"李恪将人拉到一边，"你刚刚在大殿上到底有何事要奏？是否查到了陷害太子的人？"

苏遇看着李恪急切的模样，轻轻蹙了蹙眉。早些时候，他曾怀疑过李恪会是一直躲在幕后的第三人，可如今看来，此人虽然勇武有加，却急躁缺乏城府，不像是能做出一个缜密布局的人。

苏遇劝道："此事毕竟涉及圣人诸子，不可操之过急，以免落人口实。"

吴王因焦急而不自觉地提高了音量："难道就让真凶逍遥法外？"

"下官会再想他法。此事对殿下来说并非良机，还请殿下明哲保身，不要触了圣人的逆鳞。"李恪并非嫡子，此前未必真有争储之心，可他毕竟也是圣人宠爱的儿子，眼见太子就要倒台，难免心有妄动。苏遇不想再将争斗加深，忍不住暗示了一句。

李恪盯着苏遇，许久才琢磨出他言语中的暗示。回想起刚刚大殿之上李世民盛怒的模样，李恪心有余悸，匆忙地点了点头："好，那就依苏少卿所言。"

李恪离开后，一个人影慢悠悠地从朱柱后晃了出来。

"你觉得不是他？"刘行敏看着李恪渐渐消失的背影，对着苏遇道。

"不像是，但也要试过了才能知道。"苏遇念叨了一句，转头看向刘行敏,"刘长史找我有事?"

"到我那去坐坐?"刘行敏支吾了一下,随后握拳撞了撞他的胳膊肘。

看着刘行敏小心翼翼的模样,苏遇忽然笑了:"刘长史这是担心我因被圣人驳回请求而心绪难平,所以想请我喝杯茶?"

刘行敏梗着脖子"哎"了一声:"是我想和你聊一聊刘矩的案子,行不行?"

苏遇一挑眉:"看来刘长史是诈出真相了?"

刘行敏叹了口气,扯起了苏遇的袖子:"走吧。"

不承想,刘行敏不由分说地将苏遇推进了雍州府的停尸房。

迈过停尸房的门槛,苏遇假意被浮在空气里的尸臭味呛得咳嗽了几声:"刘长史请人喝茶的地方还真是……别致。"

刘行敏知道,苏遇这是憋了一身探查真相的劲儿没处使,所以都用在了嘴上。他假装没听见,伸手掀开了盖在男尸身上的白布。

"死者应该就是刘规。"刘行敏指了指男尸左手小拇指的骨节处,"按照刘母的说法,刘规左手小拇指受过伤,骨头与旁人不同。这具尸体的小拇指状态刚好与之吻合。"

苏遇收起了刚才的花腔,正色,俯身,目光在男尸手部慢慢扫过:"刘矩说什么了?"

想起昨日的场景,刘行敏有些别扭地清了清嗓子:"他什么也没说。"

苏遇弓着腰盯着尸体看了片刻，等着刘行敏的下文，谁知，刘行敏竟缄口不言了。苏遇直起身，有些困惑地看了刘行敏一眼："刘长史因此推测这具尸体就是刘规，然后呢？刘规究竟是何时死的，怎么死的？"

刘行敏摇了摇头，将昨日刘母的话原原本本地复述给苏遇，随后才叹道："刘矩能在刘母面前假扮刘规，就证明刘母并不知道刘规已死。所以我推测，刘规应该是死在刘母入京之前，与死者的死亡时间大致相符。"

"刘母是在今年入春时入京。"苏遇略一沉吟，"那段时间，满京城只有一件案子的凶手活不见人，死不见尸。"

刘行敏闭了闭眼："魏王遇刺。"

"叶湾湾提出死者可能被毁容时，我就有此想法。"苏遇认同道，"死者生前应该遭受过大刑，可除去秦老九外，大理寺这半年没有任何用刑记录，说明他很可能是被动用私刑。如此惨死，你我却没有听到半点风声，只可能是被压了下去。放眼全京城，谁会有这个能力？"

刘行敏缓慢地点头："刘矩说过，当初刘规死时他并没有报官。我推测那时的刘规应该还活着，只是为了隐藏身份，自毁容貌入京，而他这个'死者'的身份，的确是刺客最好的伪装。"

苏遇补充："当初魏王遇刺一事闹得满城风雨，事后却不了了之。很可能是魏王抓住刺客后百般折磨仍旧没能查出刘规的身份，也没有问出幕后黑手，便只能掩埋尸体。眼下又把尸体翻出，应是想借着'太子自戕'一案旧话重提。"

刘行敏惊诧："你是说，尸体是魏王让人丢进曲江池的？"

苏遇点头："魏王没有太子刺杀的证据，所以借着这个机会把尸体抛出来，不管我们最终能查出什么，对他都是有利无害。"

刘行敏眉头紧锁："这些都只是你我的推测，我们手上没有直接证据证明是刘规刺杀魏王。"

苏遇慢慢将白布盖回到男尸身上："如果我说，魏王也许并不清白呢。"

刘行敏一惊。

停尸房厚实的砖墙不仅能隔绝内外的温差，同时也能很好地杜绝隔墙有耳。苏遇索性就靠在墙边，隔着一具尸体看向刘行敏，把太子幻视和毒蝇伞的线索一五一十地复述了一遍。

"太子喝的粳米粥很可能被魏王动过手脚。"苏遇道，"就算爆炸一事没能让太子身死。派人行刺皇子这种事也足以将太子拉下储君之位。魏王此次可谓是计划万全。"

刘行敏从惊讶中慢慢回神："借用毒蝇伞起效的时间差来制造不在场证明，的确很难让人查出破绽。只是，在守卫森严的东宫下手也绝非易事。眼下，圣人驳回了你的请奏，你自然无权搜查魏王府，单凭毒蝇伞这一点线索，也很难锁定真凶。你做好要一查到底的准备了吗？"

苏遇半仰着头，看着屋顶上漆黑发霉的橡木，忽然有些失神。他向来敬重皇权，渴望位极人臣，可不知从何时开始，他竟然渐渐一砖一瓦、亲手拆了自己的仕途之路。

可是，卷入这场权力旋涡的毕竟是两位威望最高的皇子，若是不查明真相，放任他们的手足相残，也许有一日，太子和魏王终会两败俱伤。到那时，毁掉的就不仅仅是他的仕途之路，而是大唐的千秋基业……

沁凉的石砖墙上渐渐渗出一层细密的水珠，打湿了苏遇的衣袖。

良久，苏遇再次开口："当日，太子与魏王同时饮用了粳米粥，魏王却安然无恙，可见，粥中并无异常。倘若真的是魏王做的手脚，以他谨慎的性子，在东宫森严的大殿内作案，必不会放心假他人之手。"

见苏遇态度坚定，刘行敏便也铁了心陪着他一查到底："太子用膳时，身边至少有四名宫人侍奉，再加上魏王的随从、往来传膳的人。当着这么多人的面，魏王未必有机会下手。"

苏遇灵光一闪："还有从小厨房到东宫大殿的那条路。"

刘行敏会意，快步走出停尸房，朝候在不远处的衙役道："快马入宫，向太子禀明情况，请殿下准许将游湖那日晨起传膳的宫人带来雍州府。"

衙役应声跑开，只留下院中一串蝉鸣。

崇化坊，苏宅。

夏日，连空气里都带着黏腻的湿气，人若是待在没有风的地方，能被生生憋出一身的汗。

叶湾湾原本待在东厢，结果被热气搅得坐立不安，即便是开了窗依旧觉得憋闷。她索性出了屋子，躺在槐树下的竹榻上闭目养神，结果却被聒噪的蝉鸣吵得更加心浮气躁。

她本该心怀喜悦的。

如今，儒雅谦和的李泰终于对太子下了手，她的离间之计可谓成功。如此一来，那些人一定会对她的兄长更好些。可她此刻的心里没有任何喜悦或是庆幸，相反，就像是她将许高氏带入长安后的心情一样，叶湾湾只觉得自己身上的枷锁又多了一道。

她曾大言不惭地声称自己从未伤天害理，可如今看来，多少人因她或死或伤。

约莫到了下朝的时间，叶湾湾再也躺不住了。她在庭院里来回晃了片刻，找了个"散心"的由头离开了苏宅，一路赶去了延康坊，魏王府。

叶湾湾回长安已有不少时日，却一直没有告诉魏王，此刻，她自然也不好厚着脸皮走后门去西厢。她向门外洒扫的小厮打听了一下，得知李泰还没有回府，便规规矩矩地在府门外等候。

估摸着过了一盏茶的工夫，魏王的车马缓缓驶入延康坊，停在了叶湾湾身侧。

李泰到底是个性情中人，见到叶湾湾时，他毫不掩饰内心的喜悦，甚至不等小厮摆好机凳就从马车上跳了下来。

李泰面露喜悦："几时回来的？我一直在派人打听你的消息。"

叶湾湾知道，用毒蝇伞毒害太子十有八九是李泰的手笔，而苏遇一定会查出真相。如果称心、虞山公主、许高氏等事不过皇子争储时的小打小闹，那么"谋害太子"便是十恶不赦。有了那么多前车之鉴，一旦真相水落石出，圣人就算再不舍，也无法再维护魏王。

是她，将他推入了深渊。

看着眼前神情殷切的李泰，叶湾湾像是被人掐住了喉咙，准备好的话竟是一个字也说不出来。她只能亦步亦趋地跟着李泰进了王府，被拉去前堂叙旧。

"坐吧，在我这不用拘着。"李泰命人取来了杭州进贡的好茶，亲自架了茶炉煮茶，"祝祝知道你回来了吗？她若是见到你回来，想必要手舞足蹈了。"

叶湾湾与李泰隔了一段距离："我很早就回长安了，只是一直没有告诉您。"

李泰捶着茶饼的手一顿。他像是早就知道了答案，只是一直不想承认那样，僵持了许久，才故作镇静地开了口："一直在苏少卿那里？"

叶湾湾点头："嗯。"

李泰似乎笑了笑，继续若无其事地摆弄手中的茶饼："其实我早就看出来了。"

叶湾湾仓皇开口："对不起。"

"何必道歉，苏少卿他……"

"我不是为了这个。"叶湾湾打断李泰,"我今日来是想说,我早就知道太子会出事。我以前对您说过的话,不管是暗示虞山公主一案是太子有意针对你,还是让你不要与太子为敌,目的只有一个,就是让你对太子忍无可忍,对他出手。"

李泰握在手中的小金锤忽然敲歪了一些,锤子磕在桌面上,只是边缘处擦到了茶饼。茶饼立刻歪向一边,溅落的茶末掀得到处都是。

叶湾湾看出了李泰的失神,她下意识地顿住了话头,却在李泰回神的瞬间又狠心地继续:"您以前常说,我说话不走心,您错了,我对您说的每一句都是精心谋划过的。"

李泰自嘲似的哼笑:"我是不是应该对此感到欣慰?"

叶湾湾一鼓作气:"毒蝇伞生长在漠北,可以让人产生幻觉,食用后两到三个时辰就会发作。"她顿了顿,似乎不忍心去看李泰的表情,低了下了头,"这些我碰巧知道……已经告诉苏少卿了。"

李泰将桌面上的茶末拢到一起。

"我知道,事已至此,我说什么都没有用。但苏少卿知道是我在您与太子之间挑拨离间,故意迷惑您。就算事情真的与您有关,也未必是您的本意。"叶湾湾稍稍挑起眼皮,看向李泰,"太子现在性命无虞,您还有其他选择。"

李泰一边听着叶湾湾的自白,一边慢条斯理地将茶末倒入茶炉,而后在她喘息的间隙,开了口:"本王不是一个会被人轻易说动的人。你喜欢苏遇,我很遗憾,因为本王的确喜欢你。但这并不意味着你可以左右本王的决定。"

叶湾湾干巴巴地眨了眨眼。她愧疚又懦弱,想要赎罪却又没有勇气自己站出来。她隐隐希望李泰可以推她出去顶罪,那样,她大概会觉得解脱。可李泰却在为她开脱。

世人都觉得"放下屠刀,立地成佛"这话说得过于轻巧,凭什么那些一生积德行善的人得不到善果,而恶贯满盈的人只要扔下刀就能洗清罪孽。也许,真的只有那些想要放下屠刀的人才会知道,罪孽从来不会被洗清,而是会熔铸在血肉里,千年万年地活在记忆里。愧疚像烈火,将他们永远困在"生"的炼狱里。

茶炉里的水被烧得滚开,大颗大颗的气泡涌出水面,在空气里碎裂。

李泰熄了炉中的火:"要不要去见见祝祝?"

叶湾湾神色落寞:"不用了。祝祝和我不一样,她是真心希望魏王您好。我担心会因为我让她的愿望落空,还是不见的好。"

"也好。"李泰将茶炉从火炉上取下,只给自己倒了一盏茶,"日后如果有缘再见,本王再请你喝上一盏。"

叶湾湾朝魏王一礼,退出前堂,离开了王府。

李泰站在原地未动,静静地听着叶湾湾的脚步声在身后渐行渐远。茶炉中沸腾的水渐渐安静下来,只剩下轻巧的茶叶在水面兀自震动。

他当初走上这条路的时候,叶湾湾还没有进长安。就算没有

## 唐多令·晏山海

她，他与李承乾也明争暗斗了这么久，总要有一个了结。遗憾的是，他难得对人有心，以诚相待，但她却要害他；可庆幸的是，到了最后，她竟然想替他顶罪。

叶湾湾聪明的时候能把人骗得团团转，可傻起来，也是无人能及。

李泰的脸上看不出任何表情，只是慢悠悠地将茶水喝完，又用了些膳食，起身去了书房。

推开门板之前，李泰似乎听见书房内传来了细小的声响，只是，他还沉浸在叶湾湾的自白里，无暇对那声音追本溯源。

房门推开的瞬间，他听见一声惊呼，进而传来"啪"的一声闷响。

李泰眉心一皱，快步上前，掀开垂了一半的帷幔，正看见叶祝祝站在书架前，一本翻开的书册落在她脚边。

李泰上前询问："你怎么在这儿？"

叶祝祝迅速藏起惊慌的神情，慢慢蹲下身，捡起脚边的书，合起放在身后的书柜上："想借殿下的书房找本书，听人说您在前堂与客人说话，就没去打扰，私自进来了。"

李泰隐隐发觉叶祝祝的状态与往日不同，但也没有深究："找到了？"

叶祝祝点头："找到了。"

"那就好。"李泰绕到书案后坐下，"本王还有些公务要处理，你先回去。"

叶祝祝站在原地没有动,只是稍稍侧过身,正向李泰:"书是找到了,但还有些问题不甚明朗,想请教殿下。"

李泰又抬起头:"你想问什么?"

叶祝祝缓缓道:"古有云,千金之子,坐不垂堂。若是有人手上握着可威胁您性命的把柄,殿下当如何处之?"

李泰言简意赅:"杀之。"

叶祝祝追问:"如果此人并不想将这个把柄公之于众呢?"

李泰冷言道:"亦杀之,以绝后患。"

"祝祝明白了,多谢殿下赐教。"叶祝祝欠身一拜,不再打扰李泰,出了门。

从书房到西厢的这一段路,叶祝祝走得有些恍惚。她几次听到身后有脚步声传来。她以为是李泰追了出来,可她不知道应以何种心态面对他,只得加快步子,将身后的脚步声甩得远远的。可是,临近院子前,她还是被人追上了。

叶祝祝一惊,倏地回头,没有见到魏王,却将一直跟在身后的小厮吓了一跳。那人哆嗦了一下,连忙解释:"小的是来告诉娘子,冯侍郎府上的雅青娘子求见。"

叶祝祝愣了愣,好半响才冷静下来:"快请进来。"

冯府与魏王府同在延康坊,相去不远,叶祝祝进了王府后,冯雅青时常来看她。往常,她都是走侧门,直接进西厢。可这一次,她却恭敬地站在正门外,耐心地等着下人通传。此举多半也是因为今日要见祝祝的目的不纯,她略有心虚——

约莫一个多时辰前,父亲冯远还没有下朝回府,她正肆无忌惮地在前院指挥下人们布置庭院,忽然有家丁进来告诉她,宫里来了人,说要进府等冯侍郎。

府里的下人没见过什么世面,只说来人一直坐在马车里,遮遮掩掩的,他没瞧见脸,分辨不出身份。不过,跟车的马夫给了他一个物件,说给府上的夫人看。偏不巧夫人不在府中,他便只能找冯雅青定夺。

冯雅青虽然与宫中的公子王孙交往不多,但她与李芷惜交好,宫中的贵重物件见过不少,她一眼就认出下人手中的玉佩是亲王以上级别的人才可以佩戴的,便将人请了进来。

没想到,请进来的竟是病病歪歪的太子。

李承乾特意赶在百官下朝之前偷溜出宫,不想让任何人知道自己的行踪。冯雅青不得已屏退了下人,亲自伺候这位太子爷。不过,她对李承乾是横竖都看不顺眼,又不善于掩饰,连给李承乾奉个茶都能把茶盏端得叮当乱响。

李承乾大概是身子太虚弱,连发脾气的力气都没有,对着冯雅青种种缺乏敬意的举动,也只能唉声叹气,然后听之任之。

"没想到,本宫这般不得民心。"李承乾哑着嗓子苦笑。

太子竟然没有呵斥,冯雅青有些意外,进而又有些心虚,手上动作也随之稳重了些:"雅青没见过像殿下这样的大人物,冒失了,请殿下勿怪。家父应该很快就回来了。"

李承乾自嘲道:"这个时候,大概所有人都不想和本宫有什么牵扯,你就不好奇,我为什么私下来见你父亲?"

冯雅青转了转眼珠:"如果殿下此举不符合礼法,家父自然会把殿下劝回去。"

李承乾点了点头,静默了片刻后,又欲盖弥彰地清了清嗓子:"听说雍州府抓了一个人,是冯侍郎的门生。冯侍郎一向不收门人弟子,本宫很是好奇。现下他可在府中?"

"殿下说的可是刘矩?他不在府中。"冯雅青只当李承乾是真的好奇,便如实回答,"阿耶只是欣赏他的才华又念及他困穷,这才让他入府做个润笔先生,并非门生。"

李承乾本想着,若是刘矩就在冯府,自己也许可以从他口中问出一些苏遇查到的信息。可他此刻不在,想必还在城外。李承乾若是舟车劳顿地跑去城外找人,且不说会不会被有心者抓住把柄,就连他此刻的身子也吃不消。

李承乾的心不免又凉了一截,思忖半晌,才道:"冯侍郎是大儒,有兼济天下之心。想当初,他是第一个指出本宫放浪之举的人,虽然令尊从未做过东宫属僚,但却算得上是本宫半日的老师。"

李承乾今日的言行实在怪异,冯雅青不禁觉得这是人之将死时的善言。冯雅青一直因为太子纵容包庇称心的舅舅,险些害死祝祝的事对他颇有偏见。可眼前,太子面容憔悴,举止也算谦和,与冯雅青心中那个乖戾的形象简直天差地别。冯雅青不觉对太子此番前来的目的生出几分好奇。可就在她想要试探李承乾时,冯远回府了。

冯雅青随即被冯远支了出去。不过,她没有走远,并以阻止其他下人靠近为由,顺理成章地在廊下听墙根。

她听见李承乾叫了一声"老师",然后冯远忙不迭地推辞还礼,紧接着,正堂里陷入了沉寂。冯雅青猜想,应该是太子给父亲施了个大礼,把父亲惊得跪下了。此时,两个人八成是面对面地跪着寒暄。

很久之后,她听见李承乾的一声叹息,紧接着传来了他喑哑的嗓音:"本宫本不应该来见老师,可如今,朝堂内外几乎都卷入到我与魏王的争斗里,也只有老师持身中正,本宫想和老师说说话。"

冯远恭敬道:"殿下请讲。"

李承乾感叹:"本宫很后悔,当初没有听老师的劝告。"

冯远悉心劝解:"既然殿下有心悔过,何不将心里的话告知圣人?圣人与殿下毕竟是父子,没有什么结是解不开的。"

"汉武帝与戾太子、隋文帝与房陵王又何尝不是父子。"李承乾嗓音里满是担忧,"可是老师,此事一个巴掌拍不响,本宫还是要说,错不在本宫一人。"

冯远开解道:"殿下是太子,又是长兄,退一步又何妨?"

李承乾迟疑后开口:"本宫若是退了,父亲就会原谅本宫吗?"

冯远眼神殷切:"殿下知错能改,善莫大焉。但身为储君,自然也有储君的担当和责任,殿下要扛得起,才能守得住这江山。"

"老师也觉得,父亲不会原谅我了……"李承乾的声音里带着些无奈和苍凉,言语慢吞吞地,好似在这几个短促的音节里就作出了什么艰难的决定。

正堂里又陷入了长久的沉默。

冯雅青靠在廊下,忍不住猜想太子是用着怎样的表情和父亲谈心。她忽然觉得,太子那句"错不在本宫一人"没有扯谎。魏王也许真的不像表面看起来那般仁厚文雅。她一边好奇魏王究竟对太子做过些什么,一边又担心叶祝祝会受到牵连,是以,太子尚未离开,她便跑去了魏王府。

但此事毕竟机密,冯雅青不好贸然开口询问,只得旁敲侧击,循序渐进。

"之前,我府上有一个润笔先生被带去了雍州府,我也被叫去问话,不想,竟在那儿见到了湾湾。"冯雅青下意识搬出了叶湾湾,作为话题的切入口。

叶祝祝只得承认:"湾湾已经回来了,只是一直瞒着大家。"

"她一直跟着苏少卿。眼下,这案子越闹越大,也不知苏少卿要如何收场。古往今来,被卷进储位之争的臣子可都没什么好下场。"冯雅青不知不觉地将话题推进了一步,"我有点担心湾湾和苏少卿。"

叶祝祝的脸色惨白了几分,连忙低头给冯雅青倒了杯茶,掩饰自己的心虚。

冯雅青还在继续:"争储这事,一个巴掌拍不响,何况,太子已经是东宫之主,若是没有人威胁到他,他又有什么要争的?现在看来,曲江池那事,也许真的与魏王有关。"

叶祝祝的心里更凉了。原本,她听说冯雅青来了,还想与她闲话家常,以忘却心中苦闷。不想,冯雅青竟提到了魏王。叶祝祝明知道是魏王害了太子,可面对冯雅青的猜测,她却什么也不能说。她只能端起茶盏,将滚烫的茶水一口饮尽。

冯雅青看出了叶祝祝努力掩饰的忧心之色,心里不觉也跟着忐忑。她握住叶祝祝的手:"祝祝,我知道你感激魏王,可是,你到底要为魏王做到什么地步?你有没有想过,如果此事没有善终,你要如何自处?"

叶祝祝的手不自觉地发抖。她想到刚刚在书房里,她问李泰的话。当李泰斩钉截铁地说出"杀之,以除后患"之时,她便已经觉得人生无望。而冯雅青的话更让她觉得,即便李泰没有处置她,他日李泰行迹败露,自己怕是也无法苟活。

更何况,叶湾湾和苏遇也被牵扯其中。除非她将李泰的罪行告知苏遇,让此案尽快了结,也许太子还能因为苏遇破案有功保下苏遇。否则,苏遇很可能会成为斗争的牺牲品,到那时,叶湾湾怕是也不得善终。

她无论如何也不想背叛李泰,却又可能因此害了所有人……

"祝祝?"见叶祝祝迟迟不回应,冯雅青忍不住拍了拍她的手背，轻轻叫了一声。

叶祝祝猛然回神，像是刚刚从冰窟中爬上来似的，她只觉得通体寒凉。她支吾了一声，唐突地起了身："我今日有些不舒服，雅青你先回去吧，改日我们再聚。"

冯雅青见叶祝祝唇上已经没了血色，便觉得是自己说话太直，吓到了叶祝祝，连忙安慰："其实，太子和魏王的事与你无关，大不了，你以后就住在我的府上。"

"不是因为这个，我确实有些头晕。"叶祝祝说着，已经不自觉地走到了门边。

冯雅青无奈，只得告辞。

她对叶祝祝的异样并不是全无感知。她已然猜到，叶祝祝知晓了魏王的全部行径。一瞬间，她忽然感受到了李承乾的悲哀。

冯雅青有些迟疑。如果她将今日之事告知苏遇，大理寺或许真能顺藤摸瓜查明真相。但那样，势必牵连魏王，甚至害死祝祝。但她若是缄口不言，又无法还太子公道。

冯雅青犹豫地在院子里晃荡，冷不防看见李泰正站在院门处。

冯雅青吓了一跳："魏王殿下？"

李泰抬头看了冯雅青一眼，似乎也是刚刚回神："嗯。"

李泰有些迟疑。叶祝祝离开书房时，他便觉得她心里有话却没有言明。他耐着性子处理了几桩手头积攒的公务，却又时不时地回想叶祝祝之前的异常举止。

最终，他还是没忍住好奇，从书架上拿起了叶祝祝看过的那本书。因为摔在地上的缘故，书页上有一道浅浅的折痕。他便顺着折痕将书页翻开——

还带着尘土的书页上画着形状小巧的蘑菇，名为"毒蝇伞"。蘑菇的左侧还写着"十二株"三个字，那是能达到致幻效果的最低数量。

李泰立时就明白了叶祝祝举止怪异的原因。

他几乎是脚不沾尘地赶来了西厢，却被告知冯雅青也在。他就只能耐着性子在院外等。等着等着，他忽然意识到，自己并不知道要如何处置叶祝祝，是不是真的会杀之以除后患。

他看了冯雅青一眼，发现冯雅青也在审视自己。他一直握拳的右手忽然一动，起了一丝杀心。可对方毕竟是冯侍郎的女儿，在自己府上杀人太不明智。

李泰勉强扯出一个温文尔雅的笑来："不再多留片刻？"

冯雅青面色凝重："祝祝有些不舒服，殿下去看看她吧。"

冯雅青朝李泰拜了拜，快步离开了西厢。

李泰慢悠悠地跨进了院子，却没有敲开西厢的门。

他知道，叶祝祝已经切切实实地发现了证据。对他来说，杀死一个舞姬易如反掌，可他却难以下定决心。

李泰在院子里来回踱步，冷不防，他听见院中传来"咣当"一声闷响。他还以为是风把院子里的风水摆件吹翻了，可他定睛瞧了许久，也没看见院子里有什么摆件。

他这才猛然意识到声响是从厢房内传出的,立刻慌忙地大步冲进厢房。

果然,刚推开房门,李泰就看见叶祝祝用衣带将自己悬在了梁上。他只觉得自己瞬间被一股寒意裹挟,酷暑里竟将他冻得失去了知觉。好半晌,他才勉强追回出窍的灵魂,甚至忘了喊人帮忙,自己冲上去将叶祝祝抱了下来。

"叶祝祝!醒醒,祝祝!"李泰从没有亲自救人的经验,见此刻的叶祝祝已经双唇发紫,呼吸停滞,不免手足无措,凭借本能地抬手拍了拍她的脸,又掐住她的人中。

好在悬梁的时间不久,叶祝祝昏死了半刻终于缓了过来。

"你怎么回事?"李泰有些惊魂未定,声音又气又恼,不可控制地发着抖。

叶祝祝内心五味杂陈,费力地咽了几口气后,才哑着嗓子说道:"其实,我听到了您和叶湾湾在前堂说的话。我不相信您会那样做,我想向她证明您是清白的,可是……"

"所以,你觉得自己握住了会威胁到本王性命的把柄,觉得本王会杀你,索性便自尽了?"看着几乎要气绝的叶祝祝,李泰心里的杀念顿时消失到九霄之外。

叶祝祝苍白的脸上写满了真诚:"我没有告诉雅青……"

"难道本王会不知,你根本不会做任何伤害到我的事吗?"李泰简直要被叶祝祝的愚蠢行为气到发狂,"你和叶湾湾,真是一个比一个傻。"

听到"叶湾湾"三个字,叶祝祝心里一惊,挣扎着爬起来替她求情道:"湾湾她绝不会……"

"本王知道。"李泰直接打断了她,"她虽然猜到了本王的所作所为,但不会有证据。况且,我既然敢做,就能承受此事的后果。我与太子积怨已久,就算我不孤注一掷,日后他也不会放过我。我做这个决定是因为太子逼人太甚,与你们任何人无关。"

"那就好。"叶祝祝闭了闭眼,艰难地吸了一口气。鬼门关走了一遭,她似乎也顾不上别人了,"我希望,殿下可以,得偿所愿……"

雍州府正堂。

苏遇再次见着了张全儿。

太子出事这段时日,东宫上上下下人心惶惶,每个被叫来过堂的宫人都是一副战战兢兢的模样。不过,大概因为苏遇曾赠茶叶给张全儿的缘故,张全儿对苏遇心存感激,并没有那么怕他。

"太子晨起时吃得不多,平日里都是奴才一人传膳。那日刚好魏王来了,每样膳食都要双份,所以,殿下就派了陈钟和奴才一起。"张全儿如实说道。

张全儿身侧,同为东宫宫人的陈钟连忙点头:"对对对。"

苏遇追问:"太子的膳食可还有其他人经手?"

张全儿低头想了想,随即很笃定地摇了摇头。陈钟见状,也跟着晃了几下脑袋。

刘行敏略一皱眉:"仔细想想再回答,这期间,有没有除了你二人以外的第三人接触过食物。"

苏遇补充道:"尤其是粳米粥。"

张全儿转头看了陈钟一眼,又对着苏遇道:"殿下喜欢微微有些烫口的粳米粥,所以,粥都是盛在暖锅里,由奴才端上去的。奴才当时急着去给殿下准备漱口茶,所以分粥的事就交给了陈钟。"

陈钟像是被点醒了似的,突然用力点头:"奴才想起来了,当时奴才刚进殿,魏王就走了过来,说是要亲自给太子殿下盛粥。奴才见魏王态度坚决,就把瓷碗交给他,自个儿到殿外候着了。"

果然……

"即便有作案的时间、作案的动机,也不能指认就是魏王。除非……"张全儿和陈钟离开后,刘行敏叹气道。

"除非圣人下旨,准许我搜查王府,审讯魏王身边的每一个人。"苏遇分析道,"我在大理寺这么多年,从未听说过'毒蝇伞',可见,这种蘑菇在长安并不常见,听过或见过此物的人一定会印象深刻。查到是谁在卖,又有谁曾买,顺藤摸瓜,一定可以查出真相。"

刘行敏提议:"圣人爱子心切,难免优柔寡断。不如就按圣人所说,将此案目前查到的线索、证据一一写明,呈报圣人。相信以圣人的睿智,一定会想出怎样做才是保全二位皇子的最佳办法。"

刘行敏的建议的确是当下最有效的办法,苏遇听罢便匆匆离开雍州府,赶回家写奏折去了。

夏至之后,昼长夜短。苏遇迈进自家的垂花门时,日头才刚刚落下,天边还留着一抹未散去的余晖。

东厢房的房门适时地被拉开一条小缝,叶湾湾从里面探出多半个脑袋,看见苏遇后,她扶在门板上的双手一用力,将门板向后拉的同时自己从门缝里弹了出来。

"我有奏章要写。"不等叶湾湾说话,苏遇先开了口,而后一骑绝尘地进了正房。

叶湾湾原地愣住。

好在,片刻后苏遇又折返回来,伸手抱了抱叶湾湾,嘱咐了一句"你先吃饭,不必等我"后才离开。

恰好,老仆端了晚饭从厨房出来。叶湾湾眼珠一转,从老仆手中接过饭菜,闪身进了房门并未关紧的正房。

苏遇此刻正在奋笔疾书,根本没注意到叶湾湾。叶湾湾本来想把饭菜直接端上书桌,可刚往前迈了两步又退了回来,将吃食放在了茶桌上。

她在茶桌边晃了晃,纠结是要立即离开还是逗留片刻。见苏遇一直不曾抬头,叶湾湾又觉得自己存在与否似乎并不影响这位大理寺少卿工作。于是,她便老老实实地在茶桌边坐下,等着苏遇什么时候饿了再陪他一起吃饭。

良久，她又觉得这般枯坐好生无趣，于是便蹑手蹑脚地溜进书房，从窗边的小几上拿了笔墨纸砚，铺在茶桌上作起了画。

她从苏遇执笔为吏的神态联想到他负甲为兵的模样，在并不大的画纸上画满了各种形态的小苏遇。

"你是不是做了什么对不起我的事？"突然，苏遇的声音在头顶上空悠悠响起。

叶湾湾一惊，猛地一抬头，正看见苏遇抱着双臂，微微歪着头，皱着眉与画纸上的众多"自己"大眼瞪小眼。

叶湾湾有些心虚地放下毛笔，慢吞吞地用胳膊挡住画纸，顾左右而言他："你，吃饭吗？"

苏遇一直没有注意到房中有人，刚刚他研墨的时候无意间抬了一下头，就看见叶湾湾握着毛笔对着画纸忙得不亦乐乎。非年非节，好端端的，叶湾湾突然跑来画他，还一口气画了这么多。只见纸上的小人儿笔法细腻，形神兼备，最主要的是，各个风流俊朗。

苏遇的嘴角不自觉地带上一抹笑，却又努力地不动声色。他将画纸从她胳膊底下抽了出来，举在眼前一边审视，一边打趣道："一口气画了这么多个我。啧，看来真是做了什么对不起我的事，想画出个前程似锦弥补我……诶，你这笔是不是画错了？"

谁知，叶湾湾根本没听懂他的打趣，很认真地露出了愧疚之色："我……去见了魏王。"

苏遇眉梢一挑,"哦"了一声。片刻后,他将画纸重新铺回到茶桌上:"太子的案子应该很快就会有了结,过几日,我带你去祭拜虞山。"

叶湾湾小声询问:"你不问问我都和魏王说了些什么吗?"

"案子查到现在,无论魏王做什么都改变不了结果。"苏遇好像很是无所谓,他拿起搭在砚台上的毛笔,用笔杆敲上叶湾湾的额头,"吃饭。"

叶湾湾"哦"了一声。按说,苏遇此刻神色笃定,足以让人心安,可她却隐隐地有一丝不祥的预感。

## 第十八章　惹尘埃

入夜后，整个长安城都刮起了呼啸的风。第二日晨起时，浓重的黑云更是将天边团团围住。不过眨眼间，雷电便刺破乌云将长安城的上空划得四分五裂，继而，大雨瓢泼而下。

早朝前，承天门外出现了格外壮观的一幕——

承天门甫一开启，百官向门内涌进不到一尺就通通僵在了原地，只见魏王一身常服，去了金冠，以极不显眼的姿态规规矩矩地跪在雨中，险些被某个走路时昂头挺胸不看道的武将踩掉鞋跟。

那武将心里一咯噔，对着魏王的脊梁骨直挺挺地就跪下去了。雨势滂沱，跟在后面的百官连路都看不清，更加不清楚前方的状况，见前面的人跪，也都从善如流地跪了。就这样，文武百官在距离太极殿甚远的承天门外乌泱泱跪了一片。

太极殿外恭候百官的小太监不明所以,只远远看见了门内此起彼伏的人头,以为发生了什么了不得的大事,慌慌张张跑去向李世民汇报。李世民乍一听百官追随魏王在宫外跪了一片的说辞,以为自己这个博学文艺的儿子已经笼络了满朝的人心,惊得险些头风发作。

好在,中书令房玄龄处变不惊,带着朝中几位老臣及时将事态拨乱反正,一个乌龙才得以澄清。原来,魏王是因为自己的画舫爆炸致使东宫储君遭难而心中不安,一大早负荆请罪来了。

看来,叶湾湾去见魏王的确效果显著——苏遇心里暗想。起初,他还担心圣人会无视自己的奏折,眼下,魏王自己大张旗鼓地跳了出来,倒是逼得李世民不得不当廷过问案情。

苏遇正感到欣慰,忽然,他的手中被人塞进一张字条。他下意识侧头看去,隔着繁密的大雨,隐约看见了张全儿的背影迅速消失在白玉栏杆外。

苏遇在宫门口围观了魏王的负荆请罪,还没到太极殿又遇上太子的千里传书,也不知这一场角逐,究竟是东风压倒西风,还是西风压倒东风。苏遇颇有些无奈地将字条夹在指缝里,趁着百官埋头赶路的间隙迅速扫了一眼。

天际一声惊雷,苏遇只觉胸口像是遭了雷击,朝服之下瞬间透出一层冷汗。

那张字条不是太子交给他的,而是张全儿的私下告密:东宫有兵马集结。

苏遇瞬间就串联起了前因后果：太子知晓了苦肉计嫁祸魏王的行径已经暴露，当初行刺魏王的凶手也浮出水面。如今，他不仅没能抓住魏王的一点把柄，还逼得魏王在大雨之中跪宫门，更是让百官心生同情。此刻，太子怕是已经了然了自己的命运，只等圣人下了"废太子"的旨意，他便会起兵放手一搏。

玄武门前的血还未干，如今历史又要重演。

苏遇有些茫然地站在大殿之上，看着殿前跪得板板正正的魏王，想着怀中的奏折，一时竟不知该不该呈上去。

"大理寺。"李世民看向苏遇的神情颇有些无奈，"此案进展如何？"

苏遇本能地出列，站到李世民面前。他心下迅速盘算：秦老九的证词早已被吴王呈报圣上，太子的罪责无论如何都无法洗清，废储不过是早晚的事。更何况，自己刚刚收到了张全儿的告密，幕后之人筹谋如此之久，定然也已发现端倪，说不定，此时正在东宫对着太子煽风点火。

苏遇想着太子起兵，其下将士一定是唯太子马首是瞻，如果自己能将太子调离，集结的兵马群龙无首，也许可以暂时化解危机。

苏遇别无他法，只得请奏："臣请太子殿下上朝对质。"

李世民极具威严："太子身体尚未痊愈，不宜走动太多，你且将案情说与朕听即可。"

藏在袖中的字条被大雨淋湿，冰凉凉地贴着苏遇的手腕。他

403

知道，东宫秘密集结兵马却并未被宫中禁军发觉，应是数目不多，且太子一向喜欢与宫中守卫一同演练攻防之术，平日里舞刀弄枪大家已经见惯不怪。但坏就坏在东宫距离太极殿太近，如若此事不虚，只要他们等在圣人下朝的路上突然袭击，不等禁军赶到怕是就已改朝换代。

可他毕竟没有亲眼看见起兵的兵马，若此事只是张全儿疑心太重，误将太子演练兵马的游戏当作起兵，自己贸然上奏，反而会让事态恶化。

短短几个须臾间，苏遇已经将他的八百个心眼用到透支。

丹墀之上，李世民以为苏遇是因为此案涉及皇子而不敢贸然开口，于是劝慰了一句："苏少卿只管如实说。"

苏遇迟疑不决："臣……"

刘行敏很快就发现了苏遇的异样。昨日苏遇还信誓旦旦地要写表上奏，可如今李世民亲自过问，他居然又畏首畏尾起来。刘行敏了解苏遇的个性，一旦决定的事很难改变，除非是遇上了更大的事。

想到苏遇明知太子不可能上朝，却故意提出要太子对质这么无礼的要求，刘行敏忽然福至心灵一般，意识到了问题的所在。

他们这位太子，还真是不死不休。

"陛下。"刘行敏出列，"此案毕竟牵涉储君，臣以为，还是要当面听听太子的态度。"

一直跪在殿前的李泰显然也想与太子当面了断，附和道："臣愿往东宫,当面向太子殿下请罪。"

苏遇眉心一跳,无奈地闭了闭眼。如果只是圣人去见太子,事情或许还有转圜的余地。可魏王一旦出现,势必会激起太子的警惕心。到时候,这位博古通今又别有所图的魏王引经据典,明示暗示一番,搞不好真的会让太子当场造反。

可是,苏遇想要劝阻已经来不及了,圣人已然准许了李泰的请求。

他只得跟着请奏:"臣愿与魏王同往。"

李世民应允:"你二人同去吧。"

去往东宫的路上,苏遇本应遵从礼制走在李泰身后,可他却冒死跑到了魏王前面,以期太子能在看到他的时候稍敛火气,不至于贸然出手。

瓢泼大雨还在不遗余力地冲刷着冰冷的宫墙,虽然有宫人替二人撑伞,但苏遇的朝服还是湿了大半。

苏遇步子走得急,冷不防在即将踏进东宫大门的时候,听见身后传来"咚"的一声闷响——魏王再次在雨中跪下了。

李泰一字一顿:"殿下躬体欠安,臣万分惶恐,特来探望。"

苏遇惊呆了,觉得李泰简直是在找死。

此地正处在东宫与太极殿连通的夹道上,魏王如此高声大喊,不仅东宫听得见,太极殿方向也会有所耳闻。

太子一定知道,今日朝堂最大的议题便是曲江池爆炸一案。可议了半天,圣人未对魏王做出任何处罚,反而让他跑来东宫谢罪。这分明就是想要大事化小，小事化了，只待魏王不痛不痒地道了歉，二人以后便要各自安好。

而魏王还未踏进宫门便开始谢罪，在此刻盛怒的太子眼中，一定会当他是在做戏给李世民看。

夹道上空的雨简直下得冒了烟，魏王就这般执着地跪在雨中，不顾可能会大病一场的危险呼唤着太子。如果李承乾再不现身迎接原谅，怕是太极殿上的李世民就要坐不住了。

苏遇没奈何，只得暂时丢下魏王，独自往东宫赶去，希望能劝住太子。

可惜，他还是高估了李承乾的忍耐力。他刚刚迈出半步，一支利箭便破空而出，直奔李泰面门。苏遇一惊，反射性地抬手一抓，扯住了箭羽。

顷刻间，披甲戴胄的东宫守卫倾巢而出，将苏遇与李泰围在其中。

撑伞的小太监哪里见过这般阵仗，骇得丢了手中的伞，屁滚尿流地往回跑，本能地想去太极殿求救。可眼前剑拔弩张的局面哪里能让圣人知晓。小太监刚跑了没两步，就被千牛卫当场射杀。

苏遇只得捡起伞，自己撑着："殿下当真要走这条万劫不复的路吗？"

李承乾骑在马上，从一众守卫身后绕了出来："胜者王，败者死。当今圣人不也是蹚着鲜血踏着白骨走过来的，何以本宫就走不得!"

苏遇的音色里带着无奈的低沉:"殿下已经是太子了。"

"曾经。"李承乾笑了笑。雨水自他发梢滴落,将他身前的铠甲洗刷得锃亮,"本宫曾经是太子。从古到今,废太子都是什么下场,苏少卿不会不知。有朝一日这头衔没有了,我便连那任人宰割的牛马都不如,事到如今,不如放手一搏。赢了,就是飞龙在天,输了,至少得个痛快。"

苏遇依旧不死心:"苏某很快就会查明真相。"

"哦,是吗?真相是什么?"李承乾看了看自己手中的长剑,"苏少卿不要在这里拖延时间了,难道,你也想本宫输?然后让他上位?"李承乾话音一落,手中利刃直指李泰,目光中立刻充满了嗜血的戾气。

苏遇自知凭一己之力无法阻止这场手足相残。他心里忽然有些怨恨圣人的优柔寡断,想要保全所有人,结果却是一个也留不住。

苏遇原地没有动,余光里看着李承乾打马从肩侧擦过,一步步往李泰走去。苏遇叹了口气,让过太子,然后往前一步,挡在了东宫守卫军之前——既然这场争斗在所难免,就让他们兄弟自己解决,至于这些将士就不要参与了,他能挡住一个是一个。

动手之前,苏遇下意识在人群中搜寻李修的身影,然后遗憾地发现,李修不在其中。苏遇无声地叹了句"倒霉",觉得不管今日太子结局如何,自己肯定是完了。

苏遇摇了摇头，扬声对着身后的李承乾请求了一句："苏某虽然未曾做过东宫属僚，但好歹与殿下相识一场。"他边说边动了动手腕，"还请殿下和这些守卫说说，对苏某手下留情。"

又一道闪电划过沉郁的天空，雨势更大了。

李承乾手中利剑出鞘，带着寒光劈向李泰。他身后的士兵则无声地向苏遇举起了兵刃。

苏遇也曾在沙场上砍过不少的人头，知道自己肉体凡胎不能和兵器硬碰硬，于是，在对方攻势最猛的时候，他非常惜命地往后退了几步，几乎到了李承乾身后。然后，在对方犹豫着是帮太子对付魏王，还是先砍了他这个菜瓜时，苏遇迅速出手，一口气放倒了三个，抢了一把佩刀。

可还不等苏遇将刀拔出刀鞘，就被不知从哪里伸出来的长矛给挑了。苏遇反射性地骂了一声"娘老子的"，然后忽然觉得这粗鄙的语言有点耳熟。

于是，他在百忙之中无法克制地想起了叶湾湾昨夜画的满纸的自己，心下不由得感叹，如果今日真的命丧于此，叶湾湾这用画预言的功夫大概可以重出江湖了。

那岂不是便宜她了？苏遇觉得甚为不甘，也不知哪里来的力气，一手握住长矛的红缨，手臂绕在矛杆上，胳膊肘猛地向下一压，生生将举着长矛偷袭的人拖下了马。

好在，东宫距离太极殿够近，哪怕瓢泼的雨声掩盖了兵戎相接时的脆响，到底还是有异响传进了太极殿。

已经遣散了百官、独自坐在太极殿上等着魏王消息的李世民一度以为自己出现了幻听,可到底还是不放心派人去瞧了一眼,这一瞧,就瞧出了乱子。

幸而,李世民虽然优柔寡断,但久经沙场练就的敏感之心还在,早早就命了禁军秘密屯兵太极殿东南角。

禁军战力十足,三下五除二就控制了东宫的守卫。相关人等很快就被带走收押,等待大理寺审理。

毕竟有着二十年的父子之情,李世民没有就地处罚李承乾,而是将他带回了东宫。

此刻的东宫正殿内早已没了往日的繁华,即便门窗紧闭依然能听见雨珠击打屋檐、窗棂、地面时发出的声响。

李世民坐在榻上,叹了口气。他爱子心切,见到李承乾和李泰大打出手便下意识地想要拉架,结果被李承乾的佩剑刺伤了手臂。他并未声张,一直用手掌隔着衣物压住伤口止血。这会儿,血渍透了出来,印在明黄色的衣袖上,有些刺眼。

李承乾看见那血迹有些晕眩,反射性地低下了头。

李世民稍稍撸起袖子,见伤口已经止血,便不再按压,顺势将袖子挽了起来,遮住上面的血渍,颇为痛心地开了口:"你究竟为何这般容不下青雀,一定要兵戎相见?"

"青雀"是李泰的小字。父亲到现在还叫着弟弟的爱称,李承乾心里更加不是滋味。

李世民见李承乾不说话,脸色更加沉郁了:"就因为朕宠爱青雀?"

不承想父亲竟然将这场兄弟之争简单归咎成自己的妒忌,李承乾心火更盛。可眼前之人毕竟是他的父亲,是大唐的圣人。心里那股想要弑君谋逆的冲动过去后,他对李世民就只剩下敬畏。

李承乾摇了摇头,声音嘶哑地开了口:"父亲您不会不知道'公子既众,宗室忧吟'的道理。您既然已经立我为太子,为何又要对四弟百般宠爱,让他无端生出这些狼子野心?"

李世民诧异:"为父只是爱重青雀的才华,何以会让你如此忌惮?"

"我若不是受到威胁,又何须自保?"李承乾终于抬起头,看向李世民,"父亲您难道不记得,儿臣小的时候与四弟最是要好,常常一同靠在母亲膝头玩闹。"他稍稍侧过头,将自己的衣领向下扯开一些,露出锁骨上的一道疤,"儿臣身上这道疤还是为了帮四弟拿挂在树上的风筝时留下的。"

李承乾声音颤抖:"到底是什么让我与四弟走到了今天这个局面,父亲难道从来没有想过吗?"

李世民的目光变得虚空,似乎陷入了回忆。

李承乾极力争辩:"父亲您只看到儿臣耽于玩乐,豢养男宠,刺杀魏王,甚至用自戕来陷害魏王。可您有没有想过,儿臣已经是太子了,为什么要自轻自贱做出这么多惹您不快的事,为什么要无缘无故针对四弟?"

李世民张了张嘴,竟无言以对。

李承乾自嘲般地一笑："您从来都没有想过。您只知道四弟聪慧无双，恣意纵情，儒雅端正，却不知道他谦和的外表下包藏着怎样的野心，不知道我这东宫大殿里有多少他的眼线。"

李承乾叹了口气："您一度还想让他搬进武德殿，却没想过武德殿与东宫不过一步之遥。"

李世民何尝不知，自己对李泰的恩赏已经僭越礼制。可他还自欺欺人地觉得，他的儿子知轻重、明事理，断不会生出什么狼子野心。

他狠狠搓了搓自己的脸："这些话，你为什么不早点和为父说？"

李承乾苦笑："父亲您往东宫塞了那么多人，太傅、少傅、中庶子、左庶子……只要我稍微生出一点点怨恨之心，他们就恨不得将四书五经上的每一个字都念一百遍给儿臣听，好像儿臣心里有一点七情六欲就是辜负圣恩。"

李世民原本挺直的背脊忽然弯了下去，长长呼出一口懊悔之气："是为父的错。"

听到李世民的自省，李承乾忽然有些释怀："世人都羡慕我生在帝王家，生来就有享不尽的富贵荣华。可打从我记事起，每日天不亮就起来读书，练习骑射练到日落，还要提心吊胆地关注着前朝每一位大臣对我的评价，生怕出一点点纰漏，让人觉得我是个不称职的储君。我的确吃穿不愁，但却一点自由都没有。"

李承乾忽然拆下头顶的金冠，将长发披了下来，拣出藏在深

411

处的几缕白发："父亲，儿臣今年二十有四。这些白头发已经跟了我十年。"

李世民挡在眼前的手开始发抖，甚至不敢去看李承乾："是为父的错，这罪责不该由你来承担。"

李承乾无所谓地笑了笑，将垂在身前的长发重新挥到身后，然后郑重地向李世民磕了一个头，长伏于地："求圣上将罪臣贬为庶民，终生不得再入长安。"

李世民走出东宫时，下了一日的大雨已经停了。

大理寺、刑部和御史台三司受命，夙兴夜寐地审理"太子谋逆"与"魏王毒杀太子"两桩大案。没有任何阻碍，李承乾十分配合地全部招供，连带着当初行刺魏王的事也一并坦承得明明白白。而后，在李世民的准许下，雍州府的官员衙役突袭西市，抓住了贩卖毒蝇伞的胡商。之后，刘行敏不辞辛劳地带着胡商到魏王府，将全王府的人都一一过目，终于找到了与之进行交易的王府下人。

李泰大概想不到，自己负荆请罪真的就请出了罪。

五日之后，中书省拟旨，门下省复核，尚书省正式接到旨意：李承乾被贬为庶人，流放黔州。李泰降为顺阳郡王，贬居均州。

苏遇再次踏进崇化坊的家门时，已经是第六日的黄昏。

他神情恍惚，脑子里交替闪过李承乾和李泰的脸。他们似乎都没有错，只是身份与地位特殊，才使得他们明明是骨肉至亲却不能相容。

他们到底是皇子,骨子里流着关陇贵族争强好胜的血。可当一切尘埃落定、无可辩驳的时候,他们也欣然接受。没有声嘶力竭,没有恐吓威胁,反倒让苏遇觉得是自己的坚持让两个明明可以维系表面平和的人撕破了脸,险些喋血禁宫。

连日来,他一直撑着一口气寻人证、审口供,如今,这口气松了,他才忽然感觉到浸透全身的疲惫。苏遇一手撑着墙,一手扶着膝盖一步步往前挪。

忽然,院内传来一阵急促的脚步声,紧接着,一道身影飞快地冲出垂花门,眨眼间就撞进了他的怀里。

苏遇一个不防备,脚下不稳,险些向后仰倒,好在,他虽神志不清但本能反应还在,及时伸手撑住了身侧的墙。

"我听胡温说,太子起兵把你困在了东宫。"叶湾湾的声音从他肩窝里传出,慢慢流入他的耳廓。苏遇这才缓缓恢复了些意识。

"我去宫外打听了好几次,可是他们不让我进宫。我又去雍州府找刘长史,可他也一直不在。我连他在通善坊的家都去了。"叶湾湾吸了吸鼻子,抬起头,对着苏遇的脸好一顿看,看完又将苏遇从头到脚摸了一遍,"你有没有受伤?"

"伤倒没有,就是很累。"苏遇努力对着叶湾湾笑了笑,然后把人重新拉回到怀里抱住,"你先别动,让我靠一会儿。"

叶湾湾果然就不动了,伸手抱住苏遇,微微踮着脚努力支撑着他的身体。

过了很久，久到叶湾湾觉得自己快要僵住了，苏遇才再次开口："过几日，魏……顺阳郡王离京，去送送吧。"

"嗯。"

离京之前，是最后一次家宴。李世民将长孙皇后所生的三子和自小养在皇后膝下的李芷惜召进了甘露殿，让他们自行告别。

不久前才兵戎相见的李承乾和李泰此刻并肩而坐，似乎都有千言万语却谁也不肯先服软开口。坐在二人对侧的小李治和李芷惜也是一脸的无奈和茫然。

李世民迟迟没有出现，四个人就只能这样眼观鼻、鼻观心地枯坐着。

许久，殿门被人推开了一条缝。四个人整齐划一地转头，向门边看去。

只见，常年服侍李世民的老宦官笑眯眯地侧身进了殿："圣人此刻事务繁杂脱不开身，让几位贵人自行用膳，不必等他了。"说完，公公扭身又走了。

刚刚还正色拘谨的几个人在殿门重新关起的瞬间又都瘫软下去，不自觉地叹了口气。

"看来，父亲是不肯见我们这最后一面了。"李承乾忽然摇着头对着李泰笑了笑，眼中竟有几分情深。

李泰对李承乾此言感同身受，不觉端起酒盏，朝李承乾示意了一下，仰头一饮而尽。

小李治一直闷闷地低着头不做声。旁边的李芷惜也不知道要如何打破眼前僵持的气氛，只能用吃来掩饰自己的尴尬。她伸出筷子去夹盘中的食物，忽然听见跪坐在一旁的李治发出极其细微的啜泣声。

李芷惜歪了歪脑袋，看见李治在掉小珍珠，不禁震惊地问道："你在哭吗？"

李芷惜这无意间的一嗓子，终于打破了殿内的沉默。李承乾和李泰闻声都看向了李治。

李治似乎是感受到了大家投向自己的目光，忽然抬起头，用袖口狠狠抹了把脸，而后手脚并用地爬到李承乾和李泰中间："皇兄们可不可以不走？"

"这个时候了，雉奴说什么傻话呢。"李泰伸手，抹掉了李治眼角的泪珠。

"我舍不得你们。"李治闻言，越哭越凶，肩膀不停地抖动，人也抽泣得好像随时会背过气一样，"阿娘走得早，现在，连你们也要走了，留我一个人在这里……"

"不是还有芷惜。"李泰说着，抬头看向李芷惜。只见这丫头站在李治身后，也在默默地抹眼泪。

李泰叹了口气，招呼李芷惜在身旁坐下。

小李治乖巧地往李承乾身边挪了挪："大哥……"

李承乾罕见的一脸正色，迟来地有了几分东宫储君的风范。

## 唐多令·晏山海

他帮李治理了理衣衫:"雉奴,以后……"他嗓音一噎,好半晌才又继续,"要听父亲的话。这江山社稷是你的了,你要担负得起。"

李治闻言,张着一双泪眼,一脸懵懂,继而,哭得更凶了。

李芷惜见状想去安慰李治,却被李承乾拦住了:"芷惜虽然不是阿娘所生,但却一直养在阿娘身边,就和我的亲妹子没什么两样。"

"阿兄……"自从李承乾变得跋扈放纵之后,李芷惜就再没正眼瞧过这个太子,如今,分别在即,李芷惜忽然有些遗憾,遗憾没有给自己和李承乾之间多留一些回忆。

李承乾让李芷惜靠在身前,拍了拍她的背。

李芷惜努力吸着鼻子,想酝酿几句体己话说给李承乾听,可还不等她打好草稿,忽然感觉袖口被李承乾塞进了什么东西。李芷惜愣了愣,下意识抬头看了李承乾一眼,却见他别有深意对自己微微点头。

李芷惜将袖口里的东西又往里塞了塞,沉默片刻又蹭回到李泰面前:"四哥,我自小就与四哥最好,明日本应该去送四哥的,可是,我与大哥相处的时间太短了,感觉很对不起大哥,所以,明日……"

李泰看了一眼李承乾:"你该去送大哥的。"

李芷惜点了点头,两只手狠狠交握在一起。她跪坐在李承乾和李泰之间,眼泪掉得简直连成了珠串。

李泰看了看面前哭得连话都说不利索的李芷惜和李治二人，有些苦涩地笑了笑，转头看向李承乾。刚好，李承乾也在看他。

他们彼此心知肚明，斗到现在，已经再无可能回到从前那般兄友弟恭。他们几乎是同时端起案上的酒盏，敬彼此一盏离别之酒，聊表惜别之情。

殿内，李芷惜和李治的哭声余音绕梁。

殿外，李世民也是老泪纵横。

跟在李世民身侧的公公不敢叹气，只能摇头："陛下，您真的不进去和两个孩子告个别？"

李世民扶着朱漆柱低声叹道："今日的一切都是我的过错，他们应该对我有怨恨的。我若是此时进去，只会让他们尴尬，会想起我的纵容和偏私给他们带来的苦难。如果再因为我的什么话让他们兄弟二人心生不公，岂不是连这最后的平和都没有了。"

老奴劝道："陛下毕竟是他们的父亲。"

"可朕也是这大唐的圣人。真正的……"李世民神色渐渐暗淡，"孤家寡人。"

老奴再次遗憾地摇了摇头："那明日，陛下可会去送……"

"让他们走得安逸些吧。"李世民透过微启的朱窗最后看了一眼殿内，转身离开。

# 卷五
## 枯桑知天风，海水知天寒

# 第十九章　公主之身

　　黔州与均州都在长安的南方，可却是一西一东相隔千里。李承乾自金光门出，往山南道。李泰则是行明德门，经河南道过淮水。二人只在朱雀门前遥遥对望片刻，便各自驱车离开。

　　明德门外，叶湾湾和苏遇一大早就等在了官道旁。片刻后，出身魏王府的刘行敏也赶了过来。

　　辰时左右，李泰的马车缓缓出了明德门，上了官道，停在了叶湾湾等人面前。

　　苏遇和刘行敏同时朝李泰一礼："顺阳郡王。"

　　不过短短几日，连称呼都变了。

　　李泰的脸上倒是没有任何失意的表情。他将王妃留在车上，自己下了马车。目光在苏遇和刘行敏脸上荡过，露出一个真诚的微笑："有两位朝廷重臣来送我，我很是欣慰啊。"随即，他又侧过身，看向了叶湾湾，"记得我曾说过，如果日后再见面，一定请叶娘子喝茶，不过，眼下这情景怕是要失约了。"

叶湾湾指了指身侧不远处："那边有个茶肆。"

"还真有。"李泰顺着叶湾湾指的方向看去，随即一挑眉，转向苏遇，"苏少卿？"

苏遇一笑，做了个"请"的手势。

茶肆里，伙计仍在口沫横飞地讲述着长安城里的新鲜事，这一次，主角从那个上京状告圣人的许高氏变成了圣人的两位爱子。

叶湾湾听着伙计用极其夸张的语气讲着太子与魏王的龙虎斗，不禁有些尴尬。

李泰倒是心大想得开，一边给自己和叶湾湾倒茶，一边竖着耳朵听故事，末了，还点评了一下："听别人讲自己倒是新鲜，就是对人的描述不太属实。我明明一表人才，怎么能说我面目狰狞。"

叶湾湾也跟着笑了一下："确实。"

李泰似乎因为叶湾湾对自己的容貌做出了肯定而感到高兴，哈哈笑了两声："我与苏少卿相比如何？"

叶湾湾一哑。她觉得李泰是因自己才被迫离京，她多少应该安慰他一下，但自己骗过他那么多次，如今可能是最后一次见面，如果还要骗他，委实不太厚道。叶湾湾支吾了半天，端碗喝了口茶。

"啧。"李泰摇了摇头,"都说情人眼里出西施,让你评价我与苏少卿,确实不明智。"

叶湾湾没想到李泰的心态竟然如此之好,自己紧绷的情绪也渐渐舒缓了下来。她咽下茶水,豪爽地一抹嘴:"你人比他好。"

李泰笑了笑:"好人不长命,这个好人,不做也罢。"

叶湾湾一愣,以为李泰是在暗示自己被贬郡王的命运。

李泰端起茶碗抿了一口,目光自粗瓷碗的上沿流出,刚好看见叶湾湾脸上的尴尬之色。他放下茶碗,语气严肃了些许:"我小的时候,和太子……和阿兄感情很好,我的骑射还是他教的。"

叶湾湾愕然:"后来发生了什么?为什么会变成这样?"

李泰陷入回忆:"从小大家就夸我聪慧。小孩子嘛,听的赞美多了,就会觉得自己高人一等,与众不同。后来,父亲给我请了很多老师,我也争气,礼乐射御书数无不精通。父亲因此对我越来越好,甚至逾越礼制,很多太子没有的东西,我却有。"

李泰神色凄然:"我承认,我会有今日并非太子单方面逼迫,也有我自己的妄想。父亲对我的宠爱让我有了可以比肩太子的错觉,当然,也会让太子对我心生忌惮。这种矛盾在最开始没有得到化解,到后来,越来越深,已经深入骨血、不死不休了。"

叶湾湾有些遗憾:"你们明明可以相互扶持的。"

李泰深深地看了叶湾湾一眼:"所以,不要以为你的几句挑拨就能让我冒天下之大不韪。"

"那毒蝇伞一事呢?"叶湾湾的声音有些发抖,"到底是谁告诉你废太子准备自戕，让你决心对太子出手的？"

李泰笑了笑："此事在朝中已经盖棺论定，再说这些还有什么意义。"

叶湾湾低下头，眨了眨有些发酸的眼睛："如果，那日我不去找你，不告诉你苏少卿已经知道了毒蝇伞的事，你是不是就不会去跪宫门？也许，事情就还有转圜的余地。"

"没有转圜的余地。"李泰坚定地否决，"是否要去请罪这件事我想了很久。去了无外乎两个结局，要么彻底扳倒太子，要么把我自己搭进去。就像阿兄会起兵一样。斗了这么久，我们都累了，需要一个了结。今日的结局早在我预料之中，我觉得没什么不好，至少我与阿兄都还活着，大唐也没有因为我们的争斗出现动荡。"

李泰稍稍喘了口气："况且，均州也算是富庶之地，我不会过得太糟。"

"今日一别，以后怕是很难有机会再相见了。"叶湾湾用自己的茶碗碰了碰李泰的碗边，然后端起一饮而尽，以茶代酒敬了李泰。

然而，李泰却没有动眼前的茶碗："我虽然不知道你为什么会卷入到我与大哥的争斗里，但我希望你可以到此为止，不要再做别人的棋子。我知道那些人不会轻易放过你，但我相信苏少卿一定有办法保全你。"

叶湾湾张了张嘴，想要说些什么，却发现无从开口。

唐多令·晏山海

"好了。"李泰侧身朝车队的方向看了一眼,"去和祝祝告别吧。"

叶湾湾转头向车队的方向看去,看见叶祝祝正靠在窗边,看着自己。

叶湾湾不由得眼眶发热。

官道旁,刘行敏本是赶来为李泰送别,结果被搁在路边和苏遇晾在了一起。两个人顾影自怜,大眼瞪小眼了片刻,一致觉得:浪费时间不如聊案子。

苏遇抛出话题:"听说刘长史刚进西市就抓住了那个胡商?"

刘行敏轻轻摇头:"倒也没有这么简单,但那个胡商的出现的确十分巧合,我们发现他时,他刚好在与人交易毒蝇伞,就像是有人担心官府找不到人,特意把人送出来似的。"

苏遇冷笑:"又是幕后之人的手笔。"

刘行敏叹气:"如今,太子和魏王两败俱伤,幕后之人已经得偿所愿,希望他可以及时收手,不要再起纷争。"

刘行敏话没说完,李泰已经回到马车边。刘行敏一噎,险些咬了舌头。

李泰站在车前,与苏遇和刘行敏六目相对了片刻,觉得甚是尴尬,于是只潦草地一摆手,留下一句短促的"走了",就转身上了马车。

忽然,城门方向传来一阵马蹄声,紧接着是冯雅青的大喊:"等一下!"

自从知道太子在东宫起兵，冯雅青就一直自责。她总觉得，如果那日她将自己在魏王府的见闻告诉了苏遇，也许就可以阻止这场变故。太子和魏王毕竟是圣人的儿子，就算犯了错，也会有改过自新的余地，总好过像现在这样，双双离京。

所以，她在太子与魏王同时离京时，赶去偷偷看了李承乾一眼，险些就没能见到叶祝祝最后一面。

车队缓缓启动，叶祝祝松开了叶湾湾和冯雅青的手，放下了帷幔。

官道之上渐渐被马蹄踏出漫天黄沙。即使大唐的官道四通八达，但有些人，一转身便是天各一方，终生不复相见。

叶湾湾从远去的车马间收回视线，一转头，发现刘行敏和冯雅青已经回城，空旷的官道上，就只剩下苏遇。隔着渐渐飘落的尘土，她似乎看到了他眼中的怅然。

叶湾湾眯着眼睛与苏遇对视片刻，忽然嘴角一勾，又露出了带着几分邪气的微笑。她三两步蹦回到苏遇身边，盯着苏遇的双眼："你该不会是怕我会跟着魏王一起走吧？"

苏遇知道，叶湾湾因为坑害李泰一事而心中有愧，眼下，她亲眼看着李泰全家被贬斥出京，心情自然更是低落。她不过是不想让他担心才故意摆出一副无所谓的模样。

苏遇柔声道："你不用强颜欢笑，我知道你难过。"

叶湾湾眨了眨眼，低下头不再搭腔。

"我让刘长史和冯雅青他们先回去了。"苏遇将叶湾湾牵到停在城墙边的马车旁,"我们去献陵,和他们不同路。"

叶湾湾这才想起,苏遇答应过,太子一案尘埃落定后,就带她去看虞山。

太子和魏王这场旷日持久的争斗终于归于平静。一切好似都不一样了,东宫不再歌舞升平;神霄绛阙一瞬失了华彩;圣人也不再如当年那般意气风发。可一切又仿佛都没有变,太阳依旧东升西落;漕河之水仍然奔涌向前;大唐还是那个万国来朝的大唐,山川秀丽,盛世安康。

人有六欲七情八苦,可天地却不曾为之变化一瞬。凡人看得见草木枯荣,却望不穿沧海桑田。十年百年都不过是恒河中的一粒沙,生老病死、朝代更迭,不论有怎样的悲欢离合,世间依然四季交替,苍穹仍旧斗转星移。

人生如逆旅,留下的唯有思念。

可叶湾湾发现,自己竟然已经记不清虞山的模样了。

她蜷着双腿,手肘支在膝盖上,掌心托着腮:"时间过得好快,我已经快要忘了虞山的脸了。"她手腕微微一转,手托着下巴看向苏遇,"你说,再过一段时间,我会不会忘了魏王的样子?忘了太子的样子?圣人会不会忘了他们的样子?"

叶湾湾换了个坐姿,双手撑在身体两侧,垂下两条腿:"魏王说,小的时候他和太子的关系很好。可惜,人是会变的,性格会变,容貌也会变,说不定哪一天,就变得连身边的人都认不出了。"

苏遇手中握着缰绳，目光平和地看着眼前的路："所谓重情重义，大概说的就是无论你变成什么样子，我都还记得你。"

叶湾湾无意识地晃了晃腿，不再说话，就只是盯着苏遇手中的马鞭出神。她忽然有了一种危机感，如果有一天，自己不再是叶湾湾，苏遇还会不会认出她。

苏遇不自觉地侧头瞄了她一眼。

最初见到叶湾湾时，受"画像预言"所累，苏遇觉得她除了长相邪气外，身上还带着股神神叨叨的气质，从头到脚散发着机灵劲儿。可眼下，这个人安安稳稳地坐在身边，苏遇忽然发觉，抛开那些为了自保而不得已使出的诡诈伎俩，其实她也不过是一个开心会笑、悲伤会哭的普通人。

像是怕她思虑过重而伤身似的，苏遇率先开了口："可是想到哪个你许久没见的人了？你兄长？"

苏遇记得叶湾湾说过，她的兄长在幕后之人的手上。

叶湾湾歪着脑袋靠在车门上："阿兄不会变，我一直记得他的模样。"

苏遇抖了抖手中的马缰，忽然想到了什么："如果不是前太子和顺阳郡王都急需一个了结，那个幕后之人未必可以一举除掉两个绊脚石。你把'太子自戕'的消息透露给我，这么明目张胆的背叛，当真不怕他们对你兄长下手？"

叶湾湾无所谓地耸了耸肩："无非是让秦老九对我下手，随后又杀我兄长。但若是我们两个都没了，他还能用谁。"

说者无意，听者有心。叶湾湾这话忽然让苏遇意识到，她的身份或许并不仅仅是一个画像师这么简单。他不禁试探："他们用你兄长做什么？威胁你继续画像？许世卿一死，'以画断前程'的预言想必也不会有人再信。他们应该不会蠢到继续用这种方式引人上钩。"

叶湾湾一噎，这才意识到自己说漏了嘴，慢悠悠地打岔："兄长他……的确什么也做不了。他是一个痴儿，傻子。一个傻子，能威胁到他们什么。"

"傻子？"苏遇没想到话锋会转变得如此之快，下意识地问了句。

叶湾湾没有答。她探着头盯着苏遇看了半晌，忽然岔开话题："你的阿耶阿娘呢，他们是什么样的人？"

苏遇催使马车加了速："庸庸碌碌，胆小怕事。"

叶湾湾不解地眨了眨眼："你和他们关系不好？你不想他们？"

苏遇僵直着双臂，牵着马缰，沉默了许久才又开口，语气平静得就像在陈述别人家的故事："我父亲是个佃户，靠给县里的一家大户种庄稼过活，后来，那户人家强抢了他的妻子，还打断了他的腿。"

叶湾湾没想到苏遇竟会有这样的过去，不由得为自己说错话而自责："我，对不起，我不知道……"

"没什么。"苏遇淡然一笑，"抢走阿娘的人，也是第一个在我手上挨大刑的人。"

叶湾湾虽然没有亲眼见过苏遇对犯人用刑,却亲身进过大理寺的刑房,见过那满墙的刑具。她不禁猜想,那个抢走苏遇母亲的人,怕是已经身归黄土。

叶湾湾宽慰道:"他罪有应得。"

"他手上没有人命官司,所犯的罪过也还不至于让大理寺过问。我算是动用私刑。"苏遇坦言,"我那个时候刚入仕途,他的存在让我觉得,如果不把握在手里的刀切进他的皮肉,就永远摆脱不了我的出身。"

叶湾湾默然。

年少时的记忆总是根深蒂固,会随着身体的成长融进骨血。人性也许并非生来就有"善""恶",只是日复一日的耳濡目染,让还不知道何为对错的孩子无可选择地承袭了父母的秉性。唯有将那段记忆挖出来,摆在眼前,亲手撕碎,才能走出过去。

对苏遇而言,他并非在为自己的父母报仇,他手中的刀在切开那人皮肉的同时,也切断了血脉赋予他的本性。他在用别人的血肉为自己塑造一身坚硬的铠甲。

叶湾湾更加觉得,苏遇的本性不坏,只是这世道让他找不到依靠,他只能亮出虚假的獠牙,披上凶残的伪装,来保护假象之下那一身柔软的皮肉。

她忽然好奇:"你杀了那个人吗?"

"没有。"苏遇的语气依旧无波无澜,"我割下了他腿上的一块肉,算是抵了我阿耶被打断的那条腿。"

叶湾湾又问:"那你阿娘呢?"

"吁——"的一声淹没了叶湾湾的问话。苏遇勒住了马缰。

二人已到了虞山公主的安葬之处。

长安此地,物华天宝,人杰地灵。陵园四周,苍松翠柏参差凌云,古刹梵音时时入耳。

虽说虞山是以公主身份下葬,但到底与真正的皇室血脉有别,陵寝外的守卫不比献陵那样严苛。看到苏遇拿出了象征五品以上官员身份的鱼袋,守卫便也没多问什么,替他们牵过马车,放了行。

从陵园入口到真正的墓穴还有一段僻静的小路。叶湾湾走得不急,边走边从路边随手摘了一些不知名的野花,放在手里鼓捣着,等终于走到虞山的埋身之处,她手里那些花草已经被编成了一只花环。

小小的土包前竖着一块简单的墓碑,草草标记着墓穴的主人,连只言片语的墓志铭也没有。自古以来,身死名灭者如牛毛,角力杰出者如芝草。不过,她身侧不远处躺着大唐的开国圣人,千百年以后,也许她的声名也会随着周围安睡之人的地位水涨船高。

想到此处,叶湾湾似乎有些欣慰。她将手里的花环搭在墓碑的顶端,拍了拍微凉的石碑。

苏遇轻轻开口:"我们每个人都在经历由生入死的旅程。遇见什么人，有着怎样的际遇也许都有定数。对那些愿意陪你走一段路的人，应心存感激。到了应该分别的时候，也要好好告别。如果还有遗憾和悲伤，就在这里告诉她。除了怀念，什么都不需要带走。"

"我以为，我给她的是一份天大的荣耀，所以从来没有对她心存感激。"良久，叶湾湾开了口，神色平静得出奇。

苏遇似乎从她的话里听出了一些端倪，但并没有细究，只是蹙了蹙眉。

叶湾湾自言自语："我从来没有好好将心里的话告诉过她。是不是她就只能在我的一言一行、一颦一笑里揣摩我的心意？那么，在她死前的记忆里，我会是一个怎样的人？"

任性自私？还是独断跋扈？又或者，是个疯子。

叶湾湾的指尖轻轻划过石碑粗糙的表面，手上沾了一层细小的灰土。她抬起头，看了看周遭幽深的林子，枝繁叶茂的古木遮住了烈日，只滤下一线天光。有鸟语花香，有清泓虫鸣，一切寂静而深远。

"这里挺好的，有花，有树，有水，有鸟，还有……"叶湾湾嘴角带着一点点笑，戳了戳石碑上的字，很郑重地垂下了头，"对不起。"

简简单单的三个字，忽然让苏遇将此前心中所有的疑惑都串联了起来。

"我们走吧。"叶湾湾转过头，眼里有一抹故作如释重负的笑。

苏遇透过树木枝桠的缝隙看向天际:"宵禁前赶不回长安了。山下有一处寺庙可以歇脚。"

"不赶回去的话,你明日的早朝怎么办?"叶湾湾跟在苏遇身后,小碎步往山下走。

苏遇低头看着脚下的山路,从身后看去,他似乎在很认真地思考。过了很久,久到叶湾湾都快忘记自己的发问,他才开口回答:"那就答应圣上的赐婚,有豫章公主作保,一次早朝而已,还不至于被罚俸降职。"

叶湾湾拧眉听着苏遇的胡言乱语,然后抬手朝着他的后背给了一拳。不过苏遇早已料到了她的举动,一个闪身,躲开了。叶湾湾的拳头无处着力,人就跟着力道往山下冲。好在,苏遇及时伸手,把她拦了下来。

叶湾湾扒着苏遇的手臂,没好气地瞪了他一眼。

面对叶湾湾怨怒的眼神,苏遇心中也有些怆然。叶湾湾祭拜虞山时的那些话让他猛然意识到,自己一直陷在她编织的骗局里,可他却无法狠心揭穿她,只能说些接受赐婚的气话。

良久,苏遇无可奈何地叹了口气:"心情是不是更糟了?"

叶湾湾忍不住翻了个白眼:"苏少卿这哄人的办法还真是别出心裁。"

苏遇收回手,将叶湾湾拉到自己身侧,和她并肩:"我只是想告诉你,如今的你手中握着全部的运气,千万要珍惜,不要等事态变得更糟之后，才怀念今日的事。毕竟，人与人之间的羁绊无色无形，待到真的失去后想找个可供祭拜的坟头都是奢望。"

叶湾湾十分不解："什么变得更糟？失去什么？"

苏遇飞快地觑了她一眼，似乎下了很大的决心，才继续说道："你有没有想过，有一日，你所有苦心掩盖的真相可能会被揭开，所有未能履行的盟约都将会继续。"他顿了顿，忽然放慢了语速，"比如你与大唐储君的婚约，虞山公主。"

叶湾湾脚下一顿，脸色一变："你说什么？"

一切隐藏的线索都因为一句"对不起"变得有迹可循。

假的虞山公主死于许世卿之手，叶湾湾在第一时间为她报了仇。如果她们之间只是朋友之谊，那叶湾湾不仅对她没有亏欠，甚至算得上是有恩，绝无向她道歉的道理。就算是因为叶湾湾缺席了她的葬礼，现在，人也千里迢迢地赶回来做了告别，再深的愧疚也应该就此放下，可叶湾湾为什么还会执意说出"对不起"这样的话。

按照秦老九的供述，虞山公主的死是一个意外。叶湾湾为了一个意外道歉，只能说明，如果不是她，这个意外也许根本不会发生。由此倒推，很容易就能猜到，假公主进京和亲是叶湾湾安排的。

可她凭什么能让突厥人对她唯命是从？

颉利可汗被俘入京之后，东突厥一直仰仗着大唐的庇护。派假公主和亲这样的事，即便是颉利可汗的族兄也没有这个胆量敢擅自做主。敢做这样的决断,能让东突厥王室听任她的谋划,并且,也无需担心真正的"虞山公主"会突然跳出来揭露假公主的身份,能安排这一切的人,想必也只有当初被留在草原的、真正的阿史那·虞山。

所以,叶湾湾才是颉利可汗之女。

阙老夫人对叶湾湾的态度也给苏遇的这一猜测提供了有力的证据。

那日,他受魏王之邀到玄都观调查虞山公主失踪一事,阙老夫人的情绪明明还算平和,却在叶湾湾向她说出"以画断生死"之事后突然失控。

虽然,突厥人对一些神秘力量有着强于唐人的信仰,但阙老夫人毕竟第一次踏足长安,对叶湾湾"以画断生死"的预言也不曾有耳闻。普通人听到这种无稽之谈的第一反应应该是质疑,可阙老夫人却毫不怀疑,几乎是在叶湾湾话音刚落的瞬间就情绪爆发,这样的反应未免不合常理。

而那日朝堂之上,当苏遇表示凶手就是叶湾湾时,阙老夫人也是异常激动,几乎是不顾礼节地在否定他的推断。否定叶湾湾是凶手便是说明她从一开始就不相信画像会害死虞山。既然这样,当初又何必掐着叶湾湾的脖子演戏。

阙老夫人这一前后矛盾的态度恰恰说明了她对叶湾湾的信任和珍视。

苏遇收回思绪,看向叶湾湾:"是你让阙老夫人的女儿假扮公主赴大唐和亲,你以为这对一个牙帐内的舞姬来说,是无上的荣耀,是你给予她的恩惠。可你没想到,正是这个恩惠,让她死在了长安。她对这样的安排是感恩也好,还是不得不服从也罢,她的死都是你造成的,所以,你一定要来,亲口跟她说对不起。"

叶湾湾面无表情地站在山路上,似乎没有明白苏遇这些奇奇怪怪的念头都是从何而来。

苏遇努力回想着与叶湾湾相处时的每一处细节:"那晚你出城寻木材商结果被刺客追杀,我记得你骑马的样子。虽说那马最后还是把你摔进了山谷,但能将一匹受伤的烈马驾驭到那种程度,说明你骑术上佳。如果你真的只是一个被画师养大的孤儿,不可能有这样的本事。"

叶湾湾笑了笑:"还有吗?"

"朝中很多官员都知道,当年随颉利可汗一同入京的可汗长子曾因头部中箭而数日高热不退,最终因烧坏了脑子而失智。不过,他中箭却不是因为两军交战。我猜,他应该是为了救你。"苏遇稍稍顿了顿,"你曾说过,你是在庭州被画师养大。我想,你是因为无法面对兄长才逃离了草原。"

叶湾湾的目光开始涣散,似乎陷入了回忆。

苏遇还在继续:"长安城内会画像的人比比皆是,幕后之人为什么偏偏选中了你?因为他们要的不是你手中的画笔,而是你身后草原上的精兵强将。你自信他们不会对你的兄长下手,因为你知道,虽然你的部落日渐衰微,但草原人民依旧骁勇善战。而这些人,仍旧会唯你的兄长马首是瞻,即便他是个傻子,他也是颉利可汗的血脉,名望犹在。"

叶湾湾下意识地张了张嘴,却没有发声,目光落在了山路上。

日光渐渐向西,透过层层枝叶在脚边洒下一圈斑驳的光点。山风起时,那颗颗光斑便随之晃动,交织在一起,曚曚眬眬,像被年岁模糊了的记忆。

良久,叶湾湾忽然悠悠地开了口:"小时候,我喜欢骑马射猎,父汗告诫过我很多次,可我胆子大,就喜欢一个人在草原上瞎跑。最后一次,我误闯了铁勒部的马场,被人追杀,是兄长替我挡了箭。但是,兄长被铁勒部掳走了。父汗用无数金银将人换回来的时候,他已经因为延误治疗变成了傻子。"

叶湾湾继续回忆:"父汗狠狠骂了我一顿,我自己也不知道该如何面对族人,所以就偷偷出走。我离开草原不久,就听说父汗兵败。等我赶回去时,他们已经被押入长安。再后来,听说父汗让我和太子联姻。那时候的太子很有贤名,我就想着,总要为草原做点贡献,就答应了,可没想到,太子会变得越来越荒唐。我便后悔了,所以就找人假扮我,自己跑回了庭州。"

她耸了耸肩:"她叫伽嫣,十几岁便入了牙帐。她入城前,我给她画过像,但画的不是她,是我兄长。兄长傻后父汗就不许他见人了,伽嫣没见过他,所以,我就给她画了兄长的画像。一来是怕万一有机会相见,她认不出他会露出破绽;二来……"叶湾湾顿了顿，轻轻吸了口气，"我也希望伽嫣能帮我找到兄长。"

"阿阙的确是在配合我，她掐着我脖子的时候我趁机给她递了字条，让她不要把画像给你们。其实，她可以出卖我，说不定还能拉着我给伽嫣陪葬。但她没有。"叶湾湾吁了口气，"伽嫣下葬前，我去玄都观看过阿阙，看见她一件件特别精心地整理着伽嫣的衣服，我觉得自己特别该死。她是我的乳娘，从小照顾我，我把她唯一的女儿害死了。她还像以前一样，见到我还是会下跪，她觉得是她搞砸了我交给她的任务。可该下跪道歉的人，明明是我。"

叶湾湾的眼泪流水似的往下落，可她却像是没知觉一样，眼睛都不眨。

"我最初会帮那些人做事，是因为觉得把唐廷搅得乌烟瘴气没什么不好。皇室宗族，互相斗得越凶我越开心。但我时不时会做一些他们计划之外的事，所以，他们不得不用兄长威胁我。"叶湾湾苦笑，"密道一事是我告诉丁侍郎的，我这么做没有别的目的，只是觉得应该要让几方势均力敌，这样的争斗才好看。"

叶湾湾停顿片刻，又缓缓开口："可是后来，我发现自己害了那么多人，我又开始后悔。我竟然还厚颜无耻地跑去给他们道歉，奢求他们的原谅。"

叶湾湾的脸色很是平静，可越是平静就越能让人感知到，那把刺进她胸口的刀已经将那里搅得血肉模糊。

苏遇下意识地想帮她擦掉眼泪，却被她一扭肩，躲开了。

叶湾湾微微梗直了脖子:"苏少卿是想再让我进一次大理寺吗?把这一切都推到我的身上,你们的朝廷就太平了。"

苏遇看着不远处寺庙半掩的木门,下意识地摇了摇头:"很晚了,先进去歇一晚。"

出家人不问红尘琐事,来人想住,他们便大开方便之门。只是今日来的两个人一前一后地走着,状似疏离,却又时常忍不住偷看彼此。想来,二人之间应是有解不开的纠葛,今夜怕是要无眠。于是,小沙弥不言不语地给二人各自多留了一根香烛,好让他们辗转难眠的时候能看见一抹光。

夜里,有"咚咚"的木鱼声隐约入耳。

叶湾湾躺在炕上,茫然地张着眼睛。白日明明发生了许多事,可她此刻脑海里一片空白。她努力想将思绪集中起来,好好想一想苏遇会怎样面对她的新身份,可每次还不等她想出一厘一毫的结果,聚集的思绪就通通散开了,而她甚至没有意识到自己的思绪已经四下奔逃。

她盯着房梁发了一夜的呆,什么也没想出来。

天渐亮的时候,她迷迷糊糊地睡过一阵,醒来时,闻到了后院里的饭香,听见了房檐下的风铃在丁当作响。

叶湾湾起身,推开门,正瞧见昨日的小沙弥在打扫庭院。

叶湾湾上前,行了一礼,问他苏遇的去向。小沙弥摇头表示"他已经走了"。随后,看着叶湾湾愕然的样子,又低声自言自语似的念了一句"一饮一啄,莫非前定",便提着扫帚转身出了院子。

叶湾湾呆愣愣地站在院子里。她自认没有做过任何伤害苏遇的事，只是因为隐瞒了身份就被抛弃在这，她不甘心。

献陵距离长安城不近不远，驾车不过半日，走却要走上一天。叶湾湾强行咽下一碗白粥便出了寺院，奔波了一日，踩着日落进了长安。

她几乎跑脱了力，靠着一点本能往崇化坊的苏宅走，实在饿得头晕眼花了才在西市附近买了些点心，坐下来狼吞虎咽了片刻。等到终于有了精神体力，想冲去苏宅砸门时，却已经到了宵禁。

西市附近是金吾卫巡逻的重点，稍有不慎就要被逮起来挨鞭子。可她此刻浑身上下也掏不出一点住店的钱，索性一撸袖子一咬牙，翻上了坊间的围墙。

好在，西市距离崇化坊不远，不过翻进翻出的距离。

由于宵禁后会关坊门，所以，各个坊内是无人巡夜的。进了怀远坊的叶湾湾终于挺直了腰杆，大大方方地走街串巷。不过，这份幸运并没有维持太久，就在叶湾湾翻出怀远坊的时候，她被巡夜的金吾卫堵在了墙头。

"干什么的！"

叶湾湾僵住，半响才装出一副可怜巴巴的模样，边说边翻下墙头："我家在崇化坊，刚刚跑得急，进错了地方。"

眼看崇化坊的坊墙近在眼前，叶湾湾在脑子里飞速思索着对策。唐律规定，有违宵禁者，金吾卫会先放空箭予以警告，若犯禁者不予理会，便会放出真箭，但并不会直接射向违禁者。只有两箭之后，对方依旧我行我素的，才会射杀。也就是说，她还有两次机会。

"距离一更鼓已经过了一个时辰，你这个时候才发现自己跑错了地方？"金吾卫显然不信叶湾湾的说辞。

"以后绝对不敢了。"叶湾湾露出愧疚之色，低着头支吾，脚下却不停地向崇化坊坊墙蹭去。

"跟我回去领罚吧。"那人见叶湾湾认错态度良好，也就没多想，翻身下马，准备拿人。

叶湾湾见那个金吾卫将弓箭留在了马背上，便立刻后退一步，突然转身冲向坊墙外的风灯架，三下五除二爬了上去，然后起跳，翻墙。

"站住！"金吾卫立刻反应过来，转身冲回到自己的坐骑旁边，取了弓当空就是一箭。

不过叶湾湾已经消失在墙头，稳稳地落在了崇化坊内。

但金吾卫也不是吃素的，立刻开坊门，捉人。

叶湾湾像拼命躲避夜猫追捕的老鼠，在崇化坊内画着圈地乱钻。好不容易摸到了苏宅外，却发现院子里已是漆黑一片，显然，苏遇已经睡下了，就算她此刻敲门，至少也要等上一时三刻对方才会应门。这个时间里，她怕是早就被逮住了。

想着自己一大早被那个无情的家伙丢在寺庙里，跑了一日的路才回到长安。如今她被金吾卫追得满头金星，那家伙居然还能在自家卧房高枕安眠。叶湾湾觉得越发的委屈，跑着跑着，忽然就捡起脚边的一块石头，"哐当"一声朝苏宅大门砸了上去。

那声闷响刚刚消弭在夜空里，叶湾湾就看见苏宅的院子里有光闪过，紧接着，她听见了苏遇的声音："谁？"

叶湾湾一激动，当场忘了自己对苏遇的埋怨，脚不沾地地冲到门边："是我！"

这一声，在让苏遇开门的同时也引来了金吾卫。

门板开启的瞬间，一支长箭破空而出，叶湾湾余光里看见那箭从自己的鬓角擦过，直奔苏遇面门。她下意识地往前一扑，直接将苏遇撞翻在地。

那支箭便在二人头顶上方呼啸而过，"铛"的一声，箭镞撞在了垂花门外的墙壁上。

刚刚还睡意蒙眬的苏遇仰面摔倒在地，撞得脑壳生疼，人也一下子清醒了。看着压在自己身上的叶湾湾，苏遇万分无奈地闭了闭眼："叶湾湾，三更半夜，你是来行刺本官的吗！"

"对不住！"叶湾湾连忙从苏遇身上爬起来，一边殷勤地帮他拍了拍衣摆上的灰，一边委屈道，"我被巡夜的发现了……"

那巡夜的金吾卫还算厚道，待二人从地上爬起来后，才上前扭住了叶湾湾的胳膊。

"等一下。"苏遇反射性地将叶湾湾拉回到身后，"是我让她来找我的，事出有因，是为了……"苏遇上下眼皮一眨，谎话脱口而出，"为了曲江池一案的收尾之事。不知虞侯可否通融一次？"

"原来是苏少卿。"那人眯了眯眼，夜色里终于看清了苏遇的脸，不过，该给的面子他还是一点都没给，"苏少卿既然掌管刑律，就该知道犯宵禁者该如何惩治。"

苏遇有些头疼地看了叶湾湾一眼，然后又无可奈何地回看向金吾卫："她也是不得已才在宵禁后冒险出门。若一定要罚，虞候不如就在此处罚吧。罚完，本官还要与她讨论案情。"

金吾卫的眼皮抽了抽。唐律确实没有规定不可以当街惩罚违禁者。但此刻夜深人静，真要是把鞭子抽到叶湾湾身上，保不齐她会如何鬼哭狼嚎，到时候，还不得引来全坊人的围观。

辩论法条，他自然是说不过这位大理寺少卿的。金吾卫知难而退："那就请苏少卿明日将犯禁者送到府衙受罚。"

"一定！"

送走金吾卫，关起院门，苏遇才稍稍缓了口气，但仍不免有些后怕：如果自己没有及时开门，叶湾湾很可能会因为那一箭丧命。

他不禁对叶湾湾的冒失感到有些气恼，声音便抬高了几分："叶湾湾，你的脑子呢？他抓你的时候你就不会装成是病入膏肓要去看大夫，不得已才犯禁出门？"

叶湾湾小小声回答："他抓我的时候，我正在翻墙……"

苏遇深吸了口气，又迅速呼出："你白日里干什么去了，非要等到宵禁后才回来？"

见苏遇一副已然忘却一切的模样,叶湾湾也是气不打一处来,当场顶撞回去:"呵,我也想白日里来找你说道说道,可我日落了才进的长安!"

苏遇有些不解:"你几时离开的寺庙?"

叶湾湾磨牙:"一早!"

苏遇更加不解:"一早离开,你现在才到?"

叶湾湾再磨牙:"呵,是啊,我脚力不好,出乎苏少卿意料了!"

苏遇似乎没明白叶湾湾为何有如此大的气性:"你跑回来的?马车呢?"

"我怎么知道马车……"叶湾湾喊到一半,忽然一愣,"马车留给我了?"

苏遇揉了揉眉心:"所以,我给你留的字条你也没有看到。"

"你还给我留了字条?"叶湾湾一肚子的火好像突然就灭了,竟开始关心起苏遇,"可你把马车留给我了,你怎么回来的?"

看来这傻子根本就没看见寺庙旁停着的马车,竟是脑门一热直接从献陵跑回来的,搞不好还对他生了一肚子怨恨,认为他是不告而别呢。

苏遇忽然被气笑了:"我会飞!我飞回来的!所以你是把马车捐给人家寺庙了吗?"

闹了这么大一个乌龙,叶湾湾满心的委屈这会儿也不知道到底化成了什么情绪。见苏遇笑得莫名其妙,她也咬牙切齿地露出一排森森的小白牙:"你人都跑了我还有心思去看马?"

这都叫什么事啊……

院子里瞬间陷入一片死寂,叶湾湾甚至隐约听到了隔壁怀远坊内的蛐蛐叫。

过了好一阵子,苏遇伸手搭上叶湾湾的肩,把人往外推去。

叶湾湾下意识地往后躲:"你要送我去哪里?"

"送你去领罚。"苏遇回得面无表情,仿佛铁了心要让叶湾湾亲身体验一下犯禁的后果,以防她之后再度头脑发热。

叶湾湾一惊:"不是说明日去吗?"

苏遇斩钉截铁:"现在正好有时间。"

叶湾湾服软:"我跑了一天,要断气了。"

"翻墙的时候你怎么没觉得自己要断气了?"苏遇厉声呵斥,但手上推人的动作到底还是停下了,"你以为自己有多厉害,竟然想躲过金吾卫的巡视?"

叶湾湾低着头,拿脚尖蹭了蹭地面:"我刚刚以为,有些话如果我今日不问,以后怕是就没机会了。"

苏遇迟疑了一下,语气柔和了几许:"你问。"

叶湾湾原本想问苏遇为何会偷偷离开,究竟是不知道要如何面对自己公主的身份,还是知道自己与太子有婚约,不想得罪皇室才将她一人丢下。可眼下,苏遇的离开根本就是个乌龙,她忽然就找不到立场再去问这个问题。

她瘪了瘪嘴,问了一个自己都觉得很讨打的问题:"所以,你给我留的字条上说了什么？"

除了告诉她自己要提前回城早朝，还能是什么？苏遇不觉无语，直接忽略了叶湾湾的问话，狠狠吐出一口气，握着叶湾湾的肩把人转了一圈，然后一指东厢房："赶紧去睡觉！"

叶湾湾连忙一溜小跑着消失了。

苏遇连做了几次深呼吸，才无奈地拖着疲惫的身躯往正房走去。

廊下，老仆忽然冒出脑袋："郎君对小娘子也太凶了，这让人家以后还怎么住。"

苏遇端出一副咬牙切齿的模样："气不过就搬出去！"

"啧。"老仆意味深长地摇了摇头，一边转身回去了自己的房间，一边嘴里还嘟囔，"哎，也不知道是谁，这破嘴，这么硬，明明就是担心才生气，哎，就不说，就不说……"

苏遇不是不明白叶湾湾冒着犯宵禁的危险跑回来找自己的原因。他明明可以当面告知她自己离开的原因，却偏偏选择留字条，不过是因为不知道要如何面对她的真实身份而已。

与大唐和亲的公主如今却出入他的府上，一旦被人揭发，他们二人必会有性命之忧。苏遇虽然明白这一切并非叶湾湾有意为之，可此情此景，他的确没有办法等闲视之。

苏遇知道，叶湾湾显然也在不安，如果自己不把话说清楚，指不定她还会做出什么疯狂的事。

## 第二十章　风云再起

第二日一早，苏遇拎着两只空碗进了东厢，慢条斯理地跟着叶湾湾一同吃了早餐。等到碗里的汤汤水水见了底，要起身离开的时候，苏遇才佯装漫不经心地开口了。

苏遇道："幕后之人也知晓你的身份，也许哪一天，他会用这个秘密来威胁你。"

叶湾湾点了点头。

苏遇又道："你虽然未与废太子成婚，但婚约仍在，依理，你应该与废太子一同离京。就算圣人格外开恩，准许你留在长安，按照礼制，你也应当嫁给新任的东宫太子。无论如何，都不该和我在一起。"

叶湾湾又点了点头。

苏遇轻叹了一口气："这几日你就住在这里，我会在大理寺。

不是要躲着你，我只是还不知道要如何面对你'太子妃'的身份，不知道要如何跟你相处。但我想清楚之后一定会回来找你。你就待在这里，不要离开。"

叶湾湾："好。"

自打离开草原，叶湾湾觉得"公主"的身份已经离自己越来越远。她甚至忘了那些裹挟在她身上的义务与责任。她以为没了公主头衔的人生可以无拘无束，可苏遇的顾忌让她忽然发现，人世间的规则和束缚从来都在，她逃脱不开。

苏遇觉得叶湾湾应该已经领会了自己的精神，不会再去做什么奇奇怪怪的事，于是便回去换了朝服，又带上一些日常用品，出了家门。

废太子离京不过两日，朝堂百官便已开始为"国本"一事忧心。不过，众人显然明白循序渐进的道理。位居高位的臣子似乎都在观望，只有几个谏臣发了声，在被李世民以沉默对待后，百官也都自觉地不在此时向圣人伤口上撒盐了。

自从意识到幕后之人看中的是叶湾湾背后的草原精兵，苏遇对其身份便已了然。只是，他实在不知是否应该在此宗室凋零之际揭开对方的身份。

下朝后，迅速逃离人群的苏遇终于清静了几分。他在青砖道上缓慢地踱着步，忽然就被人从背后叩住了肩。

"刘长史。"来人的身份在他的意料之中。

刘行敏略一皱眉，收回刚刚叩在苏遇肩头的手，下意识看了看自己的指尖，然后轻轻搭着苏遇的手腕，将人拉到一边："可是长安城里又出了什么新案子？"

苏遇一头雾水："刘长史何出此言？"

刘行敏指了指苏遇的肩："这里的衣料有潮湿感，还带着一股血腥味。"刘行敏轻轻捻动指尖，笃定地说，"你身上有血迹未干的新伤。"

苏遇挑了挑眉："刘长史还真是观察入微。"

"哪里。"刘行敏自谦地摇了摇头，"毕竟在府衙坐了这么多年的堂，律令刑罚还是知道的。你肩头的衣料并非全然黏在皮肤上，只是有一道窄痕，应该是鞭伤。"

苏遇面色不动，等着刘行敏继续他的推断。

"昨日，你还未见任何异样，只隔了一夜就添了伤。最有可能的便是犯了宵禁挨了笞刑。你执掌刑律，不会无故犯禁，所以我猜，应该是为了查案。"刘行敏又好奇又担心，"难道是幕后之人有了什么新动作？"

"刘长史错了，这一次，确实与案子无关。"苏遇凑近刘行敏，低声道，"不过还请刘长史切莫将此事宣扬出去，毕竟，也不是什么光彩的事。"

刘行敏点头应承："如果不是碰巧碰到你的伤口，我还真看不出你刚刚受过鞭刑。少卿受了这么重的伤还能面不改色，行动如常，真是越来越让我刮目相看。"

苏遇漫不经心地勾起唇角："刘长史没从过军吧。沙场上，别说是挨了几鞭子,就是被砍断了胳膊腿儿,只要还有一口气在,跑得也未必就比那些全须全尾的慢。"

闻言,刘行敏的目光渐渐变得震惊。

苏遇的笑声张扬了几分:"难得啊,一日之内,竟让刘长史两次对我刮目相看。"

刘行敏的脸上渐渐露出疼惜的神情:"身体发肤受之父母,你还是要爱惜些。"

苏遇听出刘行敏话中的关心,没吭声,不自觉地转开了目光,往大理寺踱了几步。

刘行敏朝着大理寺望了一眼,快步追上苏遇,将人拉了回来:"先回府处理伤口。"

闻言,苏遇的眼中露出一丝古怪的神情。

在刘行敏眼中,苏遇一直是一副杀伐果断的模样,如今,竟难得地露出了踌躇的神情。刘行敏不觉一愣:"可是遇到了什么事?"

自从刘行敏将自己儿时的光荣壮举告知苏遇后,他在苏遇心中的形象就不可阻挡地高大起来。苏遇也没犹豫太久,很快克服了内心的尴尬,凑到刘行敏耳边迅速嘀咕了一句。

"啊!"刘行敏登时将眼睛瞪了老大,"虞,虞,虞……"

"嘘!"苏遇万没想到刘行敏竟如此沉不住气,赶紧比了个噤声的手势,迅速将人拖出了皇城。

"你是说,叶娘子就是虞山公主?"甫一踏进雍州府的大门,刘行敏便迫不及待地向苏遇再次确认。

苏遇无意识地摸了一下鼻尖,忽然有几分后悔将此事说出来,可现在再想把话吞回去也晚了,只能硬着头皮将自己的推测和叶湾湾的坦白一五一十地交代了一遍。

听罢,刘行敏倒是冷静了下来:"还好还好,如今废太子与顺阳郡王双双被贬出京,圣人心情沉郁,听不得什么喜庆的事。不然,圣人一旦重提为你赐婚一事,你和叶娘子,一个驸马,一个太子妃,还真是门当户对。"

苏遇无言。他十分地想不通,自己的脑子里到底是进了多少水才会和刘行敏提及此事。

苏遇做出一副通情达理的表情:"刘长史这几日定是因为案子劳心劳力,想必嫂夫人很是心疼。"

"嗯?什么?"刘行敏茫茫然地眨了眨眼。

"没什么。"苏遇又扯出一张春风和煦的笑脸。这显然是裴南子最近对刘行敏疏于管教,导致小时候那只皮猴子又蠢蠢欲动了。

刘行敏未再深究苏遇话中的意思,兀自又找补了一句:"所幸,叶娘子的身份并无太多人知晓。你也不用太过忧心,我们从长计议。"

"婚约之事的确可以从长计议。"苏遇道,"我担心的是,幕后之人最后会为了自保,把一切都推到叶湾湾身上,说成是突厥人别有用心,挑拨皇子关系,制造唐廷内乱。到时,不只叶湾湾获罪，大唐和突厥之间也可能再生龃龉。"

刘行敏思绪敏锐："你可是已经猜到幕后之人的身份了？"

苏遇略一点头："东突厥政权早就名存实亡，可汗长子又是傻子，可幕后之人却如此宝贝这个傻子，为什么？因为他手中没有兵权，他需要借助叶湾湾和其兄长的名望，间接掌控草原上群龙无首但却依旧善战的兵力。"

"圣上爱重的、有可能继承大统的皇子中，废太子、顺阳郡王，就连非长孙皇后所生的吴王手上都有兵权。只有……"刘行敏显然也已推测出了幕后之人的身份，只是还无法相信一个不过十四五岁的孩子能有如此缜密的心思。

"只有晋王手上没有兵权。"苏遇平静地接过刘行敏的话头，"晋王当真聪慧，知道就算是他日日抛头露面，我们也不会想到是他筹划了一切。"

起初，苏遇只当李治是李芷惜出宫的幌子，可如今回想起来，李治的许多举动都有迹可循。身为"幌子"的晋王，平日里很少与外朝官员言语，可那日，叶湾湾在玄都观受审提及丁兆和时，他却突然发声，指出丁兆和的死是个意外，显然是怕大理寺抓住这条线索查出什么蛛丝马迹。

而那时，叶湾湾尚不清楚李治就是真正的幕后主使，口无遮拦地说出了许世卿和丁兆和的名字，她后来也正是因此在大理寺内遭到了警告。

再之后，也是李治将暗示许世卿与李泰有关的那本《营造之

## 唐多令·晏山海

法》通过李芷惜的手交给了自己。

苏遇不觉叹了口气:"晋王的这盘棋下得如此精妙,身旁必然有为其出谋划策之人。想找出他的把柄,不容易。更何况……"他故意顿住,放缓了语气,"如今嫡子之中只剩下晋王,你我真的要为了真相让大唐后继无人吗。"

自古以来,江山都是枯骨堆就,只有成王败寇,没有是非对错。更何况,一个十四五岁的少年能有如此手腕,未必不是治国良才。

苏遇和刘行敏自然都明白这个道理,不由得同时陷入沉默。

恰此时,铁头从后堂门外探进头来:"苏少卿,宫内派人来,请您速回大理寺。"

刘行敏闻言,下意识地看向苏遇,却只见苏遇面无表情地点了点头。


苏宅的院子里,浓绿的老槐在青石地面上铺下一层绿荫,从盛夏黏稠的空气里过滤出几丝清风。

叶湾湾躺在绿荫里的竹榻上。她知道苏遇今晚会宿在大理寺,可又忍不住在门边堵着,想着也许会有什么突发状况让他不得不回来。不过,躺得时间久了,神志便开始模糊。叶湾湾只觉得自己意念一动,似乎掉进了什么前尘往事里。

夜色下的草原黑得看不清路,原本可以指引方向的星辰也都隐匿在乌云背后。她歪歪扭扭地在不同的帐子间穿梭,终于在挑开最后一个帐帘后看见了大片大片的烛火。

烛光中,她看见一个熟悉的身影正坐在床边,似乎在等她。她叫了一声"兄长"冲了过去。可床边的人梗着脖子,别别扭扭地转过头,却露出一张痴痴傻傻的脸。抖动的光影里,他的五官仿佛被人极力拉扯着,变成可怖的模样。

紧接着,父汗愤怒的脸突然撞至她眼前,训斥她是个祸害。她害怕父汗从此以后再不理她,支支吾吾想要解释,却被身旁另一个怒气冲冲的声音打断。转过头,她又看见了伽嫣。她追上伽嫣,想要亲口说抱歉。可伽嫣只是狞笑着看着她,不停地后退,任她怎么追都追不上。

叶湾湾手足无措,下意识地想要求助苏遇,可她还没来得及喊出名字,父汗的脸便再次出现,大声质问她,还要祸害多少人?随后又一把将她推开。

"嗡"的一声闷响在叶湾湾脑子里轰然炸开。她一个激灵,从竹榻上醒了过来,在夏日暖洋洋的庭院里,生生地出了一身的冷汗。

"小娘子做噩梦了?"苏遇的老仆捧着一碗沁凉的梅子汤走了过来,递给她。

"有劳。"叶湾湾端着碗喝了一口。一股凉意在胸口迅速散开。

叶湾湾依旧有些惊魂未定。

她理解梦中所有人的情绪。她一直在抱着侥幸心理生活。小的时候，她抱着侥幸心理出去打猎；大了以后，又抱着侥幸心理送伽嫣入长安；如今，她依旧抱着侥幸心理，向世人隐瞒自己与太子的婚约，固执地想待在苏遇身边……

她从来没有想过，如果所有的侥幸都不存在……所以，她的兄长傻了；她的伽嫣死了。接下来，苏遇不仅要违抗皇命拒绝圣人的赐婚，还要背负窝藏太子妃的罪名。

老仆看着叶湾湾一副失魂落魄的模样，有些担心："小娘子哪里不舒服？"

叶湾湾惶惶然地抬起头。她看着面前的老仆，忽然就想到了他照顾苏遇的模样。她想，她会害了苏遇。

看着叶湾湾目光涣散，老仆更加不安："可是中了暑气？"

叶湾湾摇了摇头，声音有点哑："我没事。"

见叶湾湾的神色越来越沉郁，老仆有些不知所措。他当即想到：昨夜苏遇在院子里对叶湾湾大吼大叫，今日又干脆连家都不回。老仆把自己吓了一跳，以为叶湾湾这是对小主人心灰意冷了。

他家这位小郎君，那张破嘴，从小长着就是为了损人的，说话万分的不中听。算起来，老仆与苏家算得上是老相识。苏遇当年上京赶考时，苏父腿脚不便，他便自告奋勇地陪着一起来了，之后，便一直待在苏遇身边。他算是从小看着苏遇长大，知道他的心性其实不坏。

老仆担心叶湾湾一个想不开会偷跑，于是连忙替苏遇开脱：

"其实，小郎君对你很是看重，昨夜他那样训斥小娘子，也是关心则乱。"

叶湾湾一愣。

老仆见叶湾湾茫然地张着眼睛，还以为她不信，于是更加想要给叶湾湾解说自家小郎君的一言一行。

老仆与叶湾湾相处的时间不久。第一次见她，还是在叶祝祝的案子时，苏遇把她带回来盯着，随后没几日就把受伤未愈的她送进了牢狱；后来，便是叶湾湾重伤初愈在这里休养，结果苏遇因为太子和魏王的案子几天几夜不着家；眼下，好不容易争储一事得以解决，终于可以好好相处一番，不想苏遇又把自己关进了大理寺。

老仆心下怅然，觉得自家小郎君这行径委实解释不清。他没了办法，决定绕开苏遇那些让人无法理解的举动，从根儿上赞美一下他，以期能让叶湾湾回心转意。

他小心翼翼地清了清嗓子："我们家郎君，打小就聪明。"

叶湾湾朝老仆眨了眨眼，很是不理解这话的由来。不过，这话的内容听起来又似乎没错，她便点了点头。

老仆继续："郎君小时候家里穷，供不起他念书。那个时候，我们县上有几个大户人家，都想着让自家的娃靠科举出人头地，光宗耀祖，就合起来请了一位教书先生。先生是个老秀才，治学严谨，要求学生们每日温书，还要上交温书心得。"

老仆顿了顿，瞄了叶湾湾一眼，见她听得认真，便说得更起劲了："小娘子你可不知道。那几户人家的孩子，各个纨绔，每日就只知道斗鸡走狗，'之乎者也'四个字都写不全，让他们去念书，比送他们去衙门挨板子都痛苦。我们小郎君一眼就看穿了那几个纨绔的德行，他就跑去替他们抄书、写先生布置的课业。不只能拿到工钱，还读了书。"

老仆娓娓道来："小郎君的文章写得好，先生很是喜欢。那几家纨绔就争着花大价钱请他当书童，带到私塾。上课的时候，先生出什么题目，我家小郎君就当场帮着作弊。"

老仆说的时候双眼笑眯眯的，一脸的骄傲。

叶湾湾觉得，"当场帮着作弊"这几个字委实算不上正人君子，一时间竟有些分不出老仆是在夸人还是在损人。她咂了一下嘴，又不禁觉得这番损人利己的举动的确是苏遇的一贯作风。

她忍不住笑了一下："想不到他打小就这么多坏心眼。"

老仆一噎，觉得这不是他想要的评价，连忙找补："苏小郎君性子沉稳，跟那些个点墨不通，只知道上房揭瓦的泼皮小儿可不一样。"

叶湾湾好奇地"哦"了一声。

老仆当即举例："小郎君正直。有一次，一个小泼皮为了逃学，把先生的书匣给烧了。小郎君看不惯这些顽劣手段，跑去揭发人家。先生罚那学生在家面壁思过，小郎君就好心地找到人家爹娘，说要帮着小泼皮温书。那家人感激我们小郎君，就让他进了自家书房，我们小郎君趁机把人家的藏书都读了一遍。"

叶湾湾一挑眉，怎么都觉得苏遇这就是为了进人家书房看书，故意告发人家。果然，这家伙平日里那些待人接物、刑讯审问的勾当伎俩都有迹可循，原来，打小就是个祸害。

"没想到苏少卿从小就是这般正直又聪慧。"叶湾湾感觉自己握住了苏遇的把柄，忽然就开心地笑了。

见叶湾湾笑，老仆终于松了口气："我跟了小郎君这么久，很少见他关心谁。小娘子你对他来说一定与旁人不同，郎君他要是有什么考虑不周的地方，你也多担待。小郎君他心思重，又不肯对人讲，老奴都怕他把自个儿憋出病来。不过，如果小娘子问，我想他是会说的。"

老仆的话没来由地让叶湾湾想到苏遇父母的事。她有些迟疑地问道："他曾跟我说过，阿娘在他小时被强抢。那……那人和他阿娘……后来怎么样了？"

老仆恍惚了片刻，慢慢摇头叹了口气："小郎君的确处置了那个人，但又觉得，他阿娘在那户人家过的的确比跟着他阿耶要好。"

叶湾湾点了点头，猜到了苏遇的决定。想必，他是将去留的决定权交给了他的母亲。而从老仆的话中判断，他阿娘应该没有回到他们身边。

老仆言辞恳切："别看小郎君在办案子的时候心狠，但其实也会顾虑很多。上次他把小娘子关进大理寺，老奴虽然不知道他这么做的目的，但一定不是要害小娘子。"

叶湾湾顺势回忆了一下自己进牢房的前因后果，觉得老仆的推断并不可信。她瘪了瘪嘴："他那个时候对我可没有那个好心。"

老仆摇了摇头："老奴记得，小郎君特别叮嘱过，要找狱丞胡温来拿人。如果真是把小娘子当成犯人，叫谁来抓人不好，非要找一个当日并不当值的狱丞。"老仆凑近叶湾湾，嘀咕了一句，"小娘子有所不知，胡温是后厨王大娘的儿子。"他边说，边指了指厨房的方向，"小郎君分明是怕让其他狱丞来拿人，会真的把你当犯人对待。"

叶湾湾眨了眨眼，全然没想到苏遇竟然会那么别别扭扭地对她好。

刚刚还担心会害了苏遇的心情早就被丢到了九霄云外。她非常愉悦地发现自己和苏遇算得上半斤八两，反正两个人都是祸害，不如就此绑在一起，不然，放其中任何一个出去都可能会伤及无辜。

更何况，是苏遇让她等在这里不要离开的。就算最后真的没有一个好结果，那也要等他回来再告别。

想到此处，叶湾湾忽然感到无比安心，又舒舒服服地躺回到了竹榻上。


朱雀门内，一边往大理寺赶，一边不停打喷嚏的苏遇完全想不到，不过一日的工夫，他已经被自家的老仆卖了个干净。

在分析出晋王李治很可能就是幕后之人后，苏遇和刘行敏同时没了主意。他们风风火火地查清了所有的真相，却只是助长了兄弟相争，为真正别有用心之人扫清了障碍。看似尘埃落定的局面，反而距离真相大白越来越远。

偏就在此时，宫中来人急召他回来，饶是苏遇泰山崩于前仍能面不改色，也禁不住猜疑是晋王开始了新的动作。

不过，大理寺外，一片祥和，似乎并没有山雨欲来之象。

苏遇狐疑地推开偏殿的门，却只见绛珠候在门边，而李芷惜正坐在窗边的榻上蹙眉沉思。

"你终于回来了。"听见脚步声，李芷惜抬起头，看见苏遇的瞬间似乎松了口气。

"豫章公主。"苏遇下意识地朝李芷惜一礼，脚下未动。

李芷惜也不见怪。她示意绛珠出去守着门，而后神神秘秘地靠近苏遇，将一张折成几叠的画纸塞进苏遇手里："这是废太子离京前偷偷给我的，让我转交给你。"

见李芷惜面色严峻，苏遇也迅速从"婚约"一事上敛回心神，打开了画纸。

李芷惜盯着画像继续道："大哥说，这是虞山公主祭礼那天，阙老夫人拜托给他的，希望他帮忙寻一个人。"

苏遇目光微动，立刻猜到了阙老夫人的用意："颉利可汗的长子？"

"是，但是问题不在这。"李芷惜点了点头，又摇了摇头，"大哥说，他之前一直都在想着和四哥斗，忽略了这个问题，直到临出京，他才觉得奇怪。"李芷惜顿了顿，"颉利可汗的长子四五年前就失踪了，可鸿胪寺那边竟然全无反应。"

李芷惜踮起脚，凑到苏遇耳边，几乎是耳语道："之前，我们都认为虞山公主是意外落入密道才遭到杀害的，但大哥忽然觉得，也许，她的死，不是意外。"

苏遇自然明白李芷惜话中的暗示。晋王李治虽然知道和亲公主的身份有假，但只要叶湾湾不跳出来指认，那么天下人就会认可假虞山的身份。李承乾与之成婚，还是可以掌控整个阿史那部落的兵力。

晋王不希望自己的辛苦谋划只是在为太子做嫁衣，既然他无法揭开假虞山的身份，最有效的办法就是让她永远消失。这样，草原的勇士们就只能唯颉利可汗的那个傻儿子马首是瞻。所以，许世卿并非托大杀了假虞山，而是早有预谋。

一个少年，竟然能杀伐果决到如此地步，不禁让苏遇感到心惊。

李芷惜见苏遇不说话，不禁有些担心："你要追查此事吗？"

苏遇回神："圣上可知道此事？"

"应该不知道。"李芷惜摇头，"这是那日我送大哥离京时，大哥偷偷告诉我的。"

苏遇点了点头："还请公主不要对任何人提及此事。"

如今，圣人嫡子就只剩下晋王李治一人，就算圣人对他的所作所为心知肚明，在同时贬斥了李承乾和李泰之后，恐怕也不得不对他的行径睁一只眼闭一只眼，甚至还会明里暗里地维护，毕竟，他不能让大唐的江山后继无人。

一旁，李芷惜忽然有些纠结地开了口："储位之争历来凶险，如今，我的两位兄长已经被贬出京，你此刻再想全身而退已经不可能了，你想过要如何自保吗？"

自从李世民提出要为苏遇赐婚，李芷惜里里外外没少找人帮自己给父亲传话。好不容易李世民松了口，打算为他二人牵线，结果就出了许高氏进京告状的事，紧接着一波未平一波又起，这婚事生生被耽误到现在。

然而，赐婚一事，一直都是李芷惜单方面在争取，从未问过苏遇的意思。眼下，虽有些不合时宜，但李芷惜只觉得形势使然，忍不住旁敲侧击。

"事有利害，物有生死。臣只需做好分内之事，结果如何并非我能左右。"苏遇的思绪还陷在对晋王的评判里，并未深究李芷惜的暗示，只下意识回答。

"苏少卿还真是尽职尽责。"李芷惜猜不透苏遇此刻的心境。她只觉得，以苏遇的聪慧不会听不出自己的暗示，可他却用这么公事公办的话搪塞自己。她不禁有些气恼，一转身在榻上坐下了，两只手撑在身侧，微微耸着肩，十分泄气的样子。

苏遇这才完全回神。事实上，他并不讨厌李芷惜，甚至对她颇为感恩。当初，在他还是大理寺的一个八品小官的时候，李芷惜就时常找他一起探讨案情。她毫无公主架子，说到兴奋之处还时常和他称兄道弟。可惜,那个时候,他身份低微,对李芷惜从无妄念,只有感激。

这份感激之情一直延续至今。如果赐婚一事发生在半年前,他也许还会为了功名利禄从这份"感激"中强行生发出一些别的情绪,以求借上李芷惜这阵东风。可如今,他却再做不出这样虚情假意的事。

苏遇开口:"公主的好意,臣不能领受。"

李芷惜没想到苏遇会拒绝得如此干脆,一时愣住。

"臣……"苏遇内心愧疚,可看着李芷惜忽然又充满希望的目光,他也只能狠心道,"臣送公主回去。"

闻言,李芷惜自嘲似的笑了笑,随即甩了甩头,朝着大门的方向叫了声:"绛珠。"

绛珠应声而入。李芷惜快步走到门边,甚至没有再看苏遇一眼就拉着绛珠离开了大理寺。

苏遇坐回到案边,不觉有些失神。

这世间的对错输赢总是没有办法周全。对他而言,拒绝李芷惜是对,可同样也意味着,从今往后,他再无仰仗。

皇城之内,人声寂寂。落日的余晖尚未散去,轻浅的弯月已然爬上中天。

胡温从门边探进头,瞧见苏遇一脸怅惘,他不禁也跟着唉声叹气。他提了茶壶走过去,将苏遇面前的茶盅倒满:"苏少卿你自己在这发愁也不是办法。"

苏遇端着茶杯,想着自己要在全无仰仗的情况下面对圣人仅存的嫡子,不禁叹道:"古往今来,多少人在此事上一步踏错而万劫不复,我还没有因此愁白了头,已经算是通达了。"

"不至于,您这话说得也忒严重。"胡温心宽地笑了笑,"以您的智慧,还搞不定她?"

苏遇以为胡温是在暗示自己可以用一些手段搞定李芷惜,让她继续做自己在后宫的内应,不禁觉得这话有些放肆。苏遇忍不住轻叱了一声:"我嫌自己命太长?"

苏遇这话倒是让胡温愣了愣:"难不成,您是有什么把柄落在她手里了?"

这回,苏遇也茫然了:"什么?"

胡温寻思片刻,做了个拿捏的动作:"不然,您怎么会如此忌惮她。"

苏遇觉得今日的胡温颇有些胆大包天了。他厉色道:"她可是公主,圣人之女!"

胡温惊呆了:"什么?叶娘子是圣人的女,女……"

"叶娘子?"苏遇这才意识到,自己想的是李芷惜,胡温说的却是叶湾湾,二人的对话根本驴唇不对马嘴。

胡温此时也发现了问题所在:"嗨,聊岔了不是。"

苏遇揉了揉眉心。

"我知道,叶娘子一定是因为圣人赐婚的事和您闹了别扭。"胡温一副苦口婆心的模样,"苏少卿,要不要我教你两招,这事我最有经验。"说完，胡温还得意扬扬地朝苏遇眨了眨眼。

苏遇终于明白了胡温的所思所想。他竟然忘了，胡温的娘住在自己宅子里，想必是把叶湾湾住进去后自己就离家出走的事当成饭后闲谈告诉了胡温，让胡温误会了。

苏遇赶紧摆了摆手："看你的牢房去。"

"您也不用觉得抹不开面子。"胡温不管不顾地在苏遇对面坐下，"这事，你得知己知彼。像我家那婆娘，特别怕我在她耳边念叨，我就是知道她的这个弱点，所以轻而易举就能拿捏……她一生气我就跟她说话，一生气我就跟她说话。啥气我都能给她唠好了。"

苏遇正被吵得心烦，可听到此处却不觉目光一动。胡温的言语在他的脑海中鲜亮起来。

像是怕胡温惊扰了自己的思绪一般，他抬手利落地将胡温扔出了偏殿："闭嘴，快走！"

偏殿内立时安静了下来。

日暮已近，大理寺内还没有掌灯。苏遇走到案边，借着月色看着画中人那双与叶湾湾有几分相似的眉眼。颉利可汗之子，明明什么都没有做，却身不由己地成为整个布局的关键。

胡温的话虽然不知所云，但有一句却提醒了苏遇，只要清楚对方的弱点，总有拿捏他的办法。

对于晋王，他最大的弱点便是没有兵权。如若可以找到并带走颉利可汗的长子，他便不得不仰仗叶湾湾，自然也就不得不护叶湾湾周全。

只是,要从晋王手中抢夺这张"王牌"无异于虎口拔牙,如今自己全无仰仗,怕是凶多吉少。

雍州府府衙有一个后门,门口有一棵老槐树,衙役们时常在此处偷闲纳凉。

这会儿,府衙的后门半掩着,刘行敏正站树下,等着什么人。

不多时,一辆马车缓缓驶进后巷,在刘行敏面前停下。车帘被掀起一角,李芷惜的声音悠悠传来:"刘长史。"

"豫章公主。"半个时辰以前,刘行敏下朝回来就接到宫中传话,说是李芷惜要见他。

几日前,李芷惜将颉利可汗长子的画像交给了苏遇,她知道苏遇不会放过这条线索。可这几日,大理寺竟全无动静。她猜想苏遇应是在暗中查探,担心他会遇到凶险。可她毕竟刚刚被苏遇婉拒,实在找不到立场再去叨扰,便只能来刘行敏处打探苏遇的境遇。

刘行敏从李芷惜的言语中听出了苏遇的盘算,知晓他是想让叶湾湾成为晋王手中唯一的筹码,从而保全她的性命。可是,这是招险棋,一招不慎便会满盘皆输。

更何况,颉利可汗之子消失多年,许多线索都已被抹去。大海捞针般寻人谈何容易。

送走李芷惜后,刘行敏独自在后巷里来回踱着步,愁眉不展。

不多时,府衙半掩的后门突然被人推开了,铁头搭着另一个衙役的肩,高声叫嚷着走了出来:"你家那么多口人,你还敢在房里藏私房钱,知不知道什么叫耳目众多?来来来,藏在哥哥这……"

二人边说边蹦下台阶,冷不防就看见刘行敏站在对面,一脸古怪地看着他们。

铁头当即收了声,转身就要往回走,却见刘行敏张大了嘴巴,瞪大了眼睛,继而狠狠一跺脚,一巴掌猛地拍上大腿:"哎呀!"

刘行敏忽然福至心灵:晋王年纪尚轻,一直不曾开府,只能住在宫中。宫中耳目众多,要想神不知鬼不觉地藏个人,还要藏四五年之久,难于登天。

可若是将此人藏到宫外,晋王就无法直接掌控对方的动向,所以,势必要找一个信得过的中间人来看管,而这个中间人多半也是朝中之人。

刘行敏记得,许高氏一案后,处罚两位皇子的旨意尚未下发,魏王就像已经知晓了结局般孤注一掷。当时,只有长孙无忌和褚遂良知晓圣人的处决,也唯有他们二人可以提前向晋王泄露天机。

"可不就是巧了!"刘行敏笑着原地转了个圈,"'贬谪皇子'

这么大的事可是要载入史册的,我这结案陈词要如何写须得请教褚侍郎,没错,是该请教褚侍郎。"

找到了登门褚府的理由,刘行敏立刻欢天喜地地走了。留下铁头二人愣在原地,丈二和尚般目瞪口呆。

刘行敏的确有过入他人府邸搜人的经历,只不过,那时他所寻的是知书达理的叶祝祝。这一次,却是个傻子,还是个被重臣软禁、鲜有自由的傻子。这番虚实委实不太好打探。

随着马车驶进平康坊,刘行敏刚刚那一腔喜悦渐渐冷却,不由自主地戳了戳太阳穴。

白日里的平康坊依旧车水马龙,但却少了入夜后的浮花浪蕊、灯红酒绿。刘行敏脚步略显沉重地下了马车,走到褚遂良的府邸外,恭敬地递上了拜帖。片刻后,通传的小厮从府内跑了出来,将他引进了书房。

褚遂良此刻正躬身立于案前,临摹着王右军的草书,听见衣摆擦过门槛的声响,才微微抬起头:"刘长史。"

刘行敏近前,目光落在褚遂良的笔尖,见笔下写有一列小字:多分张,念足下悬情,武昌诸子亦多远宦。

这是王右军感怀亲朋故里分散各地的语句,见之,令刘行敏不禁想起远离京师的两位皇子。他不自觉地清了清嗓子,下意识说道:"也不知废太子与顺阳郡王都行至何处了。"

褚遂良闻言,搁了笔:"刘长史今日是为废太子与顺阳郡王而来?"

## 唐多令·晏山海

"曲江池一案的结案陈词委实让人苦恼。"刘行敏本意是想试探褚遂良，可思及李泰等人的下场，心中又不免悲伤，"他们毕竟是皇子，要名入史册，若要如实记载，恐会有损我大唐盛名。"

"让后世之人知道真相，由他们评判，才不失我大唐气度。"褚遂良宽慰一笑，"不是吗，刘长史？"

刘行敏略略琢磨了一下褚遂良话中的含义，觉得那句"让后世之人知道真相"并非什么大唐气度，倒像是胜利者对失败者的轻视。意识到这场争斗竟然到此时仍未止息，而自己对真相的坚持最终演变成了"兄弟阋墙"中的一环，刘行敏不禁心下怅然。

二王相争时，他没能力挽狂澜。此刻，却也不想让自己随波逐流。只是，褚遂良整句话说得滴水不漏，他一时间竟找不到可以引出颉利可汗之子的机锋。

刘行敏只得开门见山："我近日整理废太子和虞山公主相关卷宗，突然发现一处蹊跷。似乎许久不曾听闻颉利可汗之子的境况，怎么也有四五年之久。活不见人，死不见尸，该如何向突厥交代。"

褚遂良没有马上回答，盯着刘行敏看了片刻，才悠悠开口："这的确是鸿胪寺的失职，刘长史要找此人，可需要我帮忙？"

"那就多谢褚侍郎了。"刘行敏顺水推舟。

褚遂良微微一怔，随即眼中带笑："好说。"

"不叨扰褚侍郎了。"刘行敏再行一礼，退出书房。

褚遂良目送刘行敏出了门，再次执起毛笔，却迟迟不再动笔。不多时，门外传来长孙无忌的声音，其人随之踏进书房。

长孙无忌开门见山道："他知道了？"

"再坚实的墙也有透风的时候。"褚遂良摇了摇头，落笔继续临摹。

长孙无忌瞥了一眼褚遂良行云流水的笔触："就这么由着他查？"

"他要是真的有把握，就不会来见我了。"褚遂良拿起字帖端详片刻，"不要让晋王知道。距离成功只有一步之遥，万不能急躁了。"

长孙无忌重重地出了口气，点了点头。

只是，褚遂良和长孙无忌都没有想到，有些事会陡然生变。

## 第二十一章　腔内血尚温否

晨间的天阴沉得很，几抹淡薄的光拢在宫墙上，无端地让人感到压抑。

太极殿内，李世民微微侧着头，左手食指抵在太阳穴上，有几分头风发作的前兆。偏偏百官不懂得体恤圣人，在李世民满心想着早些退朝的时候，有谏臣出列请奏。

那人躬身，将手中笏板高高举起："启奏陛下，昨日，城西一处农庄内发现两具尸体。经查实，死者为礼部冯侍郎府上的润笔先生刘矩及其母亲。验尸显示……"

李世民左手狠狠压了压太阳穴，右手朝那人挥了挥："京畿地区发生命案，为何不告知雍州府。"

谏臣又道："回陛下，此案的疑犯便是雍州府长史，刘行敏。"

"谁？"李世民半闭着的眼帘猛地挑起，看向刘行敏。

刘行敏悲天悯人的形象早已深入人心，谏臣的指控立刻引起百官哗然。

苏遇心中一凛。他明知谏臣的话没有一字可信，但这般言之凿凿地针对刘行敏，必然是掌握了某些"罪证"。苏遇略一皱眉，没有站出来替刘行敏解释，只静待对方出招。而当事人刘行敏，在李世民的注视下，不得已出列。

谏臣继续道："数日前，雍州府长史刘行敏和大理寺少卿苏遇曾于庄子上审问刘矩母子。而仵作验尸结果显示，死者死亡时间与二人办案时间相符。"

李世民问："既然此二人都曾出现在现场，为何单单指认刘行敏为凶手？"

谏臣回道："回陛下，那日，废太子曾命宫人传唤苏少卿入宫。宫人可以作证，苏少卿离开时，刘矩母子未见任何异样。而苏少卿离开后，庄内便只有刘长史及其雍州府的一名衙役。"

这番证词虽然洗清了苏遇的嫌疑，但却让他因"不在场"而无法替刘行敏作证。苏遇下意识地看向了立于自己前方的冯远。

李世民果然也转向了冯远："冯爱卿，这个刘矩是你府上的人，那日之后，此人可曾回过你府上？"

冯远出列，如实说道："回陛下，不曾。臣接到过刘矩的告假，声称要照顾老母迟几日回城。不过，传话之人并非刘矩本人。臣无法判断告假一事是真是假。"

谏臣再度开口："陛下，这个刘矩正是曾受废太子之命，刺杀顺阳郡王的真凶刘规的亲弟。"

此话一出，苏遇立刻明白了此人的用意——他想让圣人认为刘行敏也参与了储位之争，从而严惩刘行敏。

苏遇虽不知刘行敏曾拜会褚遂良，却也能猜到，刘行敏必定是查到了晋王幽禁颉利可汗长子的蛛丝马迹。到底只是个十五岁的孩子，再怎么有谋略也难免在即将大功告成之时失于急躁。

不过，仓促的计划必然不会周全，此案定然留有许多破绽。以圣人的睿智，自然可以看出其中端倪。只是，一旦牵扯到皇子、牵扯到储位之争，便是揭了圣人的伤疤。一旦圣人失去理智，形势就会对刘行敏大不利。

苏遇连忙出列："陛下，此案疑点颇多，臣恳请陛下彻查此案。"

谏臣显然有所防备，再次奏道："陛下，刘长史曾是郡王府属官。臣怀疑，刘长史利用职务之便牵扯出刘规刺杀之事，让矛头直指废太子，事后再将刘矩母子灭口，以防有朝一日真相重见天日。"

刘行敏曾是王府属官的身份铁板钉钉，而刘规的尸身又的确是有预谋的重见天日，此事无论如何也脱不开储位之争的影子。苏遇明白，晋王此举的用意不过是想用两位皇兄激起李世民的千头万绪，让他无暇思考案中的蹊跷。如果自己顺着谏臣的话与之辩驳，反而会落入对方的圈套。

苏遇无视谏臣的控告，坚定地向圣人道："陛下，此案真相如何，还需详查。"

"景逢……"站在苏遇身侧、一直沉默的刘行敏忽然用极低的声音开了口，阻止了他。

苏遇略微一怔，看向刘行敏。

面对百官的猜忌和指责，刘行敏微微弓着身立在原地，面无表情。他在心里盘算，这张由晋王撒开的大网中，究竟网罗了多少无辜者的性命。进而，他忽然意识到，自己轻视了权势，高估了人心。

习惯杀伐的人怎么可能甘于安定。查明真相并不能阻止更多的罪孽，反而会让晋王为了堵住他的口而草菅人命。

想起那日刘母猜到刘规已然殒命时隐忍而悲痛的模样，刘行敏不禁更加感叹人世不公。而眼前这些读圣贤书、掌天下事的大人物们，竟连"死者为大"都不懂得，还要在死者身后踏上几脚，踩着他们的尸体继续争斗。

腔内血尚热，多日来一直充盈内心的悲凉和忧虑也在此时甚嚣尘上。

刘行敏猛地抬起头，愤怒的目光扫过堂上百官："衮衮诸公，或生于草莽，或长于庙堂，闻此惨案，心里想的竟都是些勾心斗角，无一人为那对母子感到无辜和悲悯。刘行敏，耻与诸公为伍！"

刘行敏又看向李世民："昔日东吴孙仲谋，宠溺诸子，逼死良臣，身死而国灭。如今陛下纵容诸子，致使诸皇子视人命同草芥……"

"刘长史！"苏遇惊出一身的冷汗，低声打断了刘行敏。

刘行敏不是不知道，不论是他还是大唐都已经没有后路。他不想与晋王同流合污，可纵使撞得头破血流也是于事无补，只会带来更大的动荡。这个盛世不再需要热血，留下的仅是权宜后的妥协。是以，他愿意成全，只要社稷稳固。

刘行敏闭了闭眼，一腔热血凉了几分。

"居高位者为了一己私利搅弄风云，下位者就只能任人宰割，成为权力角逐的牺牲品！满朝皆如是，百姓何其无辜……"刘行敏不自觉地摇了摇头，满眼悲戚地看向李世民，"陛下，长此以往，臣恐终有一日，我皇皇大唐也将步前朝后尘，四海困穷，天禄永终啊。"

"刘长史可是在诅咒我大唐国祚！"此时，长孙无忌突然出列，怒斥道。

刘行敏下意识反驳："刘行敏句句肺腑！"

"你放肆！"李世民勃然大怒，几乎弹身而起。若不是忽然头风发作，致使他身形不稳再次跌坐回去，苏遇怀疑他真的会让刘行敏血溅当场。

李世民狠狠喘着气。连日来，他对儿子们的思念、惋惜以及悔恨瞬间化作仇恨的怒火，烧在了刘行敏的身上。

"来人，把他给我带下去！"李世民几乎是嘶吼着喊道。

刘行敏被直接押入御史台大狱，随后，李世民又指派御史台、刑部和门下省各出一名官员协同审理此案,单单将大理寺排除在外。

苏遇甚至都没来得及和刘行敏交换一个眼神,就被散朝的百官挤出了承天门。

此案本非无解,奈何圣人明令禁止大理寺干预。苏遇担心,再这么拖下去,一旦晋王周全了陷害刘行敏的布局,自己怕是无力回天了。

苏遇也顾不得许多,直奔通善坊,将刘行敏的遭遇告知了裴南子。

听罢苏遇的话,裴南子碾茶的手稍稍抖了抖,茶饼的受力失去了平衡。还未完全碾碎的茶末便溅了出来。可她很快就恢复了原本的恬静,用指尖将茶末沾了起来,好似什么都没发生一般,继续有条不紊地煮茶。

裴南子盯着壶中滚动的茶汤,悠悠开口:"圣人未必不知道郎君是冤枉的,但他需要排解自己的情绪,挽回颜面。"

见裴南子到此时还是一副波澜不惊的模样,苏遇有些诧异:"夫人不急?"

"圣人仁厚,处置郎君只是一时怒火攻心,冷静之后必然会想清楚,如此行事只会寒了人心,以后,何人还敢直言劝谏。"裴南子给苏遇添了碗茶,"我们还有几日的时间。我知道要怎么做,还请苏少卿明日下朝后在阙门外等一等。"

苏遇也是聪明人,听到"阙门"二字,立刻便明白了裴南子

唐多令·晏山海

的打算。

苏遇记得，刘行敏曾不止一次赞叹"夫人的智慧不在我之下"，如今看来，裴南子不只有智慧，更有胸襟和胆识。面对突如其来的变故，自己尚且会慌上片刻，可裴南子却自始至终都分外冷静，甚至以"圣人仁厚"之辞对他出言安慰。

翌日临近巳时，百官散朝，朱雀门大开。阙门之外，裴南子一身素色襦裙，手握鼓槌，敲响了第一声登闻鼓。

虽说，百姓蒙冤可向朝廷申诉，直接将冤情上达天听。可刘行敏之案毕竟是圣人亲自处罚，裴南子为此事敲登闻鼓就是在长安城所有百姓面前拂圣人颜面。当初许高氏状告李世民，好歹有刘行敏袒护，可裴南子却是全无仰仗，更有甚者，她面对的是狠于废太子数倍的晋王。

三声登闻鼓后，朱雀门外已经聚集了不少百姓。裴南子停了鼓声，双手托着状子，笔直地跪在了朱雀门前，陈述冤情。

"雍州府长史刘行敏，恪尽职守，穷尽心力肃清奸小，却因此阻碍了旁人青云直上之路，为人构陷。请圣人明察！"

刘行敏身为雍州府长史，算得上是长安城的父母官。他被捕下狱的消息就像燎原之火，早就漫出了宫墙。如今见刘家夫人敲登闻鼓，过往的男女老少也不禁纷纷驻足议论。

城门守卫见状，慌忙派人将此情此景告知圣人。

看着守卫一路朝太极殿狂奔，苏遇悄无声息地从门内绕了出来，以过路官员的姿态，抢在圣人指派审查官员之前从裴南子手中接下了状子。

"夫人请随我来。"随后，苏遇将裴南子带去了大理寺。

李世民虽然不许大理寺插手刘行敏一案，可如今，大理寺少卿接了裴南子的供状，大理寺介入案情就是顺理成章。等到李世民从守卫处听到消息，派出官员时，大理寺已然向百姓宣布受理刘行敏之案。

谁让裴南子击鼓时，苏遇就刚好出现在周围呢，都是天意。在刑部终于将相关卷宗送入大理寺后，苏遇便带着寺正沈谅和仵作，堂而皇之地进了保存刘矩母子尸体的停尸房。

仵作在一番检查后，有些遗憾地摇了摇头："尸体遭到虫蚁啃噬，皮肉腐烂处生有蛆虫。以这个腐坏程度看，死亡时间的确是在您与刘长史前去拜访的那日前后。"

苏遇蹙着眉："死亡原因是什么？"

"利器所伤。"仵作指了指刘母的尸体，"此人的致命伤在胸前，利器没入体内一寸有余，左侧胸骨处有刮痕，应该是挣扎时留下的。"仵作说完，又将刘矩的尸身翻了过来，"男尸的致命伤在背后，凶器刺入近三寸，没有挣扎痕迹。"

苏遇点了点头，又看向沈谅："刑部送来的卷宗里可有关于凶器和现场状况的描述？"

沈谅立刻上前一步，站到苏遇身侧："现场没有找到凶器，但是卷宗提到，刘矩的尸体是在院子西侧发现的，刘母则是死在屋内，两具尸体都没有被拖拽过的痕迹。"

仵作适时地补充道:"两具尸身的刀口大小、形状吻合,应该是同一件凶器。"

苏遇问道:"能否推断出是什么利器?"

"此人伤口处的皮肉保存尚算完好。"仵作指了指刘母的尸身,"伤口外宽而内窄,且上下两根胸骨均有刮痕,应该是被剑或者双面有刃的匕首所伤。"

苏遇冷哼:"雍州府衙役执行公务时配的是单面有刃、上宽下窄的腰刀,断不会留下这样的伤口。至于刘长史,他是个手无缚鸡之力的儒生,要说他随身带着笔墨纸砚还算有几分可信,随身带匕首……他们还真是看得起刘长史。"

"不过,也无法排除刘长史有预谋杀人、让衙役随身藏匕首的可能。"沈谅提醒。

那日,自己的确不曾搜过刘行敏的身,纵然苏遇觉得藏凶器这一猜测属实荒唐,却也无法反驳。

苏遇略一沉吟:"沈寺正,你立刻叫上胡温,让他带几个手下到城南刘家的庄子去,看好现场。我去见见刘长史。"

御史台大狱关押的大都是文武百官中的犯禁者,环境自然比大理寺监牢要好一些。苏遇进门时,刘行敏正靠在墙边,摆弄着从席子上抽出来的草棍,远远看去,就像周文王被关在朝歌时,谋划伐纣的模样。

苏遇用脚尖蹭地,故意发出一点声响,随即迎着刘行敏投向自己的目光,故作轻松地打趣道:"想不到,刘长史还会卜卦?"

"就知道你会来。"刘行敏一笑。

"这么灵验?"苏遇边说边进了牢房,用衣袖轻轻掸了掸床沿处的灰,坐下。

刘行敏将小草棍们拢到一边,起身坐到了苏遇身侧:"你来,是探视还是查案?"

"查案。"苏遇本想将裴南子敲登闻鼓一事告知刘行敏,可转念一想,又觉得眼前这个小老头身在牢狱,已经是吃不好睡不好,若再将此事告知,只会让他的境遇雪上加霜。于是,苏遇眼珠一转,把到了嘴边的话又咽了回去。

谁知,刘行敏和夫人心有灵犀,竟然猜到了裴南子的作为:"你见过南子了?"

苏遇眉梢一挑:"这也算得出来?"

"圣人明明责令大理寺不得干预,这才几日,你就以查案的名义到这里看我。"刘行敏一笑,"我了解南子的性子,出了这样的事,她若是想管,必然会直接去敲登闻鼓。敲了鼓,你再介入也就不足为奇了。"

"夫人现在在大理寺,你无须挂心。"苏遇安慰。

刘行敏点了点头。

苏遇略一蹙眉:"晋王为何会突然对你出手?"

刘行敏略一叹气:"我去见过褚侍郎,打听了可汗长子之事。"

"褚侍郎为人沉稳多谋,当不会如此沉不住气。想必是晋王听到了风声。"苏遇了然,"看来,可汗长子当真在褚府。"

## 唐多令·晏山海

"是我急躁了。"刘行敏满眼懊悔,"刘矩母子的死,你可查出什么线索了?"

苏遇慢慢摇了摇头:"仵作重新验了尸,没有新的发现。但我不相信晋王可以未雨绸缪到如此地步,那么早就谋划要陷害你。"

"当日,刘母悲痛,刘矩留下陪伴母亲是情理之中。让人向冯侍郎传话告假的人应该是他没错。可是,直至今日都没有回去冯府,的确蹊跷。"刘行敏沉吟片刻,自言自语似的念叨,"他留在庄子上还有什么事要做……"

一个念头忽然闪过,苏遇眉心一蹙,随即心不在焉地起身理了理袖口:"这些我会去查,我来就是想告诉你,难得你这几日空闲,好好想想出去以后要怎么谢我。"

苏遇说完,也不等刘行敏回答就踏出了牢房,只给刘行敏留下了一个妖冶傲娇的背影。

刘行敏笑着摇了摇头。他倒是希望,苏遇可以永远保持这份从容和骄傲。

苏遇回到大理寺时,正见偏殿的朱窗半开着,窗扇随着夜风轻摇。轻浅的月色流淌而入,映出窗边裴南子的身影。

"刘长史现在很好,夫人无须挂心。"苏遇进了偏殿,见裴南子正盯着桌案上的画像,不觉又解释了一句,"他就是颉利可汗的长子,叶湾湾的兄长。"

"的确有几分相似。"裴南子的脸上并未显现出任何惊讶的表情,只是轻轻念了一句,随即抬起头,"郎君可是因为他才被人诬陷?"

"是。"苏遇点头。

裴南子略一思索:"我可以替苏少卿去寻一寻这个人。"

苏遇一愣,连忙摇头:"眼下这情形,夫人还是待在大理寺中稳妥些。"

裴南子笑了笑:"我只是一个敲鼓之人,真正能威胁到他们的,是此刻正在追查真相的苏少卿你。苏少卿无须为我担心,倒是应该多加保护自己。"

苏遇仍有些不放心,坚持道:"明日一早我会把狱丞胡温从城外调回来,陪夫人一同去,还请夫人再等一等。"

"好。"裴南子应承,又微微侧过头,向窗外看去。

朱窗之外,隔着几重楼宇,便是御史台。

那日,苏遇提早离开了庄子,没有亲眼见到刘矩母子的悲苦,但他却理解一向谨慎持重的刘行敏忽然怒斥百官、声讨圣人的原因。

这个人,从一开始就在为民请命,为了叶祝祝,为了许高氏……他执着地衡量着对错,却从未想过,只有先保全自己,才能为民请命。

翌日卯时,天还没有大亮,苏遇便出了城。将胡温调回城后,苏遇在沈谅的带领下,再次来到了刘庄。

不到一月的时间,当初那个草木繁盛、鸟语花香的农庄已是一片萧条。

"老夫人应该就是在这里被一击毙命的。当时,她应该是听到了庄子里的动静,想出去查看,而后迎面撞上的凶手。"沈谅一边陈述,一边用肢体动作做着情景再现,"被凶手袭击后,老人有后退挣扎,在此处留下了带有血迹的脚印。"沈谅又指了指桌角的位置。

苏遇蹙着眉点了点头:"被害时,刘矩应是在院中,而老夫人是在屋内。"

"对。"沈谅又将苏遇带到了刘矩被害的地方,"刘矩是被人从背后杀害的,几乎没有挣扎,身体向前扑倒,还把这一片小麦压倒了。"

苏遇蹲下身,仔细检查了一下院中西侧的几垄小麦。

长安城地处西北,农家人要在小暑前后收割小麦。如今,早已过了节气,庄子里的小麦已然成熟,风一吹,沉甸甸的麦穗几乎压弯了麦秆。

"刘矩没有回冯府,留在这是要做什么……"苏遇低声重复刘行敏在狱中提出的问题,随手捡起一支麦穗,在指间无意识地碾动,而后,又弓着腰,在几垄小麦间来回走动。

沈谅有些不明所以,只得跟在苏遇身后:"苏少卿在找什么?"

"找证据。"苏遇头也不抬地回答。

沈谅连忙绕到苏遇面前,蹲下身道:"找什么证据,可需要下官帮忙?"

"找……"苏遇话未开口,忽然目光一亮,伸手将沈谅拉到一边,"找到了。"

"找到了?"沈谅一脸茫然地四下看了看,除了满地的麦穗、倒伏的麦子和几处被割断的麦秆外,什么也没有发现。

苏遇站直了身子,拍了拍粘在衣摆上的谷粒、草芥,神色终于松弛了下来:"回大理寺。"

"回,回,这就回去了?"沈谅跟不上苏遇的思绪,有些为难,"苏少卿找到的是什么,可否向下官明示?下官也好记录在案。"

苏遇略一侧身,将站在身后的几个官吏都招呼过来,而后指了指沈谅脚边、麦子收割后留下的麦茬:"刘矩被杀时,他在收小麦。"

沈谅是读书人,对农事尚不算十分了解,但在场的几个胥吏都是下过田、参与过耕作的人,立刻明白了苏遇话中的意思:"苏少卿是说,此人直至小暑前后都还活着?"

"对。"苏遇点头,"百姓都是在小暑这一日收割小麦的,刘矩不会轻易改变这千百年传承下来的农耕习俗。几垄麦子,只有这一处的麦秆被割断,断茬处还有干涸的血迹,应该是麦子还没有割完就遭到了攻击。"

唐多令·晏山海

苏遇顿了顿，又继续："刘长史与我来此问案时刚刚过了夏至，距离小暑尚有十余日。所以，人，绝不会是刘长史杀的。"

沈谅不解："那仵作推测的死亡时间如何解释？"

苏遇心下了然："想办法缩短尸体的腐烂时间，也不是做不到。"

沈谅点了点头："下官明白。"

苏遇本想尽快将这一发现告知刘行敏，让他安心，可刚回大理寺，还没来得及喝上口热茶，胡温就慌慌张张地从外面跑了进来。

"苏少卿，你可回来了！"胡温嗓子发干，最后两个字不免发哑。

"你怎么在这？"苏遇不解，"不是让你跟着刘夫人？"

"属下和夫人刚出皇城，就遇着了冯侍郎家的千金。夫人那日敲登闻鼓时，冯娘子也在，她对夫人很是敬佩，便要陪夫人一同去找人，就把属下遣回来了。"胡温一口气说完，猛咽了一口唾沫，又急忙忙继续，"属下要说的不是此事。那个，叶娘子不见了！"

苏遇眉骨一跳："不见了？"

胡温点头："属下刚回来，阿娘就找了过来，说叶娘子昨儿个一早出门后就再也没回去！"

苏遇愣了半响，才又开口，语气却异乎寻常的冷静："知道了。"

苏遇稍稍定了定神。

裴南子说得对，此刻李治最提防的人便是他。眼见他就要揭开真相，叶湾湾又在此时无故失踪，不用想也知道是晋王等人的手笔。

此举的意图再明显不过，一旦他证明刘行敏无罪，李治就会立刻处置叶湾湾。但同样，如果李治想要处置叶湾湾，也要忌惮苏遇会鱼死网破地揭开真相。他们相互牵制，李治绝不会率先打破平衡。那么，叶湾湾就是安全的。

胡温自我埋怨道："都怪我，属下手上没有叶娘子的画像，实在不知道要如何打探她的下落。"

"无妨，此事你不用再管。"苏遇回神，随后将依旧摆在桌案上的、可汗之子的画像递给胡温，"叫画师多临摹几幅，多带几个人，把雍州府的衙役也叫上，全长安城，大张旗鼓地去找人。"

胡温愕然："会，会不会，打草惊蛇？"

苏遇瞳仁一动，目光自眼角流出看向胡温，似乎还带了一丝轻蔑的笑意："我们越是在错误的事情上卖力，敌人就越是会掉以轻心。"

"明，明白。"胡温依旧茫然，但还是赶紧领命，"属下这就去办。"

胡温走后，苏遇去了平康坊。

褚遂良的宅邸在平康坊西街。街上行人熙攘，车水马龙。

苏遇在一间斜对褚宅大门的茶坊内坐下，叫了茶艺师傅为自己煎茶。而后,一边看着师傅炙碾罗酌,一边有一搭没一搭地和他闲话家常。

为了让自己的试探不会显得过于刻意,苏遇便先以赞美开头,还没实实在在地喝到茶,就诚恳地赞美了一番茶香。

师傅一听,立刻得意起来,马上把自家茶坊的家底都掏了出来:"客官你怕是不知,我们这茶坊可是老字号,打从这长安城建起来,我们就在这了,那可是与长安城同寿哩。"

苏遇面露赞许:"我以前竟然不知道此处还有这样一间茶坊,今日算是来对了。"

"郎君一定鲜少来这平康坊吧?"师傅更加卖力地碾着茶,"不是我吹牛,这附近的显贵花魁,谁没喝过我家的茶?那些达官显贵们有时得了好茶,还会特意叫我们上门去煎茶嘞。"

苏遇一皱眉,故意摆出一副难以置信的表情:"那你倒是说说,都去过哪些官员的府邸。"

师傅放下手中的茶杵,又开始调盐,头也不抬地回答:"太多了,这平康坊里的基本都去过。"说着,他向褚遂良的府邸扬了扬下巴,"最近的一处就是褚侍郎家。褚侍郎可是大人物,座上好多贵客,打赏给得可不少。"

苏遇没有马上接话,停顿须臾后才又道:"这几日,褚侍郎家的客人还多吗?"他说着,脸上竟还露出几分难为情,"不瞒您说,我是读书人,正想去拜谒褚侍郎。"

师傅回忆了一下:"最近这宅子前倒是没见到什么车马。许是褚侍郎忙，这几日常见他早出晚归的。"

苏遇追问："褚侍郎今日回府了吗？"

师傅摇了摇头："还没有。郎君还是过几日再去拜访吧。"

苏遇点了点头，刚要道谢，迎面就看见裴南子和冯雅青进了茶坊。他目光一动，见冯雅青也看见了自己，正要张嘴叫人。他反射性地抬手想要阻止冯雅青，却是为时已晚。

"苏少卿！"冯雅青猛地一嗓子喊了出来。

"少，少卿？"正准备将茶末倒入沸水的师傅猛一深呼吸，直接将茶沫吹得漫天飞舞。

苏遇一时尴尬，下意识地用手将桌面上的茶末拢起来，倒回到茶炉里："无须惊慌。"

师傅定了定神，笑了："我懂，查案嘛，不能暴露身份。那什么……郎君要是觉得我刚刚的话不严谨，我还可以重新润色润色。"师傅的脸色微微发红，"其实也没什么，就是这间铺子吧，确实算不上与长安城同寿，严谨点说，是武德年间才开的。"

此时，裴南子和冯雅青已经走到桌边。苏遇便不再同茶艺师傅说话，示意他继续煎茶。

裴南子在苏遇对侧坐下，略一偏头看了看专心煎茶的师傅，没有立刻开口。冯雅青见气氛不对，便也噤了声。

煎茶的师傅极有眼力见，将茶水奉好后立刻退了下去。

裴南子这才开口："苏少卿怎么会在这里？"

苏遇下意识地瞥了冯雅青一眼，刻意避开了"晋王"二字，有些含糊地说道:"可汗之子应当还在此处。"

"灯下黑。"裴南子点头赞同。

"这里的师傅也说,褚……"苏遇忽然噤声,下意识地喝了口茶,掩盖了未出口的话。

对面的冯雅青盯着苏遇看了片刻,开口说道:"我陪着夫人在褚府附近探查了半日,早就知道你口中的善后之人就是褚侍郎。我阿耶向来不涉党政,我也不是口无遮拦之人,只是因敬佩刘夫人才出手相帮,苏少卿不用有什么顾忌。"

冯雅青那一声"苏少卿"还犹在耳畔,苏遇微微牵起嘴角:"褚侍郎这几日早出晚归,府门前也没什么车马,想必是忙于为刘长史一案善后,自然无法分心转移人质。"苏遇的目光轻轻扫过裴南子和冯雅青,"你们在这附近可有什么发现?"

冯雅青迅速向褚府大门的方向瞥了一眼:"这半日,府上确实没什么人进出,统共只有一个小厮出过门,前后请回了两个郎中……"

"大哥,见过这个人没有?"冯雅青话音未落,忽然就听见有人当街嚷了一嗓子。

这茶坊本就临街,他们又坐最靠外的位置,冯雅青的话登时就被这突如其来的一声吼砸回到了肚子里。

几个人循声望去,看见胡温正举着画像,满街拦人。胡温身后,四五个官吏也都举着画像吵吵嚷嚷地比画着。

冯雅青不解地眨了眨眼:"这是怕别人不知道大理寺在找人

吗？"

裴南子也有些疑惑地看向苏遇。

苏遇用指尖轻轻磕了磕茶碗的边沿，沉默了须臾才又道："有人带走了叶湾湾……"

"是谁带走的？"听到叶湾湾出事，冯雅青"噌"的一下站了起来，"这是要威胁你？"

裴南子忙握住冯雅青的手腕，将人拉回到凳子上："先听苏少卿把话说完。"

"有人不想我揭开刘矩母子之死的真相。"苏遇道，"不过，只要我不开口，他们就不会动叶湾湾。"

"那刘长史岂不是要一辈子待在牢里了……"冯雅青闻言忍不住喃喃自语，说完才意识到裴南子还坐在身旁，连忙挽住她的小臂以示安慰。

"我没事。"裴南子拍了拍冯雅青的手背，又看向苏遇，"苏少卿应该已经有了应对之策。"

苏遇略一颔首："不过是要让他们以为，我的确已经被他们牵制，焦头烂额，无暇顾及刘长史一案，当下只顾着全力寻找可汗之子，以期可以保住叶湾湾。"

裴南子点了点头："这样一来，他们也许就会相信，救叶湾湾和救刘长史这两件事，苏少卿都有心无力。只要他们放松警惕，不再步步紧逼，我们就有更多时间。"

苏遇叹了口气："但愿如此。"

冯雅青皱着眉，依旧是一脸茫然："那接下来，你要怎么做？"

苏遇摩挲着茶碗边沿的指尖轻轻一顿，掀起眼帘看向冯雅青："接下来，还要请雅青娘子帮忙，想办法到宫中见叶湾湾一面。"

苏遇料想，以叶湾湾鬼精鬼灵的性子，李治断然不会放心让其他人代为看管，多半会直接将人锁入宫中。而自己是外臣，不得入后宫，自然无法从李治手上救人。唯一能在他和叶湾湾之间传递消息的便只有豫章公主李芷惜，可偏偏，自己刚刚拒绝了她……

眼下，他也只能寄希望于冯雅青了。

冯雅青当即拍了拍胸口："交给我吧。"

苏遇谢过，又看向裴南子："也要劳烦夫人替我去见一见刘长史，传几句话给他。"

裴南子知道，苏遇要做戏做全套，既然已经表现出了无暇顾及刘行敏的样子，自然不好再去狱中见他，是以也痛快地点头应承。

苏遇交代好自己的计划后，三个人离开了茶坊。

约莫半个时辰后，裴南子站在了御史台门外。

夏末初秋的光景，长空之上万里无云，偶有燕雀自宫墙之内飞出，去往无边无垠的天际，早早地透露出一丝秋的肃杀。裴南子禀明来意后,狱吏替她开了门,一股湿冷之气立刻涌进鼻腔。

大概是牢狱之中的确没什么可供消遣之物,裴南子走到牢门外时,刘行敏依旧在摆弄着草棍儿。只不过这一次不是卜卦,而是自己和自己较劲,只见他左右手各执一根草棍,勾在一起,双手用力拉扯,看哪根草棍先断。

裴南子倒是经常见到这种把戏。小时候,每次刘行敏在读书和玩耍之间做选择的时候都是这样,右手的草棍断了就去读书,左手的草棍断了就去玩耍。只不过,右手更灵活些,每次都有办法将左手上的草棍先勾断。然后刘行敏就顺理成章地跑出去撒野,再顺理成章地挨爹娘一顿打。

想到此处,裴南子不自觉地笑了笑,惊动了刘行敏。

"你怎么来了?"刘行敏愕然,立刻起身,下意识地把身上的草棍都拍掉,又在衣摆上搓了搓手,这才上前一步接过裴南子提在手里的食盒。

裴南子进了牢房,在桌边坐下,弯身捡起脚边的一截草棍:"你这次又要做什么选择?"

"夫人还记得啊。"刘行敏一边笑,一边窘迫地挠了挠头,"我是在想,出去以后还能做些什么。"

裴南子没有说话,只是看着刘行敏,等他继续。

刘行敏神色纠结:"我原以为废太子和顺阳郡王本性不坏,不会如此胡作非为,我想查清真相,为的就是让他们迷途知返。可我万没想到废太子会起兵,事情会走到这一步。"

"如今，晋王殿下是圣人唯一的嫡子了，无论如何，大唐的江山都会是他的。我追查真相这么久，查来查去查到最后，唯一能做的竟然是为了社稷而掩盖真相。"刘行敏摇了摇头，"非我初衷。"

裴南子目光下移，凝向地上散乱的草棍："所以，这些草棍给了你什么答案？"

刘行敏叹了口气："这毕竟也是百姓的大唐，国泰才能民安。对于这盛世而言，真相，也许真的无用。"

裴南子一边听着，一边将饭菜从食盒中端了出来："苏少卿同你是一样的想法。"

刘行敏急切问道："他怎么说？"

裴南子示意刘行敏坐下，又将碗筷推到他面前："他想向圣人劝谏，立晋王为太子。"

刘行敏眉心一跳："他可是遇到了什么事？为何会有如此打算？"

裴南子将筷子送到刘行敏手中，平静道："晋王带走了叶湾湾，掣肘苏少卿。苏少卿一时三刻也无法找到可汗之子，反制晋王。叶湾湾和你，他若想两全，就既要证明刘矩不是你杀的，还要让晋王相信，他不会追查真凶揭开晋王夺储的勾当。为今之计，也只有力荐晋王为太子，明示自己的立场。"

刘行敏面色凝重："可晋王未必会相信景逢是真心要奉他为太子。"

裴南子宽慰道："苏少卿制造了自己无计可施的假象，想必，晋王会相信苏少卿奉他为太子是为了自保。既是为了保命，苏少卿自然再不敢造次。"

"也好。"刘行敏沉默片刻，点了点头，"那就劳烦夫人转告苏少卿，就说，我相信他！"

裴南子拿起筷子，为刘行敏布菜："知道，吃些东西吧。"

在刘行敏看来，苏遇与自己不同。苏遇年轻，懂得审时度势，拿捏分寸，自然也无需他再嘱咐什么。

只是，若此时的苏遇还是数月前的心境，又何须走到这一步才想要奉晋王为太子。那个审时度势、趋利避害的苏少卿，早该在李承乾和李泰离京之际就向晋王表忠心，且凭借他查明真相、替晋王扫除太子和魏王两座大山的功劳，就算没有圣人的赐婚，他也可以青云直上。

可如今的他却将"功劳"变成了令晋王忌惮的"威胁"，不得不"自废武功"请求对方留情。

苏遇摇头苦笑，也不知道自己这是中了什么邪。

大殿之上，李世民微微垂着头，俯视百官。也许是刘行敏的案子让他又想起了那两个天各一方的儿子，面容之上，满是沉痛，仿佛一夕之间老了十岁。

苏遇适时地出列，没有任何迂回，直言请圣人立晋王李治为太子。

早些时日，那些谏臣劝谏时，用的还都是诸如"储君乃社稷之本，望陛下以国事为重"一类的陈词套话。眼下，苏遇甚至没有斟酌词句，直截了当地推出了晋王殿下，不禁让百官哗然。

李世民眉心一蹙："此事以后再议。"

苏遇一动不动地站在殿前，双手平举至眉间，托着劝谏的奏折。

百官见状，议论纷纷，进而有人出列附议。

李世民无奈，终于让立于身侧的侍臣接了苏遇的奏折："朕自有考量。卿且退下吧。"

苏遇依旧未动，又拿出第二封奏折奉了上去："臣已查明，刘矩母子遇害一案与雍州府长史刘行敏无关。请陛下明鉴。"

侍臣不得不再次跑下丹墀，接了苏遇的结案陈词。

李世民沉下一口气，打开了折子，读罢，又一次叹气："万方有罪，罪在朕躬。一切明明都是朕的罪过，却让刘长史代朕受过。朕心不安，不安啊。"

李世民终究是仁义之君，那日他盛怒之下将刘行敏押入大狱，事后很快便明白了这其中的因缘，自然也知晓刘行敏的忠心。如今，苏遇拿出了证据，李世民便也从善如流，当廷释放了刘行敏。

散朝后，苏遇本想赶去御史台接刘行敏出狱，不想却被李芷惜拦在了承天门外。

"苏少卿。"李芷惜见苏遇随百官而出，本想上前，但脚尖微微一动最终还是站住了，只远远地朝苏遇招了招手。

苏遇退出人群，向宫墙边走去："豫章公主。"

李芷惜盯着苏遇的目光动了动。以前，苏遇也是叫她豫章公主，同样的称谓，如今听起来却格外的生疏。她微微垂下眼帘，再抬起头时，眼中又带上了一如往昔的笑意："许久不曾去翻案卷了，苏少卿可否带我坐坐？"

"公主请。"苏遇略微侧身，给李芷惜让出一条路。

李芷惜径直去了卷宗室。

"我第一次见苏少卿就是在这里。"李芷惜迈上台阶，推开门扇，跨过门槛，而后靠在门扉处朝跟在身后的苏遇看了一眼，"当时，我趁着百官休沐，偷偷跑过来看卷宗，不想，竟碰到苏少卿在这里整理案卷。我一时心急，就谎称自己是刚进宫的婢女，迷了路。后来，还是苏少卿送我回的宫。"

苏遇记得当时的情景，却没有接话。

李芷惜看着苏遇恭谨的模样，笑了笑："当时我就觉得，这个小官员真好骗。"

听到此处，沉默的苏遇终于开口道："臣当时已经猜到你的身份定然不简单，送你回去，一来是想摸清你的身份，看看是否能为我所用；二来，我知道很多老臣重臣都会在休沐之日入宫当值，我只是想给那些可能会在未来左右我命运的人留个恪尽职守、朝乾夕惕的好印象。"

"我确实听很多人说过，苏少卿为人颇有城府，可我却觉得没什么。就连这院中的老槐树都会为了汲取更多的养分而拼命伸展自己的树根。树犹如此，人何以堪。"李芷惜有些怅然，"这巍巍宫墙里，哪一个人不是为了自己的身价利益拼命求索。皇子尚能为了争储对骨肉兄弟不择手段，苏少卿想要位极人臣并没有错。"

苏遇躬身一礼："臣，汗颜。"

"我原以为，你这样的人，如果我可以许你驸马之位，荣华富贵，你一定不会拒绝。没想到……"李芷惜不自觉地说出了心里话，可随即，又忽然回神，改了口，"但我绝不会因此就记恨谁。所以，我可以帮你从雉奴那把叶湾湾抢回来。"

大概是没有想到李芷惜的话题会转变得如此之快，苏遇微微一怔。

李芷惜强颜欢笑："雉奴做的事，我都知道了。"

苏遇蹙眉。

"昨日雅青突然入宫找我，莫名其妙地暗示我想去拜访晋王。雅青向来直率，我一眼便能看出她心里有事，果然，我稍一试探，她就说漏了嘴，把叶湾湾被雉奴带走的事告诉了我。所以……"李芷惜朝着苏遇的方向迈了一小步，"你可需要我帮你把叶湾湾抢回来？"

苏遇神色淡然："公主好意，臣不敢领受。"

李芷惜愕然："你不信我？"

苏遇不急不缓道："并非是臣不相信公主，只是，臣今日早朝刚刚向圣人力荐晋王为太子，转头又让公主从晋王手上抢人。

这便是臣言不由衷、背信弃义，反而会引起晋王猜疑，对叶湾湾更是不利。"

李芷惜稍稍点了点头，心中渐渐生出几分感慨："其实，雉奴以前不是这样的。在我眼里，他一直最是乖巧，有些孩子气，也很有同情心。你大概不会相信，小的时候，他甚至会为一只死去的麻雀置办小坟，还拉着我隔三差五地去祭拜。"

李芷惜看了苏遇一眼，神情惋惜："稍微长大一些后，他就更讨长辈们喜欢了。尤其是长孙国舅，恨不得天天把他揣在怀里。我不是没有想过，有朝一日他也会追逐权力。可我又觉得，他宅心仁厚，比废太子好了太多。所以，如果他做了储君也没什么不好。没想到，竟然会变成这个样子。"

"人都是会变的。"苏遇轻声安慰。

"我知道，可我还是怀念他以前的样子。"李芷惜顿了顿，仰起头，"苏少卿，我帮你也有我自己的私心，我不想雉奴再错下去。所以，如果你需要我做什么，尽管直言。"

苏遇静默须臾，向李芷惜恭敬一礼："若湾湾真的在宫中遇险，还请公主周旋一二。"

"苏少卿放心。"李芷惜点了点头，"如果需要传消息给我，可以去找尚食局的韩典膳。"

苏遇郑重道："微臣谢过豫章公主。"

李芷惜抿着嘴，用力找回曾经面对苏遇时那种惯用的语气："好说。"

497

李芷惜并非养在深宫、天真不识险恶的少女，她很早就浸润在了权力的旋涡里，她只是不想真的看透身边的人，所以，她选择相信他们表面的样子。

可如今，两位兄长相继离京，可能此生都不会再相见，而那个与自己朝夕相处的"小幌子"，竟然就是这一切的罪魁祸首。

站在晋王所居的宫殿之外，抬头仰望高高的宫墙，她不禁觉得造化弄人。

候在殿门外的小宦官见豫章公主独自一人靠在墙边发呆，连忙殷勤地替她通传，将她扶进了殿门。

李芷惜跟着小宦官进了后院，远远地，就看见李治伏在一方石桌前。他还是少年的身段，可周身却莫名地笼罩了一层生冷的气质。李芷惜有片刻的迟疑，没有像平日里那样随心所欲地喊他"雉奴"。

李治这会儿正在逗弄蛐蛐，听见声音便抬起了头。他似乎没有看出此时的李芷惜有什么异样，亲热地朝她笑了笑，随手拿起一根草棍递了过去："宫人替我新寻的两只，阿姐选一只，斗赢了，我便把这两只都献给阿姐。"

李芷惜没说话，接过了草棍，伏在石桌上，伸手戳了戳其中一只蛐蛐的后腿。那蛐蛐像是受到了什么鼓舞，立刻向前扑去。

李治反射性地叫了一声好："阿姐还真是慧眼识蛐蛐儿！"

李芷惜举在半空中的手一僵，不自觉地开始揣摩李治的话中是否带有弦外之音。半晌，她将草棍放回到石桌上，不再去刺激盒子里缠斗的蛐蛐："我倒是觉得，赢的会是你。"

"真的假的。"李治受到鼓舞，立刻用草棍指引他的蛐蛐将军奋勇向前。

眼见自己的蛐蛐被斗得节节后退，李芷惜也不反击，只掀起眼皮望了李治一眼："今日早朝，苏少卿向圣人推举你为太子。"

"是吗？真的假的。"李治仍旧醉心于斗蛐蛐，仿佛李芷惜的话只是在夸他的蛐蛐即将封侯拜相。

看着仍在演戏的李治，李芷惜忽然有些沉不住气，站直了身子正色道："你是问苏少卿推举你的举动是真的假的，还是问他推举你的心是真的假的？"

李治仿佛在此时才发现李芷惜与往日的不同。他丢开手中的草棍，将斗蛐蛐的盒子盖了起来，转头带着几分审视看向李芷惜："皇姐今日怎么这样奇怪？难道是父亲说了什么？"

"父亲什么都没说。"李芷惜道，"国之大事，岂能儿戏，父亲需要时间考虑。"

"既然如此，阿姐怎能断定就是我赢了。"李治歪着头看了李芷惜片刻，又转身再次掀开盒盖，发现李芷惜的蛐蛐缩在一角一动不动，显然是自己的蛐蛐大获全胜。

他快活地掀起衣袖，朝半空中做了一个胜利的姿态，呼啸一声："阿姐可要一起用些茶点？来人。"

"就在这？"李芷惜扫了一眼园中草木，"我有些话想对你说，不如……"

"阿姐不喜欢这里？"看着宫人将一碟碟点心摆上石桌，李治似乎也有些嫌弃周遭的朴素，"我这里一直如此简陋，只有这园中景致尚可一观，阿姐又不是不知道。"李治说着，又顿了顿，"还是说，阿姐不想看景，想看人？"

李治已经暗示得如此明显，李芷惜知道，如果自己强行想见叶湾湾怕是会引起李治的忌惮。

不久前，她还奢望李治可以变回从前的模样，可他那句"一直如此简陋"忽然让李芷惜认清了事实：他从最初便是这般野心勃勃的模样。

李芷惜重重地呼出口气，笑了笑："今日阿姐还有事，改日再来看你。"

"也好。"李治扬起下巴，扯出一副天真无邪的笑脸，目送李芷惜离开。

等到宫人送李芷惜出门，园中空无一人之时，李治才收敛笑容，揉了揉有些发酸的腮帮子，从袖中拿出一只钥匙，起身走到廊上，开了那里的门锁。

叶湾湾正靠在门边，显然是把李治和李芷惜二人的对话都听去了。

"你说，我算不算是赢了？"李治抓了抓后脑勺，一副虚心向叶湾湾请教的模样。

前阵子，刘行敏下狱的事在长安城里传得沸沸扬扬，叶湾湾得知后，便想入大理寺问问究竟，碰巧，她在宫门处遇见了一个李芷惜宫中的宫人，将自己带了进来，不想，那人却并未带她去李芷惜所在的丽正殿，而是送到了李治这里。

叶湾湾知道，李治困着她就是为了控制苏遇。苏遇为了救她推举李治为太子，她自然不能辜负苏遇的好意，也要自救。她笑了笑："公主不是说了，圣人还需要考虑。"

李治拧起眉头，抿着嘴，摆出一副很不开心的模样。

"不过，阿兄和我都在你的手上，殿下的胜算还是很大的。"叶湾湾虚伪地安慰了一句，"只是，阿兄身体不好，又年长我许多，说不好什么时候就会遇上不测。如果那时殿下还未得到圣人的认可，又早早地处理了我，怕是就没办法借助草原的兵力了。"

叶湾湾说着，俏皮地朝李治努了努嘴："不如，殿下考虑考虑，先留着我以防万一？"

听了叶湾湾的话，李治脸上那些孩童耍脾气似的表情通通消失了，他双眼微眯，嘴角上扬，露出一个阴恻恻的笑来："你这话说得不无道理。时不我待，看来，我得再催一催苏少卿了。"

叶湾湾一愣："他已经向圣人推举你了，你还想让他做什么？"

李治"啧"了一声："苏少卿做事还不够尽力，我得再逼他一把。"

说完，李治向叶湾湾逼近半步，忽然伸手扯住了她的手腕。

房间里传来"当啷"一声脆响，似有什么器物落地。

四周忽然起了风,吹开半扇格子窗。

苏遇略一皱眉,弯腰捡起被窗扇拍落在地、已经碎成两截的茶盏,朝刘行敏晃了晃:"权当是祝刘长史,'碎碎'平安。"

苏遇原以为,他在豫章公主那耽误了一些时辰,再到御史台时应该就见不到刘行敏了。是以,送别李芷惜后,他便径直回了大理寺。不想,刘行敏竟在这里等着他。

刘行敏这会儿正跪坐在桌案一侧的蒲团上,微微弓着背,眼帘向下垂着,无端端地让苏遇想起第一次到思美人时,他也是这般拘谨、放不开手脚的模样。

刘行敏仿佛没听见苏遇说的玩笑话,心不在焉地点了点头,喉咙里咕哝了好一阵子才开口:"这一次,多谢景逢了。"

苏遇略一挑眉,觉得刘行敏这番客气的开场白很可能会引向一个不太圆满的结束语。他忽然有些不想听刘行敏接下来的话,于是抢先开了口:"我记得去牢里探望刘长史的时候曾说过,请您好好想想出来后如何谢我。怎么,在牢里想了这么久,就想出这么一句话?"

刘行敏点了点头,然后又迅速摇了摇头:"我替你想了一下。"

"替我?"苏遇不解,"想什么?"

"如今,叶娘子在晋王手上,一日见不得她,你就一日不得安生。"刘行敏微微挑起眼皮,看向苏遇,"我想,如果日后晋王逼得紧,景逢不妨将叶娘子的真实身份告知圣人,圣人必然会让她出面对质。那时,晋王就不得不放人。"

"这是一着险棋。"苏遇当即否决,"我向圣人揭露她的身世,是告发,即便我再替她开脱,也不能抹去她的欺君之罪。此事只有湾湾亲自向圣人请罪,才能换得一线生机。"

刘行敏摇了摇头:"最初,我们没有选择这步棋是因为立储一事局势尚不明朗。那时,只要我们找到可汗之子,就会让晋王有所顾忌。可如今,可供圣人选择的皇子不多了,你已经开口向圣人推举晋王,不日,褚侍郎等人就会纷纷站出来附和你。即便圣人不表态,朝臣们也会见风使舵。"

刘行敏叹了口气:"一旦晋王上位,他便不再像曾经那样需要兵权……能保住叶娘子性命的最大筹码已经不在了,留给你的时间不多。棋虽险,但也只有这样,你才能变被动为主动。"

苏遇又何尝不知道,一旦储位之争尘埃落定,叶湾湾就会变成弃子。可他仍旧担心:"如果晋王担心自己的所作所为败露,宁可杀了湾湾也不放人呢?"

"那就要看景逢你在何种场合向圣人提出此事了。"刘行敏不慌不忙打断他道,"找借口牵制住晋王,然后在他不可能抽身对叶娘子下手的时候,再向圣人禀明此事。"

苏遇摆弄着碎茶盏的手渐渐停了下来。他微微皱着眉头,望着刘行敏,许久,他那原本深沉的目光忽地一动:"你同我说这些,是要告别吗?"

刘行敏也知道,自己这种交代后事似的语气瞒不住苏遇。他离开御史台大狱后没有同裴南子一起回家,反而来这等苏遇,为的就是告别。为此，他在狱中精心准备了好多话，想嘱咐他如何走好以后的路。可苏遇的这句"是要告别吗"一出口，他竟不知道该怎么说下去。

大概是他从未在苏遇的眼中看到过感伤。

刘行敏内心愧疚又煎熬，无奈之下，也只能是一言不发地叹了口气。

苏遇有些恍惚，像是不敢相信从今以后自己便是孤身一人面对朝中聚变的风云一般，哑然了好久，才轻轻笑了笑："刘长史害人不浅啊。"

他刚刚愿意去相信一个人，就被这个人无情地推开了。果然官场无亲朋，是他自作多情。

"景逢，你现在的样子……"刘行敏有些结巴，"很好。"

苏遇脸上的笑没有消散，反而更盛了。"刘长史谬赞了。"他例行公事似的朝刘行敏一礼，回敬道。

刘行敏知道，再留下去只会让两个人的关系更尴尬。他迟疑了片刻，双手撑在桌案上站起身："我走了。"

苏遇没有回答，仍坐在原地不动，没有半点要起身相送的意思。

刘行敏绕到苏遇背后，本想去拍拍他的肩，可看着苏遇僵硬的背影，伸到半空中的手无论如何都落不下去。他只得缩回手臂，无声地叹了口气，迈出了卷宗室。

苏遇听到刘行敏踏出殿门的声音，两只眼睛一直透过半开的格子窗看向天外。清朗的天一点点暗淡下去，云卷云舒，倦鸟归巢。

片刻后，卷宗室外又传来一阵脚步声。苏遇仍旧坐在原地，梗着脖子没有动。他希望是刘行敏回心转意，回来和他忏悔道歉，表示愿意继续为大唐赴汤蹈火。可那脚步声，不对。

"苏少卿。"胡温的声音自身后响起。

苏遇的眼珠一动，目光自眼角流向身后。

胡温将一只手帕包成的、鼓鼓囊囊的小包递到苏遇手上："晋王派人给您送来了这个。"

苏遇的心口没来由地发闷。他接过手帕，摊在掌心里。丝绸制的手帕顺滑无比，苏遇的指尖刚刚捻开系在顶端的十字扣，手帕便从他的掌心滑落，露出一只染了血的、摔得支离破碎的镯子。

苏遇看着掌心带血的碎镯子，半晌没有反应。

胡温见那暗红色的血迹，也觉得莫名地心惊。他想起叶湾湾失踪的事，如今又见苏遇这副神情，便下意识地以为是叶湾湾遇害了。他没来由地双膝一软，"扑通"一声跪在了苏遇面前。

这一跪，倒是让苏遇回了神。他看了胡温一眼，讷讷道："何事？"

胡温以为苏遇是被这突如其来的噩耗惊得失了神智，更是悲从中来，不管不顾地哽咽起来："苏少卿，节哀啊……"

苏遇的眉梢抖了抖。

还真是流年不利，一波未平一波又起。他还没从刘行敏离开的失落里走出来，晋王又跳出来落井下石。他忽然感到身心俱疲，疲惫得发恨。

他看着手心里带着血腥气的一堆碎片，闻着卷宗室里潮湿发霉的浊气，忽然觉得这官场真是又好笑又荒唐。可他又能怎么样呢，蝇营狗苟十余年，还不只是一只随时可以被人碾死的蝼蚁。

他探身到书案前，点了灯，想给自己照出一点光亮，可那烛火偏偏就被窗外那突如其来的、倒霉的夜风一瞬就给吹灭了。

苏遇无能为力地垂了手。

胡温见状，抽泣着替苏遇拢住火苗，好歹算是把灯盏点亮了。

苏遇借着微弱的光亮，逐渐收敛神智，心口终于又生出一丝活气。看着胡温涕泪横流的脸，他将碎镯子放在案上，开始宽慰胡温："来人可说这是遗物了？"

胡温用袖子抹了把鼻子："没有。"

"那你哭什么。"苏遇镇定地冲胡温翻了一个白眼，一点点消化掉心里那股无处安放的悲观情绪，"除了给你这个镯子，来人还说什么了？"

"说，说……"胡温努力回想了一下，"说苏少卿您还不够尽心。"

"确实不够尽心。"苏遇讷讷地重复道，目光盯在碎镯子上沉思。他慢慢张开五指，又用力且缓慢地攥紧拳头。反复几次后，他终于拿起毛笔，写下一排小字递给胡温，"你去尚食局，把这个交给韩典膳，让她转交豫章公主。"

"属下明白！"胡温接过字条藏进袖子里，一阵风似的冲出了大理寺。

通善坊，刘府前院。

雍州府的一众衙役惊闻自家长史就要辞官归隐，纷纷慌了手脚。几个臭皮匠凑到一起也没能想出个挽留刘行敏的办法，最终，只得各人备了酒菜，登门为长史践行。

铁头前日里因涉及刘氏母子遇害一案入狱，今日刚从大狱出来就听说刘行敏辞了官，慌得连家都没有回，顶着一头支棱八翘的乱发就赶了过来，草草在门口跨了一下火盆，算是去了晦气，而后一进院子就冲着刘行敏扑了过去，紧接着行云流水般膝盖一软，跪倒在刘行敏身侧，抱着他的大腿便开始哭。

铁头是雍州府衙役们的老大哥，是众人的表率，多年来一直引领着众人行动的方向。是以，大家看铁头哭了，就也纷纷跌坐在地，哭天抹泪。

刘行敏见大家哭得动情，急得手足无措，"哎呀"着直拍大腿："你们这一哭，我这一肚子话都说不出来了啊，哎呀！"

铁头感受着脸侧因刘行敏拍大腿而带来的小凉风，狠狠吸了一下鼻子，然后握住了那只再次拍向大腿的手。铁头原是想握住老领导的手深情感慨一番，却不想自己哭得太过嚣张，一开口，竟将鼻涕眼泪一股脑儿地甩在了老领导的掌心。

"哎呀……"刘行敏哭笑不得。

可他又觉得,这样也很好。眼前这些人,没读过什么圣贤书,肚子里也没有那么多弯弯绕绕,喜怒哀乐随心而为,从不藏着掖着,也不会憋出什么毛病,今晚哭上一遭,喝顿大酒,明日醒了就又可以生龙活虎。

相比之下,还是大理寺里那个连看都不想再看自己一眼的人更让人担心。刘行敏不觉重重叹了口气。

铁头以为是自己的粗鲁举止惹得刘行敏伤了心,连忙止住哭声,眼神示意院子里的众人,然后大家整齐地起身立正,坐到了桌子边。

铁头哽咽着,将刘行敏拉到自己身边:"长史,开席吧。"

刘行敏艰难地点了点头:"那什么,我已经辞了官,不要叫我长史了,就叫……"

刘行敏话还没说完,大家又开始呜咽。刘行敏吓得连忙噤了声。

铁头哭道:"您走了,我们也不想干了啊!"

众人附和:"是啊,不想干了啊!"

刘行敏一瞪眼:"不干拿什么养活老婆孩子。"

铁头一噎,向众人点了点头,表示刘长史说得对:"是啊,那还得干啊。"

刘行敏抿紧嘴角,半天又道:"我走了之后,你们一定要记着，千万不可鱼肉百姓。"

铁头努力吸着鼻子："可是长史，像您这样的好官不多啊。"

"如果实在不知道如何应对，就去大理寺问苏……"刘行敏说着说着，忽然说不下去了。

一旁给众人上酒的裴南子看了，故意将酒坛磕在桌面上，发出一些声响："别只顾着说，让大家吃点东西。"

铁头听了，赶紧示意大家倒酒，集体举杯，敬刘行敏。

刘行敏看着手中的酒碗，沉默了一会儿，又喃喃开了口："铁头，你资历最久，又细心，一定要看好这些弟兄。小郭最年轻，家里穷才不得已跑出来做衙役，但我知道，他心里总放不下考功名。铁头，你少给他派些差事，哪怕少些工钱，让他多点时间读书。小武的脾气太冲，铁头你看着他些，别让他一冲动把自己卷进官司里，还有……"

刘行敏絮絮叨叨，每念到一个人，那个人就干下一碗酒。念到最后，所有人都醉倒了，只剩下刘行敏一个人端坐在桌前，看着趴了一桌子的弟兄们，对着他们的后脑勺微笑。

他想起自己刚中功名的时候，在长安城附近的鹿县做县尉，每天就是负责找百姓收租收粮。那还是武德年间，百姓还没过上几天太平日子，个个饥苦，谁的手中都没有余粮。可要交给朝廷的租子不能断，县令就让他带上鞭子去收租，不给就抽。

彼时，刘行敏身上还残留着小时候的叛逆，被人缠得烦了就真有了想动手的冲动。谁知，他刚要解下腰间的鞭子，还没扬起来，那家的男人竟然比他还激动，直接撞了墙，死了。

刘行敏小时候虽然皮，但却不坏。那家男人脑浆迸射的场景以及妻儿哭到昏厥的场面让他记到现在，他觉得自己保护不了子民就不配被叫作父母官。打那以后，他就变了，他用自己的俸禄给大家买种子，和百姓一起耕田，有了收成再收租。

后来，贞观盛世，他因带领大家种地种得好被调进长安，做了长安县县令，而后又升任雍州府长史，一直到现在。他从种地起家，如今，他准备回到原点，回家种地。

裴南子看着刘行敏一直坐在那里，面带微笑地对着大家发呆，就知道他又在缅怀过去的岁月。他在官场上沉浮二十年，如今要走了，是该好好缅怀的。裴南子没出声，只回屋拿了件外衣，轻轻给刘行敏披上。

刘行敏终于动了动，给自己倒了两碗酒，一碗敬天地，一碗敬岁月。

"余愿大唐，盛世安康！"

## 第二十二章　稚子锋芒

又是一个月圆夜。

接到苏遇传信的李芷惜几乎一夜不眠。信上说，晋王很可能要对叶湾湾下手，望她明日无论如何都要陪在晋王身边。

如此性命攸关，又是要从晋王的虎口中救人，李芷惜辗转一夜都没能想出解救叶湾湾的对策。眼见窗外长夜退去，日出东方，她只能决定采用最笨的方法，贴身监视李治，让他没有机会对叶湾湾下手。

可李治毕竟已经对她生出了戒备。李芷惜忐忑了一路，不想，踏进殿门时却发现，叶湾湾正坐在院中石桌前画着画，李治不知去向。

"你怎么在这？"郁结在胸口的浊气立时散去，李芷惜脱口而出。

## 唐多令·晏山海

叶湾湾停了笔,抬起头,颇有些没心没肺地用自己打趣:"晋王走得匆忙,忘记把我关回去了。"

闻言,李芷惜一步上前,拉起叶湾湾就要跑:"快跟我走!"

叶湾湾坐着没动,手腕一用力,反倒把李芷惜往后拖了一个趔趄:"晋王不会把我怎么样的。"

李芷惜下意识地眨了眨眼:"为什么?"

叶湾湾没有回答,只是看着一脸茫然的李芷惜笑了笑。

最初的几天,李治一直将她锁在后院的耳房里,像犯人一样看押着,可今日一早,李治忽然把她放了出来,开始好吃好喝地供着她。虽然李治始终没有向她吐露半个字,但也许是兄妹连心,叶湾湾隐约地知道,她大概再也见不到兄长了。

李芷惜见叶湾湾神色怅惘,低着头也不说话,以为她是在晋王这里受到了悲惨的待遇,便也跟着感伤:"谁能想到,事情会走到这一步。"

从前,废太子也曾嚣张跋扈,可李芷惜对他只是厌恶。如今,雉奴这个与自己从小一起玩到大的人,却让她真真切切地感受到了恐惧。

叶湾湾歪过头看向李芷惜:"你是什么时候知道的这一切都是他做的?"

李芷惜神色凄然:"在他把你关起来的时候。他用你威胁苏少卿,不正说明了他做过很多见不得光的事吗。"

也许是长期为人画像养成的习惯,叶湾湾对每一个人的面部表情都观察入微,她看见李芷惜在提及"苏少卿"时,眼中有遗憾和不甘。她忍不住好奇:"为什么要帮我?如果我不在了,你和苏少卿也许还有机会。"

李芷惜嘬着嘴盯了叶湾湾片刻,随即看似释然地一耸肩:"我明知道为难你,或者对你见死不救会让他更加讨厌我,为什么还要做蠢事?更何况,帮你,苏少卿一定会感激我。既然没有办法让他喜欢我,那就让他一辈子感激我。好歹,他能一直记得我。"

叶湾湾看着理直气壮地扬着下巴的李芷惜,觉得她实在可爱,忍不住伸手戳了戳她的脸颊。

受到调戏的李芷惜喉咙里咕哝一声,瞪大了眼睛颇有些惊诧地看着叶湾湾。

叶湾湾对着受惊小鹿似的李芷惜欣赏了片刻,而后将挎在身侧的布包取了下来,底朝上将布包里的东西一股脑地倒在了石桌上,然后从七七八八的杂物里挑挑拣拣出一只残破的匕首鞘。刀鞘的破损处画着鬼画符般歪七扭八的花纹。

叶湾湾将刀鞘塞到李芷惜手上:"帮我把这个给苏少卿吧。"

"定情信物?"李芷惜将又丑又破的刀鞘举到眼前,惊出了斗鸡眼,"你这么穷啊?我宫里好多独一无二的宝贝,要不,你去挑一件?"

"就这个,一定要交给他。"叶湾湾握着李芷惜的手,让她握紧刀鞘,"也许,可以救他一命。"

李芷惜被叶湾湾严肃的表情镇住了,无意识地点了点头。

## 唐多令·晏山海

快要入秋的时节，天空总是阴沉沉的。这几日的朝堂之上更是多了几分山雨欲来的架势。

自从魏征辞世后，敢直言劝谏的大臣几乎从朝堂上绝迹。如今，圣人心情沉郁，终日一副若有所思的模样，令百官见状更是沉默。只不过，长久的压抑最能在人的心底积蓄起不可名状的蠢蠢欲动，只待一石，便可千层浪起。

苏遇知道，叶湾湾的真实身份便是那块可以激起千层浪的石子，一旦自己在朝堂上提出此事，那些连日来心惊胆战的朝臣必然会将叶湾湾当作可以宣泄内心"正义之感"的靶子。而一旦舆论四起，圣人必会受人左右。

苏遇自知无法控制舆论，是以，他生生挨过了一个早朝，一言不发。直到百官退去，李世民入了偏殿，他才躬身执笏于殿外请求觐见。

不承想，他刚刚入殿，还未行完君臣之礼，大将军李勣就匆忙踏入殿门。

"陛下。"李勣神色焦灼，语气急切，"臣刚刚得报，北境动乱！"

"什么？"李世民不自觉地退后半步，险些不稳，好在被身侧手疾眼快的宫人扶住了。

李世民话音刚落，中书令房玄龄、褚遂良、长孙无忌等人也纷纷请求觐见。原来，百官散朝后，还未出承天门便撞见安东都护府的通传兵高喊着军情，快马入宫城。边境动乱的消息立时传遍禁宫。

"你们也来了。"李世民缓缓转过头，目光扫过众人。

如此情形，苏遇自知今日再无机会开口，于是不动声色地退到了众人之后。

"陛下。"褚遂良忧心道，"外敌宵小屡次犯我边境，若不能一击而退之，恐大唐日后再无宁日啊。"

"朕何尝不知。"这位老父亲已经被儿女债闹得身心俱疲，如今家事之外更添国愁，李世民似乎有些力不从心，声音瞬间苍老，"朕决意，亲征辽东。"

"陛下万万不可！"房玄龄闻言，径直一跪。

褚遂良和长孙无忌对视一眼，随后，长孙无忌也跟着房玄龄跪了下去："圣人三思。如今，国本未稳，陛下亲征辽东，一旦……"长孙无忌适时止住了话锋。

褚遂良连忙道："一旦陛下圣躬有碍，朝廷危矣，大唐危矣！"

"陛下三思！"褚遂良话音一落，偏殿内，群臣跪了一片。

苏遇跪下后，忽觉身前的人影动了动。他下意识地撩起眼皮，正看见跪伏在前方的褚遂良朝他晃了晃脚后跟。苏遇心下一番挣扎，最终还是起身道："请陛下早立储君，稳固社稷！"

四周陷入沉寂，良久，李世民似乎叹了口气："太子，容朕……"

"陛下，内忧不除，何以平外患！"不等李世民把话说完，褚遂良忽然膝行向前，言辞激烈，重重磕下一个头。

李世民错愕地后退了半步。

褚遂良身后，长孙无忌也跪伏在地。而房玄龄与李勣，在短暂地失神后也选择了附和，成为"先立储，再出征"这一观点的拥趸。

李世民满目苍凉，无助地闭了闭眼。半响，他才喃喃道："朕该立何人为太子？"他微微向前伸着脖子，睁圆了两只眼睛，像是虚心请教众人似的问道，"你们觉得，朕应该立谁为太子？"

听闻李世民语气有异，殿内一时间无人做声。

李世民的嘴角勾出一抹无奈的笑，试探道："诸位爱卿觉得，吴王如何？吴王忠勇果决，很有朕当年的风采啊！"

"陛下。"长孙无忌立刻把李世民无奈而戏谑的话当了真，"吴王虽有将才，可他的生母毕竟是隋炀帝之女。虽然李氏取代隋朝是大势所趋，但吴王身上毕竟也流着前朝皇室的血。若吴王上位，恐引起前朝余孽复隋之意。"

李勣竟也符合："长孙国舅所言甚是。"

李世民看了长孙无忌和李勣一眼，自言自语似的念道："看来，你们偏爱晋王。"

"晋王敏而好学，仁爱有加，未尝不能担此大任。"长孙无忌索性不再迂回，直言替晋王争取。

"仁爱有加……"李世民默默重复着长孙无忌的话。

他用着有些悲苦的目光看向跪于不远处的众人。阳光自幽远的殿门外徜徉而入，门外，仿佛还是多年前的那个灼热的夏日。那一年，他披甲带刀，豪气干云，挥刃直指宫墙，斩拦路者于马下，最终踏着血路白骨走上这至尊之位。

少年心气，何尝想过有朝一日，因果轮回。

三个孩子，为着这皇位，兄弟阋墙，手足残杀。也许，这就是上天对他的惩罚吧。

李世民微微弓着背，迫切地想要稳住自己的心神，可惜终究是心绪难平。他的呼吸渐渐急促，忽而，紧握成拳的双手猛地张开，他迅速上前，拔出李勣腰间佩刀："我心衰矣！"

"陛下！"

李世民此举惊呆了所有人，就连身经百战的李勣一时都不知该做何反应。

"父亲！"殿门外，忽然传来李治略带稚嫩的嗓音，进而，少年瘦弱的身影从无限的阳光中冲了出来，在众人眼中渐渐清晰。

眼见李治就要跑到李世民面前，褚遂良忽然一脚蹬地，弹身而起，趁李世民分神之际上前一把夺下他手中的长刀："陛下万万不可啊！"

与此同时，李治已然冲到了殿前。褚遂良反射性地后退一步，好似顺手般将佩刀塞进了李治的手中，而后，他又在李世民脚边跪了下去，挡在了李世民和李治之间："陛下何以忧虑至此啊！"

长孙无忌继续推波助澜："臣请立晋王为太子，以固社稷！"

李世民看向自己空空如也的双手，即便他以死相逼，也撼动不了众人对李治的拥戴。

李世民忽然冷静了下来。他微微转过身，看向一脸懵懂地站在群臣之中的李治。这个小儿子，人人都道他仁孝，不想竟有此铁血手腕。李世民无言地叹了口气，有些疲惫地在台阶上坐下，朝李治招了招手。

李治立刻丢开手中的刀，走到李世民面前，乖巧地叫了声"父亲"。

李世民将李治拉进怀里，拍了拍他的背，许久，才又不得已似的开口："雉奴，你要记住这些人。他们可都是国之柱石，今后，你要懂得知人善用。"

长孙无忌立刻会意，朝着李治一拜："臣，拜见太子殿下。"

殿中所有人也不觉跟着长孙无忌拜了下去。

李世民闭了闭眼，放开了李治："去吧，去谢谢你的舅舅。"

苏遇看得出，李世民并不甘心立李治为太子，甚至以死相逼，而直到此时此刻，他都没有明确说出"封李治为东宫储君"的话，他还在寻找回旋的余地。可这个余地，已经完全被长孙无忌堵死了。所以，李世民才让李治去谢长孙无忌，而没有让他谢自己的圣恩。

苏遇忽然明白了刘行敏想要远离庙堂、归隐江湖的心。树欲静而风不止,就连坐拥山河的圣人都有无可奈何之日,更何况是他们。

长孙无忌一边阻拦李治对自己的拜谢,一边继续长跪不起地向圣人道:"陛下,吴王那边要如何交代?"

"是啊,还有恪儿……"李世民兀自叹了一句,"让他去就藩吧。"

自从上次散朝后,苏遇劝说吴王明哲保身,吴王便再没有出格的举动。显然,他虽缺乏城府,却也从长孙无忌与他的对抗中看清了形势。只可惜,李世民不经意的一句话便将他再度推进水深火热之中。无论李世民如何懊悔,也是为时已晚。

为了保全李恪,李世民只能送他离开。

一直随波逐流的李勣忽然上前拜道:"臣请出战辽东,绝不容宵小踏入大唐半步!"

李世民半仰着头,舒出一口气:"朕何须修筑长城,将军便是我大唐的万里长城。"

李世民再一次看向李治:"传朕旨意,朕决意亲征辽东,出征期间,朝中诸事交由晋王全权处置。诸位爱卿也要恪尽职守,全力辅佐晋……太子监国。"

李世民到底还是松了口。他虽然不满意晋王这个太子,但终究还是要为了扶植这个小儿子而御驾亲征,肃清外敌,让李治可以平稳接手这江山帝位。

而李治显然也想替圣人分忧,李世民话音刚落,他便"扑通"一声跪了下去:"父亲,儿子有事要奏。"

李世民点了点头,示意他继续。

"父亲,儿子愿请草原三千精骑,助父亲早日清除外敌!"李治的声音铿锵有力,仿若惊雷炸在苏遇耳畔。

苏遇下意识往前上了半步,进而听到李治抑扬顿挫地继续:"父亲,儿子不久前得知,东突厥的虞山公主尚在人世。如今,她就在儿子宫中,并愿与儿子联姻,将草原的将士献予我大唐。"

"殿下……"苏遇几乎不受控制地脱口惊呼。

李治回过头,像是安抚苏遇似的笑了笑:"苏少卿不用惊慌,虞山公主尚在人间一事就连突厥人都不知道,苏少卿查明假公主一事,让我大唐与突厥免生龃龉已是大功一件。至于真公主是否活着,又在何处,又岂是苏少卿能预料的。"

李治一句话就将苏遇惊呼的原因从不想叶湾湾嫁予他人转移到了因未能查明真公主下落而自责上,不仅挽回了苏遇的颜面,还给他留了台阶,暗示他自己不会怪罪他隐瞒了叶湾湾的真实身份。

此情此景,苏遇也只得领情。

储位一事终于尘埃落定,李世民留下李勣等人商讨战事,李治便带着苏遇退出了偏殿。

李治如今的身份尊贵,加之年轻,步子轻盈,很快就走到了苏遇前面。无尽的台阶之上,李治忽然回过头,眯起双眼,迎着落日的余晖仰视跟在身后、站在更高一级台阶上的苏遇。

苏遇闭了闭眼，深吸了口气，快步下了几级台阶，站到一个能让李治俯视自己的位置。

此刻，算是这对君臣卸下各自的伪装后，第一次面对面站在一起。李治的眼中有掩盖不住的志得意满，可语气依旧谦恭："晚些时候，我要带虞山公主见一见父亲。等父亲赐了婚，定下婚期，我便让她回去苏少卿那里。"

苏遇知道，太子要娶叶湾湾只是为了她身后草原的兵马，并非出自真心爱慕。可他毕竟已经是一国储君，自己身为人臣，不论与叶湾湾有过怎样的过往，如今都应该避嫌。苏遇知道这是李治对自己的试探。可眼下，叶湾湾在李治的手上，他再怎么不甘也只能低头。

苏遇替叶湾湾开脱道："殿下不要误会虞山公主，她与臣并无深交。"

李治一副善解人意的模样："京城里，她也就只有你一个熟人，从你府上出嫁，她应该会自在些。苏少卿就不要推辞了。"

说完，李治又笑了笑，转身大步迈下台阶。

阳光自身侧映入眼帘，望着层叠无尽的石阶，和渐渐消失在石阶尽头的背影，苏遇忽然有些恍惚。

天地开阔，宫宇参差，在这巍巍皇权之下，任何人都渺小如蝼蚁。

他曾经的自命清高，曾经的远大抱负，曾经大言不惭地认为自己在任何境况下都可以做到游刃有余。如今他才认识到，一个人，只有没了心才可以所向披靡，一旦有了牵挂和慈悲，便只能任人宰割。

叶湾湾和刘行敏，一个给了他牵挂，一个教会他慈悲，让他的人生有了短暂的、人间的色彩，而后又都转身离开，留他孑然一身地回味人世冷暖。

眼前忽然有人影闪过，苏遇抬起头，看见绛珠就站在不远处，迟疑地围着自己绕圈。

见苏遇看见了自己，绛珠连忙上前，从怀里掏出残破的匕首鞘递了过去："这是叶娘子给苏少卿的。公主现在脱不开身，所以叫奴婢代为转交。"

苏遇将匕首鞘拿在手里转了转。刀鞘呈柳叶型，通体皮制，只在锋刃处镶了一道黄铜。刀鞘半腰处的颜色较浅，似乎那里原本应该钉有一圈质地坚硬的皮革，不过很可能是因为刀鞘遭到过破坏，皮革圈不知所终，只在半腰处留下了一个圆形小洞。

苏遇重新抬起头："谢过豫章公主，也麻烦你替在下转告豫章公主，事情已经解决，今后就不用再去了。"

绛珠点了点头，朝苏遇浅浅一拜，转身离开。

## 卷六

言念君子,温其如玉,在其板屋,乱我心曲

# 第二十三章　相望不相亲

秋日已至，在大红橙黄的树叶的映衬下，巍峨宫城的红砖黄瓦显得越发的浓艳，竟能让人看出几分喜色。

太子李治即将迎娶突厥虞山公主的消息很快就传遍宫城内外。刘行敏不在，也没有人会拍着大腿对着苏遇长吁短叹。大理寺里，只有胡温和沈谅知道些关于自家少卿和准太子妃的秘辛，却碍于上下级的关系，谁也不敢对苏遇出言安慰。

所有人都在津津乐道着大唐与东突厥这段失而复得的联姻，只有苏遇，对此事毫无兴趣，清高得有些不合群。

几日后，从皇宫里走出的车马停在了崇化坊苏宅的门外。

临近黄昏，垂花门外许久未曾点亮过的风灯再次亮了起来，在天边未尽的余晖下争得一抹微弱的色彩，投向门外赤帷结络的车马。夜风轻起，车帷晃动，微弱的光影极力追逐着四下摆动的络子,带着几分求而不得的徒劳。

叶湾湾踩着机凳从车上走了下来。随后,立刻有宫人从后面的板车上搬下一只只沉重的红木箱子,接二连三地送进苏宅。

等到宫人们完成了所有的工作,向叶湾湾躬身告别,叶湾湾才跨过门槛,进了院子。

风灯抖动,从垂花门到院内的距离无限延长。就在她有些迟疑是否要跨过那道拱门时,苏遇家的老仆从院内走了出来。

他眯着眼睛,还是那副笑呵呵模样:"小娘子回来的时辰真巧,王大娘刚做好了饭菜。快来,趁热吃。"

叶湾湾跟着老仆进了院子,又去了西厢的小厨房。这会儿,厨房里已经打扫得干干净净,菜板上没有一丝蔬菜的残渣,锅碗瓢盆也都归了位,灶台下尚有暗红的焰火,灶台上那口大铁锅里还装着半锅正在冒着热气的水。王大娘正弯着腰,拿着瓢将热水一瓢瓢地舀进木桶。

听见脚步声,王大娘回过头,也是笑眯眯的:"热水我已经烧好了,娘子要是想洗澡,就知会一声。"

叶湾湾应了一声,回身端起案上的饭菜,跟着老仆出了厨房。

院子里这会儿静悄悄的,正房里隐隐透出一丝烛光。叶湾湾走到院中,收住步子,朝东厢看了一眼,又转向老仆:"苏少卿呢?"

"郎君还有些公务要做。"老仆朝正房努了努嘴,"郎君说了,不用等他，小娘子饿了就先吃。"

老仆左臂弯着，端着碗筷，右手里还捧着一碗汤。他在院子里晃了半圈，忽然有些拿不定主意："小娘子想在哪吃？"

"还是在东厢房吧。"叶湾湾上前几步，微微侧过身，用手肘推开了东厢的门。

房内，一切布置都没有变，还是那个曾经被她嘲弄为柴房的模样。摆在门口的木案泛着古旧的黄，木纹缝隙里似乎还积攒着几乎干涸的陈年老菜油。油灯是点好的，在门板推开时还因突然受了风而微微晃动。眼前种种都是她曾经习以为常的、人间的味道。

叶湾湾放下手里的饭菜，叉着腰在门边站了一会儿，皱了皱眉："时间也不早了，我去叫他吃饭。"

她知道苏遇在刻意营造一种"一切如故"的模样，所以，他应该在东厢和她一起吃饭。

她轻巧地跨过门槛，朝右侧的书房探了探头。

苏遇此刻正坐在案前，一副兢兢业业的模样。

叶湾湾走进书房，本想像从前那样口无遮拦地调侃上几句，一低头却看见被苏遇放在案边的、她的刀鞘。她下意识地伸手在刀鞘破损的地方按了按："早知道还能见到你，我就自己把它交给你了。"

这匕首显然是男子之物，苏遇不觉问道："这是你兄长留给你的？"

"不是。父汗被俘入长安前把它留给了我的族叔，后来，伽嫣入京与废太子和亲时又把它带给了我。"叶湾湾伸出食指，指尖在刀鞘破损处慢慢滑过，"这是阿史那部落的兵符。"

苏遇微微一震："阿史那的兵符？"

"嗯。"叶湾湾特别愉悦地一扬下巴，"我对你，可是最好的。怎么样，苏少卿肯不肯屈尊移驾到东厢与小女子我一同用个晚饭？"

苏遇微微动了动嘴角，由着叶湾湾将自己推出了书房。

两个人不约而同地对堆在廊下的大红色彩礼箱视而不见，径直进了东厢。

叶湾湾还是那副饿虎扑食的模样，给自己盛了一大碗汤，一边潦草地吹气降温，一边迫不及待地往嘴里吸溜，烫得龇牙咧嘴也不肯把碗放下缓一缓。

好不容易喝下了几大口，叶湾湾终于心满意足地咂了两下嘴，舒舒服服地叹了口气。然后倾着身子往苏遇面前凑了凑，指着碗中漂浮的羊肉："这该不会是后院那只羊吧？"

"幸而不负你所望，养得肥美异常。"苏遇用汤匙舀起一勺汤，一边慢条斯理地吹着，一边漫不经心地回答。

叶湾湾夹起一块肉好好地品尝了一下，颇有些遗憾地摇了摇头："可惜了，我走了，它也死了。"而后，又夹起一块更大的羊肉塞进口中。

苏遇掀起眼皮瞄了她一眼，忍不住对着她风卷残云的架势做了一番品评："能向圣人求娶你，太子殿下的品味果然不俗。"

叶湾湾狠狠嚼了几口羊肉咽了下去，而后歪过脑袋，回忆道："你别说，圣人也夸我率性豁达来着。"她将两只眼睛睁得圆滚滚的，盯着苏遇，"前几日，小太子带我去和你们的圣人吃了家宴，居然还有烤全羊。可惜，圣人没有让我给大家割羊分肉，不然，我肯定把羊腿留给自己。"

说完，叶湾湾还有些不满地撇了撇嘴，告密似的对苏遇小声道："一共两只羊大腿，一只给了圣人，一只给了太子，小气。"

看着叶湾湾气鼓鼓的模样，苏遇不禁想起自己第一次带叶湾湾出去吃饭，他独自包揽了所有的珍馐美味，只给叶湾湾吃花生豆，气得她吹胡子瞪眼，对自己冷嘲热讽。

苏遇忍不住笑了笑："你没当众和他们闹？"

"当时我的脸色就不好看了。"叶湾湾指了指自己的脸颊，轻轻哼了一声，又端碗喝了一口汤。大概是羊汤太过美味，她又露出了舒心的表情，"不过嘛，圣人还算是大方，说我父汗在你们这做将军时恪尽职守，非常值得歌颂，我又是个公主，出嫁时必须体体面面的，所以，他赐了我许多珠宝。"

苏遇看着叶湾湾没心没肺的样子，忽然觉得更加心酸。

他能想到，原本想要处死叶湾湾的李治忽然向圣人求娶她的原因。那日，在平康坊的茶坊里，冯雅青无意间提及，她和裴南子在褚侍郎府外守了一天，只看见两个郎中进出府邸。以褚遂良的身份，若是家中有人患病，大可以请太医出诊。可他却避人耳目地请了江湖郎中，还前后请了两个。可见，患病之人很受重视，却又不能被人知晓身份。当时，苏遇对此并未在意，可结合李治之后的反应，很容易就能猜到其中的原因——颉利可汗的长子怕是已经过世。

按理，已然入主东宫的李治不再需要草原的兵马，但不幸中的万幸是，边境动乱，外敌入侵，而李治尚未在太子之位上站稳脚跟，他也只有利用叶湾湾身后的势力才能在圣人和百官面前立下这第一功，稳固自己的地位。

兄长离世，自己被迫政治联姻。家宴之上，叶湾湾该是以怎样的心情面对皇室中人。她绝不会像此刻表现出来的这般任性，她只能假装什么都不知道，配合太子和众人谈笑风生。

"想什么呢？"见苏遇许久不语，叶湾湾忍不住戳了戳他的手腕。

苏遇略一挑眉，胡乱答道："在想圣人能赐给你什么。"

叶湾湾咧嘴一笑，拉起苏遇就往外走："来，本公主带你开开眼。"

叶湾湾将人带到廊下，双手并用掀开了第一个木箱的盖子。里面满满当当地堆着檀木枕、玉屏风、铜镜、胭脂……各色女儿家闺房中的什物。第二只木箱打开，里面又是玉镯、金钗、珊瑚珠串等炫目的首饰。

叶湾湾两只手抓起几只玉镯，举到苏遇面前。月色里，镯子浑圆通透的玉身中闪出一道道清冷的光纹。

## 唐多令·晏山海

"小太子把你送我的那只镯子打碎了,所以又赔了我好多。"叶湾湾将几只镯子一股脑地套在手腕上,对着苏遇轻轻抖了抖手。

苏遇一眼便看见叶湾湾的手腕上有几道浅浅的疤。他下意识地伸出手,指尖从镯子间的缝隙里探进去,按在那几道疤上。

叶湾湾手腕一抖,下意识地缩了回来,又像是觉得无趣似的,将镯子都脱了扔回到木箱里:"这几个镯子不是太绿就是太红,戴上去还冰冷冰冷的,既不好看又不好戴。"

苏遇平静地开口:"这些可是上等的翡翠和红玉。"

"很贵吗?我又不喜欢。"叶湾湾埋着头在木箱里翻翻找找,一副忙得不亦乐乎的模样,好半天都没有抬头。

她越想越觉得悲伤。她好歹是突厥的公主,就算突厥不如大唐物产丰美,却也是奇珍异宝无数。更贵重的珍宝她也见过、用过、把玩过,可她稀罕的,根本就不是这些。富贵权势对如今的她来说只是拖累。

圣人说从今以后让她居华屋,住椒房,锦衣玉食,可她就是喜欢东厢那个破柴房。她看着堆了半箱子的镯子,就越发喜欢那个碎得粘都粘不回去的廉价玉镯。

想着自己马上就要被困进那座高高的宫墙里,叶湾湾终于没忍住掉了几滴眼泪。她怕苏遇看见了也会悲伤,她便假装找东西把自己的脸挡起来,她也不敢去擦。

可是弯腰弯的久了,总会觉得累,她将手费力地撑在木箱两侧，大口地喘气。结果，眼泪就由一颗颗渐渐变成了一串串。她希望苏遇会觉得这些珠宝索然无味，回去继续用饭，留她一人在这里透透气。可她知道，他一直站在身侧没有动。月光将他的影子投在了她眼前。

而后，她听见了苏遇的声音："起来吧。"

她假装摇头，迅速在衣袖上蹭了一下眼泪，瓮声瓮气地回答："腰，腰酸，起不来。"

苏遇只好扶着她的肩，把她从箱子里拎了出来。

忽然，又一串眼泪争先恐后地涌出眼角。叶湾湾吓了一跳，反射性地抓起木箱里的团扇，胡乱地挡在脸前。

"这玩意儿就是婚礼用的扇子？"叶湾湾举着扇子，双手紧紧捏着扇柄，僵硬地前后晃了晃扇面。

苏遇答道："不是。"

叶湾湾又问："那大婚用的扇子是什么样？"

"红绸扇面，当中绣双喜，穿金缕，再配以鸳鸯、鹨鹕、双鹧鸪。"苏遇边说，边用手在团扇上指出对应的位置，"扇柄坠流苏……"

目光落在扇柄处时，他看见叶湾湾那双随着她的呼吸而微微发抖的手。他忽然想把那只扇子拨开，看看躲在团扇后的、叶湾湾的眼睛。可是他已经忍了一个晚上，演了一个晚上，如果在此时僭越，怕是一切都前功尽弃了。

两个人隔着一方薄薄的团扇，各怀心事。

### 唐多令·晏山海

叶湾湾似乎听见苏遇在无声地叹气，进而，她透过团扇，看见苏遇举在自己指尖处的手忽然落了下去。

"过几日，宫里会派人来教你这些的。时候不早了，去歇息吧。"苏遇说。

叶湾湾有些失望，她不想让苏遇看到自己难过的样子，但又希望他可以握着自己的手，拨开这柄挡在他们二人之间的扇子。

她对着苏遇叽叽喳喳了一个晚上，此刻，她一个人留在院子里，感受到了比方才的欢笑更盛百倍的寂寞正反噬着她的内心。

她努力平和地叹了口气，将团扇摆回到木箱里，回了东厢。

之后的一个早上，苏遇离家去上朝的时候，李芷惜拉着冯雅青张牙舞爪地进了苏宅大门。

东厢房里，叶湾湾一边听着宫中老人絮絮叨叨地念叨着礼仪流程，一边摆弄着从宫里送来的喜服，准备试穿。听见二人的声音，她也顾不上周全，拖着穿到一半的霞帔就迎了出去。

见豫章公主出现，宫中派来的几个人便都识趣地退去了东厢。

冯雅青迅速关了房门，将堆了满屋子的服饰器物翻弄了一遍，语气颇为愤懑地说道："这个太子到底想干什么，人都抢走了，还多此一举地让你在苏少卿这里出嫁，打一巴掌给一个甜枣？人心也不是这么好收买的吧！"

"是我要回来的。"叶湾湾心静如水，慢吞吞地整理着身上的喜服,"他知道,我若是不高兴,他就得不到自己想要的东西。"

冯雅青黛眉一皱:"你都要被迫嫁给他了,还怎么高兴?"

叶湾湾淡然道:"这已经算是最好的结局了。"

那日,李治忽然将关在后院的她放了出来,问她是否愿意以虞山公主的身份继续与大唐联姻。她是要拒绝的。可不等她开口,李治便又故作不解地问她,他要以何种心态对待苏遇,是把他当成扶自己上位的功臣,还是看作拿捏着自己把柄的敌人。

叶湾湾知道,李治动了杀心,但又不能贸然处置苏遇,才要用自己去牵制他。虽然,她嫁与不嫁都无法改变李治对苏遇的忌惮,但至少,她能解一时之危。何况,她在东宫,总能窥伺到一些苗头,也许关键时刻还能替苏遇通风报信。

她举起头冠,往脑袋上戳了戳:"至少能保全所有人。"

"要不,你们跑吧。"李芷惜道,"我帮你们。"

"普天之下,莫非王土,能跑到哪去。"叶湾湾轻轻摇了摇头,"更何况,你放了我们,不怕太子处置你吗?"

是啊,若是在小时候,李治犯了错,李芷惜定然拿出皇姐风范去拧他的耳朵。可现在,悬殊的身份在她的心底埋下了敬畏和恐惧,她就算再气也只能忍耐。

李芷惜看着叶湾湾故作镇定地整理衣冠的样子,忽然撇了嘴,一副要哭的模样扑到叶湾湾身上:"我这个弟弟怎么变得这么混蛋了!"

叶湾湾吓了一跳,手一抖没有扶稳凤冠。结果,满是金饰的凤冠同时勾住了李芷惜和她的头发,将两个人缠在了一起。

叶湾湾不得已弯下腰,别别扭扭地歪着身子迁就李芷惜的身高:"你这……太突然了……"

李芷惜没想到自己的煽情变成了一出闹剧,也很焦灼,哭笑不得地嚷嚷:"你快把它拿开。"

"在努力了。"叶湾湾看不见头上的凤冠,只能费力地拧着脖子,不停往头上翻白眼,企图找到勾住李芷惜头发的地方,"哎,你别动。"

"我的腰……腰抽筋了啊!"李芷惜急得直跳脚。

一旁,冯雅青看着两个人抱在一起不停地左旋右转,几次试图上前帮忙都不知要在何处下手。很快,她就被二人晃得头晕眼花,没了耐心。她猛地一跺脚,吼道:"你俩别转了!"

叶湾湾和李芷惜果然定住。

冯雅青在房间里扫视一圈,而后冲到桌边,抄起一把大剪刀朝李芷惜走了过去。

李芷惜惊惧:"雅青,你要干什么,身体发肤受之父母,你别乱……啊!"

李芷惜还没说完话,就看见一缕青丝从眼前飘落,自己已然和叶湾湾分开了。

"雅青你好粗鲁啊!"李芷惜哭丧着脸,蹲下身小心翼翼捡起自己那缕可怜的头发,又小心翼翼地给头发打了个结,"我的头发……"

她皱着一张小脸，像是要给自己的头发找块风水宝地葬身似的满屋子地巡视，最后，她拆下腰间的荷包，将头发塞了进去，然后重新晃悠到叶湾湾面前，把荷包郑重塞到她手里："要不，留给苏少卿吧。"

叶湾湾嘴角一抽，觉得自己这个婚结得甚是荒唐。

叶湾湾接过荷包，心不在焉地在手里摆弄着，忽然没来由地念了一句："其实，太子殿下也算仁厚了。"

"啊？"冯雅青大惑不解。

"至少，他还满足了我在这里出嫁的请求，还允许你们来看我。"叶湾湾收好荷包，重新抬起头，"我今天，挺高兴的。"

李芷惜撇着嘴，觉得叶湾湾好可怜，很想安慰她。于是，她眼珠乌溜一转，计上心头："要不，我们今晚留下陪你吧。"

冯雅青一愣："那苏少卿回来怎么办？"

"哪还有心思管他？我们是来陪湾湾的。"李芷惜说得斩钉截铁。

叶湾湾和冯雅青不由得对视一眼。果然女人心，海底针，公主变心好快啊……

李芷惜此人，活得通透又爱憎分明。她本就不讨厌叶湾湾，是以，在意识到局势不可逆转之后，很快便说服了自己，和叶湾湾成了朋友。

当然，苏遇刚刚拒绝她的时候，她也曾苦恼，苦恼到彻夜抄佛经。可抄着抄着她就看开了。有些事，她可以去争取，比如她求父亲允许她进入卷宗室去看卷宗，可有些事注定与她的意愿背道而驰，她又何必为难自己。

她对苏遇抱有遗憾，可这份遗憾不足以让她把自己的后半生都用来自怨自艾。她是大唐的公主，要风得风，要雨有雨，已经好过万千苍生，她只要顺风顺水地活着就好，得不到的也不强求，免得自惹烦恼。

苏遇下朝回来后，非但没有赶她们走，还特意让王大娘去买了好酒好肉，好好款待了她们，并与她们像自家人一样坐在一起吃饭。李芷惜觉得心满意足。

两日后，叶湾湾出嫁。崇化坊内，敲锣打鼓，好不热闹。

叶湾湾没有父母高堂，与苏遇也是非亲非故，自然无人要拜。院子里象征性地放了几挂鞭炮，她穿戴整齐，由苏遇陪着往大红车辇走去。

"敢不敢和我赌一局。"快出垂花门的时候，叶湾湾忽然听见身后的苏遇轻轻问了一句。

"赌什么？"她脚下步子顿了一瞬，才又重新迈开。

"赌你没有我，这一生，无论多少荆棘坎坷，伤痛苦难，都能化险为夷，安然长寿。"苏遇平静地说道。

叶湾湾知道，苏遇是想让她保证，不论发生什么，她都会好好活下去。她手中举着团扇，克制地将视线向斜后方转过一个微小的角度，看见苏遇前后抖动的衣摆，点了点头："好。"

语毕,她抬脚迈出大门,被宫人拥上车辇。

队伍浩浩荡荡出了崇化坊。

苏遇骑着马,跟在队伍之后,护送叶湾湾嫁入东宫。

东宫之内,大摆席面。

正值深秋,红叶满园,风一吹,叶片便像特意剪裁过的彩纸,纷纷扬扬地落下,和着鼓乐声,一派喜气洋洋。

叶湾湾举着团扇随着宫人一步步往正殿走。苏遇在众人身后亦步亦趋。锣鼓喧天,四周只有吵嚷声、嬉笑声,一路的喧嚣夹在两个人的沉默里,把所有心绪都敲得粉碎。

到了正殿门前,李芷惜跑了过来,从宫人手中接过叶湾湾,把人带了进去。接下来,便是无聊的三叩九拜,敬天地高堂、夫妻合卺。

正殿内外人山人海,宫人穿梭,百官庆贺。叶湾湾被人推搡着滴溜溜乱转,到最后也没能和苏遇说上一句话,就被推进了寝殿。

天色渐晚,但圣人免了全城宵禁,众人仍旧在不知今夕何夕地狂欢。热闹之中,有宦官轻轻走到苏遇身侧耳语,让他随自己来。

苏遇被人劝了几碗酒,此刻正有些昏沉,想着正好可以借机出去透透气,便起身跟了上去。

小太监沿着石子路七扭八歪地绕了半响,将苏遇领到一间偏殿外:"苏少卿请进吧。"

## 唐多令·晏山海

苏遇见院中无人，四下僻静，心中忽地升起一丝警觉："谁在里面？"

"进去就知道了。"小太监边说边迈上台阶，替苏遇推开房门，催促他进去，"苏少卿，快请吧。"

苏遇下意识侧头，朝来时的方向看了看。此处距离东宫正殿不近，已然听不到殿中的鼓乐之声。他心里迅速盘算着，这究竟是李芷惜搞出来的、想让他再见一见叶湾湾的把戏；还是李治要与他摊牌的鸿门宴。

不论是哪一种，他都有不得不去的理由。

苏遇收敛心神，迈进门槛。

身后，小太监眼疾手快地给房门落了锁。

"苏少卿。"随后，李治的声音从殿中的屏风后幽幽传来。

苏遇稍稍侧过身，右耳微微一动，似乎听到了水滴落在铁器上时发出的清脆的铿锵之音。

苏遇回正视线，对着屏风后的身影一礼："殿下。"

"苏少卿，你肯来，真是太好了。"李治应声从屏风后走了出来，脸上带着明朗稚嫩的笑。他边说，边走到桌案边，打开备在案边的食盒，亲自将里面的饭菜一碟碟端了出来，转身招呼苏遇，"前院百官俱在，太过嘈杂，我有几句话想同苏少卿说，这才命人将你叫了过来，希望苏少卿不要觉得唐突才好。"

苏遇闻言，眉心微微蹙着，看向门边。

李治立刻会意，有些窘迫地笑了笑："我担心有人会突然闯入打扰,所以命人先将门落锁。苏少卿不用担心,我不是在这陪着你嘛。"

苏遇只得走到桌案边,跪坐在席上:"殿下想和苏某说什么?"

李治将面前盛着糕点的盘子往苏遇面前推了推:"苏少卿先尝尝。"

苏遇见李治一脸殷切地看着自己,无奈只得拿起糕点,咬了一小块:"殿下现在可以说了吗?"

李治有些犹豫,紧闭着双唇,一副万分苦恼的样子,好半晌,才支支吾吾地问道:"苏少卿是不是觉得我是个心胸狭隘、阴险狠毒之人?"

苏遇心里一惊,脸上却不动声色:"殿下何以如此认为?"

李治忽然往前一扑,握住苏遇的双手,一副委屈得不得了的模样:"苏少卿,真的不是我要算计两位皇兄,是他们逼我的,他们觉得我年纪小,好拿捏,就想推举我为太子,这样,他们就可以名正言顺地将大权握在手中。苏少卿,你一定要相信我,我是被逼的!"

苏遇故作不解:"殿下为何不把这些话告诉圣人,反而要和臣说?"

李治忽然有些发抖:"他们连皇兄们都能算计,如果我说了,我担心他们会反过来害我。苏少卿,我自幼丧母,在前朝又无依无靠,我对抗不了他们。"

## 唐多令·晏山海

苏遇打量着李治。这个十五岁的少年，神情惶然如稚子，一直谦卑地以"我"自称，不曾说过一句"本宫"……也许，褚遂良等人的确是为了掌控权势才推他上位。可他又何尝不是在利用他们的私心。

他明明已经得到了一切，想做什么干脆利落地做便是，却要花这些个心思在这里和自己演戏。

苏遇知道，偏殿之外定然埋伏着东宫甲兵。李治此刻不过是在试探自己，一旦自己无法给出他想要的答案，殿外的甲兵便会立刻破窗而入，将自己乱刀砍杀。

苏遇假意不明白李治的用意："殿下需要臣做什么？"

李治看着苏遇，随后殷勤地倒了两盏酒，一杯递给苏遇，一杯端在自己手里，俨然一副要与苏遇推杯换盏的架势："苏少卿觉得，接下来我该怎么做？面对那些推我上位的人，我该如何自保？"

苏遇看着李治手中的酒盏，听着殿外的风声："殿下想杀了他们？"

李治反问："可以吗？"

苏遇正色："圣人如今仍在宫中，殿下此时动手怕是不妥。"

"大军明日出征辽东，父亲亲征，不会有闲暇过问今夜之事。"李治漫不经心地晃动着手中的酒盏，满眼真诚地回答。

苏遇知道，李治这是在告诉他，即便他今日死在这里，也不会有人疑心过问。只是，若李治已然下定决心，便也不会在这里和他耗时演戏了。李治在犹豫，所以，他还有回旋的余地。

"若殿下将他们杀之以除后患，那圣人亲征之时，朝中又有何人能够辅弼殿下？"苏遇一副忠心为李治谋划的模样，平静地说道，"何况，殿下未曾亲历过战场，还需有李老将军那般能人替殿下肃清障碍才是。"

李治点了点头，捧着酒盏的手微微向下落了落，可还没碰到桌案，就又举了起来："太子妃已经给阿史那旧部去了书信，东突厥那些骁勇善战的将士会效忠于我的。"

"太子妃"三个字像一支快箭刺入心口，苏遇趁着颔首的机会闭了闭眼，平复心绪："书信并非兵符，兵戎相见之时，书信指挥不动三军。"

李治闻言猛一皱眉，托着酒盏的右手无意识地向下落去。一瞬间，苏遇仿佛听见了殿外风吹利刃发出的嗡鸣声。他目光一动，迅速捧过自己的酒盏，用边沿抵住李治手中酒盏的碗底，阻碍其下落的趋势。

李治回神，刚刚脸上的谦恭之情已经荡然无存，有些生冷地瞪向苏遇。

苏遇知道，李治已然猜到了叶湾湾已将阿史那部落的兵符交给了自己。毕竟，这是此刻能保全他们二人唯一的方法。

"臣还没有恭贺殿下，得偿所愿。"苏遇不慌不忙地收回手，将酒盏中的酒一饮而尽。

李治轻轻笑了笑，眼中似乎有些无奈。他将酒盏放回到桌案

541

上，垂着眼帘："你说，二位皇兄会原谅我吗？那日家宴上，大哥还让我好好听父亲的话，守好大唐。苏少卿，他们会不会认为是我在算计他们？会不会恨我？"

苏遇忽然有些担心，担心李治为了稳固自己的地位，会将已然远离京城的李承乾二人斩草除根。苏遇连忙斩钉截铁地摇头："前太子与顺阳郡王会有那样的结局，实属形势所迫，与殿下无关。殿下是他们的亲弟弟，他们爱护想念还来不及，怎么会记恨。"

"是这样吗？"李治似乎松了口气，"那就好……"

李治知道，苏遇和叶湾湾都是聪明人，恐怕在自己上位的那一刻，他们就已然想好了退路。如今，他还无法确认兵符究竟在谁手中。但他可以确认的是，如果苏遇涉险，不管兵符在何处，叶湾湾一定会想尽办法让那三千精骑去护卫苏遇。

李治倾身凑近苏遇："苏少卿，你说本宫需要李老将军那样的人，不知，苏少卿可愿替本宫肃清寰宇？"

苏遇依旧不卑不亢："鞠躬尽瘁，死而后已。"

李治再次为苏遇倒了一盏酒："那好，明日，你便随父亲一同出征辽东吧。"

苏遇接过酒盏："臣领旨，臣望殿下与太子妃相互扶持，永结同心。"

"本宫待太子妃如何，就要看苏少卿在疆场上如何为国尽忠了。"李治说完，端起自己的酒盏，对着苏遇，一饮而尽。

苏遇当然明白，李治这是盼着他战死沙场。他神色平静，喝干了李治为他倒的酒："臣，万死不辞。"

大婚日一过，百官便开始对新任太子交口称赞。传言，太子忧心国事，大婚的一应礼节流程结束后，他便独自回了书房处理政务，一夜不曾去见太子妃。第二日一早，太子又亲率百官于玄武门外，声泪俱下地送圣人与大军出长安，往辽东。而后又设坛祈福，好不感人……

由秋入冬的时节，宫城内外忽然平添了一抹人迹凋零之感。

叶湾湾一个人在东宫里住着。李治不来看她，她更自在，整日用李承乾做太子时留下的那些弓弩草靶练练射箭，倒也不觉得无聊。

不过，李世民的大军刚出长安，李芷惜便慌慌张张地冲进了东宫。

李芷惜刚一进殿，就挥手把殿内的宫人都遣退了，然后关了殿门："你知道吗，太子把苏少卿派去辽东了！"

叶湾湾愣了愣："我不知道。"

她如今是太子妃，没人敢在她面前嚼舌根，这种事，太子不说，她又怎么可能知道。

"你快想办法。"李芷惜抓住叶湾湾的手腕使劲地晃，"太子这是让苏少卿去送死啊！"

李芷惜话音刚落，寝殿的门忽然被人推开了。李芷惜瞪圆了眼睛，刚要回头呵斥这个贸然推门而入的人，却看见门扇旁站的正是李治。

"本宫还想着,为三军祈福后就把此事告诉太子妃,看来,皇姐已经替本宫说了。"李治道。

李芷惜磨了磨牙,强行压下心里的担忧和恼怒,向李治拜了拜:"殿下,苏少卿是文官,你让他去战场厮杀,会要了他的命的。"

"怎么会!"李治露出不解的神情,"本宫记得,苏少卿明明在凉州从过军。更何况,太子妃已然书信阿史那部,相信阿史那部的三千精骑一定可保苏少卿性命无虞。"说着,李治笑着看向叶湾湾,"你说是不是?"

叶湾湾的目光依旧落在李芷惜身上:"芷惜,你先回去吧,我有话要和太子说。"

李芷惜仍旧免不了担心,可看着叶湾湾不住示意自己的眼神和三人之间剑拔弩张的气氛,她也只好先退一步:"那我先走了。"

"皇姐慢走。"李治侧身,让开了殿门的位置。

寝殿里,叶湾湾和李治二人相对而立。

李治从来也不指望与叶湾湾能像其他宫妃那样举案齐眉,是以,自己走到桌边,亲自动手给自己倒了杯茶。

叶湾湾就站在桌边,看着他的一举一动,忽然叹气道:"殿下当真容不下他?"

"茶不错。"李治呷了一口茶,品了品,赞了一句,然后放下茶杯,看向叶湾湾,"他知道的太多了。"

叶湾湾:"所有知道你是如何上位的人,你都要赶尽杀绝吗?"

李治不置可否地笑了笑。

叶湾湾忽然有些胆寒。

这盛世既是醉人的酒,也是残忍的刀。它让人为了天下,心甘情愿地百死不悔。让握着刀的人,兵不血刃,杀尽拦路人。

叶湾湾神色凄然:"如果他们为大唐而死,希望你善待他们的家人。"

李治忽然转过头,狞笑着看着叶湾湾:"你也好自为之。"

叶湾湾也笑了笑,缓缓垂下眼帘,无声地叹了口气。

# 第二十四章　长相思

这一年的冬天格外的冷，滴水成冰。

辽东前线吃了败仗，大军后撤数十里。为防止唐廷门户大开，敌军长驱直入，太子主动请缨，让房玄龄留守长安，自己镇守并州。阿史那部落的三千精骑旋即赶往并州，守住唐军后线，伺机反扑外敌。

太子出兵并州前，突然心血来潮，将李芷惜指婚给了李勣的小儿子，说是为了让老将军安心在前线尽忠。

大概是早就对李治死了心，李芷惜在接到这道旨意时无比平静，一点抗争都没有就接了旨，还谢了恩。可是，她的这份从容看得开，却吓坏了从小跟她到大的绛珠。

绛珠连鬼都不怕了，摸着黑趁夜跑去了东宫，把李芷惜反常的举动一五一十地告诉了叶湾湾。

叶湾湾知道，李治这是对没能亲手处决苏遇耿耿于怀，所以就让那些与他有关的人都不好过。让李芷惜下嫁除了想拉拢老将军，更多的是为了割断苏遇与后宫的最后一丝维系，让他即便在战场上侥幸活命，回朝后也会孤立无援。

第二日一早，叶湾湾连早饭都没用，便直接去见了李芷惜。

李芷惜还和往常无异，一大早的，竟然在庭院里烤肉吃。

"湾湾你真有口福！我刚烤好的兔肉，快来尝尝！"见了叶湾湾，李芷惜立刻上前，大呼小叫地将人拖进了亭子。

隆冬时节，亭子四面透风，吹得炉火漫天乱飞。叶湾湾眯着眼，抓起一小撮调味粉撒在兔肉上："这种天气，就算是我们草原人都要躲进帐篷吃。你倒好，偏要在这喝西北风。"

"这你就不懂了。我吃的不是兔肉，是天地灵气。"李芷惜举着小刀，目光灼灼地盯着已然开始出油的兔肉，"好了吗？可以吃了吗？"

叶湾湾撕下一小块肉，尝了尝："可以了。"

李芷惜闻言，立刻握住小刀，直接割下一只兔腿叼进嘴里，吞了好几口肉之后才又说道："我听那些军户说，若是能在营地逮到这么一只兔子，烤了吃，就是给他玉液琼浆都不换，果然很好吃。"

"你什么时候开始关心行军打仗的事了？"叶湾湾明知故问。

李芷惜舒舒服服地吁了口气："我好歹是皇亲国戚，军国大事当然要知道些。"

"那你可知道,辽东那边战事如何?"叶湾湾顺势问道。

"听说,死伤过半了。"李芷惜盯着手中的兔腿,忽然叹了口气,"那些人,真可怜。"

"你不会是觉得李老将军可怜,才答应嫁给他儿子的吧?"叶湾湾趁机问道。

"当然不是。"李芷惜早就知道叶湾湾此番来看她的目的,是以对她的问题一点也不觉得惊讶,"我偷偷找人给老将军的儿子画了幅画像,怎么说呢,长得也算一表人才,嫁过去我不算吃亏。"

叶湾湾忽然不知道还能说些什么。李芷惜显然已经认命了,自己总不能怂恿她抗旨不遵。

叶湾湾试探地问:"婚期定了吗?"

"说是要等父亲的旨意,左不过就是年后吧。"李芷惜对着叶湾湾笑了笑,"其实,你真的不用特意跑来安慰我。比起你这个和亲公主,我这个公主当得已经非常自由了。"

李芷惜边说边给叶湾湾割了几片兔肉。

"人生哪能事事如意,我已经顺心如意十几年了,和那些活在战乱中的人相比,我哪有资格不满意、不甘心啊。"李芷惜的眼中没有什么波澜,语气也是淡淡的,一副早已跳出红尘之外的模样。

其实,像李芷惜这样,能想开,放得下,已经是莫大的幸运,可叶湾湾还是觉得胸口堵得厉害。明明她们都曾有一段欣欣向荣的人生,可怎么走着走着就走到了这里。如果说,她是自作自受,那李芷惜又有什么错呢……

离开李芷惜的丽正殿,叶湾湾没有立刻回东宫。她一路漫无目的地走,走去了北苑。

雪已经下了三日,放眼望去,参差巍峨的朱墙都压在一片苍茫之下,琉璃翠瓦也换上了银装。午后,又飘起了雪。偌大的北苑中,假山上是雪,水池中也是雪。风一起,满眼都是雾蒙蒙的白。

叶湾湾又忍不住想,自己在这长安宫城内尚且感到寒冷,那远在辽东的人可怎么活……


三日之后,上元灯节,长安城里热闹非凡,喧嚣之声越过宫墙传入宫中,空落落的宫城内终于有了几分活气。

宫人们没有前朝大臣们那般多愁善感,一边叽叽喳喳地议论着辽东的战事,一边嘻嘻哈哈地添香烛,挂红灯。

东宫正殿内,炭火烧得极旺,可叶湾湾还是觉得有些冷。前几日,她在北苑赏雪时着了风寒,因为不想喝药,就没有声张,一直熬着。她身体好,一点风寒总能熬过去,可总归是有点不好受。

李芷惜带着冯雅青来看她的时候,她正歪在榻上昏昏欲睡。

这半年来,物是人非。

李芷惜一直在宫中待嫁,每日好吃好喝地养着,可反而清瘦

## 唐多令·晏山海

了许多。

至于冯雅青,她父亲冯远年事已高,自从长子病逝后他的精气神也涣散了不少。这半年来朝堂剧变,对国事的忧心又耗尽了他所剩无几的心力,如今俨然是到了风烛残年。年前,冯远便上了书,说要告老还乡。太子在准备出征并州这一节骨眼上,抽空准了他的请辞书。

而冯雅青也是一副心如止水的模样,好像对这个王朝究竟何去何从也没什么兴趣了。今日入宫,算是来与众人告别。

三个姑娘围坐在炉火前,被炉中的热气熏着,眼底都泛了红。

"不如,去看灯吧。"李芷惜忽然打破沉默,建议道。

叶湾湾下意识看向窗外,正好瞧见廊下摇曳的风灯映入窗子,在一片死寂的东宫里,像是一个活物。

"今日没有宵禁,我们可以玩上一整夜。"李芷惜继续鼓动大家,"我七八岁的时候和四哥去看过一次灯,之后再没出去过,眼下忽然特别想去看看,去吧。"

叶湾湾看着眼巴巴等着她们回应的李芷惜,点了点头。

没有那些繁文缛节的束缚,宫外果然比宫内热闹百倍,而要说此时长安城内最热闹之处,自然是靠近东市的平康坊。

三个人披着大氅,踩着雪,一路向东。

其实,李芷惜在宫内见识过不少曲艺杂耍,但都太过精致,太过拘谨,不像宫外,隐隐地透着一丝野性。看到有人对着火把喷火，她激动得恨不得捏着自己的头发丝放在火上烧，以判断从那技人口中喷出的火是真是假，不过，还未等她付诸实践，就被冯雅青拖走了。

此时，酉时已过，有官府使君在城门楼上高声宣布上元灯市开市。一瞬间，全城的花灯同时点燃，整座长安城光亮如白昼。叶湾湾三人被人群推搡着，几乎是脚不沾尘地向前移动。

叶湾湾身侧，被人群挤得直跳脚的李芷惜忽然嚷了一嗓子，一手抓住叶湾湾，一手挽住冯雅青，拼命将两人捞出人群。等到晕头转向的叶湾湾终于恢复神智，抬头就看见李芷惜笑眯眯地站在不远处的台阶上，指着头顶上方的三个大字——思美人。

然后，李芷惜说："我们上青楼吧。"

叶湾湾艰难地扶正自己的脑袋："你好歹是个公主，这么堂而皇之地上青楼，不好吧。"

"我是公主，又不是太子。"李芷惜理直气壮，"太子上青楼自然是不好。可我是个女的，这里没有人认识我，我怕谁？"

冯雅青抱起双臂，斜睨了李芷惜一眼："你带钱了吗？"

李芷惜瞪大眼睛："带钱？"

李芷惜的反应似乎早在冯雅青的意料之中。冯雅青眼中带着几分嫌弃，将李芷惜打量一番："不是吧，逛窑子你不带钱？"

"我又不经常出来。就算出了门，这些事也都是绛珠在做，我怎么知道还要带钱？"李芷惜说完，又将责任往冯雅青身上推，"你不是常来吗，你带了吗？"

冯雅青双手一摊："出来前只说是看灯，并没说还要上青楼，我自然是没带。"

李芷惜又看向叶湾湾。

叶湾湾刚要表示自己也是一穷二白，可还不等她开口，就被冯雅青抢了先："她认识这的假母，说不定可以带我们进去。"

叶湾湾嗤之以鼻："这里哪个恩客不认识假母，拿不出银钱，还不是都被假母打出来了。"

李芷惜撇嘴："你们行不行啊，一副混迹江湖好多年的样子，结果现在个顶个的没用。"

叶湾湾和冯雅青闻言，同时后退一步，异口同声道："你行你上。"

李芷惜丧气地一噘嘴，一屁股坐在台阶上，不走了。

叶湾湾和冯雅青抱着双臂，皱着眉，靠在一起低头看着李芷惜。

冯雅青觉得这样下去也不是办法，于是低声对叶湾湾耳语："你还是去和假母说说吧，大不了先赊账，日后还钱。"

"祝祝姐又不在，进去也不知道要做什么。况且，这的假母为人仗义，我不想再给她惹麻烦。"叶湾湾顿了顿，良久，叹了口气，抬高了声音，"去后院的栈道放孔明灯吧。"

李芷惜眼睛一亮，立刻蹦了起来："孔明灯不用付钱的吗？"

叶湾湾难得大气了起来："几只孔明灯，我还是买得起的。"

思美人的后院有一处专门用来临水纳凉的地方，这会儿，漕河水上漂浮着一片片薄薄的冰,夜风寒凉,可还是挡不住百姓泛舟的雅兴。水面上悠悠驶过十余艘小船,船侧漂着无数莲花灯。

叶湾湾三人抱着孔明灯,提着蘸满了墨汁的毛笔,挤上木栈道。

"你们要许什么愿?"李芷惜咬着笔杆发问。

冯雅青提起手中的孔明灯,看着灯上清丽的小字:"当然是希望阿耶身体康健。"

李芷惜想了想,捻起毛笔:"那我就许,希望父亲得胜凯旋,大唐国祚绵长。湾湾,你呢?"

叶湾湾看着眼前连绵的莲花灯有些出神,喃喃道:"希望他这一生,无论多少荆棘坎坷,伤痛苦难,都能化险为夷,安然长寿。"

水边的风忽然凛冽起来,吹动着水面上的莲花灯东倒西歪地顺流而下。木栈道上的喧嚣之声渐渐被风吹散。

被万千灯火映得通亮的夜空里,无数孔明灯缓缓升上天际,直到如流萤般细小、消失。

初见苏遇,就是在漕河水岸旁,雨霁天晴,海棠正浓。他倚着窗,隔着夕阳看了她一眼。她逆着光,甚至没有看清他的脸,但却莫名觉得,此人比海棠还耀眼。

如今,枯木寒枝,雪满长安,再望向他,却隔了迢迢山海。

她何其幸运,从阿阙到许高氏,身边的每一个人都信她爱她。哪怕她为一己私欲害死那么多人,还有苏遇对她不离不弃;

可她又何其不幸,从伽嫣到苏遇,她身边的人或死或伤,一个个都离开了她。

生当复来归,死当长相思。

上元日之前,叶湾湾本就已经受了风寒,上元日当晚,她又在水边着了凉。结果,回宫后病情来势汹汹,身体每况愈下。

她终究没能守住对苏遇的承诺,在春暖花开之前,卒于东宫。

# 终卷

愿天无霜雪,梧子解千年

## 第二十五章　式微

　　黄昏，风势越发的大了，扑簌簌地吹落一片雪珠子。太阳落山前的余温残存到现在，成了一团冰冷的肃杀之气。

　　几天前，营州城外又打了一场恶战，敌我两方谁也没有占到便宜，在留了满地的尸体后，各自退回了驻地。

　　"小骗子，跟上。"老人拄着木杖，在一地的尸体里蹚着走，时不时回头叫一声跟在身后的人。

　　大唐边境这一仗打了两年，血涂草莽，民不聊生，百姓早就没办法通过正当的途径生存。在这个距离两国边界最近的城墙里，坑蒙拐骗早已屡见不鲜，大家各凭本事苟延残喘，谁也不会瞧不起谁的营生。是以，街坊邻居都知道阿晚是骗子，但每逢有集体活动，还是会叫他一起。

　　"这次真是死了不少的人。"老人蹚了许久都没蹚到尽头，忍不住感叹。

　　营州这地界，一向如此。尸体堆了一层又一层，腐臭的旧尸还没运走，新的就又堆了上来。每当有新鲜的尸体倒下，营州的百姓们就会集体出动，扒下他们的衣物，带走他们的干粮。虽然这样的行为是对守边健儿的大不敬，可为了生存，也就顾不上仁义道德了。

　　阿晚脚上的草鞋掉了一半的鞋底儿，在雪地里走路特别冻脚心。他几乎是如饥似渴地冲进死人堆，逮着一双鞋就脱下来套在自己脚上，直套了四五双才稍稍觉得踏实了。

　　隆冬时节，天黑得特别早。雪地里的寒气渐渐上涌，夜色也变得阴森起来。摸尸大队决定打道回城，但一口吃的也没找到的阿晚不甘心，又在城外逗留了许久。

　　月色不甚明亮，除了清晰的尸臭味，一切都是模糊的。

　　阿晚在死人堆里翻山越岭，终于皇天不负有心人，让他摸到了半张胡饼。他开始狼吞虎咽，噎了，就抓一把地上的雪塞进嘴里。他拼命地咽，拼命地吞，忽然，那一大口饼卡在了喉咙里，下不去了——

　　一只手死死掐住了他的脖子。

　　"唔，救，救……"阿晚用力去掰掐住自己脖子的手指。

　　"送我出去。"身后传来一个声音，虚弱但有杀气。

　　阿晚玩命点头。他几乎是拼尽全力才把那人背到背上，然后颤抖着两根枯瘦得像筷子似的腿，一步三晃地朝城门走。

那人全身软绵绵的,像被抽了骨头一般,可偏偏那只手格外有力,一直狠狠掐在阿晚脖子上,虽不至于影响呼吸,但也随时可以要了他的命。

阿晚背着那人,仿佛在鬼门关绕了一圈,才终于回到了他栖身的破屋。

这里原本是某户人家的祠堂,战乱时坍塌了大半,如今只剩下西南角的三根柱子勉强支撑着一小片房梁。

阿晚蹲下身,想把人放在草席上。可那人对他很是不友善,人都躺在草席上了,手还掐着他的脖子,阿晚挣脱不开,直接摔在了那人身上。这一摔,就像是在那人胸口上完成了致命一击,那人登时喷出一口老血——

全喷在阿晚脸上了。

可就算是这样,那人还是没有松手。阿晚实在挣扎不动,索性趴在他身上道:"我看你伤得不轻,要不,你把手松开,我给你检查一下伤口?"

那人似乎不信,没有回答。

阿晚继续:"这位将军有所不知,我虽然主业是个骗子,但副业可是位郎中。"

这话那人似乎更不信,掐着他脖子的手攥得更紧了。

阿晚忍不住咳嗽了两声:"将军别不信,人在江湖飘,哪能不挨刀。我虽然骗术高明,但难免有马失前蹄的时候,被抓住了少不了要挨顿打,要是不懂点医术,早就横死街头了。"

这话说得在理，那人的手指微微动了动。

阿晚再接再厉："将军你要是有个什么疑难杂症，我肯定是治不了的。但是行军打仗嘛，受的应该都是些皮外伤，治这个，我最在行。"

也不知道那人是信了，还是累了，反正是松了手。

阿晚一个后滚翻滚出一丈远，确定对方暂时伤不到自己后才翻身坐起来，双手捂着脖子咳了半天。咳着咳着，阿晚忽然感觉有些不对。他把捂着脖子的手慢慢后移，结果摸了一手的血。

"啊，血……"阿晚捂着脖子，哭号了两声。

地上的男人似乎被吵到了，恼羞成怒却又气若游丝地呵斥："皮外伤，哭什么，你是不是男人？"

"废话，我不是男人难道是阉人吗？"阿晚小碎步冲回到男人面前，壮着胆子朝他腰上踢了两脚，"我好心救你，你怎么出手伤我？"

"你最好能救我。"那人也不生气，依旧不动如钟地躺在那，"划伤你的箭镞上有毒，救不活我，我们一起下地狱。"

阿晚吃惊不小。果然是自己偷死人衣服遭报应，竟然遇上这么个冤家。他叹了口气，随后一屁股坐在男人面前，盘起双腿，动手粗鲁地解男人的铠甲。

男人身上的伤口大都已经结痂，阿晚每脱下一层衣衫，就会带下不少皮肉。男人大概是疼晕了，一直没有吭声。见他已经失去反抗能力，阿晚的胆子就大了起来，开始在他身上乱翻乱找。

"我就不信找不到解药……"阿晚将男人身上的衣服一件件掀飞,眼看就要脱光了,也没见着任何长得像解药的东西。

"你叫什么?"男人突然开口。

"阿晚——"阿晚吓了一跳,反射性地回答,"你你你,没晕?"

"姓什么?"

阿晚拧着眉思考片刻,觉得这位军爷可能是伤了脑子。都说了自己叫"阿晚",当然是姓阿。不过,他没忍心出言嘲讽,习惯性地编了句瞎话。

"赵钱孙李?鬼知道我姓什么。"衣服已经全部褪下了,看着男人满身的血污,阿晚皱了皱眉,"幸亏现在是冬天,不然你这身伤早就腐烂化脓了。不过,我只能帮你清洗一下伤口。药,我肯定是没有的,能不能伤愈得看你自己的造化。"

"不是说你可以治?"男人的手臂晃了晃,似乎又想去掐阿晚的脖子。

阿晚翻了个白眼,躲开了:"都说了,我是个骗子。"

阿晚从草席另一头搬过一只装满雪水的坛子,把从男人身上脱下来的衣衫撕成块,胡乱在坛子里浸湿,开始给男人擦拭伤口。

"你伤得太重,得好好养着。"沉默里,阿晚突然开口,"不过,我这里别说是药,连口吃的都没有,不利于养伤。要不,明天我送你回营地吧。"

阿晚久久没有得到回应，料想对方应该是晕了或者睡了。阿晚没再吵他，将多出来的半截草席卷起来，盖在男人身上，自己缩到墙角，也打起了盹儿。

阿晚睡得正熟的时候，耳边忽然传来"咔嚓"一声响。他一个激灵，直接滚出墙角，站在房梁下四处看了许久，才发现是因为雪势变大，把窗棂压塌了。

天光渐渐从云后透了出来，寒风如利刃切入皮肤。阿晚转身看了看还在熟睡的人，有些后悔昨天没多扒几件冬衣下来。

他轻手轻脚地走到那人旁边，检查了一下他的伤口。这人看似已经是强弩之末，没想到生命力竟如此顽强，一些伤口已经完全结痂，较深的也没有任何要感染的迹象。阿晚松了口气，而后习惯性地抬手摸了摸那人的额头。

男人的额头热得烫人。

阿晚猛地缩回手，蹲在男人身边有些不知所措。他身上的皮外伤虽然都在愈合，但烧得如此厉害，很可能是有表面看不到的伤口已经感染发炎。如果不及时救治，他怕是撑不到日落了。

营州城内，那些有谋生手艺的人早就跑光了，眼下想要找郎中简直是天方夜谭。正值冬日，上山采药也是妄想。送他回营地，阿晚更是做不到。

阿晚看着眼前毫无生气的男人，心里不忍，可他能做的，仿佛也只有让他走得体面一点。

阿晚将衣料蘸了雪水，小心翼翼地帮男人擦掉脸上的污秽。

可看着男人的眉眼在自己面前渐渐清晰，阿晚的手开始不住地发抖，很快，就连手中的布都拿不住了。

许久，他猛地丢开手中带血的衣料，畏寒似的缩回到墙角，把头埋在了膝盖间。

至于吗……他不就是偷了几双死人的鞋？何必把这个短命鬼塞到他手里，谴责他的良知？阿晚埋着头，委屈巴巴地哼唧了几声，随后恶狠狠地抬头，把自己脚上套着的五双军靴一股脑地脱了下来，丢在男人身上。

"都还你！"

鞋子砸在男人身上，还真把人砸醒了。

原本还在恍神的阿晚听到动静，立刻手脚并用地爬回到那人身边："你醒了？"

男人痛苦地皱着眉，从喉咙里艰难地吐出一个字："水……"

"渴了？"想喝水是好事，阿晚急忙把刚刚丢掉的破布又捡了回来，蘸了雪水，举到男人唇上拧了拧，让雪水一滴滴落到他唇间。如此反复几次，男人的脸上终于露出了一丝生气。

阿晚兴奋地几乎跳起来。他又不怕受良心谴责了，连滚带爬地把刚刚被他扔出去的五双鞋又给捡了回来，套到脚上："你等着，我去给你找药。等着啊，挺住！"

这会儿，外面的风雪已经停了，但经过一夜的累积，雪的高度早已没过阿晚的膝盖。阿晚双手不停地把身前的雪扒开，两条腿艰难地蹚着，几乎是游着出了小祠堂。

祠堂之外是天荒地老般的死寂，想在这附近找到救命的草药是不可能了。阿晚仰头看着天，在心里盘算了许久，最终发现，只剩下到其他郡县找药这一条路。

阿晚回头看了看祠堂的方向，似乎在计算里面的人还能坚持多久。他抬着脚尖，犹豫地晃动着，迟迟没有迈步。过了很久，他才下定决心似的将高抬的脚尖狠狠踩在雪地里："看来，必须得出趟远门了。"

距离营州城最近的便是邑县，那里地势不平，又三面环水，所以还没有被战火波及，好多从营州出逃的百姓最后都去了那里落脚。更重要的是，邑县百姓没见过阿晚，对他没有防备，去那里行骗自然会容易些。

不过，以他的脚力，去邑县少说要走一天一夜。要想在日落前赶回来，他还需要一个交通工具。

阿晚很快想到了周老三家的骡子。

周家祖上是营州刺史出身。边境开战时，周老爷带着义军出城迎战，战死了。周家后人似乎继承了周老爷的爱国热血，各个坚守营州，誓死不退。

周家如今还住在当年的官舍里，距离阿晚的祠堂不远。

阿晚很快就摸到了周家后院。他踩着草垛扒上周家的墙头，伸着脖子往院内瞅了瞅，正瞧见周老三在喂骡子。

"老三！"阿晚高兴地叫了声，朝仰头看向自己的周老三招了招手。

周老三登时满脸戒备:"你又想骗什么?"

阿晚是骗子这件事营州城内人人皆知。可他是个花样繁多的骗子,发起狠来连自己都骗,所以,街坊邻居很难分辨出他的哪句话是真,哪句话是假。而且,他很会发掘人心深处的欲望,借题发挥。就像祠堂里那位将军,阿晚就是利用他想活命的心思,谎称自己是郎中,才骗他松了手。

周老三被阿晚骗的次数多,一听见他的声音都手脚打颤。

这会儿,阿晚忽闪着两只大眼睛,无比真诚地与周老三对视:"我昨天摸尸的时候救回来一个将军。"

周老三认真地给骡子喂着草料,不接话,好像生怕他一开口,就能被阿晚抓住破绽似的。

"我给他处理了伤口,他身上大大小小的刀伤多得数不清,整个人跟个血葫芦似的。"阿晚将下巴垫在墙头,两眼虚张着,神色开始恍惚,"他一个将军,为了咱们大唐刀山火海地拼命,可却没人顾念他,把他一个人扔在死人堆里。"

阿晚看到周老三喂骡子的动作已经有些迟缓了。

"如果大唐的将领个个都是这样殒命,以后谁还能来护卫我们……"阿晚的声音越来越小,似乎陷入了沉思。

两个人隔着一堵墙,无声地对峙。

阿晚沉默了许久,忽然叹了口气:"周老爷当年一腔热血战死沙场,也算死得其所。我想那个将军也盼着有朝一日能重新披甲上阵吧。"阿晚踮了踮脚,努力和周老三对视,"你不知道,那个将军的求生意志有多强。要是我伤成他那样,早就一刀结果了自己,免得受那么多折磨。"

"你当真救了一位将军?"周老三终于开了口。

阿晚立刻点头如捣蒜:"当然,就在我那个破祠堂里躺着呢,你可以去看。"

"你想从我这拿什么?"

"把你的骡子借我。"阿晚伸手指了指,"我去邑县给他求药。"

"当真是为了求药才借我的骡子,不是为了宰了吃肉?"周老三有些迟疑。

"怎么可能!你等我一下……"阿晚忽然从墙头消失了。他盘腿坐在草垛上,三下五除二将脚上的五双军鞋脱了四双下来,然后又重新爬回到墙头,将鞋子扔进周老三的院子,"昨天摸尸摸来的,都给你,就当是租金。"

周老三难得见阿晚如此真诚,纠结了片刻,还是把骡子借给了他。

阿晚得了骡子,没有立刻启程去邑县,而是绕到城外,又从战死的士兵身上摸走了一套铠甲和战刀,将自己全副武装后才跨上了骡子,晃晃悠悠上了官道。

相比于营州的破败,邑县已经算得上繁华了。阿晚骑着骡子,直奔药铺。

见阿晚一副军营打扮,大家纷纷侧目。阿晚则是一副急吼吼的模样,冲进药铺就将佩刀往柜台上一拍:"伙计,抓药!"

"军军军爷需要什么药?"伙计有些腿软。

"散淤止血还有治疗风寒的都给我抓几副。"

伙计频频点头,一边嘱咐药童抓药,一边噼啪打好了算盘:"给军爷各抓三副,共三十六文……"

"我们营的弟兄死的死,伤的伤,伤的又大都感染了风寒,还得带伤上战场。"阿晚神情痛苦地自言自语,"后备军需又一直补给不上。这日子,也不知道什么时候是个头……"

"您受累了。"伙计低眉顺眼的附和,但附和完,还是回到了钱的问题上,"三十六文。"

"你看我这刀,值吗?"阿晚抓起面前的刀,想抽出刀锋,不过他暗暗使了半天的劲,那刀就像锈住了似的,纹丝不动。阿晚只得又将刀放下。

伙计牙齿打颤:"军军军爷是……是打算白拿?"

药铺里围观的人越来越多,阿晚见形势不对,忽然姿态一转,摆出一副泫然欲泣的模样:"敌军马上就要攻破营州,接下来就是邑县。我军守军活下来的不足一成,你们当真要看着我的兄弟们病死,看着敌军的铁蹄踏上邑县的土地吗?"

药铺中的议论声渐起。

"如果不是没办法,我也不会出此下策,跑来邑县求药。我们真的是没有退路了。"阿晚哭腔道。

闻言,人群中流出阵阵叹息,满是对阿晚的敬佩和同情。面对众人的指指点点,伙计有些不知所措,好像自己犯了什么天大的过错似的。

阿晚再接再厉:"你们看到过营州城外,尸横遍野,血涂草莽的景象吗?"阿晚边说边将自己穿着军鞋的脚抬了起来,"你们知道,这双鞋是我从死去的兄弟身上扒下来的吗?"他越说越激动,又掀开自己的铠甲,露出乞丐一样的破烂衣衫,"你们知道,我们就是穿成这样上战场的吗?"

阿晚不自觉地抹了把脸,似乎已经完全带入了自己的故事,快要哭出来了。

"把药给他!"就当阿晚要编不下去的时候,药铺掌柜的出来了,"去,把铺子里新来的那批三七、黄芪和细辛都包起来,给这位军爷拿去。"

阿晚一下子哭出来了。他也摸不清自己到底是个什么情绪,在大家的簇拥下,稀里糊涂地上了骡子,稀里糊涂地出了邑县。

骗人骗到他这种境界,也算功德圆满了。

走进营州地界,阿晚才稍稍找回一点真实感。他摸着怀里鼓鼓囊囊的药包,下意识夹紧了骡子的肚子,朝营州城快速奔去。

他把骡子牵回给周老三时,对方满脸的不可思议。而当阿晚又将讨来的黄芪留了一些给他时,周老三简直以为自己撞了鬼。

"我是骗子,又不是恶棍。"阿晚颇有些自豪地扔下一句解释,就匆匆转身往自己的小祠堂跑。

不知道是不是因为赶了太久的路,回去小祠堂的路上,阿晚只觉得全身发虚,双腿像灌了铅似的迈不开步。他在雪地里稍稍蹲了片刻,可形势却没有任何好转。他的视线开始模糊,像是有雪泥沾在了他的睫毛上,让他看不清路。

阿晚凭着直觉在雪地里往前蹚,没走几步,胃部就传来一阵阵绞痛。阿晚站不稳,接连摔了好几个跟头。最后一跤摔下去的时候,他只觉有股热浪从胃里迅速上涌,进而喉咙一甜,一口血直接喷了出来。

那口血迅速在皑皑的雪地里融开一片,是一团浓稠的黑红色。

阿晚闭了闭眼,想起昨夜那人曾用有毒的箭镞划伤了他的后颈。眼下这情形,大概是毒发了。

阿晚在雪地里蜷成了一团,挣扎着又往祠堂的方向滚了几尺。不远处,他已经隐隐看见了祠堂坍塌的屋顶。可明明这么近的距离,他却怎么也跨不过去。

阿晚再次抬起头时已经完全丧失了视力,四肢也渐渐失去知觉,只剩下冰冷的寒意。他迷迷糊糊地倒在雪地里,手还努力向前伸着,试图把药包扔进祠堂。

想他难得出手救人,却救出这么个下场。果然这世道,人不为己,天诛地灭……

## 第二十六章　长歌怀采薇

阿晚彻底失去意识之前，想到自己应该就要和祠堂里那个男人一起下地狱了，便在心里暗暗发誓，黄泉路上，一定要让男人知道自己没能及时得到救治的真相，让他把肠子悔青，悔得他直接诈尸……

阿晚愤愤然地想，竟然把自己气得"哼"了一声。

四周的枯寂似乎出现了一丝裂痕，意识到自己竟然能发声了的阿晚试探性地睁开了眼睛。

头顶上方，忽然出现一张男人黑黢黢的大脸。

那人嘿嘿一笑："小娘子醒啦？"

"嗯，嗯？"阿晚反射性捂住胸口，故作气愤，"叫谁小娘子呢！"

"小娘子不记得我了？"那人还在傻笑。

"我为什么要记得你？"阿晚转过身，背对着那人，手脚并用地往墙角爬。

那人连忙抹了一把脸，弯下腰小碎步绕到阿晚面前，指了指自己："是我，禁军中郎将李修，小娘子不记得我了？"

"李修？"阿晚身形一顿，低着头，讷讷地重复了一句。

李修将手中佩刀放在地上，穿着一身破烂铠甲，稀里哗啦地在阿晚身后坐下了："太子那事之后，我就自请到营州戍边了。这边苦是苦了点，但比宫里自在些。后来，打仗打得乱七八糟的，我还以为这辈子都见不到长安故旧了，谁知道，没多久，苏少卿也被发配过来了，哈哈。"

李修还是原来的性情，没心没肺地讲着，不过，看着叶湾湾脸色不对，他多少也意识到了什么，脸色慢慢沉重下来。

李修试探着询问："听说小娘子做了太子妃，真的假的。"

叶湾湾换了个坐姿，面对李修盘腿坐着："太子妃早就死了，你不知道？"

"不知道啊。"李修愣愣地摇了摇头，随即又恍然大悟，"厉害啊，金蝉脱壳！"

叶湾湾话锋一转："你怎么找到这来了？"

李修回道："前阵子这仗打得惨烈，我们损失惨重。苏少卿与我同在一个营里，战后我见他没回来，便出来找他，活要见人，死要见尸，好歹是个交代。我把城外的死人差不多翻了个遍也没找到人，就又到这边看看，没想到竟然看见小娘子趴在雪地里。"

听到这里,叶湾湾下意识地摸了摸脖子。

"也不怪苏少卿提防你,小娘子如今这副模样……"李修有些为难地上下打量了一下叶湾湾,见她一头乱发在头顶胡乱一束,垂下来的碎发几乎遮住整张脸,脸上也是红红黑黑的各种擦伤和污渍,完全看不出是个女孩子,"要不是喂解药时我给你稍稍洗了洗脸,当真是认不出来。"

"我知道。"叶湾湾耸了耸肩。

"对了,药我帮你拿回来了,已经煎好了一副,刚刚给苏少卿喂下了。"说着,李修又在怀里掏了掏,掏出一只小瓷瓶递给叶湾湾,"这是金疮药,也留给你。我得走了。"

"这么急吗?"叶湾湾下意识地拦了一下。

李修严肃道:"圣人要撤军,我得回去点个卯。"

"这仗打了两年,为什么此时撤军?"辽东这一仗,大唐虽然吃了几次败仗,但对方也没讨到什么便宜。她前阵子还从突厥旧部那得到消息,说李治将并州治理得很好,大军已经进了云中城,随时可以来支援辽东。以圣人的心性,怎么会在此时撤军。

李修挠了挠后脑勺:"那个……豫章公主去了……"

"芷惜去了?"叶湾湾一愣,似乎没明白李修的意思,"去哪了?"

"难产,母子都没保住。"李修一脸愁苦,"这事对圣人打击很大。豫章公主出嫁时圣人没有送她,如今她走了,圣人怎么都得赶回去见见她。"

"她这么早，就走了啊……"那个许愿大唐国祚绵长的人，竟然连凯旋都没能等到。

李修有些不忍心看叶湾湾失魂落魄的样子，于是清了清嗓子，打断她的思绪："那什么，苏少卿……我就当他阵亡了，他醒了之后，你们就走吧。我也走了。"

"多谢……"

李修走之前，又留了一些银钱给叶湾湾，说是就当买下苏遇留在营中的铺盖卷。

叶湾湾也没跟他客气，她确实需要这些钱。

夜里，苏遇又烧了几次，叶湾湾给他喂了药，又在伤口上涂了金疮药。苏遇迷迷糊糊地和她说了一声"医官受累了"就又晕了过去。

天快亮的时候，又下了雪。叶湾湾赶在积雪被踩脏之前收了好多在罐子里，等雪融化，她就用衣物蘸了雪水给苏遇擦拭伤口。如此折腾了三四日，苏遇终于有了好转的迹象。

午后，天边出了太阳。接连几日的阴沉后，这热热闹闹的大太阳简直是久旱逢甘霖般的恩赐。叶湾湾赶紧把湿哒哒的草席、破旧衣物都抱了出来，打算趁着日头正暖，晒晒上面的霉气。

祠堂后身，从前人家晒衣服被子的麻绳还结结实实地缠在几棵老树上。叶湾湾将草席、衣物一件件地搭上去，午后的风一阵阵吹来，绳子上的破布便随风而动。这破败的场景实在没有任何美感，偏偏叶湾湾一抬头，就从草席旧衣层叠的缝隙间看见了苏遇倏然挑起的眉眼。

他眉心轻轻蹙着，眼底纠结着一层愁苦的光。

忽然，他抬手，用指尖挑起挡在面前的草席，向她走来。

叶湾湾呆滞地站在原地，看着苏遇紧盯着自己，一步步走到自己面前；看着他嘴角微动，有什么话就要脱口而出。她连呼吸都不敢了，生怕自己一动，眼前的一切就都散了。万千情绪堵在胸口，憋得她好似随时都会晕过去。

"叶湾湾？"

她听见苏遇略带疑惑的嗓音轻轻念了一遍她的名字，她这才猛然回神，突兀地想起了李修那句"小娘子如今这副模样，当真认不出来"，于是便惶急地用手里的旧衣物抹了抹脸，又拢了一下头发。可她觉得不够，又想回去洗把脸，便连忙把衣物丢在一边，没看见苏遇似的绕过他往祠堂里跑。

苏遇一把扯住了她的手臂："是你把我带回来的？"

"你还记得啊？"叶湾湾一跺脚，"我好心救你，你还给我下毒，差点毒死我！"

闻言，苏遇下意识地伸手摸向叶湾湾的脖颈，似要去检查她的伤口。

叶湾湾乖乖地往前迈了一步，让他看："中郎将已经把解药给我了。"

苏遇似乎还没有完全理解眼前发生的一切："你怎么在这？"

"这可就说来话长了。"叶湾湾站在苏遇身前,习惯性地去掀缠在他身上的绷带,检查伤口愈合的情况,"反正是来找你的。中郎将说了,你们的圣人已经退军,他会把你阵亡的消息报上去。你呢,在户籍上就是个死人了,以后也别想着回去了,老老实实地在我这儿待着。你的命是我救的,你得报答……"

叶湾湾一边仔仔细细地检查苏遇身上的伤,一边絮絮叨叨地对他提要求,她冷不防地抬头去扯绕在苏遇肩上的绷带时,正对上了苏遇灼灼的目光。

光天化日,她对着苏遇动手动脚,委实容易让人浮想联翩,更何况,他们此时的距离还如此之近。

叶湾湾踮了踮脚,一不做二不休地亲了上去。

苏遇顺势捧住了她的头。

叶湾湾再接再厉,手臂勾住苏遇的脖颈,用一圈圈破烂的绷带将两个人紧紧缠在一起。

"我在户籍上,也是个死人了。"许久过后,叶湾湾拉着苏遇在台阶上坐下,一边晒着太阳,一边慢悠悠地回忆,"芷惜从胡温那里弄来了一种药,人吃下去就跟死了一样。那阵子我生了重病,所以,后来宫人发现我的身体已经凉了时也没有生疑。"

"刚好那段时间小太子人在并州,要是他在当场,搞不好会拿刀子戳我心脏看我是不是真的死了。"她啧啧地感叹了两声,才又继续,"不过,他不在,我又是太子妃,没人敢冒犯,芷惜便迅速给我风光大葬了。然后,胡温用大理寺的死因把我换了出来，我就一路跑来了这里。"

"我本来是想去找你的，可是军营看守太严，我又不能说自己是太子妃还魂来体察军情，就只能在这里等机会。"

不承想，这一等就是一年。她为了生存，不得已女扮男装，学会了骗吃骗喝。

"如果我知道是这样的结局，就应该把芷惜一起带出来的。"叶湾湾怅然叹气。

人生寄一世，奄忽若飙尘。这人间，真是半点不由人。

苏遇身在军营，自然也知道豫章公主离世，圣人悲痛撤兵的事。他扶着叶湾湾的肩，让她靠在自己身上："有机会的话，我们去看看她。"

叶湾湾动了动脑袋，算是认同，随后又道："现在就剩我们两个人了，要去哪里？"

苏遇笑着应和："漠北？江南？"

叶湾湾想了想，忽然道："刘长史是不是回老家了？他老家在哪？"

"闻喜县，怎么？"苏遇一挑眉，"你想去找刘长史？"

"我觉得刘长史很好。"

"哪里好？"

"哪里都很好。"

"呵。"

"呵？"

## 唐多令·晏山海

"嗯。"

年岁未晏,山海已平,何处陂田不故园。

"去哪里,都好。"